Par une nuit sans mémoire

NORA ROBERTS

Par une nuit sans mémoire

Traduit de l'américain par
Michèle et Jérôme Pernoud

ÉDITIONS FRANCE LOISIRS

Titre original : *River's End*
publié par G. P. Putmann's Sons, New York

Édition du Club France Loisirs
avec l'autorisation des Éditions Belfond

France Loisirs
123, boulevard de Greneile, Paris
www.franceloisirs.com

ISBN : 2-7441-3560-7

Pour maman et papa.

Merci d'être là.

Les bois sont noirs où mon cœur veut s'enfuir.
Mais j'ai tant de promesses à tenir,
avant de dormir,
tant de chemin à parcourir...

Robert FROST

Prologue

Le monstre était revenu. Il empestait le sang. Il répandait la terreur.

Elle n'avait pas d'autre choix que courir, mais dans sa direction cette fois.

La forêt luxuriante où jadis elle avait trouvé refuge, et qui avait toujours constitué un havre pour elle, s'était transformée en décor de cauchemar. Dans leur formidable majesté, les arbres ne rendaient plus hommage à la vigueur de la nature : ils dressaient une cage vivante destinée à la prendre au piège, tandis que lui s'y dissimulait. Le tapis luisant de mousse n'était plus qu'un poisseux marécage qui semblait vouloir la happer par les semelles. Elle fendait les fougères, arrachant sur son passage leurs grandes feuilles dentelées et détrempées ; son pied ripa sur un tronc en décomposition, saccageant la timide vie qui tâchait d'y renaître.

Des ombres vertes semblaient glisser devant elle, à côté d'elle, derrière elle, et murmurer son nom.

Livvy, mon amour... Écoute, je vais te raconter une histoire...

Elle suffoquait, au bord des larmes, sous l'effet de l'angoisse et de la douleur. Le sang tachant encore le bout de ses doigts s'était figé, froid comme de la glace.

La pluie ne cessait de tomber, martelant les feuillages balayés par la tempête, ruisselant le long des troncs, dans les interstices de leur écorce couverte de lichen ; pour finir, elle allait imbiber le sol assoiffé d'eau, jusqu'à ce que le monde

11

entier parût gorgé, saturé — et peut-être désormais affamé d'autre chose.

Elle ne savait plus si elle était le chasseur ou la proie, elle n'avait plus qu'une idée en tête, resurgie de quelque instinct archaïque : survivre, c'était courir et encore courir.

Elle le trouverait, ou bien lui la trouverait ; alors, d'une manière ou d'une autre, le drame connaîtrait son dénouement. Mais elle ne finirait pas en lâche. S'il existait quelque lueur d'espoir en ce monde, elle retrouverait l'homme qu'elle aimait. Vivant.

Recourbant les doigts, elle frotta le sang contre sa paume, le sang de l'homme de sa vie ; ce lui fut comme un talisman, un heureux présage.

Le brouillard s'accrochait à ses chevilles, elle le déchirait en lambeaux à chacune de ses enjambées ; son cœur cognait sauvagement contre ses côtes, sur ses tempes, à l'extrémité de ses phalanges.

Un terrible craquement retentit au-dessus de sa tête, comme un bruit de tonnerre, et elle fit un bond de côté : une branche vaincue par l'eau, le vent et les années s'écrasa au sol, juste à côté d'elle. Une petite mort signifiant la promesse d'une vie nouvelle.

Elle serra dans sa main la seule arme qu'elle possédait et sut qu'elle tuerait pour survivre.

Alors, dans la profonde lumière verte du sous-bois, peuplée d'ombres obscures et fuyantes, elle vit se dessiner le monstre tel qu'il apparaissait dans ses cauchemars.

Couvert de sang, il la contemplait.

Olivia

Un petit enfant au souffle léger,
Qui sent la vie frémir dans chacun de ses membres,
Que saurait-il de la mort ?

William WORDSWORTH

1

Olivia avait quatre ans quand le monstre entra dans sa vie. Il s'immisça dans ses rêves, qui n'étaient pas de vrais rêves, et déroba son innocence de ses mains sanglantes — l'innocence, le bien que les monstres convoitent par-dessus tout.

Une nuit d'été, par une lune pleine et brillante comme un cœur d'enfant, sous une brise légère et parfumée de roses et de jasmin, il rôda dans la maison pour chasser et pour tuer ; derrière lui, il ne laissa que des ténèbres aveugles et l'odeur écœurante du sang.

Après la venue du monstre, rien ne fut plus pareil. La splendide maison, avec ses pièces innombrables et ses kilomètres de sols brillants comme des miroirs, porterait à jamais sa sinistre empreinte, et l'écho cristallin de l'innocence perdue d'Olivia.

Sa mère lui avait dit que les monstres n'existaient pas : c'étaient juste des chimères, et ses mauvais rêves n'étaient que des rêves. Mais la nuit où elle vit le monstre, où elle l'entendit et le sentit, sa mère ne put rien pour elle.

Et il n'y eut plus personne pour s'asseoir sur son lit, caresser sa main et lui raconter de jolies histoires afin qu'elle se rendorme.

Autrefois, c'était son père qui lui racontait les plus belles histoires, folles et merveilleuses avec leurs girafes roses et leurs vaches à deux têtes. Puis il était tombé malade, et la

15

maladie lui avait fait faire de vilaines choses et dire de vilains mots, d'une voix violente et brutale qui ne ressemblait plus du tout à la voix de papa. Il avait dû quitter la maison. Sa mère avait dit à Olivia qu'il devrait rester loin jusqu'à ce qu'il ne soit plus malade. Il pouvait seulement venir la voir de temps en temps ; et maman, tante Jamie ou oncle David devaient rester dans la pièce pendant toute la visite.

Une fois, on lui avait permis d'aller dans la nouvelle maison de papa sur la plage. Tante Jamie et oncle David l'avaient accompagnée là-bas ; à travers le grand mur tout en vitres, elle avait contemplé les vagues qui se soulevaient et retombaient en se fracassant. L'eau s'étalait loin, si loin, et pour finir elle allait rentrer à l'intérieur du ciel.

Papa avait voulu l'emmener dehors, sur la plage, pour jouer et construire des châteaux de sable, rien qu'eux deux. Mais sa tante avait dit non ; ce n'était pas permis. Ils avaient discuté, d'abord avec ces voix basses et sifflantes que prennent les adultes en croyant que les enfants ne les entendront pas. Pourtant Olivia avait entendu, alors elle était allée s'asseoir près de l'immense fenêtre en regardant l'eau de toutes ses forces. Et pendant que le ton des voix montait, montait, elle essayait de ne pas les écouter, car elles lui faisaient mal. Non, elle n'entendrait pas papa appeler tante Jamie par de vilains noms, ni oncle David dire d'une voix sévère : « Fais attention, Sam, fais bien attention. Tout ça ne va pas arranger tes affaires... »

Pour finir, tante Jamie avait annoncé qu'il fallait partir, et elle l'avait portée jusqu'à la voiture. Olivia avait agité la main par-dessus l'épaule de sa tante, mais papa ne lui avait pas répondu. Il l'avait seulement regardée et ses poings étaient restés fermés.

On ne lui avait pas permis de retourner à la maison de la plage pour regarder les vagues.

Cependant, tout avait commencé avant même ce jour-là.

16

Plusieurs semaines avant la maison de la plage, bien avant l'arrivée du monstre.

Tout avait commencé après la nuit où papa était entré dans sa chambre. Il avait marché longtemps dans la pièce en parlant tout seul. Sa voix était dure et pourtant, lorsque Olivia s'était éveillée dans son grand lit à baldaquin de dentelle blanche, elle n'avait pas eu peur, parce que c'était papa. Même quand le clair de lune avait éclairé son visage à travers la fenêtre, qu'elle avait vu l'air méchant et les yeux trop brillants, il restait toujours son papa. Le cœur d'Olivia en avait bondi d'amour et d'excitation.

Il avait remonté la boîte à musique posée sur sa commode, celle avec la Fée bleue de *Pinocchio*, qui jouait « Quand une étoile passe et que tu fais un vœu ».

Elle s'était assise dans son lit et lui avait adressé un sourire embrumé.

— Bonsoir, papa. Tu me racontes une histoire ?

— Je vais t'en raconter une, oui.

Il avait tourné la tête vers sa fille, vers ses cheveux blonds ébouriffés et ses grands yeux bruns, mais il ne l'avait pas vue, aveuglé qu'il était par sa propre fureur.

— Oui, je vais te raconter une bon Dieu d'histoire, Livvy, mon amour. Sur une bon Dieu de putain qui sait y faire pour mentir et pour tricher...

— Il habite où, le lutin, papa ?

— Quel lutin ?

— Celui de l'histoire...

Il s'était penché vers elle et avait lancé d'une voix furieuse, tandis qu'un rictus lui déformait les lèvres :

— Tu ne m'écoutes pas ! Toi non plus, tu ne m'écoutes pas, comme elle ! J'ai dit *putain*, bon sang !

Quand elle l'entendit hurler, un drôle de petit goût métallique apparut dans la bouche d'Olivia, comme une brûlure ; elle ne sut pas que c'était de la peur, car elle éprouvait ce goût-là pour la première fois.

— Qu'est-ce que c'est, une putain ?

— C'est ta mère ! Ta salope de mère est une putain !

Il balaya du bras le plateau de la commode, envoyant la boîte à musique et une douzaine d'autres petits trésors s'écraser au sol. Dans le lit, Olivia se recroquevilla et se mit à pleurer.

Il lui criait maintenant aux oreilles, répétant qu'il était désolé. *Arrête immédiatement de pleurer !* Il lui achèterait une nouvelle boîte à musique ! Quand il s'était approché d'elle, elle avait senti une odeur bizarre — comme celle du salon après une fête donnée pour les grandes personnes, et avant que Rosa ne vienne y faire le ménage.

Alors maman était arrivée précipitamment dans la pièce ; ses cheveux longs étaient dénoués, sa chemise de nuit blanche brillait dans le clair de lune.

— Sam, pour l'amour de Dieu, qu'est-ce que tu fabriques ? Là, Livvy, mon bébé, ne pleure pas... papa est désolé.

La violence de son ressentiment faillit l'étouffer, tandis qu'il contemplait les deux têtes dorées proches l'une de l'autre. Puis il baissa les yeux et vit ses poings serrés, qui voulaient frapper, qui *brûlaient* de frapper ; il en éprouva un tel choc qu'il fit presque un bond en arrière.

— Je lui ai déjà dit que j'étais désolé...

Mais quand il avança d'un pas, avec l'intention de s'excuser encore, sa femme releva vivement la tête et, dans l'obscurité, il vit ses yeux briller d'une violence frisant la haine.

— Ne t'approche pas d'elle !

Le ton brutal et menaçant de sa mère fit frémir Olivia.

— Ne me dis pas de ne pas m'approcher de ma fille ! J'en ai assez, sacrément assez de recevoir des ordres de toi, Julie !

— Tu t'es encore drogué. Je ne veux pas te voir près d'elle dans ces moments-là !

Olivia entendit ensuite des cris terribles, un vacarme plus terrible encore, et les larmes de douleur de sa mère. Pour y

18

échapper, elle rampa hors du lit jusque dans sa penderie, où elle se pelotonna au milieu de sa montagne de peluches.

Plus tard, elle apprit que sa mère avait réussi à faire sortir son père de la chambre puis à en verrouiller la porte, avant d'appeler la police sur le téléphone-Mickey d'Olivia. Mais tout ce qu'elle vit, cette nuit-là, ce fut que maman était venue s'installer dans la penderie avec elle, l'avait serrée dans ses bras et lui avait promis que tout irait bien.

Après, papa avait quitté la maison.

Les souvenirs de cette nuit s'immisçaient parfois dans ses rêves. Quand ils la réveillaient, Olivia se glissait sans bruit hors de son lit et suivait le couloir jusqu'à la chambre de sa mère. Juste pour s'assurer qu'elle était bien là. Juste pour voir si, par hasard, papa n'était pas revenu à la maison, tout à fait guéri.

Certaines fois, elles habitaient dans un hôtel ou dans une autre maison. Sa mère voyageait beaucoup à cause de son travail ; après la maladie de son père, elle emmenait toujours Olivia avec elle. Les gens disaient que sa mère était une étoile et cela faisait rire Olivia. Elle savait que les étoiles étaient des petites lumières, là-haut dans le ciel, alors que sa mère était ici, tout près d'elle.

Sa mère jouait dans des films, et des quantités de gens venaient la voir faire semblant d'être quelqu'un d'autre. Papa lui aussi jouait dans des films, et elle connaissait l'histoire de leur rencontre, alors qu'ils faisaient tous les deux semblant d'être quelqu'un d'autre. Ils étaient tombés amoureux, s'étaient mariés et avaient eu une petite fille.

Quand l'absence de son père pesait trop fort à Olivia, elle regardait les photos du mariage dans le grand album de cuir. Sa mère y ressemblait à une princesse portant une longue robe blanche scintillante, et son père était un prince en costume noir.

Il y avait un énorme gâteau blanc et argent, et tante Jamie arborait une robe bleue dans laquelle elle était presque aussi jolie que maman. Olivia s'imaginait elle-même présente sur ces photos. Elle aurait une robe rose et des fleurs dans les cheveux, elle tiendrait ses parents par la main et elle sourirait. Sur les photos, les gens souriaient et étaient heureux.

Au long de ce printemps et de cet été-là, Olivia regarda souvent le grand album de cuir.

La nuit où le monstre vint, elle entendit dans son sommeil des cris qui la firent gémir et se tortiller. Ne lui fais pas de mal ! pensa-t-elle. Papa, je t'en prie, ne fais pas de mal à maman... Elle s'éveilla en sursaut, l'écho de son hurlement flottant encore dans l'air, et appela sa mère.

Elle sauta du lit, ses petits pieds ne faisant aucun bruit sur le tapis ; en se frottant les yeux, elle traversa doucement le couloir où brûlait une veilleuse. Mais la chambre, avec son grand lit bleu et ses jolies fleurs blanches, était vide. Le parfum de sa mère, qui l'imprégnait encore, la réconforta. Tous les flacons et les pots magiques étaient alignés sur la coiffeuse, et Olivia y joua un moment, feignant de se maquiller et de se parfumer comme faisait sa mère.

Un jour, elle aussi serait belle, comme maman — tout le monde le disait. Elle chantonnait en se pomponnant et en prenant des poses dans le grand miroir, et elle imaginait avec bonheur qu'elle portait une longue robe blanche, telle une princesse.

Mais elle finit par se fatiguer de ce jeu et, sentant le sommeil la gagner à nouveau, elle sortit en traînant les pieds pour se mettre en quête de sa mère.

Tandis qu'elle approchait de l'escalier, elle vit les lumières allumées au rez-de-chaussée ; la porte d'entrée était ouverte, et une brise de fin d'été faisait voleter sa chemise de nuit. Peut-être y avait-il du monde, pensa-t-elle, et peut-être reste-rait-il du gâteau. Elle descendit les marches à pas de loup, comprimant ses lèvres de la main pour retenir un fou rire.

Bientôt, ses oreilles perçurent l'air de musique préféré de sa mère, *La Belle au bois dormant*.

L'immense salon s'étendait à partir du hall d'entrée, déployant les hautes arcades de ses plafonds voûtés jusqu'aux baies vitrées, qui ouvraient la pièce sur les jardins adorés de sa mère. Une grande cheminée de pierre trônait contre un mur, d'un bleu profond, sur le sol de marbre blanc. Des fleurs exotiques ou raffinées jaillissaient des vases en cristal, ou retombaient en lourdes volutes le long de leurs flancs ; les pieds de lampes en argent se teintaient de reflets aux couleurs de joyaux.

Mais cette nuit-là, les vases étaient jetés au sol et brisés sur les dalles, leurs fleurs piétinées et déjà mourantes. Des taches rouges éclaboussaient les murs ivoirins et les tables étaient toutes renversées, les tables que la joviale Rosa astiquait jusqu'à les faire reluire. Une odeur terrible flottait dans l'air, quelque chose d'âcre et d'infect qui parut badigeonner la gorge d'Olivia et lui souleva le cœur.

La musique allait *crescendo*, culminant dans une envolée de cordes à vous arracher des sanglots.

Olivia suivit des yeux des morceaux de verre qui scintillaient au sol comme une traînée de diamants, tandis que de nouvelles traces rouges barbouillaient les dalles de marbre blanc. Éperdue, sanglotant, elle avança d'un pas. Et là, elle *vit*.

Sa mère était couchée sur le côté derrière le grand canapé, une main bizarrement tordue vers l'extérieur, les doigts grands ouverts. Un sang poisseux tachait sa chevelure blonde, chaude et soyeuse ; sa robe blanche, en lambeaux, en était maculée elle aussi.

Olivia, bouche bée, était incapable d'émettre le moindre son. Ses yeux écarquillés lui sortaient de la tête, son cœur cognait à tout rompre contre ses côtes, un filet d'urine coulait le long de ses jambes ; mais elle ne pouvait pas crier.

Le monstre était accroupi sur sa mère ; il avait les mains rouges jusqu'aux poignets, du rouge encore sur le visage et sur les vêtements. Il leva vers elle ses yeux sauvages, aussi brillants que le verre étincelant au sol.

— Livvy ! dit son père. Bon Dieu, Livvy !

Et alors qu'il se remettait difficilement sur ses pieds, elle vit luire dans sa main le reflet d'une paire de ciseaux ensanglantés.

Toujours incapable de crier, elle se mit à courir. Le monstre était bien réel, le monstre était ici et elle devait se cacher. Elle entendit derrière elle un long cri rauque et plaintif, comme le hurlement d'un animal en train de mourir dans les bois.

Fuyant jusqu'à sa penderie, elle s'y dissimula parmi les animaux en peluche, et son esprit s'y cacha aussi. Elle fixait sur la porte des yeux aveugles, suçait silencieusement son pouce et entendait à peine le monstre qui hurlait, qui la cherchait et l'appelait.

Du haut en bas de la maison, les portes claquaient comme des coups de feu ; le monstre fracassait tout sur son passage en criant le nom d'Olivia. Un taureau sauvage avec du sang sur les cornes. Elle retenait son souffle, poupée parmi les poupées, attendant que sa mère vienne l'éveiller d'un terrible cauchemar.

C'est là que Frank Brady la trouva. Il aurait pu passer devant elle sans la voir, pelotonnée au milieu de ses ours, de ses chiens et de ses poupées. Elle ne faisait pas un geste, pas un bruit. Ses cheveux ruisselaient sur ses épaules en une cascade blond et doré ; son visage était d'un ovale de médaillon, pâle et mangé par d'immenses yeux couleur d'ambre, sous des sourcils aussi sombres qu'une fourrure de vison.

Les yeux de sa mère, songea Brady, le cœur serré. Des yeux qu'il avait contemplés des dizaines de fois de loin, sur un écran de cinéma, et qu'il venait d'examiner de près voilà moins d'une heure, vitreux et sans vie.

Les yeux d'Olivia le regardaient, ou plutôt regardaient à

travers lui. Elle était en état de choc ; il s'accroupit et garda les mains sur les genoux, évitant de les approcher d'elle.

— Je m'appelle Frank, dit-il d'une voix douce, et je ne vais pas te faire de mal.

Il aurait voulu appeler son équipier, ou l'un des hommes présents sur le lieu du crime, mais il craignait de l'effrayer s'il criait leur nom.

— Je suis policier, poursuivit-il, et il leva très lentement la main pour tapoter l'insigne agrafé à sa poche de poitrine. Tu sais ce que fait un policier, ma jolie ?

Elle le contemplait toujours aussi fixement, pourtant il pensait avoir saisi une vibration dans son regard. Elle est consciente, se dit-il. Elle m'entend.

— Nous aidons les gens. Je suis là pour m'occuper de toi, expliqua-t-il en lui souriant, et il parcourut la penderie du regard. Toutes ces poupées sont à toi ? Hé ! mais je connais ce type ! s'exclama-t-il en se saisissant d'une grenouille à l'effigie de Kermit. Il est dans *Rue Sésame*, pas vrai ? Tu le regardes à la télé ? Mon patron ressemble exactement à ce râleur d'Oscar — tu ne lui répéteras pas, hein ?

Comme elle ne répondait rien, il passa en revue tous les personnages de *Rue Sésame* dont il se souvenait, avec force commentaires, en faisant sauter Kermit sur son genou. La manière dont elle le regardait, ses yeux grands ouverts et vides lui serraient le cœur.

— Tu ne veux pas qu'on sorte un peu d'ici ? Avec Kermit ?

Il lui tendit la main et attendit. Celle d'Olivia se leva, mécaniquement, telle la main d'une marionnette actionnée par un fil. Puis, une fois le contact établi, elle se précipita dans ses bras et se mit à trembler de tous ses membres, le visage enfoui dans son épaule.

Il avait beau être flic depuis dix ans, il en fut déchiré.

— Voilà, ma chérie. Tout va bien, à présent. Tout va bien.

Il lui caressa les cheveux et la berça quelque temps dans ses bras.

— Le monstre..., murmura-t-elle. Le monstre est là.

Avec beaucoup de précaution et sans cesser de la bercer, il se remit sur ses pieds.

— Il est parti, maintenant, lui assura-t-il.

— Tu l'as chassé ?

— Il est parti.

Avisant une couverture, il s'en saisit et l'en enveloppa.

— Il me cherchait et j'ai été me cacher, dit-elle dans un souffle. Il tenait les ciseaux de maman. Je veux maman...

Dieu, bon Dieu... C'était tout ce qu'il parvenait à penser.

Au bruit de pas qui résonna dans le couloir, Olivia laissa échapper un sanglot étouffé et resserra son étreinte autour du cou de Frank, qui lui parla doucement tout en gagnant la porte.

— Frank, il y a... Oh ! tu l'as trouvée.

L'inspecteur Tracy Harmon contempla la petite fille lovée dans les bras de son équipier, puis reprit :

— Le voisin dit qu'il y a une sœur, une certaine Jamie Melbourne. Son mari est David Melbourne, une sorte d'agent artistique. Ils ne vivent qu'à un kilomètre d'ici environ.

— Il faut les avertir. Tu veux aller voir ta tante Jamie, ma chérie ?

— Est-ce que maman est là-bas ?

— Non, mais je pense qu'elle aimerait que tu y ailles.

— J'ai sommeil...

— Tu vas te rendormir, ma chérie. Ferme juste les yeux.

— Elle a vu quelque chose ? souffla Tracy.

Frank lui caressa les cheveux pendant que les paupières de l'enfant s'abaissaient.

— Oui, chuchota-t-il. Je pense qu'elle en a vu beaucoup trop. C'est une chance que ce salaud ait été trop défoncé pour mettre la main sur elle. Appelle la sœur et faisons sortir la petite d'ici avant que la presse ait vent de l'affaire.

Il revint. Le monstre revint. Elle le voyait se glisser dans la maison ; il avait le visage de son père et les ciseaux de sa mère. Ceux-ci se refermaient dans un claquement sec, et le sang coulait sur les lames en filets miroitants. Le monstre ne cessait de répéter son nom, avec la voix de son père.

Livvy, Livvy chérie. Sors de ta cachette et je te raconterai une histoire...

Tandis qu'il s'approchait de la penderie, les longues lames effilées s'ouvraient et se refermaient dans un affreux crissement.

— Non, papa ! Non, non !

— Livvy, ma chérie, tout va bien... Je suis là. Tante Jamie est là...

— Empêche-le de venir, empêche-le de me trouver !

Livvy s'enfouit dans les bras de Jamie en pleurant.

— Je l'empêcherai. Je l'empêcherai, je te le promets...

Le cœur dévasté par le chagrin, Jamie berça longuement sa nièce, dans le clair-obscur de la lampe de chevet, jusqu'à ce que ses tremblements s'apaisent.

— Je te protégerai, ma chérie...

Elle appuya la joue sur le sommet de la tête d'Olivia ; d'amers et brûlants sanglots se pressaient dans sa gorge, mais elle les contint et pleura en silence. Ses larmes glissaient le long de ses joues, pour aller mouiller les cheveux de la fillette.

Julie. Oh ! mon Dieu, oh ! mon Dieu, Julie...

Elle aurait voulu crier le nom de sa sœur, le hurler ; mais elle se retint à cause d'Olivia, presque endormie dans ses bras.

Oui, Julie aurait voulu qu'on protège sa fille ; Dieu sait qu'elle s'était efforcée de la protéger elle-même. Et maintenant, Julie était morte. La radieuse, la ravissante Julie, avec son rire ironique et voilé si particulier, son grand cœur et son talent sans limites, morte à trente-deux ans... Assassinée, lui avaient dit les deux inspecteurs, par l'homme qui prétendait l'aimer à la folie.

Sam Tanner était fou, de jalousie, de drogue, d'angoisse, et voilà qu'il avait détruit l'objet de son obsession ; mais il ne toucherait jamais, jamais à la fillette.

Avec précaution, elle reposa Olivia dans le lit, tira doucement la couverture sur elle, puis laissa quelques instants le bout de ses doigts dans les cheveux blonds. Elle se remémora la nuit où Olivia était née, et comment Julie riait entre deux contractions ; elle seule pouvait tourner la douleur en plaisanterie. Elle se rappela Sam, superbe et nerveux à l'extrême, ses yeux bleus brillant de crainte et d'enthousiasme, ses cheveux noirs en bataille ; Julie elle-même lui avait pris la main pour le tranquilliser.

Quand il avait élevé la ravissante petite fille en direction de la vitre pour que le reste de la famille puisse la voir, des larmes d'amour et d'émerveillement coulaient de ses yeux. Oui, Jamie se souvenait de la scène, et aussi d'avoir pensé qu'ils étaient parfaits ; parfaits tous les trois, tellement bien assortis.

Elle marcha jusqu'à la fenêtre, le regard vide. L'étoile de Julie était alors ascendante et celle de Sam déjà très haut. Ils s'étaient rencontrés sur le tournage d'un film, étaient tombés follement amoureux l'un de l'autre et avaient convolé quatre mois plus tard, déchaînant les articles de la presse à sensation.

Jamie s'en était inquiétée : tout avait été si rapide, si hollywoodien... Mais Julie avait toujours su exactement ce qu'elle voulait, et elle voulait Sam Tanner. Pendant un temps, l'idylle avait ressemblé aux histoires qu'elle racontait le soir à sa fille, dont les héros vivaient longtemps heureux ensemble. Mais le conte de fées s'était terminé en cauchemar — à quelques centaines de mètres d'ici, quelques centaines de mètres à peine, pendant qu'elle-même dormait, songeait Jamie en tâchant de contenir ses larmes.

Le soudain éclat des phares d'une voiture la fit sursauter et son cœur s'emballa ; puis elle comprit que c'était David et retourna en hâte jusqu'au lit, afin de s'assurer qu'Olivia dormait paisiblement. Laissant la veilleuse allumée, elle s'empressa de gagner le rez-de-chaussée et arrivait au bas des marches quand la porte s'ouvrit devant son mari.

Il demeura un long moment immobile, grand homme aux larges épaules. Ses cheveux bruns étaient emmêlés et ses yeux, mélange de gris pâle et de vert, reflétaient la fatigue et l'horreur. Jamie avait toujours trouvé la force en lui, la force et l'équilibre, mais cette nuit-là il semblait nerveux et malade.

— Oh ! mon Dieu, Jamie... J'ai besoin d'un verre, dit-il en se dirigeant vers le salon d'une démarche incertaine.

— Raconte-moi ! cria-t-elle, la gorge nouée par l'angoisse.

— Une minute, s'il te plaît.

Il ne put cacher le tremblement de ses mains en saisissant la carafe de whisky dans le bar pour s'en verser un petit verre, qu'il but d'un trait, comme un médicament.

— Oh ! Dieu du ciel, pourquoi est-ce qu'il lui a fait ça...

— David ! hurla-t-elle, raconte-moi...

Toute la maîtrise qu'elle avait réussi à conserver depuis l'arrivée de la police la quitta d'un seul coup ; elle s'affala sur le sol, secouée de frissons et de sanglots, et il s'assit à côté d'elle pour la serrer dans ses bras.

— Oh ! Jamie, c'est terrible...

Ils restèrent longtemps ainsi, tandis que l'aube au-dehors prenait des tons nacrés ; puis les sanglots de Jamie se transformèrent en gémissements, entremêlés du prénom de sa sœur, enfin les gémissements firent place au silence.

— Je t'emmène là-haut. Tu dois t'étendre.

— Non... Non.

Les larmes l'avaient soulagée, même si elle se sentait vide et endolorie de partout.

— Livvy peut se réveiller et elle aura besoin de moi. Je vais bien, maintenant. Il *faut* que j'aille bien.

Elle se redressa et s'assit en tailleur ; sa tête la lançait comme une plaie ouverte, son estomac n'était que spasmes et crampes. Néanmoins, elle se remit sur ses pieds.

— Dis-moi, dis-moi tout. J'ai besoin de savoir, David.

Il hésita : elle paraissait si fatiguée, si pâle et fragile... Alors que Julie était grande et svelte, Jamie était petite et menue. Toutes les deux affichaient le même air de délicatesse, que David savait être trompeur. Il affirmait souvent, en plaisantant, que les sœurs MacBride étaient des filles solides, taillées pour escalader les montagnes et parcourir les forêts.

— Allons nous faire du café. Je te dirai ce que je sais.

Comme sa sœur, Jamie n'avait pas voulu de personnel à demeure ; c'était sa maison et elle n'entendait pas sacrifier son intimité. La femme de chambre ne serait là que dans deux heures, aussi prépara-t-elle le café elle-même. David s'était assis devant le long comptoir et regardait au-dehors, à travers la fenêtre de la cuisine.

Aucun d'eux ne parlait ; Jamie récapitulait les tâches à affronter ce jour-là. Le plus terrible serait le coup de téléphone à ses parents, et elle tentait déjà de s'y préparer mentalement. Il faudrait prendre des dispositions pour les obsèques, en veillant à ce qu'elles soient aussi dignes et intimes que possible. La presse allait se jeter goulûment sur l'affaire ; il faudrait tenir la télévision à l'écart, du moins tant qu'Olivia serait dans la maison.

Elle posa deux tasses sur le comptoir et s'assit.

— Raconte-moi.

— Je ne sais pas grand-chose de plus que ce que l'inspecteur Brady nous a dit, commença David. Il n'y a pas eu d'effraction. Elle l'a laissé entrer. Elle était habillée pour la nuit mais ne s'était pas encore couchée. Elle semble avoir été dans le salon, à découper et trier des coupures de presse. Tu sais combien elle aimait en envoyer à la famille...

Il but une gorgée de café et reprit d'une voix sourde.

— Ils ont dû se disputer. Il y avait des traces de lutte. Il s'est servi d'une paire de ciseaux. Oh ! Jamie, il a dû perdre la raison...

Il plongea les yeux dans ceux de sa femme, comme s'il voulait se raccrocher à eux ; quand il tendit la main vers elle, elle se saisit de ses doigts et les serra dans les siens.

— Est-ce qu'il... Ça a été rapide ?

— Je n'ai... je n'ai jamais vu une telle... C'était comme une bête féroce.

Il ferma les yeux un instant. Elle saurait, de toute façon ; il y aurait des fuites et les médias révéleraient la vérité, en l'agrémentant de quelques mensonges.

— Jamie, elle était... Il l'a poignardée plusieurs fois et lui a tailladé la gorge.

— Je suis sûre qu'elle s'est défendue, murmura-t-elle, livide. Qu'elle a lutté, qu'elle lui a fait mal.

— Je ne sais pas. Ils doivent faire une autopsie et nous en saurons plus après. Ils pensent qu'Olivia en a vu une partie, elle a vu quelque chose puis elle a couru se cacher. Ils voudraient lui parler...

— On ne peut pas lui faire subir ça ! C'est encore un bébé, et puisqu'ils connaissent le coupable...

— Il prétend avoir découvert Julie dans cet état, soupira David. Il serait entré et l'aurait trouvée déjà morte.

— Menteur ! s'écria-t-elle, et les couleurs affluèrent sur son visage âpre et passionné. Salaud d'assassin ! Je veux qu'il meure, je veux le tuer moi-même ! Il lui a gâché la vie pendant un an et maintenant il l'a tuée ! Même brûler en enfer, ce n'est pas assez !

Elle pivota sur les talons, à la recherche de quelque chose à mettre en pièces, à fracasser au sol ; mais elle s'arrêta net en apercevant Olivia qui la regardait depuis la porte, les yeux écarquillés.

— Livvy !...

— Où est maman ? demanda-t-elle (sa lèvre inférieure tremblait). Je veux maman...

— Livvy...

Toute sa fureur fondit aussitôt pour laisser place à la douleur, et la douleur à l'impuissance. Elle marcha jusqu'à la fillette et la prit dans ses bras.

— Le monstre est venu et il a fait mal à maman. Est-ce qu'elle va bien maintenant ?

Par-dessus la tête de l'enfant, le regard désespéré de Jamie rencontra celui de son mari. Il tendit la main et elle s'avança, jusqu'à ce que tous les trois fussent enlacés.

— Ta mère a dû s'en aller, Livvy. Elle ne voulait pas, mais elle a été obligée.

— Est-ce qu'elle va revenir bientôt ?

— Non, ma chérie, dit Jamie en déposant un baiser sur le front d'Olivia. Elle ne va pas revenir.

— Elle revient toujours...

— Cette fois-ci, elle ne peut pas. Elle doit aller au ciel, pour y devenir un ange.

Olivia se frotta les yeux.

— Comme dans ses films ?

Jamie dut s'asseoir, ses jambes vacillaient.

— Non, mon bébé. Pas comme dans un film, cette fois-ci.

— Le monstre lui a fait mal et je suis partie. C'est pour ça qu'elle ne reviendra pas, parce qu'elle est fâchée contre moi.

— Non, non, Livvy ! Elle voulait que tu te sauves, ma chérie... Elle voulait que tu sois une fille intelligente, que tu te sauves et que tu te caches, pour être en sécurité... C'est ce qu'elle voulait par-dessus tout. Si tu ne l'avais pas fait, elle aurait été très triste.

— Alors, elle va revenir demain.

« Demain » signifiait pour elle plus tard, une autre fois, bientôt.

— Livvy...

À son tour, David prit l'enfant sur ses genoux. Quand elle

30

posa la tête contre sa poitrine et poussa un soupir, il en fut grandement soulagé.

— Elle ne peut pas revenir, mais elle veillera sur toi de là-haut, dans le ciel.

— Je ne veux pas qu'elle soit au ciel... Je veux rentrer à la maison et voir maman...

Elle commença à pleurer, en sanglots doux et hoquetants ; Jamie tendit la main vers elle mais David secoua la tête.

— Je crois qu'il vaut mieux la laisser pleurer un moment, murmura-t-il.

Jamie acquiesça, puis elle se leva afin de monter dans sa chambre pour appeler ses parents.

2

Les journalistes affluaient, telle une meute de loups enragés attirés par le sang ; du moins, c'est ce que Jamie pensait d'eux, barricadée avec sa famille à l'intérieur de la maison. Pour être juste, beaucoup d'entre eux étaient sous le choc et relataient l'histoire avec autant de délicatesse que les circonstances le permettaient. Julie MacBride avait été très aimée — désirée, admirée, jalousée, mais aimée quand même.

Pourtant, Jamie n'avait pas envie d'être juste. Pas quand elle voyait Olivia rester assise comme une poupée dans la chambre d'amis, ou bien errer au rez-de-chaussée, aussi mince et pâle qu'un fantôme. N'était-ce pas assez que l'enfant ait perdu sa mère de la plus horrible des manières ? N'était-ce pas assez qu'elle-même ait perdu sa sœur, sa jumelle, son amie la plus proche ? Mais elle vivait depuis huit ans dans le monde clinquant de Hollywood, avec ses brillantes chimères, et elle savait que ce n'était *jamais* assez.

Julie MacBride avait symbolisé aux yeux du public le talent et la beauté, le rêve d'une escapade amoureuse avec la fille d'à côté, une image glamour de petite provinciale devenue princesse de cinéma, qui avait épousé le prince héritier et vivait avec lui dans leur somptueux château de Beverly Hills. Les gens qui passaient leur temps au cinéma, qui dévoraient les articles des magazines *people* ou les absurdités des journaux à sensation considéraient plus ou moins qu'elle leur appartenait. Julie MacBride, avec sa voix grave et son grand sourire.

Mais ils ne la connaissaient pas, même si, à travers les révélations sur papier glacé et les interviews, ils le croyaient. Julie avait sans doute été franche et sincère dans la plupart d'entre elles. C'était sa façon d'être, et le succès ne l'avait jamais rendue blasée : il l'avait toujours excitée et ravie comme au premier jour. Pourtant, quoi qu'ils aient pu voir et entendre sur l'actrice, ils ne comprendraient jamais qui était la femme elle-même : son goût de la fête et des enfantillages, son amour de la forêt et des montagnes de l'État de Washington où elle avait grandi, sa loyauté sans faille envers sa famille, son amour et son dévouement à l'égard de sa fille.

Et son amour, indéfectible et tragique, pour l'homme qui venait de la tuer.

Ce dernier point était le plus difficile à accepter pour Jamie. Elle l'avait laissé entrer, voilà ce qu'elle se répétait sans cesse. Au bout du compte, Julie avait écouté son cœur et ouvert la porte à l'homme de sa vie — même en sachant qu'il avait cessé d'être cet homme-là.

Jamie aurait-elle agi de la même façon ? Elles avaient tant de choses en commun, plus que des sœurs, plus que des amies... En partie parce qu'elles étaient jumelles, certes, mais il y avait aussi leur enfance au fond des bois. Les heures, les journées, les soirées passées à explorer ces bois ensemble. À apprendre les parfums, les bruits et les secrets de la forêt. À suivre les traces et dormir sous les étoiles. À partager leurs rêves, aussi naturellement qu'elles avaient autrefois partagé le ventre de leur mère.

Désormais, quelque chose était mort en Jamie également. La partie la plus suave d'elle-même, pensait-elle, la plus fraîche et la plus vulnérable aussi. Elle doutait de pouvoir jamais être entière à nouveau.

Forte, oui, elle pouvait l'être, elle devait l'être : Olivia dépendait d'elle et David aurait besoin d'elle. Lui aussi aimait Julie, elle le savait ; il la considérait comme sa propre sœur, et ses beaux-parents comme ses propres parents.

Ils étaient arrivés et tenaient compagnie là-haut à Olivia,

dans sa chambre. Eux aussi auraient besoin de Jamie — si solides puissent-ils être, ils auraient besoin de la seule fille qui leur restait, pour les aider à supporter les semaines à venir.

Quand la sonnette résonna, elle sursauta puis ferma les yeux. Elle qui pensait ne pas connaître la peur tremblait dorénavant pour une ombre, pour un murmure. Elle inspira, puis expira lentement.

David avait engagé des vigiles, qui avaient pour mission de ne laisser approcher aucun reporter ; cependant certains réussissaient quand même, depuis le début de cette terrible journée, à se glisser jusqu'à la maison. Elle fut tentée d'ignorer la sonnerie et de la laisser retentir dans le vide, mais cela aurait inquiété Olivia et perturbé ses parents.

Elle marcha vers l'entrée, dans l'intention de dire son fait au reporter ; puis elle reconnut, à travers les panneaux vitrés de la porte, les inspecteurs qui étaient venus lui annoncer, la nuit précédente, que Julie était morte.

— Je suis désolé de vous déranger, madame Melbourne.

C'était Frank qui avait parlé.

— Inspecteur Brady, n'est-ce pas ?

— Oui. Pouvons-nous entrer ?

— Bien sûr...

Elle fit un pas en arrière. Frank remarqua qu'elle avait suffisamment de présence d'esprit pour demeurer cachée par la porte et ainsi ne pas permettre aux photographes massés devant la maison de la fixer sur leur pellicule. C'était ce même contrôle qu'il avait remarqué, et admiré, au cours de la nuit. Elle était sortie précipitamment, il s'en souvenait, avant même que leur voiture se soit immobilisée devant l'entrée ; mais à la seconde où elle avait aperçu la fillette dans les bras du policier, elle s'était arrêtée net et avait paru se maîtriser. Puis elle lui avait pris sa nièce des mains, l'avait serrée contre elle et emportée à l'étage.

Il l'examina de nouveau pendant qu'elle les conduisait au

salon. Il savait désormais qu'elle et Julie MacBride étaient jumelles ; et aussi que Jamie était l'aînée, de sept minutes. Mais elles ne se ressemblaient pas autant qu'on aurait pu s'y attendre. La beauté de Julie MacBride était flamboyante ; malgré la délicatesse de ses traits et la finesse de ses cheveux d'or, elle brûlait littéralement l'écran, et jusqu'au spectateur assis dans la salle. La grâce de sa sœur, elle, était plus douce et tranquille ; ses cheveux, tirant davantage sur le brun que sur le blond, étaient lisses et coupés au carré à hauteur du menton ; ses yeux, plus chocolat que dorés, n'avaient pas les paupières lourdes et sensuelles de Julie. Elle mesurait environ un mètre soixante, estima Frank, et devait peser dans les cinquante kilos, avec son ossature mince — tandis que Julie était une grande tige de plus d'un mètre soixante-quinze. Il se demanda si elle avait été jalouse de sa sœur, de son esthétique parfaite et de sa célébrité.

— Puis-je vous offrir quelque chose ? Du café ?

— Avec plaisir, madame Melbourne, répondit Tracy. Si ce n'est pas trop vous demander...

— Non... Le café est une affaire qui marche, ces temps-ci. Je vais en chercher. Asseyez-vous, je vous en prie.

— Elle tient le coup, commenta Tracy quand il fut seul avec son équipier.

— Elle a du mérite, dit Frank en soulevant un coin du rideau et en contemplant la foule des journalistes agglutinée devant la propriété. C'est en passe de devenir un vrai zoo, ici, et pour longtemps. Ce n'est pas tous les jours qu'une princesse américaine se fait tailler en pièces dans son propre château.

— Et de la main du prince lui-même, ajouta Tracy.

Il tapota sur la poche où il mettait ses cigarettes, puis se ravisa.

— On devrait lui régler rapidement son affaire, à celui-là, avant qu'il se ressaisisse et appelle un avocat.

— Je pense qu'on a de quoi le mettre KO sans problème.

Frank laissa le rideau se refermer, alors que Jamie revenait dans la pièce avec un plateau de tasses de café. Il s'assit quand elle se fut assise elle-même, sans perdre son temps en préliminaires ; son regard disait assez qu'elle n'attendait ni échange de politesses ni faux-semblants.

— Nous apprécions votre attitude, madame Melbourne. Vous vivez une période très pénible, nous le savons.

— Pour l'instant, je la vois mal prendre fin un jour. Vous voulez que nous parlions de Julie, n'est-ce pas ?

— Oui, madame, acquiesça Tracy. Saviez-vous que votre sœur avait appelé police secours il y a trois mois ?

— Oui.

Elle porta sa tasse aux lèvres sans trembler et poursuivit :

— Sam était arrivé chez elle, très agressif. *Physiquement* agressif ce jour-là.

— Ce jour-là ?

— Il l'avait déjà été auparavant, mais verbalement, psychologiquement. Cela durait depuis un an et demi, à ce que j'en sais.

— Pensez-vous que M. Tanner a un problème de drogue ? demanda Frank.

— Vous savez fort bien que Sam est accro, rétorqua-t-elle d'une voix ferme. Si vous l'oubliez, vous partirez sur de mauvaises pistes.

— Désolé, madame Melbourne. Nous essayons seulement de faire un premier tour d'horizon. J'imagine que vous connaissiez bien votre beau-frère, sa façon de vivre et ses habitudes. Peut-être votre sœur vous parlait-elle de leurs problèmes personnels ?

— Bien sûr... Julie et moi étions très proches, nous pouvions discuter de tout ensemble. Je pense que ça a commencé il y a deux ans. Cocaïne mondaine. Julie haïssait cela ; ils se disputaient à ce propos, et sur un grand nombre d'autres sujets. Les deux derniers films de Sam n'avaient pas marché comme il l'espérait, du point de vue tant critique que financier, et les acteurs peuvent être une race d'hommes assez vulnérables. Julie s'inquiétait parce que Sam devenait nerveux et querelleur. Mais pendant qu'elle essayait d'arranger les choses, sa propre carrière grimpait en flèche ; il s'en rendait compte et lui en voulait.

— Il était jaloux ? suggéra Frank.

— Oui, alors qu'il aurait dû être fier d'elle. Ils se sont mis à sortir davantage, dans des fêtes ou en boîte. Il avait besoin de se montrer, de s'exhiber. Julie le soutenait, mais elle était assez pantouflarde de tempérament. Je sais qu'on a du mal à rattacher le glamour et la beauté à l'idée d'une femme heureuse chez elle, dans son jardin, avec sa fille — pourtant Julie était ainsi.

« Elle travaillait sur un film avec Lucas Manning, *Côté fumeurs*. C'était un rôle difficile, exigeant. Très physique. Julie ne pouvait se permettre de travailler douze ou quatorze heures, de rentrer chez elle, puis de parader en ville toutes les nuits. Elle voulait garder du temps pour se reposer, pour s'occuper d'Olivia. Aussi Sam a-t-il commencé à sortir de son côté.

— Des rumeurs couraient, à propos de votre sœur et de Manning..., intervint Tracy.

— Oui, opina Jamie. C'est généralement le cas quand deux grandes vedettes se partagent l'écran. Les gens adorent les romances et les commérages. Sam la harcelait à propos des autres hommes, particulièrement de Lucas ces derniers temps, mais ces rumeurs n'avaient aucun fondement. Pour Julie, Lucas était un ami, un excellent partenaire, rien d'autre. Les attaques de Sam lui faisaient très mal.

— Dans une telle situation, certaines femmes auraient eu tendance à se tourner vers un autre homme...

Frank, qui l'observait avec attention, vit ses yeux lancer des éclairs.

— Julie prenait son mariage au sérieux ! Elle aimait son mari ! Suffisamment même, les faits l'ont démontré, pour le soutenir et l'aider jusqu'à ce qu'il la tue ! Maintenant, si vous voulez renverser la situation, la faire passer pour mesquine et quelconque...

— Madame Melbourne, coupa Frank, et il leva la main dans un geste d'apaisement. Si nous voulons mener cette affaire à son terme et rendre justice à votre sœur, nous devons vous poser des questions. Il nous faut avoir toutes les pièces du dossier en main.

— Les pièces du dossier sont simples ! martela-t-elle. La carrière de Julie explosait tandis que celle de Sam était vacillante ! Plus elle était vacillante, plus il se droguait et plus il lui en faisait porter la responsabilité... Elle a appelé la police, une nuit du printemps dernier, car il l'avait agressée dans la chambre de leur fille et elle avait peur pour Livvy. Elle avait peur pour eux trois, en fait.

— Elle avait demandé le divorce.

— Ce fut une décision très difficile pour elle. Elle voulait que Sam se fasse aider, se fasse suivre par des spécialistes, et elle se servait de la séparation comme d'une menace. Surtout, elle voulait protéger sa fille, parce que Sam était devenu instable.

— Pourtant, il semble qu'elle lui ait ouvert sa porte, la nuit dernière.

— Oui.

Les mains de Jamie tremblèrent, l'espace d'un instant ; elle reposa aussitôt sa tasse et les coinça entre ses genoux.

— Elle l'aimait, reprit-elle. En dépit de tout, elle l'aimait et pensait qu'ils vivraient à nouveau ensemble s'il se sortait de la drogue. Elle voulait qu'il lui revienne, qu'ils aient d'autres enfants, et a tout fait afin que la presse ignore leur séparation. En dehors de la famille, les seules personnes au courant étaient ses avocats. Elle espérait garder le secret le plus longtemps possible.

— Lui aurait-elle ouvert la porte, le sachant sous l'influence de la drogue ?

— C'est bien ce qui est arrivé, non ?

— J'essaie juste de me faire une idée, dit Frank.

— Elle a dû lui ouvrir, oui. Elle voulait l'aider et s'en croyait apte. S'il n'y avait pas eu Livvy, je ne pense pas qu'elle aurait entamé une procédure de divorce.

Mais sa fille était bel et bien dans la maison cette nuit-là, pensa Frank. Dans la maison, et donc exposée à tous les risques.

— À votre avis, Sam Tanner est-il capable d'avoir tué votre sœur ?

— Le Sam Tanner qu'a épousé Julie se serait jeté sous un train pour la protéger. Celui que vous avez arrêté, lui, est capable de tout. Il a tué ma sœur, il l'a mutilée, déchirée comme l'aurait fait un animal. Je veux qu'il meure pour cela.

Elle parlait d'une voix calme, mais la haine brûlait dans ses yeux.

— Je comprends vos sentiments, madame Melbourne.

— Non, inspecteur. Vous ne pouvez pas les comprendre.

Il n'insista pas et vit Tracy s'agiter sur sa chaise.

— Madame Melbourne..., commença Frank. Cela nous serait très utile si nous pouvions parler avec Olivia.

— Elle n'a que quatre ans...

— J'en suis bien conscient. Mais elle a été témoin de la scène. Nous avons besoin de savoir ce qu'elle a vu, ce qu'elle a entendu.

Voyant l'hésitation poindre sur son visage, il la pressa.

— Madame Melbourne, je ne veux pas vous causer davantage de chagrin encore, à vous et à votre famille, et je ne veux pas non plus perturber votre nièce. Mais elle est un élément de toute cette affaire, et même un élément clé.

— Comment pouvez-vous me demander de lui faire subir cette épreuve ?

— Tout cela est déjà présent dans sa tête, et nous avons besoin qu'elle l'en fasse ressortir. Elle me connaît depuis la nuit dernière. Elle se sent en sécurité avec moi, et je ferai très attention.

— Mon Dieu... Alors, il faut que je sois là. Je resterai près d'elle, et vous arrêterez si je le juge nécessaire.

— Excellente idée. Elle se sentira plus à l'aise avec vous. J'allégerai la séance au maximum, vous avez ma parole. J'ai un enfant, moi aussi.

— Je doute qu'il ait jamais assisté à un meurtre.

— Non, madame, mais son père est flic. Ils en connaissent souvent plus que nous ne le voudrions.

— Peut-être, oui...

Comment le saurais-je ? songea-t-elle tandis qu'elle les conduisait vers l'escalier. David n'avait pas voulu d'enfants et, comme elle n'était pas certaine d'en vouloir non plus, elle s'était contentée de jouer les tantes aimantes avec la fille de sa sœur.

Désormais, il lui faudrait apprendre. Il leur faudrait tous apprendre.

Arrivée devant la chambre, elle arrêta les inspecteurs sur le seuil, puis entrebâilla la porte. Ses parents étaient assis par terre auprès d'Olivia, et ils faisaient un puzzle tous ensemble.

— Maman, peux-tu venir une minute ?

La femme qui sortit de la pièce était de petite taille, comme Jamie, d'allure robuste et athlétique. À voir sa peau hâlée et les pointes de ses cheveux bruns décolorées par le soleil, elle devait aimer le grand air. Frank lui donna la cinquantaine, jugeant qu'elle paraissait sans doute plus jeune quand ses traits n'étaient pas creusés par le chagrin. Ses yeux bleu pastel, aujourd'hui lourdement cernés, glissèrent sur les visages de Frank et de son équipier.

— Voici ma mère, Valerie MacBride, annonça Jamie. Maman, ce sont les inspecteurs chargés de l'enquête. Ils voudraient parler à Livvy.

— Non !

Elle se raidit aussitôt, tout le corps en alerte, et referma la porte derrière elle.

— Impossible ! Ce n'est qu'un bébé et je ne laisserai pas faire ça ! Je ne laisserai personne lui rappeler ce qui est arrivé...

— Madame MacBride...

Avant même que Frank ait pu parler, elle s'en prit à lui.

— Pourquoi ne l'avez-vous pas protégée ? Pourquoi n'avez-vous pas éloigné d'elle ce salaud, cet assassin ? Ma fille est morte...

Elle enfouit son visage dans les mains et se mit à pleurer sans bruit.

— Attendez-moi ici, s'il vous plaît, murmura Jamie, en entourant sa mère de ses bras. Viens t'allonger un peu, maman. Viens...

À son retour, le visage de Jamie était pâle mais ses yeux secs.

— Finissons-en, leur dit-elle, puis elle ouvrit la porte.

L'homme qui leva les yeux vers eux, dans la chambre, avait replié ses longues jambes pour s'asseoir en tailleur. Ses élégants cheveux, or et argent, encadraient un visage mince et raffiné, à la teinte cuivrée ; ses yeux couleur d'ambre profond, qu'il avait transmis à sa fille cadette et à sa petite-fille, étaient soulignés de rides et profondément enfoncés sous de sombres sourcils. À la vue des visiteurs, sa longue main, à la large paume, vint se poser sur l'épaule d'Olivia dans un geste instinctif de protection.

— Papa, voici l'inspecteur Brady et l'inspecteur Harmon. Mon père, Rob MacBride.

Rob se leva et, bien que tendant la main à chacun des inspecteurs tour à tour, il n'en demeura pas moins interposé entre eux et sa petite-fille.

— De quoi s'agit-il ?

— Ils veulent parler à Livvy. Il le faut, affirma-t-elle avant qu'il ait le temps de protester. Maman est bouleversée, elle est allée s'allonger dans votre chambre. Je vais rester ici et je ne quitterai pas Livvy. Va la voir, s'il te plaît... Il faut en passer par là, pour Julie.

Il hocha la tête quelques secondes puis dit seulement :

— Je vais avec ta mère.

— Tu vas où, grand-père ? On n'a pas fini le puzzle...

— Je reviens dans un moment, Livvy chérie, répondit-il d'une voix noyée de tendresse. N'en profite pas pour grandir pendant que j'ai le dos tourné.

Elle rit, mais quand elle releva les yeux vers Frank elle s'était remise à sucer son pouce.

Elle savait qui il était — le policier avec de grands bras et des yeux verts. Elle se rappelait qu'il avait une gentille voix et des gestes doux.

— Salut, Livvy, dit-il en s'accroupissant devant elle. Tu te souviens de moi ?

Elle lui fit un signe de tête et répondit, sans retirer le pouce de sa bouche :

— Tu es Frank, le policier, et tu as chassé le monstre. Est-ce qu'il est revenu ?

— Non.

— Tu peux trouver ma maman ? Elle a dû aller au ciel et elle s'est perdue. Tu peux aller la chercher ?

— Je voudrais bien.

Frank s'assit par terre. Le cœur serré, il contempla les larmes qui montaient aux yeux d'Olivia et vacillaient sur le bord de ses cils.

— C'est parce qu'elle est une étoile ? Les étoiles sont obligées d'être au ciel...

— Parfois, si nous avons vraiment de la chance, il arrive que certaines étoiles très spéciales restent près de nous pendant quelque temps. Forcément, quand elles doivent partir, ça nous rend tristes. C'est normal d'être triste dans ces cas-là. Mais tu savais que les étoiles sont là même pendant la journée ?

— Mais on ne les voit pas...

— Non. Pourtant elles sont là et elles peuvent nous voir, elles. Ta mère sera toujours là pour veiller sur toi.

— Je veux qu'elle revienne à la maison. On va faire une fête dans le jardin avec mes poupées.

— Est-ce que tes poupées aiment les fêtes ?

— Tout le monde aime les fêtes.

Elle ramassa au sol le Kermit qu'elle avait apporté de chez elle.

— Il mange des insectes.

— C'est tout à fait le genre de grenouille qu'il te faut. Est-ce qu'il les préfère nature ou avec de la crème au chocolat ?

Les yeux d'Olivia s'éclairèrent.

— Moi, j'aime *tout* avec de la crème au chocolat. Tu as une petite fille ?

— Non, mais j'ai un petit garçon, et avant il mangeait lui aussi des insectes.

Elle riait désormais, et elle ressortit son pouce de la bouche.

— C'est pas vrai.

— Oh ! si. J'avais peur qu'il devienne vert et qu'il se mette à sauter dans tous les sens.

D'un air dégagé, Frank saisit une pièce du puzzle et l'emboîta à sa place.

— J'aime les puzzles. C'est même pour ça que je suis devenu policier. Dans la police, on travaille toujours avec des puzzles.

— C'est Cendrillon quand elle va au bal. Elle a une robe ma-gni-fique et aussi une citrouille.

— Parfois, je travaille avec des puzzles dans ma tête, mais j'ai besoin d'aide pour finir l'image. Tu crois que tu peux m'aider, Livvy ? En me disant ce qui s'est passé la nuit dernière, quand je t'ai rencontrée ?

— Tu es venu dans ma penderie. Je croyais que c'était toi le monstre, mais ce n'était pas toi.

43

— C'est vrai. Tu peux me dire ce qui est arrivé avant que je te trouve ?

— Je me suis cachée là pendant très, très longtemps, et il ne savait pas où j'étais.

— C'est une bonne cachette. Tu avais joué avec Kermit ce jour-là, ou avec des puzzles ?

— J'avais joué avec beaucoup de choses. Maman n'avait pas besoin d'aller travailler et nous nous sommes baignées dans la piscine. Je peux retenir ma respiration sous l'eau pendant très longtemps, parce que je suis comme un poisson.

Il tira légèrement sur une poignée de ses cheveux, puis regarda dans son cou.

— Oui, c'est vrai. Je vois tes branchies.

Elle écarquilla les yeux.

— Maman dit qu'elle les voit, elle aussi ! Mais moi, je ne peux pas.

— Tu aimes ça, nager ?

— C'est le plus amusant de tout. Je dois rester dans le petit bain, et je ne peux pas aller dans l'eau sans maman ou Rosa ou une grande personne. Mais un jour je pourrai.

— Tu avais des amis pour jouer, ce jour-là ?

— Pas ce jour-là. Quelquefois, oui.

Elle serra les lèvres avec application et mit en place une autre pièce du puzzle.

— Parfois, Billy, Cherry ou Tiffy viennent, mais ce jour-là on a joué maman et moi. Après ça, on a fait la sieste et mangé des cookies que Rosa avait préparés. Maman a lu son script et elle riait et elle disait dans le téléphone : « Lou, je l'adore ! Je *suis* Carly ! Il serait temps que je me fasse les dents sur une vraie comédie brillante et romantique. Tu peux donner ton accord ! »

— Eh bien...

Frank était partagé entre la stupeur et l'admiration : elle avait raconté son histoire avec un calme, une maîtrise extraordinaires.

— Je te félicite. Tu as vraiment une excellente mémoire...

— Papa dit que si j'avais eu des ailes j'aurais été un perroquet. Je me rappelle tout un tas de choses.

— Je parie que oui. Est-ce que tu te rappelles à quelle heure tu as été au lit ?

— Je dois toujours aller au lit à huit heures. C'est l'heure où les petits poussins rentrent dans leur nid. Ensuite, maman m'a raconté l'histoire de la dame avec de très longs cheveux et qui vivait dans une tour.

— Plus tard, tu t'es réveillée. Tu avais soif ?

— Non, dit-elle, et son pouce reprit la direction de sa bouche. J'ai fait un cauchemar.

— Mon Noah fait des cauchemars, aussi. Quand il me les raconte, il se sent mieux.

— Noah, c'est ton fils ? Il a quel âge ?

— Dix ans. Tu veux voir sa photo ?

— Oh, oui !

Elle se rapprocha de Frank pendant qu'il sortait son portefeuille et l'ouvrait ; puis elle pencha la tête pour observer la photo, prise à l'école, d'un garçon au large sourire et aux cheveux bruns en bataille.

— Il a l'air gentil. Il pourra peut-être venir ici pour jouer.

— Peut-être. Parfois, il fait des cauchemars sur des extraterrestres.

Pardonne-moi, Noah, songea Frank avec amusement tout en rangeant son portefeuille, de révéler ton secret le plus intime.

— Quand il me les raconte, il se sent mieux. Tu veux me raconter ton mauvais rêve ?

Elle détourna les yeux et murmura d'une voix blanche, lointaine :

— Il y a des gens qui crient. Je n'aime pas quand papa et maman se disputent. Il est malade et il faut attendre qu'il aille mieux. Nous devons espérer très très fort qu'il ira mieux, comme ça il pourra rentrer à la maison.

— Dans ton rêve, tu entends ton père et ta mère crier ?

— Il y a des gens qui crient, mais je n'entends pas ce qu'ils disent. Je ne veux pas les entendre, je veux qu'ils arrêtent et que ma maman vienne. Quelqu'un crie encore plus fort, comme dans les films que Rosa regarde, ils crient tous et je me réveille. Mais je n'entends rien, parce que c'était juste un rêve, et je veux maman...

— Tu es allée la chercher ?

— Elle n'était pas dans sa chambre. Je voulais aller dans son lit avec elle, ça ne la dérange pas. Après, je...

Elle s'interrompit, s'absorba dans la contemplation de son puzzle.

— C'est très bien, Livvy, lui dit Frank doucement. Tu peux me parler de ce qui est arrivé ensuite ?

— Normalement, je n'ai pas le droit de toucher aux bouteilles magiques. Mais je n'en ai pas cassé une seule...

— Où sont les bouteilles magiques ?

— Sur la petite table de maman, à côté du miroir. Je pourrai en avoir moi aussi quand je serai plus grande, mais ce sont des objets seulement pour les grandes filles. J'ai joué avec elles juste pendant une minute, pas plus...

Elle lança à Frank un regard si convaincu qu'il ne put s'empêcher de sourire.

— Bravo ! alors ça veut dire que tu es très sage. Après, qu'est-ce que tu as fait ?

— Je suis descendue. Toutes les lumières étaient allumées et la porte ouverte en grand. Il faisait chaud dehors. J'ai pensé que peut-être quelqu'un était venu nous voir, qu'il y aurait du gâteau...

Les larmes commencèrent à couler sur ses joues.

— Je ne veux plus raconter, maintenant.

— C'est très bien, Livvy. Tu peux tout me dire, je t'assure. Tu peux tout me dire et cela ira mieux, tu verras.

Elle le fixa droit dans ses yeux verts, puis débita le reste d'un trait.

— Ça sent mauvais, beaucoup de choses sont cassées, tout est rouge et mouillé, les fleurs sont tombées par terre et il y a aussi du verre. Il ne faut pas aller avec les pieds nus là où il y a du verre parce qu'on se blesse, alors moi je ne veux pas marcher dedans. Je vois maman, elle est couchée par terre et tout le rouge et tout le mouillé est à côté d'elle. Le monstre est avec elle, il a ses ciseaux dans la main.

Elle éleva sa propre main, les doigts crispés et le regard vitreux.

— « Livvy, bon Dieu, Livvy », dit-elle, parodiant la voix de son père d'une manière pathétique. Je me suis enfuie et il continuait à m'appeler. Il cassait des choses dans la maison et il me cherchait et il criait. Je me suis cachée dans la penderie.

Une autre larme vacilla pendant quelques secondes sur le bord de ses cils, puis finit par rouler sur sa joue.

— C'est très bien, ma chérie. Tu es une grande fille, très courageuse.

Quand elle lui adressa un pâle sourire, il pria pour n'avoir plus jamais à lui faire revivre la même épreuve. Il revint au puzzle et fit, sur les citrouilles parlantes, de facétieux commentaires qui provoquèrent le fou rire d'Olivia. Il ne voulait pas qu'elle emporte de lui un souvenir de peur, de sang et de folie.

Néanmoins, une fois parvenu à la porte, il se retourna pour jeter un regard en arrière et vit les yeux de la fillette fixés sur lui dans une attitude de supplication muette ; elle arborait cette expression terriblement grave qu'on ne voit qu'aux très jeunes enfants.

Tandis qu'il s'engageait dans l'escalier, il sentit ses pensées battre à l'unisson de celles de Jamie. Désormais, lui aussi voulait la peau de Sam Tanner.

— Vous avez été très bien avec elle, lui assura la jeune femme.

Après s'être si longtemps maîtrisée, Jamie était à bout de forces. Elle aurait voulu pouvoir se recroqueviller sur elle-

47

même et pleurer, comme sa mère, ou s'absorber dans le travail, comme son mari. Tout plutôt que revivre à nouveau la scène, ainsi qu'elle venait de le faire à travers le récit d'Olivia.

— C'est une petite fille remarquable.

— Elle tient de sa mère...

Frank s'arrêta, puis se tourna et scruta Jamie.

— Je dirais qu'elle a aussi quelque chose de sa tante.

Une expression étonnée passa sur le visage de la jeune femme, puis elle revint à Olivia et soupira.

— Elle s'est remise à sucer son pouce. Elle avait arrêté avant l'âge de un an.

— Elle y trouve un réconfort, sans doute. Madame Melbourne, vous avez beaucoup de soucis en tête et en aurez beaucoup d'autres à affronter dans les jours à venir. Vous devriez songer à vous faire assister et conseiller. Pas seulement pour Olivia, mais pour vous tous.

— Oui, je vais y penser. Je dois d'abord surmonter le moment présent. Je veux voir Sam.

— Je ne crois pas que ce soit une bonne idée.

— Je veux voir l'homme qui a tué ma sœur, le regarder dans les yeux. C'est ma thérapie à moi, inspecteur Brady.

— Je vais voir ce que je peux faire. En tout cas, ajouta-t-il comme il s'apprêtait à sortir, merci du temps que vous nous avez consacré et de votre esprit coopératif. Et sachez, une fois encore, combien nous sommes tristes pour vous.

— Veillez à ce qu'il paie.

Elle ouvrit la porte, rassemblant ses forces pour faire face aux cris de la presse et des curieux rassemblés dans la rue.

— Nous restons en contact, lui dit Frank en guise d'adieu.

Jamie referma la porte et s'y appuya lourdement. Elle demeura un long moment ainsi, la tête penchée, les yeux fermés, perdant la notion du temps, jusqu'à ce qu'une main se pose sur son épaule.

— Tu as besoin de repos, murmura David en l'entourant

de ses bras. Je voudrais que tu prennes un comprimé et que tu t'étendes.

— Non, pas de comprimé. Je veux garder l'esprit lucide. Les deux inspecteurs viennent de quitter la maison.

— Tu aurais dû m'appeler.

— C'est à moi qu'ils voulaient parler, et aussi à Livvy.

— Pour l'amour de Dieu, Jamie... tu les as laissés l'interroger ?

— Ce n'était pas comme tu le crois, David. Je t'assure. L'inspecteur Brady a été très gentil avec elle, et je suis restée là tout le temps. Ils voulaient savoir ce qu'elle avait vu. Elle est l'unique témoin, tu comprends.

— À quoi sert tout cela ? Ils le tiennent et l'affaire est réglée ! Il était sur place, l'arme du crime en main, raide défoncé comme il l'a été pendant la moitié de l'année dernière !

Au coup d'œil alarmé que Jamie lança vers l'étage supérieur, il se força à se calmer ; ils devaient tous rester calmes.

— Ils ont toutes les preuves pour le mettre à l'ombre jusqu'à la fin de sa vie, commenta-t-il.

— Maintenant, ils ont aussi la déclaration de Livvy affirmant qu'elle l'a vu et entendu.

— Chérie, dit-il en la serrant contre lui, je ne veux pas que ni toi, ni Livvy, ni aucun d'entre nous ne souffre plus que nécessaire. Parle-m'en avant de les laisser la voir de nouveau. Et nous devrions consulter un psychologue pour enfants.

— Tu as sans doute raison, mais il faut reconnaître qu'elle aime bien l'inspecteur Brady. Elle se sent visiblement en sécurité avec lui. Je suis inquiète pour ma mère, tu sais. Il faut que je monte la voir.

— Vas-y.

Leurs doigts s'enlacèrent.

— Ils nous rendront le corps de Julie après-demain. Nous

pouvons organiser les obsèques pour le lendemain, si tu t'en sens le courage. J'ai commencé à prendre des dispositions.

— Oh ! merci David... J'avais l'intention de passer des coups de téléphone un peu plus tard.

— Je sais quel genre de choses tu souhaites pour elle, alors laisse-moi m'y consacrer, en notre nom à tous. Je l'aimais, moi aussi.

— Je le sais.

— Je dois trouver à m'occuper et les détails pratiques, c'est ce que je fais de mieux. J'ai commencé à rédiger un communiqué de presse, parce qu'il en faudra un. C'est plus ton affaire que la mienne, mais j'ai pensé à quelque chose de simple. Je te le soumettrai avant de le diffuser.

— Je ne sais pas ce que je ferais sans toi, David.

— Tu n'auras jamais à le savoir, dit-il en déposant un baiser sur ses lèvres. Monte voir ta mère, et promets que tu essaieras de te reposer un peu.

— Oui. Je vais essayer.

Il la suivit des yeux tandis qu'elle gravissait l'escalier, puis se dirigea vers la porte et contempla, à travers les panneaux vitrés, les silhouettes agglutinées devant la maison. Ils devaient étouffer dans la lourde chaleur estivale.

On eût dit des vautours se pressant autour d'une proie toute fraîche.

3

Elle ne voulait pas faire la sieste, n'avait pas sommeil. Pourtant elle essayait, parce que tante Jamie lui avait demandé. En plus, elle n'était pas dans son propre lit.

C'était une jolie chambre. Des petites violettes grimpaient sur les murs, des rideaux blancs en plumetis rendaient toutes les choses légères et vaporeuses quand on regardait à travers. Elle dormait toujours dans cette chambre lorsqu'elle venait ici en visite.

Mais ce n'était pas *sa* maison.

Elle avait dit à grand-mère qu'elle voulait rentrer chez elle, que grand-mère pourrait venir aussi. Elles prendraient le thé dans le jardin en attendant le retour de maman. Mais les yeux de grand-mère étaient devenus humides, et elle avait serré si fort Olivia que ça lui avait presque fait mal. Alors, elle n'avait plus parlé de retourner à la maison.

En entendant un murmure dans le couloir, du côté de la porte de ses grands-parents, Olivia sauta du lit et sortit de sa chambre sur la pointe des pieds. Tante Jamie lui avait dit que grand-père et grand-mère faisaient la sieste eux aussi ; mais, s'ils s'étaient réveillés, peut-être qu'ils pourraient sortir et jouer ensemble ? Grand-père et grand-mère aimaient par-dessus tout être dehors. Ils pourraient jouer au ballon, aller nager ou grimper dans les arbres.

Grand-père disait qu'il y avait, dans l'État de Washington, des arbres qui montaient jusqu'au ciel. Olivia y était allée quand elle était bébé, et aussi à deux ans, donc elle ne pouvait pas vraiment s'en souvenir. Mais grand-père trouverait pour elle un de ces arbres qui montent jusqu'au ciel, alors elle pourrait grimper tout en haut et appeler sa mère. Si elle pouvait seulement monter près du ciel, maman l'entendrait.

Elle poussa doucement la porte de la chambre et vit grand-mère qui pleurait ; tante Jamie était assise à côté d'elle et lui tenait les mains. Olivia eut mal au cœur de voir grand-mère pleurer, et peur en regardant le visage de grand-père. Il était si sévère, ses yeux avaient l'air si noirs et si méchants... Quand il parla, sa voix était dure, comme s'il essayait de casser les mots en deux au lieu de les prononcer. Alors Olivia eut un mouvement de recul et se fit toute petite de l'autre côté de la porte.

— Pourquoi il l'a fait n'a pas d'importance. Il est fou, fou de drogues et de jalousie. Ce qui compte, c'est qu'il l'a tuée, qu'il nous l'a enlevée. Il va payer pour ça, chaque jour de sa misérable vie, il va payer. Et ce ne sera jamais suffisant.

— Nous aurions dû les faire venir à la maison, répondit grand-mère. Quand elle nous a appris ses problèmes avec Sam, nous aurions dû lui dire d'amener Livvy un moment chez nous, le temps de faire le point.

— Nous ne savions pas qu'il était devenu violent ni qu'il l'avait blessée ! grommela grand-père, serrant les poings. Si je l'avais su, je me serais occupé moi-même de ce fils de garce.

— On ne peut pas revenir en arrière, papa...

Jamie parlait d'un ton las, car elle se sentait en partie responsable : elle savait et n'avait rien dit, parce que Julie lui avait demandé de se taire.

— Si nous le pouvions, je vois au moins cent choses que j'aurais pu faire pour changer le cours des événements, pour l'interrompre à temps. Mais c'est trop tard, maintenant, et nous devons faire face au présent. Les journalistes...

— Qu'ils aillent se faire foutre !

Depuis son poste d'observation, Olivia écarquilla les yeux :

grand-père ne disait jamais de gros mots. Elle les écarquilla plus encore quand tante Jamie répondit, hochant la tête :

— Ils risquent de nous envoyer *nous* faire foutre, papa. C'est leur façon d'agir. Soit ils feront de Julie une sainte, soit ils en feront une putain, ou les deux. Dans l'intérêt de Livvy, nous devons tâcher de les contrôler d'aussi près que possible. Il va y avoir des bruits sur son mariage et ses relations avec Sam, et aussi des bruits sur d'autres hommes. Spécialement sur Lucas Manning.

— Julie n'était pas une tricheuse ! intervint sèchement grand-mère.

— Je le sais, maman, mais les journalistes faussent toujours le jeu.

— Elle est morte, souffla grand-père d'une voix soudain éteinte. Julie est morte. Que peut-il y avoir de pire ?

Livvy s'éloigna lentement de la porte. Elle savait ce que « morte » signifiait. On disait que les fleurs étaient mortes quand elles étaient toutes jaunies, toutes raides et qu'il fallait les jeter. Quand Casey, le vieux chien de Tiffy, était mort, ils avaient creusé un trou dans la cour pour le mettre dedans, et ils l'avaient recouvert de terre et d'herbe.

« Mort » signifiait que vous ne pouviez plus revenir.

Alors le souffle devint épais et chaud dans sa poitrine, des images de verre brisé et de sang répandu, de monstres qui criaient et de ciseaux qui claquaient défilèrent dans sa tête. Puis le souffle parut exploser et lui brûla le cœur ; elle se mit à courir et à crier :

— Maman n'est pas morte ! Maman n'est pas morte et elle n'est pas dans un trou dans la cour ! Elle va revenir, elle va revenir bientôt !

Courant toujours pour fuir les voix qui prononçaient son nom, elle descendit l'escalier et traversa l'entrée ; arrivée à la porte, elle se bagarra avec la poignée, les joues inondées de larmes. Elle devait sortir et trouver un arbre montant jusqu'au ciel ; elle y grimperait et appellerait maman afin qu'elle rentre à la maison.

Elle réussit enfin à ouvrir la porte et se précipita dehors ; mais une foule de gens s'y trouvait et elle ne savait pas où aller. Tout le monde criait en même temps, telle une immense vague sonore déferlante qui lui faisait mal aux oreilles. Elle pressa ses mains contre la tête en pleurant et appela sa mère.

Une douzaine de caméras s'emparèrent avidement de cette image, dévorèrent l'instant fugace, tout son poids de frayeur et de chagrin. Quelqu'un hurla qu'on la laisse tranquille, qu'elle n'était qu'une fillette, mais personne ne l'écouta dans la frénésie générale. Les flashes jaillissaient des objectifs et l'aveuglaient ; elle distinguait des ombres et des silhouettes, une masse de visages inconnus. Des voix fusaient de partout, lui posant des questions, lui donnant des ordres :

— Regarde de ce côté, Olivia ! Par ici !

— Est-ce que ton père a voulu te faire mal ?

— Tu les as entendus se battre ?

— Regarde-moi, Olivia ! Regarde l'appareil !

Elle s'était figée, comme un faon dans la ligne de mire, l'œil hagard et sauvage. Puis elle se sentit soulevée et se retrouva pressée contre sa tante, le visage enfoui dans son parfum familier.

— Je veux maman, je veux maman !

Elle répétait ces mots encore et encore, tandis que tante Jamie la serrait de toutes ses forces dans ses bras.

— Ce n'est qu'une enfant !

Incapable de se maîtriser, Jamie se mit à crier :

— Allez vous faire voir ! Allez tous vous faire voir ! Ce n'est qu'une enfant !

Puis elle se retourna vers la maison, hors d'elle, avant que son mari et ses parents aient eu le temps de sortir eux aussi.

— Non, restez à l'intérieur ! Ne leur en donnez pas plus !

— Je l'emmène en haut.

Les yeux de grand-mère étaient secs désormais. Secs, froids et calmes.

— Tu avais raison, Jamie. Il faut compter avec eux à présent.

Elle posa ses lèvres sur les cheveux d'Olivia et s'engagea dans l'escalier. Pour elle, le présent, c'était Olivia.

Olivia s'était endormie, épuisée par la peur et le chagrin, sa grand-mère veillant sur elle.

Dans un autre genre de décor, bien différent, Frank Brady pensait lui aussi à la fillette. Elle restait inscrite dans son esprit ; ses grands yeux bruns semblaient l'observer, pleins de confiance, pendant qu'il accomplissait son travail.

Pour Frank, le présent, c'était Sam Tanner.

Malgré les heures passées en cellule et la dose que tout son organisme réclamait avec avidité, Sam n'avait pas trop mauvaise allure. Il donnait l'impression d'avoir été vêtu et maquillé afin de jouer le rôle de la victime innocente, qui souffre mais reste assez beau pour donner au public féminin l'envie folle de le tirer de là. Ses cheveux étaient sombres, épais, en bataille ; ses yeux brillants, bleu viking, étaient lourdement cernés. Son histoire d'amour avec la cocaïne lui avait coûté quelques kilos, mais cela ne faisait qu'ajouter une note hâve et romantique à son visage. Ses lèvres et ses mains tremblaient sans cesse.

Ils avaient échangé ses vêtements ensanglantés contre une chemise grise délavée et un pantalon qui bâillait aux genoux. Ils lui avaient également retiré sa ceinture et ses lacets. On voulait l'empêcher de se suicider — et lui-même commençait seulement à remarquer le manque d'intimité. Plongé pour l'instant dans le choc et le manque, il n'avait pas encore pris la mesure de la situation.

La salle d'interrogatoire, dont l'air sentait le renfermé, avait des murs beiges et une longue rangée de glaces sans tain. Elle comportait une unique table et trois chaises ; celle de Sam tanguait dangereusement sur ses pieds s'il essayait de se pencher en arrière. Un distributeur, dans un coin de la pièce, délivrait de minuscules gobelets triangulaires d'eau tiède.

Frank s'assit en face de lui, sans un mot, tandis que Tracy s'adossait au mur et s'absorbait dans la contemplation de ses ongles. Une sueur poisseuse, due au silence et à la pièce surchauffée, coulait le long du dos de Sam.

— Je vous ai déjà tout dit. Je ne me rappelle rien de plus.

Sam avait laissé les mots jaillir, incapable de supporter plus longtemps le mutisme des policiers. Quand ils en avaient eu fini avec lui, après le premier interrogatoire, il était sûr qu'ils allaient le laisser partir. Pour qu'il sache enfin ce qu'il était advenu de Julie et d'Olivia.

Oh ! Julie, bon Dieu... Chaque fois qu'il pensait à elle, il voyait du sang, une mare de sang.

Frank se contenta d'acquiescer, le regard patient.

— Pourquoi ne pas nous répéter ce que vous nous avez déjà dit ? Depuis le début.

— Je n'arrête pas de vous le répéter ! Je rentrais à la maison...

— Vous n'habitiez plus là-bas, n'est-ce pas, monsieur Tanner ? l'interrompit Tracy, d'une voix encore dépourvue d'agressivité.

— C'est toujours ma maison. Notre séparation était provisoire, jusqu'à ce que nous ayons résolu certains problèmes.

— Bien sûr, dit Tracy, continuant à étudier ses ongles. C'est pour cela que votre femme avait demandé le divorce et qu'elle avait seule la garde de l'enfant. Que vous aviez un droit de visite restreint et que vous aviez acheté ce palais à la plage.

— C'était pour la forme...

Il avait désespérément besoin d'une dose, juste une petite dose pour s'éclaircir l'esprit, pour affûter ses idées. Pourquoi les gens ne comprenaient-ils pas quel mal il avait à *penser* quand il était dans cet état-là ?

— J'ai acheté la maison de Malibu en guise d'investissement.

Tracy poussa un grognement, Frank leva la main. Ils faisaient équipe depuis six ans et leurs rôles respectifs étaient parfaitement au point, comme un vieux couple d'amoureux.

— Laisse-lui une chance de tout nous dire, Tracy. Si tu l'interromps sans cesse, tu vas l'égarer. Nous essayons seulement de rassembler les détails de l'affaire, monsieur Tanner.

— D'accord, d'accord. Je rentrais à la maison.

Ses jambes le démangeaient, et il détestait le contact rugueux de ce pantalon qui béait de partout. Il était habitué aux meilleurs tissus, coupés par des mains expertes. Bon Dieu, il méritait mieux que ça...

— Pourquoi rentriez-vous à la maison ?

— Pourquoi ? Je voulais parler à Julie. Je devais la voir. Nous devions arranger les choses ensemble.

— Étiez-vous drogué, monsieur Tanner ?

Frank posa la question d'un ton aimable, presque amical.

— Ce serait mieux si vous étiez franc sur le sujet. Usage de drogues douces, consommation occasionnelle... Nous ne cherchons pas à vous enfoncer avec ça, nous voulons juste savoir dans quel état d'esprit vous étiez.

Il niait jusqu'alors, il avait toujours nié. C'était le genre de bruit qui pouvait vous couler auprès du public. Les gens du métier comprenaient la vie, mais pour le box-office la cocaïne, c'était plutôt mauvais. Pourtant, une petite ligne de coke entre amis... Bon sang, ce n'était pas une grosse affaire, il le disait toujours à Julie quand elle le harcelait. Si seulement elle avait compris...

Julie... Était-il vraiment possible qu'elle soit morte ?

— Monsieur Tanner ?

— Quoi ?

Ses yeux papillotèrent, ses yeux qui avaient troublé tant de

57

femmes à travers le monde ; aujourd'hui, ils étaient injectés de sang, vides et meurtris.

— En aviez-vous pris lorsque vous êtes venu voir votre femme ? Avant d'écouter votre réponse, ajouta Frank, je dois vous dire que nous avons fouillé votre voiture et trouvé votre réserve. Pourtant, nous n'allons pas vous ennuyer là-dessus. Du moins, tant que vous êtes franc avec nous.

— Je ne sais pas de quoi vous voulez parler, bredouilla Sam. N'importe qui peut en avoir mis dans ma voiture. Vous, peut-être.

— Vous nous accusez d'avoir fabriqué une fausse preuve ? Tracy fendit l'air tel un éclair ; il attrapa Sam par le col et le souleva à moitié de sa chaise.

— C'est bien ce que vous êtes en train de nous dire ?

— Du calme, du calme..., intervint Frank. M. Tanner a les idées un peu embrouillées parce qu'il est contrarié. Vous ne vouliez pas dire que nous avions déposé de la drogue dans votre voiture, n'est-ce pas ?

— Non, je...

— Parce que c'est une affaire grave, monsieur Tanner. Une accusation très grave, qui risque de se retourner contre vous. Pas mal de gens confirmeront que vous appréciez une petite ligne de temps à autre. Simple habitude mondaine, sans plus.

Tracy retourna s'adosser contre le mur, non sans laisser échapper un reniflement méprisant.

— Nous n'allons pas en faire une histoire, continua Frank, sauf si vous en faites une vous-même. Sauf si vous prétendez que *nous* avons placé cette coke dans votre voiture, alors que nous savons parfaitement qu'elle était à vous. Alors qu'il suffit de vous regarder, à cette minute même, pour voir que tout irait mieux si vous pouviez en prendre un peu.

Le visage sérieux, Frank se pencha vers lui.

— Vous êtes dans une mauvaise passe, Sam, dans une sacrée mauvaise passe. J'admire vos films au cinéma, je suis même un vrai fan. Je voudrais bien vous aider mais vous ne me facilitez pas la tâche, et à vous non plus, en nous mentant sur ces histoires de drogue. Vous ne faites que rendre les choses pires, au contraire.

Sam tournait et retournait son alliance autour de son doigt.

— Bon, j'en avais peut-être pris une ou deux doses, mais je gardais le contrôle. Oui, je le gardais.

Il se raccrochait désespérément à cette idée, il tentait de s'en persuader à tout prix.

— Je ne suis pas un junkie ni rien de tout ça. J'ai juste pris une ou deux doses pour m'éclaircir les idées avant de rentrer à la maison.

— Pour parler à votre femme, lui souffla Frank. Pour arranger les choses.

— Oui, c'est ça. Je voulais lui faire comprendre que nous devions nous remettre ensemble, nous débarrasser des avo- cats et régler nos problèmes. Elle me manquait, et Livvy aussi. Je voulais recommencer notre vie d'avant. Bon sang, je voulais juste revenir à notre vie d'avant !

— Je vous comprends. Une femme et une fille superbes, il faut être fou pour les abandonner. Vous vouliez arranger vos problèmes, donc vous êtes allé là-bas et vous lui avez parlé.

— C'est ça, je... Oh ! non, j'y suis allé et je l'ai trouvée... Oh ! bon Dieu, Julie..., dit-il en fermant les yeux. Il y avait du sang partout, du verre brisé, la lampe que je lui avais offerte pour son anniversaire... Elle était étendue là, dans le verre et le sang. Quand j'ai essayé de la relever, les ciseaux étaient dans son dos, alors je les ai retirés...

L'avait-il fait, oui ou non ? Il pensait les avoir enlevés, mais ne pouvait se remémorer précisément la scène. Les ciseaux s'étaient retrouvés dans sa main, chauds et poisseux de sang.

— J'ai vu Livvy. Elle était debout, là, et ensuite elle s'est enfuie.

— Vous l'avez suivie, fit calmement Frank.

— Je crois... J'ai dû le faire, oui. Je pense que j'ai un peu perdu la boule. En essayant de la retrouver, de retrouver celui qui avait fait ça à Julie. Je ne me souviens pas. J'ai appelé la police. — Il leva les yeux vers Frank. — J'ai appelé la police dès que j'ai pu.

— Au bout de combien de temps ?

D'une poussée, Tracy s'éloigna du mur, vint coller son visage contre celui de Sam.

— Pendant combien de temps tu as parcouru la maison en cherchant cette petite fille, les ciseaux à la main, avant de t'effondrer et d'appeler les flics ?

— Je ne sais pas. Je ne suis pas sûr. Quelques minutes, peut-être. Dix ou quinze.

— Salaud de menteur !

— Tracy...

— C'est un putain de salaud de menteur, Frank ! S'il avait trouvé l'enfant, elle serait à la morgue à côté de sa mère !

— Non, non ! cria Sam, et l'horreur perçait dans sa voix. Je n'aurais jamais fait de mal à Livvy !

— Ce n'est pas ce que pensait ta femme, Tanner, gronda Tracy en posant un doigt sur la poitrine de Sam. Elle avait peur de te laisser seul avec l'enfant et elle l'a écrit. Tu es un fils de garce de cocaïnomane, et je vais te dire comment tout s'est passé en réalité. Tu pensais à elle, dans la grande maison, elle qui t'avait jeté dehors, loin de ta fille, parce qu'elle ne pouvait plus supporter de te voir. Tu l'imaginais peut-être en train d'écarter les jambes devant un autre homme. Une femme comme elle, il y a forcément d'autres hommes qui ne tardent pas à rappliquer. Alors tu t'es complètement défoncé et tu as pris ta voiture pour aller lui montrer qui était le patron.

— Non ! Je voulais seulement lui parler...

— Mais elle ne voulait pas, n'est-ce pas, Tanner ? Elle t'a dit de filer, pas vrai ? D'aller au diable ? Tu l'as d'abord un peu frappée ici et là, comme l'autre fois...

— C'était un accident ! Je n'ai jamais eu l'intention de lui faire mal ! Nous nous disputions, c'est tout...

— Puis tu as ramassé les ciseaux.

— Non...

Il essayait de remonter le fil des événements, d'éclaircir les images troubles dans sa tête.

— Nous étions dans la chambre de Livvy. Julie n'aurait pas laissé de ciseaux dans la chambre de Livvy...

— Vous étiez en bas et tu les as vus sur la table, brillants et pointus. Alors tu les as pris et tu l'as étripée car elle ne voulait plus entendre parler de toi. Si tu ne pouvais pas l'avoir, personne d'autre ne l'aurait. C'est ce que tu pensais, n'est-ce pas, Tanner ? La chienne méritait de mourir...

— Non, non, non ! Je ne peux pas avoir fait ça, je ne peux pas !

Mais il se rappelait la sensation des ciseaux dans sa main, ses doigts crispés autour des anneaux, le sang qui coulait le long de la lame...

— Je l'aimais, oh ! je l'aimais..., gémit-il.

— Vous n'aviez pas l'intention de le faire, n'est-ce pas, Sam ? enchaîna Frank, attrapant la balle au bond.

Il se cala de nouveau dans le fond de son siège, la voix calme et le regard tranquille.

— Je sais ce que c'est. Quelquefois, on aime tellement une femme que ça vous rend fou. Quand elles n'écoutent pas ce qu'on leur dit, qu'elles ne comprennent pas ce qu'on leur veut, on cherche un moyen pour se faire entendre d'elles. C'était comme cela, n'est-ce pas ? Vous essayiez de trouver un moyen pour qu'elle vous écoute et elle ne le faisait pas. Alors vous vous êtes énervé, et il y avait aussi la drogue. Vous avez perdu le contrôle. Vous discutiez, les ciseaux étaient juste là, peut-être qu'elle est venue vers vous... Et c'est arrivé tout seul, avant que vous puissiez vous maîtriser. Comme l'autre fois, quand vous n'aviez pas l'intention de lui faire du mal. C'était une sorte d'accident.

— Je ne sais pas..., bredouilla Sam, tandis que la terreur commençait à l'envahir. J'avais les ciseaux dans la main, mais c'était après, c'était sûrement après. Je les ai retirés de son dos...

— Livvy a dit qu'elle vous avait vu.

Sam regarda Frank d'un air ahuri.

— Quoi ?

— Elle vous a vu et elle vous a entendu, Sam. C'est pour cela qu'elle était descendue. Il y a un témoin : votre fille de quatre ans. Vos empreintes sont partout sur l'arme du crime, vos pas ensanglantés dans toute la maison. Les empreintes de doigts pleines de sang sur le montant de la porte d'Olivia sont les vôtres. Il n'y avait personne d'autre dans la maison, pas de cambrioleur, comme vous avez essayé de nous le faire croire, pas de trace d'effraction. Rien n'a été volé, votre femme n'a pas été violée. Trois personnes seulement se trouvaient dans la maison cette nuit-là : Julie, Livvy et vous.

— Il y avait *forcément* quelqu'un d'autre...

— Non, Sam. Personne.

— Mon Dieu... mon Dieu, mon Dieu...

Tremblant de tout son corps, il posa la tête sur la table et sanglota comme un enfant ; puis, quand il eut fini, il avoua.

Frank lut pour la troisième fois la déclaration signée par Sam ; ensuite il se leva, fit quelques pas dans la cafétéria, se résolut à empoigner la cafetière pleine d'un brouet jaunâtre. Sa tasse à demi remplie de ce qui aurait fait grimacer même un SDF à la soupe populaire, il retourna s'asseoir à la table et parcourut la confession pour la quatrième fois.

Quand son équipier arriva dans la pièce, Frank lui parla sans relever les yeux.

— Ce truc-là est plein de trous, Tracy. Tu pourrais passer au travers avec la vieille Cadillac que tu aimes tant, sans même rayer la peinture.

— Je sais.

Tracy jeta un coup d'œil à l'intérieur de la cafetière, fronça les sourcils et prépara une nouvelle tournée de café ; puis il alla jusqu'au réfrigérateur à la porte balafrée et vola à quelqu'un une poire Bartlett, mûre à point. Il mordit dedans, poussa un grognement de satisfaction et s'assit.

— Ce type est rincé, Frank. Accro, en manque. Et il était défoncé cette nuit-là. Il ne pourra jamais tout se rappeler minute par minute.

D'un revers, il essuya le jus de poire qui lui coulait sur le menton.

— On sait que c'est lui. On a des preuves matérielles, un mobile et les circonstances. On a reconstitué la scène et le rôle qu'il y a joué. On a même un témoin, et maintenant ses aveux ! Notre boulot est fait, Frank.

— Oui, mais ça ne tombe pas comme il faudrait. Pas de bout en bout. Regarde ici... Quand il dit qu'il a cassé la boîte à musique Disney de la petite. Il n'y en avait pas... Il confond les deux nuits où il est allé là-bas.

— C'est un foutu cocaïnomane, insista Tracy d'un ton impatienté. Il prétend être entré dans la maison après un cambriolage, ça ne tient pas debout. Elle lui a bel et bien ouvert la porte, sa sœur a confirmé que ça n'avait rien d'invraisemblable. Il a ramassé les ciseaux et l'a poignardée alors qu'elle lui tournait le dos. Elle est tombée — aucune présence de blessure défensive, note bien —, puis il a continué à lui donner des coups pendant qu'elle essayait de s'enfuir en rampant. Nous avons les traces de sang et le rapport du médecin légiste, nous savons exactement comment ça s'est passé. Et ça me rend malade.

Il jeta le trognon de poire dans la corbeille, puis traîna sa chaise en arrière jusqu'à la cafetière.

— En sept ans de travail, murmura Frank, j'ai vu pas mal de cadavres, mais celui-là est un des pires. Pour qu'un homme fasse ça à une femme, il faut qu'il en ait gros sur le cœur. J'aurais préféré une déposition plus solide, c'est tout, soupira-t-il. N'importe lequel de ces avocats en or massif va s'engouffrer dans ces trous la tête la première.

Il hocha la tête et se leva.

— Je rentre chez moi, voir si je me souviens encore à quoi ressemblent ma femme et mon gosse.

— Avocat ou pas, commenta Tracy, Sam Tanner va tomber quand même, il passera le reste de sa putain de vie en cabane.

— Oui, sans doute. Et cette petite fille va devoir vivre avec ce souvenir. C'est ça qui me rend malade, Tracy, ça me ronge à l'intérieur.

Frank y repensa au cours du trajet, sur l'autoroute avec son trafic infernal, puis le long de la rue tranquille où les maisons s'entassaient les unes sur les autres — petites et coquettes comme la sienne, entourées de maigres pelouses souffrant du manque de pluie.

Le visage d'Olivia restait gravé dans son esprit, ses joues rondes de fillette et son regard au contraire trop adulte, blessé sous ses grands sourcils sombres. Et aussi le souvenir des premiers mots qu'elle lui avait dits :

— Le monstre est là...

Il se gara dans la courte allée, sur le côté de son petit pavillon. Tout semblait si sacrément normal, ici. Noah avait posé — ou plutôt jeté — son vélo par terre, et les balsamines de sa femme s'étiolaient car elle avait oublié de les arroser, une fois de plus. Dieu sait pourquoi elle s'obstinait à en replanter, si c'était pour les exterminer ensuite avec la régularité d'une tueuse de fleurs en série. Son vieux buggy VW était là, décoré de tous les autocollants des diverses causes qu'elle défendait. Celia Brady collectionnait les causes comme d'autres femmes les recettes de cuisine.

Il remarqua que la VW avait encore une fuite d'huile, grommela sans conviction et descendit de sa voiture.

La porte d'entrée s'ouvrit en coup de vent, puis se referma tout aussi violemment. Son fils en avait jailli comme un boulet de canon, les cheveux bruns hirsutes, les genoux couverts de bleus, chaussé d'une paire de baskets trouées.

— Salut, papa ! On revient juste de la manif contre la chasse à la baleine. Maman a eu ces disques où on les entend chanter... Je t'assure, on dirait des vraies chansons d'extra-terrestres !

Frank fit la grimace : le chant des baleines risquait de résonner souvent à la maison dans les jours à venir.

— J'imagine qu'il n'y a rien à manger ?

— On a pris un menu Colonel sur le chemin du retour. J'ai réussi à la convaincre. Avec tout ce qu'elle nous a fait avaler de bio ces derniers temps, c'est une chance qu'on soit pas morts de faim, non ?

Frank s'arrêta et posa la main sur l'épaule de son fils.

— Tu veux dire... il y a du poulet grillé pour le dîner ? Ne joue pas avec mes nerfs, Noah.

Quand Noah riait, ses yeux vert foncé semblaient danser.

— Une marmite entière de poulet ! Moins ce que j'ai déjà mangé dans la voiture, bien sûr. Maman dit qu'on en a pris parce que tu as besoin d'un bon repas pour tenir le coup.

— Exact.

C'était bon d'avoir une femme qui vous aimait assez pour bien vous connaître. Frank s'assit sur la véranda avec son fils, dénoua sa cravate et passa le bras autour des épaules de Noah.

— Il y a eu tout le temps des bulletins et des flashes sur cette star de cinéma, Julie MacBride, lui raconta le garçon. On t'a vu entrer avec Tracy dans une grande maison, et ils ont montré une autre maison encore plus grande, là où on l'a tuée. Juste maintenant, on vient de voir la petite fille sortir en courant de la première maison, et elle avait l'air vraiment effrayée.

Noah n'avait pu détacher son regard de l'écran, même quand les yeux immenses et terrifiés avaient paru regarder droit dans les siens et l'appeler à l'aide.

65

— Tu aurais vu ça, papa... Ils la filmaient en gros plan et elle pleurait, elle criait et se bouchait les oreilles, jusqu'à ce que quelqu'un vienne et la remmène à l'intérieur.

— Oh ! Seigneur, gémit Frank. Pauvre gosse...

— Qu'est-ce qu'ils vont faire avec elle, si sa mère est morte et son père en prison ?

Frank soupira ; Noah voulait toujours savoir le pourquoi et le comment des choses. Ils ne l'en empêchaient pas — ç'avait toujours été la position de Celia, et Frank s'était rangé à son avis. Leur garçon était éveillé, curieux, et il savait reconnaître le bien du mal. C'était un fils de flic, pensait Frank ; il devait apprendre qu'il y avait des sales types sur cette terre, et qu'ils ne payaient pas toujours pour leurs forfaits.

— Je ne sais pas au juste. Elle a de la famille, qui l'aime. Ils feront sûrement de leur mieux pour elle.

— À la télé, ils ont dit qu'elle était dans la maison quand c'est arrivé. C'est vrai ?

— Oui.

— Eh bien... Elle avait l'air vraiment effrayée, répéta-t-il.

Oui, Noah comprenait qu'il existait des sales types, et qu'ils ne payaient pas toujours. Et aussi qu'être un enfant ne signifiait pas que vous étiez à l'abri. Mais il ne pouvait comprendre ce que voulait dire être effrayé par son propre père.

— Ça s'arrangera, pour elle.

— Pourquoi il a fait ça, papa ?

— On ne le saura jamais avec certitude. Certains vont prétendre qu'il l'aimait trop, d'autres qu'il était fou. Que c'était à cause de la drogue, de la jalousie ou de la colère. Le seul à connaître la vraie réponse, c'est Sam Tanner. Et encore, je ne suis pas sûr qu'il la comprenne bien lui-même.

Frank donna une bourrade sur l'épaule de son fils.

— Allons écouter le chant des baleines et manger du poulet.

— Et de la purée...

— Fils, il n'est pas impossible que tu voies un adulte essuyer une larme de bonheur.

Noah rit de nouveau, puis entra dans la maison à la suite de Frank. L'enfant aussi l'aimait assez pour comprendre ; et il savait qu'il entendrait son père faire les cent pas cette nuit-là, comme chaque fois que son métier le préoccupait vraiment.

4

La confession est peut-être bénéfique pour l'âme, mais dans le cas de Sam Tanner elle l'obligea aussi à regarder la réalité en face. Moins d'une heure après qu'il eut signé, en larmes, la déposition par laquelle il admettait avoir assassiné sauvagement sa femme sous l'empire de la drogue, il se préoccupait de ses droits de justiciable.

Il appela l'avocat — celui-là même qui n'avait fait jusqu'ici, d'après Sam, qu'envenimer ses problèmes conjugaux — pour lui demander d'assurer sa défense. Paniqué, malade, il avait déjà oublié la moitié de ses révélations.

Ce fut donc un avocat spécialisé dans les affaires de divorce qui affirma d'emblée que les aveux avaient été obtenus sous la contrainte, enjoignit à son client de garder le silence comme il en avait le droit, et battit le rappel des troupes pour le combat à venir.

Charles Brighton Smith prendrait la tête de l'équipe des défenseurs. C'était un vieux renard de soixante ans, avec une superbe crinière de cheveux argentés, des yeux bleus rusés et l'esprit tranchant comme un laser. Il s'emparait avec gourmandise des cas les plus en vue et n'aimait rien tant que les empoignades à grand spectacle au tribunal, quand la meute des médias était de la partie.

Avant de s'envoler pour Los Angeles, il avait déjà commencé à constituer son équipe de juristes, d'experts, de psychologues et de *profilers*, chargés d'étudier chacun des membres du jury. Il avait annoncé son numéro de vol, son heure d'arrivée et était prêt — fort élégamment vêtu — pour l'assaut des journalistes lorsqu'il sortit de l'avion.

Il leur fit une déclaration préliminaire de sa belle voix richement timbrée ; son expression était étudiée pour traduire à la fois la gravité, l'inquiétude et la compassion.

— Sam Tanner est un homme innocent, lui-même victime de cette tragédie. Il a perdu la femme qu'il aimait dans les conditions les plus cruelles, et la police a imaginé toute cette sombre histoire parce qu'elle avait hâte de clore le dossier. Nous allons corriger rapidement cette injustice, afin qu'il puisse se consacrer à son deuil et rentrer chez lui avec sa malheureuse fille.

Il ne répondit à aucune question et ne fit pas d'autres commentaires. Ses gardes du corps fendirent la foule et le conduisirent jusqu'à la limousine l'attendant au-dehors. Alors qu'il s'installait sur la banquette arrière, il jugea que l'annonce de son arrivée dans l'affaire allait faire grand bruit dans les médias.

Il ne se trompait pas.

Après le dernier flash d'informations sur l'arrivée de Smith à Los Angeles, Valerie MacBride éteignit la télévision d'un geste brusque. C'était un jeu pour eux tous, pensa-t-elle ; pour la presse, les avocats, la police, le public. Une façon comme une autre de faire monter les indices d'écoute, de vendre leurs journaux et leurs magazines, de voir leurs photos trôner en couverture ou sur l'écran de la télévision. Pour cela, ils se servaient de sa fille, sa pauvre petite fille assassinée.

Mais on n'y pouvait rien : Julie avait choisi de vivre sous le regard du public, et elle était morte ainsi.

Maintenant, les avocats allaient se servir de cette image publique, l'exploiter et la déformer, jusqu'à faire une victime de l'homme qui avait tué Julie. Il deviendrait un martyr, et Olivia n'était qu'un instrument de plus dans ce jeu-là. Mais cela du moins, songea Val, elle pouvait l'empêcher.

Elle sortit discrètement de la pièce, jetant au passage un

coup d'œil à Olivia. Rob était allongé sur le sol près de leur petite-fille, et leurs têtes se touchaient tandis qu'ils coloriaient un livre ensemble. Il était solide comme un roc, pensa-t-elle avec gratitude ; si fort qu'on s'appuyât sur lui, il restait droit. Elle les laissa l'un avec l'autre et partit retrouver Jamie.

La maison était construite en T, avec des lignes nettes et des angles droits. Le bureau de Jamie se situait dans l'aile gauche. Quand elle était venue huit ans plus tôt à Los Angeles remplir le rôle de collaboratrice et de secrétaire personnelle de sa sœur, elle avait logé et travaillé dans la chambre d'amis de la maison de poupée que possédait alors Julie dans les collines.

Val s'était fait du souci pour elles à l'époque ; mais leurs coups de téléphone, leurs lettres et leurs visites étaient si pleins de plaisir et d'enthousiasme qu'elle essayait de ne pas les étouffer sous des mises en garde continuelles. Elles avaient vécu ensemble pendant deux ans, jusqu'à ce que Julie rencontre Sam et l'épouse. Moins de six mois plus tard, Jamie était fiancée avec David. Il manageait et produisait des groupes de rock and roll... Valerie s'en était inquiétée, mais il avait évolué depuis, pour être désormais aussi stable et solide que son propre Rob.

Elle avait alors considéré que ses filles étaient en sécurité, heureuses et mariées à de bons époux. Comment avait-elle pu se tromper à ce point ?

Éloignant cette pensée, qui ne pouvait mener à rien, elle frappa doucement à la porte du bureau de Jamie avant de l'ouvrir.

La pièce reflétait à la fois l'élégance de sa fille et son sens de l'organisation. D'ordinaire, les stores aux fines lamelles verticales auraient été grands ouverts aux rayons du soleil, au spectacle de la piscine et des fleurs ; mais les paparazzis avaient assiégé la maison avec leurs téléobjectifs, aussi étaient-ils étroitement fermés et les lampes allumées, bien qu'on fût au milieu de l'après-midi.

Nous vivons ici comme des otages, pensa Val tandis que sa fille lui adressait un sourire, tout en continuant à converser au téléphone. Elle s'assit sur une simple chaise face au bureau et attendit. Jamie semblait fatiguée, et Val songea qu'elle avait fort peu prêté attention, ces derniers temps, au seul enfant qui lui restait.

— Désolée, maman, dit Jamie en raccrochant le combiné. Il y a tant à faire...

— Je ne te suis pas d'une grande aide.

— Oh ! si... Je ne sais pas comment nous nous en sortirions, sans papa et toi. Je ne peux pas faire face à tout et m'occuper de Livvy comme elle en a besoin.

Elle se leva et se dirigea vers le petit réfrigérateur, pour y prendre une bouteille d'eau. Son organisme commençait à se rebeller contre les litres de café engloutis ; au centre de son crâne, une migraine sourde s'était installée, dont aucun remède ne pouvait venir à bout.

— David en fait beaucoup lui aussi, mais il a son propre travail, continua-t-elle en remplissant deux verres. Des gens ont proposé d'aider à répondre aux appels, aux télégrammes et aux lettres, seulement...

— ... c'est le rôle de la famille.

— Oui, opina Jamie en lui tendant un verre. Les gens déposent des fleurs devant chez Julie, et je me suis arrangée pour qu'on les livre dans les hôpitaux. Lucas Manning a la gentillesse de s'en occuper avec moi. Les lettres commencent juste à arriver et, même si Lou, l'agent de Julie, doit m'aider à y répondre, nous serons sans doute submergés dans une semaine ou deux.

— Jamie...

— Nous avons déjà reçu une montagne de condoléances de gens qu'elle connaissait, ou avec qui elle travaillait, ou de gens du métier. Sans compter les appels téléphoniques...

71

— Jamie..., insista sa mère d'un ton plus ferme. Nous devons parler de la suite des événements.

— C'est cela, la suite des événements, pour moi.

— Assieds-toi, s'il te plaît.

Le téléphone sonna, mais Val secoua la tête.

— Laisse-le sonner, Jamie, et assieds-toi.

— Bien...

Elle se rassit et laissa sa tête s'incliner vers l'arrière.

— Il va y avoir un procès, commença Val.

Jamie se redressa.

— Inutile de s'en préoccuper dès maintenant...

— Il le faut. Le nouvel avocat vedette de Sam est déjà en train de se pavaner et de prendre des poses à la télévision. Plusieurs personnes sont prêtes à affirmer que Sam ne peut pas avoir fait une chose pareille. On fera de lui un héros, une victime, un personnage de tragédie.

— Il ne faut pas les écouter.

— Je n'en ai nulle intention. Mais je ne veux pas courir le risque que Livvy entende ces absurdités. Je ne veux pas qu'on exploite de nouveau son image, comme quand elle est sortie devant les photographes. Je veux la ramener à la maison, Jamie. Je veux l'emmener dans l'État de Washington le plus tôt possible.

— L'emmener à la maison ? répéta Jamie, interloquée. Mais c'est ici, sa maison !

Val posa son verre pour saisir la main de sa fille.

— Je sais que tu l'aimes, Jamie, comme nous tous, mais écoute-moi. Cette petite ne peut pas rester ici, enfermée comme une prisonnière. Elle ne peut même pas sortir ! On ne la laisse pas s'approcher de la fenêtre, à cause des photographes ! Elle ne peut pas vivre ainsi, aucun de nous ne le pourrait.

— Ça va passer...

— Quand ? Comment ? Cela aurait probablement pu ralentir, mais pas avec ce genre de procès en perspective. Elle

72

ne pourra pas commencer l'école maternelle à l'automne ni jouer avec ses amis sans un garde du corps, sans qu'on la regarde, qu'on la montre du doigt, qu'on chuchote sur son passage. Et tous ne prendront pas la peine de chuchoter. Je ne veux pas qu'elle affronte ce genre de choses, et toi non plus, je pense.

— Oh ! maman..., gémit la jeune femme, déchirée. Je *veux* l'élever, maman. Nous en avons déjà parlé avec David...

— Comment pourrais-tu le faire ici, ma chérie ? Avec tous ses souvenirs, la publicité autour d'elle, les risques que ça comporte... Elle a besoin d'être protégée mais pas enfermée dans la maison qui est au centre de l'affaire, si merveilleuse soit-elle ! Avez-vous envie, David et toi, d'abandonner votre foyer, votre travail et votre style de vie, de l'emmener loin d'ici et de lui consacrer tout votre temps ? Ton père et moi pouvons la mettre en sécurité, l'éloigner de la presse. J'ai l'intention de prendre un avocat moi aussi, dès maintenant, et d'entamer une procédure pour obtenir sa garde. Je ne veux plus que cet homme s'approche d'elle, jamais. C'est cela qu'il lui faut, Jamie. C'est ce que Julie voudrait.

Et moi ? aurait voulu hurler Jamie. Qu'est-ce qu'il me faut, à moi, qu'est-ce que je veux ? N'était-ce pas elle qui calmait les cauchemars de Livvy, qui la réconfortait, la berçait et s'asseyait près d'elle pendant les longues heures de la nuit ?

— Tu as parlé de tout cela avec papa ?

Sa voix était sourde à présent, elle avait détourné les yeux.

— Nous en avons discuté ce matin et il partage mon opinion. C'est mieux ainsi, Jamie, je t'assure. Toi et David, vous viendrez aussi souvent que vous en aurez envie. Elle sera aussi à vous, elle sera toujours à vous — mais pas dans cette maison, Jamie, pas ici.

Surpris, Frank repoussa sa chaise de son bureau quand il vit s'approcher Jamie Melbourne. Elle retira ses lunettes noires en traversant la salle de police, puis les fit passer nerveusement d'une main dans l'autre.

— Inspecteur Brady ? J'aimerais vous parler, si vous avez un moment...

— Bien sûr... Allons à la cafétéria. Mais je ne vous conseille pas de prendre du café, fit-il avec un sourire.

— J'essaie de me modérer un peu, en ce moment.

— Voulez-vous que l'inspecteur Harmon soit là aussi ?

— Inutile de vous déranger tous les deux, dit-elle en pénétrant dans la minuscule pièce. Je suis venue sur une impulsion, mais ce n'est pas une démarche facile.

Elle gagna la fenêtre ; elle était étroite, mais on pouvait l'ouvrir, songea-t-elle. Ici au moins, elle pouvait regarder au-dehors.

— Il y a toujours des reporters là-bas. Plus autant qu'avant, mais certains campent maintenant devant la maison. J'ai peur d'avoir un peu roulé, en rentrant ma voiture, sur le pied de celui de Channel Four, qui est si prétentieux.

— Je ne l'ai jamais aimé, ce type-là.

Jamie appuya les mains sur le rebord de la fenêtre, se mit à rire nerveusement sans pouvoir s'arrêter ; ses épaules furent secouées de spasmes, puis le rire se transforma en gros sanglots. Elle s'agrippa au montant, jusqu'à ce que Frank l'attire doucement vers une chaise et la force à s'y asseoir. Il lui tendit une boîte de Kleenex et lui tint la main en silence.

— Je suis désolée, vraiment désolée, hoqueta-t-elle, tout en tirant frénétiquement de la boîte un mouchoir après l'autre. Ce n'est pas pour cela que je suis venue...

— Si vous me permettez, madame Melbourne... Il est grand temps de laisser toute cette pression sortir. Plus vous l'enfermerez en vous, plus elle vous étouffera.

— De nous deux, c'était Julie l'émotive... Les sentiments déferlaient littéralement chez elle. En plus, c'était une de ces femmes ravissantes quand elles pleurent. On aurait très bien pu la détester pour ça, dit-elle en essuyant ses yeux rouges et

74

gonflés. J'ai enterré ma sœur hier. J'essaie toujours de prendre du recul, mais sans résultat.

Elle tira un autre mouchoir et entreprit de le plier en carré, soigneux et précis.

— Mes parents veulent emmener Olivia avec eux, ils veulent en obtenir la garde complète afin qu'elle vive chez eux. Pourquoi est-ce que je vous raconte tout cela ? Je voulais parler à David et pleurer sur son épaule, puis je me suis retrouvée assise dans ma voiture pour venir vous voir. Je suppose que j'avais besoin de parler à quelqu'un de moins impliqué que lui, mais pas complètement étranger à l'histoire non plus. Vous êtes l'heureux élu.

— Madame Melbourne...

— Est-ce que vous ne m'appelleriez pas Jamie, maintenant que je vous ai inondé de mes larmes ? Je me sentirais plus à l'aise avec vous si je vous appelais Frank.

— Entendu, Jamie. Vous faites face à la pire chose qui puisse arriver, et tout vous tombe dessus de partout à la fois. Difficile de ne pas se laisser submerger.

— Vous pensez que ma mère a raison, pour Livvy ?

— Je ne peux pas parler au nom de votre famille...

Il se leva et alla prendre un peu d'eau au distributeur.

— En tant que père, poursuivit-il en lui offrant le gobelet en papier, je pense que je voudrais voir mon enfant le plus loin possible de tout ce tapage, au moins provisoirement.

— Oui... mon esprit sait tout cela.

Mais son cœur, lui, ne le savait pas.

— Hier, avant la cérémonie, j'ai emmené Livvy dans le jardin de derrière ; il est caché par des arbres et ça me semblait un endroit assez sûr. Je voulais essayer de lui parler, de l'aider à assimiler un peu... Ce matin, il y avait dans le journal une photo de nous deux là-bas. Je ne comprends même pas où le photographe a pu se dissimuler. Je ne veux plus de ce genre de choses pour elle.

Elle prit une profonde inspiration.

— Je veux voir Sam.

— Ne vous imposez pas ce genre d'épreuve...

— Il faudra bien que je le voie au tribunal ! Je devrai le regarder en face, chaque jour du procès... J'ai besoin de le voir dès maintenant, avant que ça ne commence. J'ai besoin de le voir avant de laisser partir Livvy.

— Je ne sais pas s'il acceptera. Ses avocats le tiennent plutôt serré, vous savez.

— Il acceptera. Il ne pourra pas résister à cette idée. Question d'ego.

Frank accompagna Jamie à la prison ; elle trouverait de toute façon le moyen d'y aller, avec ou sans son aide.

Elle ne dit pas un mot pendant qu'il s'occupait des formalités administratives. Pas un mot non plus quand ils entrèrent dans le parloir, avec ses longs guichets et ses cloisons de verre. Il lui désigna de la main un tabouret.

— Je ne peux pas rester. À ce stade de l'enquête, je ne dois avoir aucun contact avec lui hors la présence de ses avocats. Mais je serai juste là, dehors.

— Ça ira bien, merci.

Lorsque la sonnette retentit, stridente, elle tressaillit. Une porte s'ouvrit et l'on introduisit Sam en face d'elle, de l'autre côté de la vitre.

Elle aurait voulu le voir pâle, malade, blessé... Comment pouvait-il avoir l'air si parfait, si naturellement beau ? se demanda-t-elle en serrant les poings. Rien n'y faisait, ni les lumières blafardes ni les vêtements ternes et mal coupés de la prison ; ils auraient plutôt ajouté quelque chose à son charme.

Quand il s'assit, lui adressant un long regard douloureux de ses yeux bleus profonds, elle s'attendit presque à entendre la voix d'un réalisateur crier : « Coupez ! » Mais elle ne cilla pas et se saisit de l'Interphone, tandis qu'il imitait son geste de l'autre côté de la vitre. Elle l'entendit s'éclaircir la gorge dans l'appareil.

— Je suis si content que tu sois venue, Jamie. Je suis en train de devenir fou. Julie ! souffla-t-il en fermant les yeux. Oh ! mon Dieu, Julie...

— C'est toi qui l'as tuée.

Ses yeux se rouvrirent en grand, et elle vit le choc et la douleur y poindre. Oui, pensa-t-elle, c'est un bon acteur.

— Tu ne peux pas croire une chose pareille ! Dieu du ciel, Jamie, si quelqu'un au monde sait combien nous nous aimions, c'est toi ! Je ne lui aurais jamais fait de mal, jamais !

— Tu ne lui as fait *que* du mal depuis plus d'un an, avec ta jalousie, tes accusations et ta drogue !

— Je suis en train de me désintoxiquer, Jamie ! Je sais, j'ai eu un problème, un gros problème... Si je l'avais écoutée, si seulement je l'avais écoutée, j'aurais été dans la maison cette nuit-là et elle serait encore en vie...

— Tu y étais cette nuit-là, et c'est pour cela qu'elle est morte.

— Non ! cria-t-il, et il poussait sur la vitre, comme pour passer au travers. Je l'ai trouvée comme ça ! Il faut que tu m'écoutes, Jamie...

— Non, dit-elle avec un calme retrouvé. Non, Sam, c'est toi qui vas m'écouter. Je prie tous les jours pour que tu souffres, je prie chaque heure et chaque minute de chaque jour pour que tu souffres et que tu paies, pour que tu expies. Ce ne sera jamais suffisant. Quoi qu'ils te fassent, ce ne sera jamais suffisant, mais je rêve de toi dans une cellule, Sam, pour le reste de ta vie. Ça m'aide à tenir le coup.

— Ils vont me laisser sortir d'ici ! hurla-t-il, cédant à la panique. Tout ce que veulent les flics, c'est se faire mousser, faire les gros titres, mais après ils me laisseront sortir ! Et quand je serai dehors, je prendrai Livvy avec moi et je recommencerai de zéro !

— Livvy est morte pour toi, aussi morte que Julie. Tu ne la reverras jamais.

— Tu ne peux pas me retirer ma propre fille ! Je vais sortir d'ici et je reprendrai ce qui m'appartient...

La rage étincelait maintenant dans son regard, traversé par des éclairs de haine.

— Tu as toujours été jalouse de Julie, tu as toujours su que tu étais un second rôle ! Tu voudrais bien t'approprier ce qu'elle avait, mais tu ne l'auras pas !

Jamie ne dit rien, le laissant se déchaîner sans répondre ; sa voix lui résonnait dans les oreilles comme un sinistre bourdonnement. Elle ne baissa pas les yeux, vissés dans ses yeux à lui, sans jamais tressaillir à la violence qu'elle y voyait, ni à la violence des injures qu'il proférait.

Quand il fut à bout de souffle, la respiration haletante et les poings crispés, elle reprit calmement la parole :

— Voilà ta vie maintenant, Sam. Regarde autour de toi. Des murs et des barreaux. S'ils te laissent sortir un jour, si tu revois le monde du dehors, tu seras un vieillard. Vieux, brisé, ruiné. Ça ne fera qu'un minuscule fait divers à la fin des informations de la nuit. On ne se souviendra même pas de ton nom, on ne se rappellera même pas de toi.

Elle sourit alors, pour la première fois, d'un sourire cruel.

— Pas plus Olivia que les autres.

Puis elle raccrocha l'Interphone, ignorant les coups contre la vitre, contemplant froidement le garde venu le reconduire à sa cellule. Il hurlait et elle pouvait voir ses lèvres remuer désespérément, la colère qui empourprait son visage tandis que le gardien le tirait vers le couloir.

Alors, quand la porte se fut refermée derrière lui, elle laissa échapper un long soupir. Et sentit que la paix commençait à l'envahir.

David vint à sa rencontre dès qu'elle fut de retour à la maison ; il l'entoura de ses bras et la serra contre lui.

— Où étais-tu ? Je commençais à être inquiet...

— Je suis désolée, mais je devais absolument faire quelque chose. Je vais mieux, à présent.

— Oui, tu en as l'air.

— Je me suis débarrassée d'un poids.

Elle lui expliquerait, plus tard.

— Il faut que je voie Livvy.

— Elle est là-haut. Jamie, j'ai parlé avec ton père et je sais qu'ils veulent l'emmener dans le Nord.

— Tu es d'accord avec eux ? demanda-t-elle avec anxiété.

— Je suis désolé, chérie, mais oui. Ça va être terrible ici, et Dieu sait pendant combien de temps. Tu devrais partir, toi aussi.

— Tu sais bien que je ne peux pas. Il y a le procès — même si je n'y suis pas obligée, continua-t-elle avant qu'il puisse intervenir, je dois y aller et faire face. Je le dois, David, autant pour Julie que pour moi. Laisse-moi parler à Livvy.

Elle monta lentement les marches ; chaque pas lui était douloureux. Arrivée en haut, elle ouvrit la porte de la jolie chambre décorée par elle spécialement pour recevoir sa nièce quand elle venait en visite. Les rideaux en étaient tirés, les lumières allumées en plein jour ; oui, c'était bien une autre sorte de prison.

Sa mère était assise au sol avec Livvy, jouant avec un château en plastique de forme compliquée, entouré d'une douzaine de petits personnages ; elles levèrent la tête à son entrée.

— Qu'est-ce que c'est ? demanda Jamie d'un air enjoué.

— Oncle David m'a acheté un château, répondit Olivia, la voix transportée de plaisir. Il y a un roi et une reine et une princesse et un dragon et tout !

— Superbe... C'est elle, la reine ? s'enquit la jeune femme en s'asseyant sur le sol à leurs côtés.

— Oui, oui... Elle s'appelle Magnifique. C'est bien ça, grand-mère ?

— C'est exact, mon bébé. Et voici le roi Sage, et la princesse Charmante.

Pendant qu'Olivia jouait avec les personnages, Jamie posa la main sur l'épaule de sa mère.

— Tu crois que tu pourrais descendre et voir s'il y a du café de prêt ?

— Bien sûr...

Après avoir échangé un regard compréhensif avec sa fille, Val se leva et quitta la pièce. Une fois qu'elles furent seules, Jamie regarda quelque temps sa nièce en silence puis :

— Livvy, tu te souviens de la forêt ? La maison de grand-mère dans les bois, les grands arbres, les ruisseaux, les fleurs ?...

— J'y suis allée quand j'étais bébé, mais je ne m'en souviens pas. Maman disait qu'on y retournerait un jour et qu'elle me montrerait ses endroits préférés...

— Tu veux aller là-bas, dans la maison de grand-mère ?

— En vacances ?

— Non, pour y vivre. Tu pourrais même sans doute avoir la chambre de ta maman quand elle était petite. C'est une vieille maison, très grande, au milieu de la forêt. Partout où tu regardes, il y a des arbres. Lorsque le vent souffle, ils soupirent, ils frissonnent, ils gémissent...

— Est-ce que c'est de la magie ?

— Oui, une espèce de magie. Le ciel est tout bleu, et dans la forêt la lumière est verte et le sol très doux.

— Est-ce que maman viendra aussi ?

Le cœur de Jamie se serra brutalement, puis se remit à battre ; depuis quelques jours, il était rompu à ce genre d'exercice.

— Quelque chose d'elle n'est jamais parti, est toujours ici. Tu verras les endroits où nous jouions toutes les deux quand nous étions enfants. Et grand-mère et grand-père prendront bien soin de toi.

— Est-ce que c'est très loin ?

— Pas tant que ça. Je viendrai te voir aussi souvent que je le pourrai. Nous marcherons dans les bois, dit-elle en hissant Olivia sur ses genoux, et nous pataugerons dans les ruisseaux, jusqu'à ce que grand-mère nous appelle à la maison pour manger des cookies et boire du chocolat chaud.

Olivia enfouit son visage dans l'épaule de Jamie.

— Est-ce que le monstre me trouvera là-bas ?

— Non. Tu y seras toujours en sécurité, je te le promets.

Mais on ne peut pas toujours tenir ses promesses.

5

Forêt humide des monts Olympic, 1987

L'été de ses douze ans, Olivia était une grande fille dégingandée, arborant une crinière de cheveux sauvages de la couleur du miel. Ses yeux, d'une teinte très voisine de celle de ses cheveux, étaient ourlés de longs cils sous le trait des sourcils noirs. Elle avait remisé ses rêves d'être princesse dans le château de ses jeux d'enfant, pour laisser désormais la place à d'autres ambitions : cela passait d'explorateur à vétérinaire, ou encore garde forestier, objectif qui revenait le plus fréquemment dans ses projets.

La forêt était son monde, avec ses ombres vertes, ses odeurs humides et grasses ; elle y passait le plus clair de son temps, souvent seule, et pourtant jamais solitaire. Sa grand-mère lui avait enseigné comment suivre une trace, chasser un cerf ou un élan à l'aide d'un appareil photo. Comment s'asseoir silencieusement, laissant les minutes se transformer en heures, pour admirer la course majestueuse d'un dix-cors, la grâce d'une biche et de son faon. Elle avait appris à identifier les arbres, les fleurs, la mousse et les champignons — même si elle n'était jamais parvenue à bien les dessiner, comme l'avait espéré sa grand-mère.

Passer de paisibles journées à pêcher en compagnie de Valerie lui avait inculqué la patience ; partager les tâches du chalet et du camp de vacances que les MacBride tenaient dans les monts Olympic depuis deux générations lui avait donné le sens des responsabilités.

Elle avait le droit de parcourir les bois, de marcher dans les rivières et de grimper sur les collines ; mais jamais, jamais d'aller seule au-delà de leurs limites. Ainsi avait-elle appris que la liberté a des bornes.

Elle avait quitté Los Angeles huit ans plus tôt et n'y était jamais retournée. De la maison de Beverly Hills, elle ne conservait que de vagues souvenirs : des pièces hautes de plafond et des boiseries luisantes, une piscine à l'eau d'azur entourée de massifs de fleurs.

Durant les premiers mois dans la grande maison de la forêt, elle demandait à quel moment ils la ramèneraient chez elle, quand reviendrait sa mère et où se trouvait son père ; mais, chaque fois qu'elle posait des questions, la bouche de sa grand-mère se serrait, ses yeux devenaient brillants et durs. Ainsi apprit-elle à attendre.

Puis à oublier.

Elle grandit, en taille et en robustesse. La petite fille fragile qui se cachait dans les penderies ne fut plus qu'un souvenir, parfois récurrent dans ses rêves. Elle apprit à vivre dans le présent et retint bien cette leçon-là.

Ce jour-là, ses tâches au camp finies pour la journée, Olivia flânait dans l'allée montant vers la maison. Son après-midi lui appartenait à présent, récompense aussi précieuse à ses yeux que le salaire déposé pour elle par sa grand-mère, deux fois par mois, à la banque de la ville. Elle songea à pêcher, ou bien à grimper sur les hauteurs pour contempler le lac, mais elle se sentait trop impatiente pour des activités aussi sédentaires. Elle aurait aimé se baigner, même si c'était encore tôt dans la saison, seulement sa grand-mère lui avait interdit de nager seule.

Olivia transgressait de temps en temps cette interdiction, en prenant toujours soin de bien sécher ses cheveux avant de rentrer.

Grand-mère s'inquiétait trop souvent et à tout propos. Si Olivia éternuait, elle se précipitait pour téléphoner au médecin, à moins que grand-père ne soit là pour l'arrêter. Si Olivia avait dix minutes de retard, elle sortait sur la véranda pour guetter son arrivée. Une fois, elle avait failli appeler le service de recherche et de secours parce que Olivia s'était attardée au camp, à jouer avec d'autres enfants, et qu'elle avait oublié de rentrer avant la nuit.

Elle ne risquait pourtant pas de se perdre dans la forêt : elle y était chez elle, connaissant chacun de ses détours aussi bien que les pièces de sa propre maison. C'était aussi l'avis de grand-père ; elle le savait, elle les avait entendus plus d'une fois en parler tous les deux. Après ces discussions, grand-mère semblait rassérénée pendant quelques jours — puis tout recommençait.

Elle cheminait sous la lumière verte et diaphane, parmi les ombres légères du sous-bois, jusqu'à la clairière où la maison des MacBride se dressait depuis plusieurs générations.

Les vieilles pierres semées de mica scintillaient au soleil ; quand la pluie tombait, elle ravivait les couleurs qui se dissimulaient en leur sein, des bruns, des verts et des rouges profonds. Les grandes fenêtres baignaient la maison de lumière ou de clair-obscur selon les heures du jour. Il y avait trois niveaux, posés l'un sur l'autre selon des orientations différentes ; des galeries extérieures reliaient l'ensemble. Des fleurs, des fougères et des rhododendrons sauvages enserraient les soubassements, puis s'évadaient en un jardin échevelé que grand-père soignait avec amour et tendresse, parfois secondé dans sa tâche par Olivia.

Elle parcourut le chemin dallé, alternant pas de géant et sauts de puce pour éviter les interstices entre les pierres ; puis elle gravit d'un bond les marches du perron, virevolta sur un pied de plaisir et d'impatience, enfin poussa la porte d'entrée.

Un pas à l'intérieur lui suffit pour se rendre compte que la maison était vide. Par habitude, elle appela quand même, tout en traversant le salon aux chaleureux murs jaunes et au vieux canapé usé. Une suave odeur de cookies juste sortis du four provenait de la cuisine, mais elle soupira en découvrant qu'ils étaient à la farine d'avoine.

— Pourquoi pas aux pépites de chocolat ? murmura-t-elle, non sans en piocher un dans un grand bocal en verre. Je pourrais manger un million de cookies aux pépites de chocolat...

Tout en les engloutissant, elle lut la petite note scotchée sur la porte du réfrigérateur.

Livvy, j'ai dû courir en ville pour aller au marché. Ta tante Jamie et ton oncle David viennent nous voir. Ils seront là ce soir.

— Génial ! cria Olivia, éparpillant au sol la poignée de miettes qu'elle tenait dans la main. Avec des cadeaux, sûrement !

Pour fêter la nouvelle, elle se saisit d'un troisième biscuit, puis laissa échapper un « Mince ! » à la lecture de la suite du message.

Reste à la maison, chérie, pour m'aider quand je reviendrai avec les courses. Tu peux ranger ta chambre — si tu arrives à t'y retrouver. Arrête de manger tous les cookies. Baisers, grand-mère.

— Aïe...

Avec un air de regret sincère, Olivia remit le couvercle sur le bocal.

Elle était coincée ici ; grand-mère pouvait rester *des heures* en courses. Qu'allait-elle faire de son après-midi ? Elle gravit lentement l'escalier, avec le sentiment qu'on abusait d'elle. Sa chambre n'était pas si mal ; juste quelques affaires dehors, c'est tout. Mais quel intérêt de les ranger maintenant, puisque de toute façon elle aurait forcément besoin de les ressortir d'ici peu ?

Tous ses projets d'avenir et ses centres d'intérêt étaient là : sa collection de pierres, ses planches sur la faune et la flore, avec les noms scientifiques soigneusement calligraphiés. Le coffret de petit chimiste, réclamé pour le Noël précédent, prenait désormais la poussière sur une étagère — hormis le microscope, qui trônait en bonne place sur son bureau. Une boîte à chaussures était pleine de prélèvements divers, brindilles, insectes morts, fragments de fougères, brins de tabac et copeaux d'écorce.

Ses vêtements de la veille gisaient au sol, à l'endroit même où elle les avait retirés ; le lit était un enchevêtrement de draps et de couvertures, intact depuis qu'elle en avait bondi à l'aube. Tout semblait satisfaisant, pour l'œil d'Olivia. Néanmoins, elle marcha jusqu'au lit, tira sur les couvertures et tapa deux fois dans les oreillers. Puis elle envoya une paire de chaussures vagabondes sous le sommier d'un coup de pied, et lança quelques vêtements vers le placard ou la corbeille à linge. Enfin, elle souffla sur son bureau pour disperser la poussière et les morceaux de gomme, remplit un bocal de verre avec des bouts de crayons minuscules, enfourna dans un tiroir les papiers épars, et considéra qu'elle s'était bien acquittée de sa tâche.

Elle songea à se pelotonner un moment sur la banquette placée sous la fenêtre, pour rêver et bouder. Les arbres s'agitaient dans la brise ; les hautes cimes des sapins Douglas et des tsugas de Mertens se balançaient en bruissant. À l'ouest, le ciel avait pris des couleurs fragiles et chiffonnées. Elle pourrait rester assise et contempler l'approche de l'orage, tâcher de déceler le rideau de pluie avant qu'il ne parvienne jusqu'ici.

Mais ce serait bien plus amusant de sortir et de respirer dehors, le visage levé vers les nuages, l'odeur de la pluie et des pins. De s'absorber dans les senteurs et la solitude...

Elle faillit le faire, déjà tournée vers la grande porte-fenêtre donnant sur le balcon ; mais toutes les boîtes, tous les jeux et puzzles entassés sur les étagères chatouillèrent sa conscience. Depuis plusieurs semaines, sa grand-mère lui demandait de mettre de l'ordre dans ce fouillis. Et aujourd'hui, avec tante Jamie qui allait arriver (sûrement pas les mains vides), c'était la leçon assurée sur le soin et l'attention qu'on doit porter à ses affaires.

Avec un long et douloureux soupir, Olivia s'empara des vieilles boîtes de jeux au rebut, des puzzles, et les entassa en une pile branlante. Elle allait les monter au grenier, décida-t-elle, alors sa chambre serait pratiquement parfaite.

Elle gravit les marches avec précaution, ses boîtes dans les mains, et ouvrit la porte. Après avoir donné de la lumière, elle jeta un regard circulaire sur la vaste pièce à l'odeur de cèdre, cherchant la meilleure place pour y déposer ses laissés-pour-compte. D'antiques lampes, dépourvues d'ampoule et d'abat-jour, mais pas encore tout à fait bonnes pour la ferraille, étaient entreposées tout au fond, sous la pente du toit. Un rocking-chair miniature et des meubles d'enfant, anciens aux yeux d'Olivia, s'alignaient contre un mur, en même temps que des coffres et des caisses d'emballage. Des tableaux ornant autrefois les murs de la maison ou du chalet étaient là eux aussi, couverts de poussière. Une étagère de bois, construite par grand-père dans son atelier, hébergeait une famille entière de poupées et d'animaux en peluche.

Val MacBride, Olivia le savait, n'aimait pas jeter. Ses affaires finissaient au grenier, dans le chalet, ou simplement recyclées à l'intérieur même de la maison.

Elle porta les boîtes jusqu'à l'étagère et les entassa à côté, à même le plancher. Plus par ennui que par véritable curiosité, elle fouilla dans quelques tiroirs et contempla pensivement des vêtements de bébé, soigneusement enveloppés dans des linges, avec des copeaux de cèdre destinés à conserver leur moelleux. Dans un autre tiroir, elle trouva une couverture rose et blanc, gansée de satin doux. Elle la palpa un moment et sentit s'éveiller en elle de vagues souvenirs ; elle perçut également une chaleur et des picotements bizarres dans son estomac, aussi referma-t-elle bientôt le tiroir.

En principe, elle n'était pas censée monter dans le grenier sans autorisation, et on ne lui avait jamais permis d'ouvrir les tiroirs, les coffres ni les caisses. Sa grand-mère disait que les souvenirs étaient une chose précieuse et qu'elle pourrait les regarder quand elle serait plus grande. C'était toujours quand elle serait plus grande, songea Olivia, jamais maintenant.

La pluie commença à crépiter sur le toit, tels des doigts légers tambourinant sur une table ; elle tourna les yeux vers la petite fenêtre qui faisait face à la clairière — et vit le coffre.

C'était un coffre en cerisier, avec un couvercle bombé et des ferrures de cuivre poli. D'habitude, il était toujours repoussé sous la pente du toit, et toujours fermé ; elle remarquait ce genre de détails. Mais, aujourd'hui, il n'avait été ni repoussé ni cadenassé. Grand-mère avait dû y ranger quelque chose, songea Olivia, et elle s'avança négligemment vers lui, comme s'il ne contenait rien de particulièrement intéressant.

Elle connaissait l'histoire de la boîte de Pandore et comment cette dernière, trop curieuse, l'avait ouverte, libérant tous les maux qui s'étaient répandus sur la Terre. Mais cela n'avait rien à voir, se dit-elle en s'agenouillant devant le coffre. Puisqu'il n'était pas fermé à clé, quel mal y avait-il à l'ouvrir et à jeter un coup d'œil à l'intérieur ? Sans doute était-il rempli de tout un fatras sentimental, de photos jaunies ou de vêtements sentant le renfermé. Pourtant, ses doigts tremblèrent — impatience, ou peut-être appréhension — tandis qu'elle soulevait le pesant couvercle.

Ce fut l'odeur qui la frappa d'abord. Du cèdre, provenant du coffre lui-même. De la lavande, aussi ; son grand-père en faisait pousser un carré sur le côté de la maison. Mais, dessous, il y avait encore autre chose, d'étranger et de familier à la fois. Bien qu'elle ne pût identifier cet autre parfum, son cœur s'était mis à battre plus vite dès le premier effluve, à cogner dans sa poitrine.

Le picotement s'intensifia dans ses doigts ; ils s'agitaient tout seuls alors qu'elle tendait la main vers l'intérieur du coffre. Il y avait là des cassettes vidéo, portant juste des dates, rangées dans des étuis noirs et poussiéreux, ainsi que trois gros albums de photos et des boîtes de différentes tailles. Elle en ouvrit une, très semblable à celle dont ses grands-parents se servaient pour ranger leurs boules de Noël.

Là, enveloppées dans de la mousse protectrice, reposaient une demi-douzaine de fioles aux formes sophistiquées.

— Les flacons magiques..., souffla-t-elle.

Et il lui sembla que le grenier s'emplissait soudain d'un rire ténu et mélodieux, d'images tremblotantes et de senteurs exotiques.

À ton seizième anniversaire, tu choisiras celui que tu préfères. Mais, pour le moment, il ne faut pas jouer avec eux, Livvy. Ils risqueraient de casser. Tu pourrais te couper la main ou marcher sur du verre.

Quand maman se courbait en avant, ses cheveux soyeux tombaient le long de son visage. En riant, les yeux amusés, elle vaporisait un petit nuage de parfum dans le cou d'Olivia...

Le parfum. Le parfum de maman. À mesure qu'Olivia se penchait à l'intérieur du coffre, qu'elle respirait longuement et profondément ses effluves, elle avait l'impression de sentir physiquement la présence de sa mère, de grimper à nouveau sur ses genoux.

Mettant la boîte de côté, elle atteignit le premier album de photos. Il était lourd et encombrant, aussi le posa-t-elle en travers de ses genoux. Il n'y avait pas de photo de sa mère dans la maison ; il y en avait eu jadis, Olivia s'en souvenait, mais elles avaient disparu depuis longtemps. L'album, lui, en était plein : des photos de sa mère petite fille, avec Jamie, avec ses parents. Souriant, riant, faisant des grimaces devant l'objectif. Des photos devant la maison et à l'intérieur, dans le camp de vacances et près du lac. Des photos avec grand-père, à l'époque où ses cheveux étaient plus d'or que d'argent, avec grand-mère dans une robe suprêmement élégante.

Il y en avait aussi une de sa mère portant un bébé dans ses bras.

— C'est moi, murmura-t-elle. Maman et moi.

Elle tourna encore une page, puis la suivante, dévorant chaque cliché des yeux, jusqu'à ce qu'ils s'interrompent brusquement. Elle distinguait sur les pages les marques laissées par ceux qu'on avait enlevés.

Avidement, elle posa l'album de côté et saisit le suivant.

Plus de photos de famille, cette fois-ci, mais des coupures de journaux et des articles de magazines. Sa mère sur la couverture de *People*, de *Newsweek*, de *Glamour*. Olivia les examina longuement, étudiant chaque trait de son visage. Elle avait le même regard que sa mère. Elle connaissait tel détail et se souvenait de tel autre — mais la voir ainsi face à face, plonger ses yeux dans ceux de sa mère, contempler la forme, la couleur, le dessin de ses sourcils sombres...

L'excitation, le plaisir et le chagrin tourbillonnaient en elle, s'agrégeaient en une masse confuse, tandis qu'elle caressait du doigt, l'une après l'autre, ces images sur papier glacé. Sa mère était si belle, si parfaite...

Son cœur bondit à nouveau quand elle trouva, plus loin dans l'album, une série de photos de sa mère avec un homme aux cheveux sombres. Il était beau, comme un poète, pensat-elle, et son cœur d'adolescente en soupira. On les voyait dans un jardin, dans une grande pièce avec des douzaines de lampes illuminées, sur un canapé ; sa mère était assise sur les genoux de l'inconnu, leurs visages tout proches, et ils se souriaient.

Sam Tanner. L'article disait qu'il s'appelait Sam Tanner. En le lisant, Olivia se mit à trembler et son estomac se contracta, comme si des douzaines de mains s'employaient à le tordre.

Papa ! C'était papa... Comment avait-elle pu l'oublier ? Papa qui tenait maman par la main, ou lui entourait les épaules de son bras.

Papa élevant des ciseaux brillant de sang...

Non, non ! C'était impossible, un mauvais rêve, un cau-

90

chemar ! Le fruit de son imagination et rien d'autre... Elle pressa les mains sur ses lèvres, alors que les images s'insinuaient l'une après l'autre dans son esprit ; la panique lui comprimait la gorge jusqu'à l'étouffer, l'asphyxier.

Des éclats de verre qui brillaient au sol à la lueur des lampes, des fleurs qui se mouraient, la brise chaude qui soufflait par la porte grande ouverte...

Ce n'était pas vrai, pas réel, elle ne laisserait pas cette vision devenir réelle...

Elle reposa l'album dans le coffre et attrapa le dernier, qu'elle n'avait pas encore ouvert, avec des mains tremblantes. Elle y trouverait d'autres photos, songea-t-elle, éperdue, de ses parents souriant, s'embrassant, riant ensemble...

Pourtant c'étaient encore des journaux, avec de gros titres cette fois, de gros titres qui hurlèrent dans sa tête :

JULIE MACBRIDE ASSASSINÉE
SAM TANNER ARRÊTÉ
LE CONTE DE FÉES SE TERMINE EN TRAGÉDIE

Il y avait également des clichés de son père, hagard, les cheveux en bataille, d'autres de sa tante, de ses grands-parents, de son oncle. Et aussi des photos d'elle, qu'elle découvrit dans un sursaut de stupeur, d'elle des années plus tôt, les yeux terrifiés, pressant ses mains sur les oreilles...

LA FILLE DE JULIE
UNIQUE TÉMOIN DU MEURTRE DE SA MÈRE

Elle secoua la tête comme pour les chasser loin d'elle et expédia rapidement les pages suivantes. Un autre visage à peine entrevu éveilla des souvenirs dans son esprit : il s'appelait Frank et avait chassé le monstre. Oui, et il avait un petit garçon. Il aimait les puzzles, aussi. Il était policier et l'avait transportée hors de la maison, la maison où était le monstre. La maison où il y avait tout le sang.

Car sa mère était morte. Elle le savait, bien sûr, elle savait que sa mère était morte — mais elle se rappela qu'ils n'en parlaient jamais, parce que cela faisait pleurer grand-mère.

Olivia voulait s'obliger à refermer l'album, à le remettre dans le coffre, dans l'obscurité d'où elle n'aurait jamais dû le sortir ; mais déjà elle feuilletait de nouveau les pages à la recherche d'autres mots, d'autres images.

Drogue. Jalousie. Obsession.
Tanner avoue !
Tanner se rétracte et clame son innocence.
Sa fille de quatre ans principal témoin.
Le procès Tanner a pris un tour dramatique, une fois de plus, quand le témoignage de la fille de Tanner, Olivia, quatre ans, filmé sur vidéo, a été présenté à la cour. La déposition de l'enfant avait été recueillie chez sa tante, Jamie Melbourne ; ses grands-parents, tuteurs de la fillette, en avaient autorisé l'enregistrement. Le juge Sato avait décidé d'accepter la validité d'un tel témoignage, qui évitait à l'enfant le traumatisme d'une présentation devant la cour.

Elle se souvenait de tout, à présent. Ils étaient assis dans le salon de tante Jamie et ses grands-parents étaient là aussi. Une femme aux cheveux roux et à la voix douce l'avait interrogée à propos de la nuit où le monstre était venu. Grand-mère le lui avait promis : ce serait la dernière fois qu'elle devrait en parler, vraiment la dernière.

Ce fut la vérité.

La femme l'avait écoutée, puis lui avait posé de nouvelles questions. Ensuite, un homme lui avait parlé à son tour, un homme au sourire aussi prudent que son regard. Elle avait pensé, puisque c'était la dernière fois, qu'elle pourrait rentrer à la maison après, que toute l'histoire allait s'effacer.

Mais, au lieu de cela, elle était venue dans l'État de Washington, vivre dans la grande maison de la forêt.

Maintenant, elle savait pourquoi.

Olivia tourna les pages encore, luttant contre les larmes

jusqu'à ce que ses yeux la brûlent. Ainsi lut-elle, la mâchoire serrée mais les yeux secs, une autre série de gros titres :

SAM TANNER ATTEND SON VERDICT
COUPABLE ! DÉCLARE LE JURY
TANNER CONDAMNÉ À VINGT ANS DE PRISON

— Tu as tué ma mère, salaud ! proféra-t-elle avec toute la haine qu'une jeune fille est capable d'éprouver. J'espère que tu es mort, toi aussi ! J'espère que tu es mort en hurlant !

Elle referma l'album puis le remit soigneusement à sa place, ses mains ne tremblaient plus. Ensuite elle referma le couvercle du coffre, éteignit la lumière dans le grenier, redescendit l'escalier et traversa la maison jusqu'à la véranda de derrière.

Là, elle s'assit et regarda tomber la pluie.

Comment avait-elle pu ensevelir tous ces événements au fond d'elle-même ? Comment avait-elle pu les enfermer, de la même façon que sa grand-mère avait enfermé les boîtes et les albums dans le coffre ?

C'était fini, désormais. Elle se souviendrait, toujours. Et elle en saurait davantage, elle trouverait tous les détails sur la nuit où sa mère était morte, sur le procès, sur son père.

Elle ne pourrait pas interroger sa famille, bien sûr. À leurs yeux, elle était encore une enfant, une enfant ayant besoin d'être protégée. Pourtant, ils avaient tort : elle ne serait plus jamais une enfant.

En entendant le bruit de la Jeep qui remontait l'allée sous la pluie, elle ferma les yeux et se concentra. Quelque chose se durcit au fond de son ventre, puis elle se demanda si elle avait hérité des talents d'acteur de l'un ou l'autre de ses parents. Elle tâcha de ravaler la haine, la colère et le chagrin dans un coin de son cœur, de les y sceller hermétiquement.

Quand la Jeep freina devant la maison, elle se leva, un sourire déjà prêt pour accueillir sa grand-mère.

— Livvy ! Tu tombes à pic, dit Val en sortant de la

voiture, sa capuche sur la tête. Je suis chargée comme un baudet. Mets un blouson et viens me donner un coup de main, s'il te plaît.

— Je n'ai pas besoin de blouson, je ne vais pas fondre, gronda Olivia en s'approchant. Est-ce qu'on aura des spaghettis et des boulettes de viande pour le dîner ?

— En l'honneur de l'arrivée de Jamie, c'est ça ?

Val se mit à rire et lui tendit deux sacs à provisions.

— Et quoi d'autre encore ?

— Je voudrais les préparer moi-même, dit la jeune fille en s'emparant des sacs, qu'elle emporta aussitôt vers la maison.

— Toi, vraiment ?

Olivia disparut à l'intérieur, bientôt suivie de Val avec deux autres sacs.

— Qu'est-ce qui t'a mis ça dans la tête ? Ça t'a toujours ennuyée de faire la cuisine...

Oui, quand elle était petite, pensa Olivia. Maintenant, les choses avaient changé.

— Il faut bien que je m'y mette un jour ou l'autre, c'est tout. Je m'occupe du reste, grand-mère.

Elle s'apprêta à ressortir, puis fit demi-tour. La colère brûlant en elle ne pouvait pas rester enfermée ; elle désirait se reporter sur sa grand-mère, Olivia s'en rendit compte, mais c'était injuste. Aussi se força-t-elle à revenir vers Val, et elle l'embrassa affectueusement.

— En fait, je veux apprendre à faire la cuisine comme toi...

Tandis que Val ouvrait de grands yeux, surprise et ravie, Olivia se précipita dehors pour chercher le reste des sacs. Que lui arrivait-il ? se demandait sa grand-mère en déballant des tomates fraîches, de la laitue et des poivrons. Ce matin encore, elle ronchonnait si on lui demandait de griller deux tranches de pain, trépignant d'impatience de sortir ; et voilà qu'elle voulait passer ses heures de liberté à faire la cuisine...

Quand Olivia revint, Val lui demanda :

— Livvy, il y a eu des problèmes au camp ?

94

— Non...

— Tu as envie de quelque chose de particulier ? Ce nouveau sac à dos très chic que tu dévorais des yeux ?

Olivia soupira, repoussant d'un mouvement de la tête les mèches humides qui lui tombaient devant les yeux.

— Grand-mère, je veux simplement apprendre à faire les spaghettis. Ça n'a rien d'extraordinaire...

— Je m'étonnais juste de cet intérêt soudain.

— Si je ne sais pas faire la cuisine, je ne pourrai jamais être indépendante. Et si je dois apprendre, pourquoi ne pas le faire tout de suite ?

— Bravo... Ma petite Livvy est en train de devenir une jeune fille... Ma si jolie petite Livvy.

— Je ne veux pas être « si jolie », dit Olivia, sentant sa colère prête à se réveiller. Je veux être efficace, savoir me débrouiller dans la vie...

— Tu peux être les deux à la fois...

— Je vais plutôt travailler à la deuxième chose.

Elle change, songea Val. On ne peut ni empêcher ni retarder ce moment-là.

— Très bien, dit-elle avec entrain. Allons ranger tout ça et mettons-nous au travail.

Patiemment, Val lui expliqua quels ingrédients elles utilisaient et pourquoi, quelles herbes du jardin elles ajoutaient, et comment leurs arômes allaient se mélanger. Elle remarqua l'extrême attention qu'Olivia prêtait à chaque détail, mais en fut davantage amusée qu'inquiète.

Si elle avait pu lire dans les pensées de sa petite-fille, elle en aurait pleuré de désespoir.

Tu montrais aussi à ma mère comment faire la sauce ? se demandait Olivia. Est-ce qu'elle était ici, avec toi, quand elle avait mon âge ? Devant la même cuisinière, apprenant à faire dorer l'ail dans l'huile d'olive ? Est-ce qu'elle respirait les mêmes odeurs, entendait comme moi la pluie tambouriner sur le toit ?

Pourquoi est-ce que tu ne me parles jamais d'elle ? Comment saurai-je qui elle était, si tu ne le fais pas ? Comment saurai-je qui je suis moi-même ?

Val posa la main sur son épaule.

— C'est bien, ma chérie, c'est excellent. Tu as un vrai tour de main.

Olivia remuait les herbes dans la sauce, qui frémissait lentement. Sans se préoccuper du reste, pour l'instant.

6

Quand David et Jamie venaient en visite, la première soirée était toujours fêtée avec une solennité particulière. Aussi la famille dîna-t-elle ce soir-là dans la salle à manger, sur la longue table en chêne ornée de bougies blanches fichées sur des chandeliers d'argent, de fleurs fraîches dans des vases de cristal, et de la belle porcelaine de l'arrière-grand-mère Capelli.

Comme toujours dans ces occasions, le repas dura deux heures ; les bougies diminuaient au même rythme que le soleil, qui avait fini par percer les nuages et déclinait derrière les arbres.

— Livvy, c'était tout simplement merveilleux, commenta Jamie après avoir terminé son assiette. — Elle recula sa chaise pour prendre ses aises. — Si merveilleux que je n'ai plus de place pour le tiramisu.

— Moi, j'en ai ! s'exclama Rob, en donnant une bourrade affectueuse à Olivia. Juste le temps d'appuyer un peu sur les spaghettis pour les faire descendre... Elle a hérité de ton coup de main pour la sauce, Val.

— De celui de ma mère, plutôt. Je peux vous l'avouer maintenant, je n'ai fait qu'imiter ma mère, sans jamais l'égaler. Mais je commençais à me demander si notre Livvy saurait cuisiner un jour autre chose que du poisson grillé sur un feu de camp.

— Bon sang ne saurait mentir, affirma Rob, et il adressa un clin d'œil à sa petite-fille. Le sang italien qui coule dans tes veines devait bien se manifester tôt ou tard. Les Mac-Bride, eux, n'ont jamais eu la réputation de faire des prouesses dans une cuisine.

— Où est-ce qu'ils ont la réputation d'en faire, papa ? s'enquit Jamie.

Il lui lança un regard ténébreux.

— Dans une chambre à coucher, ma chérie.

Val grommela et lui donna une tape sur le bras, puis se leva.

— Je vais débarrasser, dit Jamie, en commençant à se lever elle aussi.

— Reste assise, lui intima Val, un doigt pointé vers elle. Tu ne vas pas être de corvée de vaisselle pour ta première soirée ! Livvy en est dispensée, elle aussi. Rob et moi allons enlever tout ça, et peut-être aurons-nous tous un peu de place pour le dessert et le café.

— Est-ce que tu veux faire une balade demain, oncle David ? questionna Olivia. Je pourrai prendre mon nouveau sac à dos, ajouta-t-elle en lançant un regard satisfait à sa grand-mère.

— Vous la gâtez trop, David, soupira Val en empilant les assiettes. Elle ne devait avoir ce sac à dos que pour son anniversaire, cet automne...

— Moi, la gâter ?

Feignant l'étonnement, David enfonça un doigt dans les côtes de sa nièce.

— Trop dure, commenta-t-il. Même pas encore mûre. Elle n'est pas près d'être gâtée. Ça vous ennuie si j'allume la télé à côté ? Un de mes clients donne un concert sur le câble et j'ai promis de le regarder.

— Allez-y, lui dit Val. Installez-vous confortablement, je vous apporterai du café.

Elle disparut dans la cuisine et Jamie demanda à sa nièce :

— Tu veux monter et me tenir compagnie pendant que je défais les bagages ?

— Si on allait d'abord marcher un peu, avant la nuit ?

Le moment favorable, qu'Olivia attendait depuis plusieurs heures, semblait arrivé.

— Avec plaisir.

Jamie se leva et s'étira.

— Ça me fera du bien d'éliminer un peu de ces pâtes. Comme ça, je ne me sentirai pas trop coupable si je ne vais pas les brûler demain à la salle de gym du chalet.

— Je vais prévenir grand-mère, on se retrouve dehors.

Même en été, les nuits étaient fraîches. Des odeurs de pluie et de roses mouillées flottaient dans l'air ; les soirées de juillet restaient lumineuses, malgré une lune fantomatique s'élevant déjà à l'est. Olivia ne s'en saisit pas moins d'une lampe de poche ; elles en auraient besoin dans la forêt. Elle voulait aller dans la forêt, car elle s'y sentait en sécurité, assez pour dire ce qu'elle avait à dire, demander ce qu'elle avait à demander.

Quand elle rejoignit Jamie, celle-ci contemplait en souriant le jardin de son père.

— C'est toujours bon d'être de retour à la maison...

— Pourquoi est-ce que tu n'habites pas ici ?

— J'ai mon travail à Los Angeles, David aussi. Mais cela représente beaucoup, pour nous, de venir ici plusieurs fois dans l'année. Quand j'étais encore jeune — j'avais ton âge ou à peu près —, je pensais qu'ici c'était le monde entier.

— Et ça ne l'est pas ?

— Non, mais une de ses meilleures parties.

Jamie contempla Olivia.

— On m'a dit que tu aidais beaucoup au camp et au chalet. Grand-père affirme qu'il ne pourrait pas y arriver sans toi.

— J'aime y travailler. Je ne considère pas vraiment ça comme du travail. Beaucoup de gens qui viennent ici ne connaissent rien à la nature. Ou bien ils portent des chaussures hors de prix et se font des ampoules. Ils pensent que plus ils paient cher une chose, meilleure elle est ; c'est stupide. Beaucoup d'entre eux sont de Los Angeles, ajouta-t-elle en jetant un regard en coin à Jamie.

— Aïe..., dit sa tante, et elle posa la main sur son cœur d'un air amusé. Touché.

— Il y a trop de monde là-bas, trop de voitures et trop de smog.

— C'est assez vrai.

Tout cela semblait si loin, songeait Jamie alors qu'elle respirait l'odeur de résine et d'humus, et sentait sous ses pieds le tapis d'aiguilles et de pommes de pin.

— Mais ça peut être excitant aussi. Des maisons superbes, des palmiers magnifiques, des boutiques, des restaurants, des musées...

— C'est pour ça que ma mère est allée là-bas ? Pour avoir une belle maison, faire du shopping et aller au restaurant ?

Jamie s'arrêta net ; la question avait été si brutale qu'elle la laissait sans voix.

— Je... elle... Julie voulait être actrice, c'était normal qu'elle aille là-bas...

— Elle ne serait pas morte si elle était restée à la maison.

— Oh ! Livvy !

Jamie voulut tendre le bras vers elle, mais elle se recula.

— Tu dois promettre de ne rien dire à personne. Ni à grand-mère, ni à grand-père, ni à oncle David ! À personne...

— Mais, Livvy...

— Tu *dois* promettre ! répéta Olivia, qui paraissait soudain angoissée par ses propres paroles.

— D'accord, ma petite fille...

— Je ne suis pas une petite fille !

Mais Olivia ne tarda pas à baisser sa garde, exhalant ce qu'elle avait sur le cœur.

— Personne ne me parle jamais d'elle, et on a rangé toutes ses photos... Je n'arrive jamais à me souvenir d'elle, à moins de me concentrer vraiment très fort, mais ensuite tout se brouille de nouveau...

— Nous voulions seulement ne pas te faire de mal. Tu étais si petite quand elle est morte...

— Quand il l'a tuée. Quand mon père l'a tuée. Tu peux le dire à haute voix.

Les yeux d'Olivia étincelaient dans la pâle lumière du crépuscule.

— Quand Sam Tanner l'a assassinée, murmura Jamie.

Le chagrin remonta, si proche encore, si affreusement proche... Jamie s'y abandonna et s'assit par terre, s'adossant au tronc d'un vieil arbre mort ; le sol était détrempé, mais elle n'y prêta même pas attention.

— Si nous n'en parlons pas, cela ne veut pas dire que nous ne l'aimions pas, Livvy. Cela veut peut-être dire que nous l'aimions trop, au contraire.

— Est-ce que tu... penses à elle ?

— Oui. Oh ! oui... Nous étions très proches, tu sais. Elle me manque chaque jour.

Olivia hocha pensivement la tête et s'assit à côté de sa tante ; elle jouait négligemment sur le sol avec le faisceau de la lampe.

— Et à lui... Tu penses à lui ?

Jamie ferma les yeux. Mon Dieu, que devait-elle dire, que devait-elle répondre ?

— J'essaie d'éviter.

— Mais tu y penses quand même ?

— Oui.

— Il est mort, lui aussi ?

— Non. Il... Il est en prison.

— Pourquoi est-ce qu'il l'a tuée ?

— Je ne sais pas. Je ne sais réellement pas. C'est le genre de question à ne pas se poser, Livvy, parce qu'elle n'aura jamais de réponse. Jamais de *vraie* réponse.

— Il me racontait des histoires. Il me portait sur son dos, je m'en souviens. J'avais oublié, mais maintenant je m'en souviens.

101

Elle continua à jouer avec sa lampe, la faisant tournoyer sur l'arbre mort qui nourrissait, au sol, de jeunes plants d'épicéas et de tsugas de Mertens, sur les rosettes de mousse étalées à sa surface, sur les épaisses touffes de lichen *globulosella* à son pied. Le spectacle de la nature l'apaisait toujours, cette nature si familière sur laquelle elle pouvait mettre des noms.

— Ensuite, il est tombé malade et il est parti loin. Ou, plutôt, c'est ce que maman m'a dit, mais ce n'était pas vrai. C'était la drogue, en fait.

— Où as-tu entendu ça ?

— C'est la vérité, non ?

Elle releva les yeux de l'arbre mort et de la vie nouvelle qui s'y développait.

— Tante Jamie, je veux savoir comment les choses se sont véritablement passées.

Jamie hocha la tête puis répondit d'une voix lente :

— Comme tu l'as dit, Livvy. C'est terrible que cela nous soit arrivé, à toi, à Julie, à moi, à nous tous, mais nous ne pouvons rien y changer. Nous pouvons juste continuer à vivre avec ce souvenir, et faire de notre mieux.

— Pourquoi est-ce que je ne peux jamais vous rendre visite ? Pourquoi est-ce que grand-mère me fait les cours, au lieu que j'aille à l'école avec les autres enfants ? Pourquoi est-ce que je m'appelle MacBride et non Tanner ?

Jamie soupira. Elle entendit un bruit d'herbes froissées, un hibou qui ululait ; les chasseurs et les proies, songea-t-elle. Ils n'ont tous qu'une idée en tête : survivre à la nuit, survivre encore à cette nuit.

— Nous avions pensé qu'il valait mieux, pour toi, ne pas être exposée aux médias, aux commérages, aux rumeurs. Ta mère était une femme célèbre et les gens s'intéressaient à sa vie, à ce qui lui arrivait... à toi. Nous avons voulu t'éloigner de ce battage, te donner une chance de vivre une enfance heureuse et tranquille. L'enfance que Julie aurait souhaitée pour toi.

— Grand-mère met tout sous clé...

— Grand-mère... C'est si dur pour elle, Livvy. Elle a perdu sa fille. (Sa fille préférée, faillit-elle ajouter malgré elle.) Tu l'as beaucoup aidée à surmonter l'épreuve, tu comprends ? Elle avait besoin de toi autant que tu avais besoin d'elle, et elle a centré toute sa vie sur toi ces dernières années. Te protéger était si important, à ses yeux — et peut-être qu'en le faisant elle se protégeait elle-même. Tu ne peux pas le lui reprocher.

— Je ne veux rien lui reprocher ! Mais ce n'est pas juste, non plus, de me demander de tout oublier. Je ne peux lui parler de rien, ni à grand-père... J'ai *besoin* de me souvenir de ma mère, tu comprends...

— Je comprends, oui. Tu as raison.

Elle entoura les épaules d'Olivia et la serra contre elle.

— Tu peux me parler, à moi. Je ne le dirai à personne, et nous nous souviendrons d'elle ensemble.

Quelque peu rassérénée, Olivia appuya sa tête contre l'épaule de sa tante.

— Tante Jamie, tu as des cassettes des films où ma mère a joué ?

— J'en ai, oui.

— J'aimerais bien les voir un jour. Je crois que nous devrions rentrer maintenant, dit-elle en se levant, et elle posa un regard grave sur Jamie. Merci de m'avoir dit la vérité.

Quel choc ! pensa sa tante ; elle s'attendait à retrouver une enfant, elle avait vu une jeune fille à la place.

— Je vais te faire une autre promesse, Livvy. Ici, c'est un endroit particulier pour moi. Un endroit où, si l'on y fait une promesse, on doit la tenir à tout prix, quoi qu'il arrive. Je te promets de te dire toujours la vérité, quelle que puisse être cette vérité.

— Je te le promets aussi, affirma Olivia en lui tendant la main. Quelle qu'elle puisse être.

Elles repartirent, main dans la main. Parvenue à l'orée de

la clairière, Olivia leva les yeux vers le ciel : il s'était tendu de velours bleu nuit, sur lequel brochait le pâle croissant de la lune.

— Les premières étoiles sont sorties. Je sais qu'elles sont là, même en plein jour, quand on ne peut pas les voir ; mais moi, j'aime les voir. Celle-là, c'est l'étoile de maman, dit-elle en pointant le doigt vers une lueur grosse comme une tête d'épingle, proche de la lune. C'est celle qui vient en premier.

— Elle aurait aimé que tu penses à elle de cette façon, que tu ne sois pas triste.

— Le café est servi ! leur cria Val à travers la porte. Je t'ai fait du café au lait, Livvy, supercrémeux !

— On arrive ! Elle est tellement contente de ta présence que j'ai droit à du café au lait, glissa Olivia à Jamie, et son sourire était de nouveau si jeune et vif que sa tante en eut le cœur serré. Allons manger notre part de tiramisu, avant que grand-père ne dévore tout.

— Pour du tiramisu, je dépouillerais mon propre père sans aucun scrupule.

— On fait la course ?

Olivia partit comme un boulet de canon, ses cheveux blonds flottant derrière elle. Cette image-là — les longs cheveux blonds qui ondulaient dans le vent, le défi lancé par la jeune fille, la course rapide dans la pénombre du crépuscule — demeura fixée tout au long de la soirée dans l'esprit de Jamie. Elle regarda Olivia avaler son dessert, feindre de se disputer avec son grand-père sur les parts qu'il leur avait servies, prétendument non équitables, harceler David pour avoir des détails sur sa rencontre avec Madonna dans une réception. Et elle se demandait si sa nièce était assez mûre, assez maîtresse d'elle-même, pour dissimuler ses pensées et ses émotions ; ou bien si elle était seulement assez jeune pour les oublier, en échange d'un peu de douceur et de tendresse.

Elle aurait préféré que la seconde hypothèse fût la bonne,

pourtant elle arriva à la conclusion qu'Olivia avait hérité d'une part des talents d'actrice de sa mère.

Tandis qu'elle s'apprêtait à se coucher, dans la chambre qui avait jadis été la sienne, un poids lui pesait sur le cœur. Elle retrouvait chez sa nièce un certain air qu'elle lui avait déjà vu huit ans plus tôt, pendant les terribles journées vécues alors. Toutefois, aujourd'hui Olivia n'était plus une fillette, elle ne se contenterait pas de câlins et de petites histoires. Elle voulait la vérité ; Jamie devrait donc affronter des pans de cette vérité qu'elle avait tenté d'oublier.

Elle avait dû s'arranger avec les biographies non autorisées, les documentaires et les téléfilms, la folie des magazines et toutes les rumeurs courant sur la vie de sa sœur, et sur sa mort. Il continuait à en surgir régulièrement. La jeune et belle actrice, abattue en pleine jeunesse par son bien-aimé... Dans une ville qui se repaissait de fantasmes et de commérages, les contes de fées tragiques prenaient facilement des allures de légendes.

Jamie veillait à ne rien faire qui pût les encourager. Elle n'accordait pas d'interviews à la presse, refusait toutes les propositions, ne donnait son aval à aucun projet. Ainsi protégeait-elle ses parents et la jeune fille — comme elle se protégeait elle-même.

Pourtant, chaque année, de nouveaux récits fleurissaient sur Julie MacBride. Chaque année pour l'anniversaire de sa mort, songeait Jamie, tout en scrutant son visage dans le miroir de la salle de bains. C'est pourquoi elle fuyait sa maison quelques jours l'été, pour se cacher — de même que sa mère avait jadis emmené Olivia se cacher.

N'avaient-ils pas droit à une vie privée ? Tout comme Olivia avait le droit de parler de sa mère, de cette mère perdue, se dit Jamie en soupirant. D'une manière ou d'une autre, elle devait parvenir à ce que toutes les deux, sa nièce et elle, obtiennent satisfaction.

Elle releva ses cheveux vers l'arrière. Elle s'était laissé

convaincre par son coiffeur de faire une permanente, accompagnée de quelques mèches subtiles lui encadrant le visage, et devait admettre qu'il avait eu raison. Cela lui donnait un air plus doux, plus jeune. Or la jeunesse n'était pas seulement importante pour l'amour-propre, elle comptait aussi dans les affaires.

Des rides commençaient à se dessiner autour de ses yeux, tristes petits témoins de l'âge et de l'usure du temps. Tôt ou tard, elle devrait songer à un lifting. Elle en avait parlé à David, il s'était contenté d'en rire.

— Des rides ? Quelles rides ? Je n'en vois aucune.

Ah ! les hommes..., pensait-elle aujourd'hui ; pourtant, sur le moment, sa réponse avait fait plaisir à Jamie, ils le savaient tous deux.

Cela ne signifiait pas qu'elle devait négliger sa peau pour autant. Elle appliqua sa crème de nuit avec soin, à petits coups fermes le long de sa gorge, en remontant vers son menton, puis tamponna sa lotion contour des yeux du bout des doigts. Ensuite, elle ajouta une touche de parfum entre ses seins, pour le cas où son mari se sentirait romantique.

C'était souvent le cas.

Souriant intérieurement, elle revint dans la chambre, où elle avait laissé brûler la lumière pour David ; mais il n'était pas encore monté, aussi referma-t-elle doucement la porte, puis elle se dirigea vers la psyché. Là, elle retira son peignoir et s'examina.

Trois jours par semaine, elle s'entraînait avec ardeur sur son banc de gymnastique. Elle l'appelait secrètement le marquis de Sade, mais l'exercice portait ses fruits. Peut-être ne dirait-on plus, aujourd'hui, de ses seins qu'ils étaient mutins, mais le reste de sa silhouette était encore svelte et ferme. Tant qu'elle pourrait faire des pompes et transpirer à loisir, elle n'aurait pas besoin de lifting ailleurs qu'autour des yeux.

Elle savait combien il était important de rester attirante, dans ses relations de travail aussi bien que dans son mariage.

Les acteurs et les artistes avec lesquels elle-même et David travaillaient semblaient rajeunir un peu plus à chaque saison. Certaines des clientes de son époux étaient des femmes belles et désirables, des femmes *jeunes*. Succomber à la tentation, Jamie le savait, était plus souvent la règle que l'exception dans le monde où David et elle évoluaient.

Elle savait aussi qu'elle avait de la chance. Bientôt quatorze ans... La longévité de leur mariage représentait un petit miracle, à Hollywood. Certes, il y avait eu des hauts et des bas, mais ils les avaient surmontés. Elle avait toujours pu compter sur lui, et lui sur elle. Autre miracle encore, ils s'aimaient.

Elle remit son peignoir, en noua la ceinture tout en gagnant la porte du balcon ; là, elle sortit dans la nuit fraîche pour écouter le vent murmurer dans les arbres et contempler l'étoile de sa sœur.

— Julie, combien de fois sommes-nous restées dehors à rêver, par des nuits comme celle-ci ? Nous chuchotions sans fin alors que nous étions censées être au lit, et nous faisions des plans pour l'avenir. Des plans si beaux, si grands... J'ai obtenu tant de choses dont j'avais rêvé, tant de choses que je n'aurais jamais eues si je n'avais pas fait ces grands rêves au départ... Sans toi, je n'aurais jamais rencontré David, je n'aurais jamais eu le courage de créer ma propre affaire. Il y a tant de choses que je n'aurais pas faites, ou que je n'aurais pas connues, si je n'avais pas marché sur tes traces...

S'appuyant contre la balustrade, elle ferma les yeux ; le vent jouait dans ses cheveux, entrouvrait son peignoir, caressait sa peau nue.

— Je veillerai à ce que les rêves de Livvy soient grands, eux aussi. Je veillerai à ce qu'elle puisse obtenir le meilleur pour elle. Et je suis désolée, Julie. Je suis désolée d'avoir fait en sorte, moi aussi, qu'elle t'oublie.

Elle recula près de la porte et se frotta les bras, tandis que l'air de la nuit fraîchissait ; mais elle resta dehors à contempler les étoiles jusqu'à l'arrivée de David.

— Jamie ?

Quand elle se retourna puis entra dans la chambre, une lueur s'alluma dans les yeux de son mari.

— Comme tu es belle... J'avais peur que tu sois allée te coucher, pendant que je tirais sur mon cigare en racontant des bêtises avec ton père.

— Non, je t'attendais, murmura-t-elle en se blottissant dans ses bras. Je t'attendais juste pour ça.

— Tu n'as pas dit grand-chose, ce soir... Tu vas bien ?

— Un peu perdue dans mes pensées, c'est tout...

Il y avait tant de choses qu'elle ne pouvait pas partager avec lui. Et cette promesse, aussi.

— Ça fera huit ans demain. Parfois j'ai l'impression que toute une vie s'est écoulée, d'autres fois que c'était hier. Ça signifie tant pour moi, David, ta présence à mes côtés ici chaque année... Le fait que tu comprennes pourquoi je *dois* y venir. Je sais combien c'est difficile pour toi de jongler avec ton emploi du temps pour réserver ces quelques jours.

— Jamie, elle comptait beaucoup pour nous tous. Et toi, tu comptes plus que tout.

— Il faut ça, dit-elle en souriant. Je sais à quel point tu adores te promener dans les bois et passer l'après-midi à pêcher.

— Demain, ta mère m'emmène à la rivière, grimaça-t-il.

— Oh ! chéri...

— Elle sait très bien que je déteste pêcher, je crois, et elle m'y emmène chaque été pour me faire payer le vol de sa fille.

— Alors, le moins que sa fille puisse faire, c'est que ce vol en vaille la peine.

— Ah oui ? Comment ça ?

Ses mains glissaient déjà vers les reins de sa femme, le long du mince peignoir moulant sa silhouette.

— Viens, je vais te montrer, souffla-t-elle.

Olivia rêva de sa mère et gémit dans son sommeil. Elles étaient blotties toutes les deux dans une penderie remplie d'animaux qui les observaient de leurs yeux vitreux ; Olivia tremblait dans l'obscurité, le monstre se déchaînait derrière la porte. Il martelait le sol d'un pas lourd en hurlant son prénom. Elle enfouit le visage dans la poitrine de sa mère et pressa les mains sur ses oreilles quand un bruit retentit près de la porte ; celle-ci s'ouvrit brusquement et la penderie fut inondée de lumière. Alors elle vit le sang partout, sur ses mains, dans les cheveux de sa mère. Et les yeux de maman devinrent comme ceux des animaux, vides et vitreux.

— Je te cherchais, lui disait papa, en faisant claquer les ciseaux dont les lames brillaient et dégoulinaient de sang.

Tandis qu'Olivia se tournait et se retournait dans son lit, d'autres encore rêvaient de Julie.

Des images défilaient dans leurs esprits : une jolie petite fille riait dans la cuisine, en apprenant à faire de la sauce rouge avec sa grand-mère ; une compagne de jeux tant aimée courait à travers les bois, ses cheveux blonds flottant dans son dos ; une amoureuse murmurait des mots tendres dans la nuit ; une femme d'une merveilleuse beauté dansait en robe blanche le jour de son mariage.

Puis la mort, si dure et si terrible qu'on ne pouvait même pas s'en souvenir à la lumière du jour.

Toutes et tous ceux qui rêvaient d'elle pleuraient.

Même son assassin.

Il faisait encore nuit quand Val frappa un coup brusque à la porte de la chambre.

— Debout et sus aux poissons, David ! Le café est servi et ils vous attendent !

David se retourna, enfouit sa tête sous l'oreiller en gémissant.

— Oh ! mon Dieu...

— Dix minutes, pas plus ! Je vous mets votre petit déjeuner dans un panier.

— Les femmes sont sans pitié...

Avec un rire embrumé de sommeil, Jamie le poussa vers le bord du lit.

— Debout et sus aux poissons, jeune homme !

— Dis-lui que je suis mort pendant la nuit, je t'en supplie...

Il retira l'oreiller de sa tête, posa une main gourmande sur la poitrine de sa femme, qui sourit et lui dit :

— Va pêcher ton poisson. Si tu en rapportes assez, tu auras ta récompense ce soir.

— Le sexe n'achète pas tout, assena-t-il d'un air digne, puis il se traîna hors du lit. Même si moi, il m'achète, reconnut-il.

Il buta sur quelque chose qui traînait par terre, jura et boitilla jusqu'à la salle de bains, pendant que sa femme pouffait dans son dos. Elle s'était rendormie à son retour, et il l'embrassa avant de sortir de la pièce.

Plus tard, Jamie fut réveillée par des secousses et des chuchotements. La lumière du jour filtrait désormais à travers les fenêtres.

— Hein ? Quoi ?

— Tante Jamie ? Tu es réveillée ?

— Jamais avant d'avoir avalé mon café.

— Je t'en ai apporté.

Jamie ouvrit un œil avec peine, posa sur sa nièce un regard embué. Puis elle renifla l'odeur flottant dans la pièce et soupira.

— Tu es une perle.

Olivia s'assit en riant sur le bord du lit, tandis que Jamie se redressait péniblement.

— J'en ai refait du frais. Grand-mère et oncle David sont partis et grand-père est allé au chalet. Selon lui, il avait de la paperasserie en retard, mais en fait il aime aller là-bas rien que pour parler avec les gens.

— Tu le connais bien.

Jamie ferma les yeux pour mieux savourer la première gorgée.

— Et toi, quels sont tes projets ?

— Eh bien... grand-père a dit que je pouvais prendre ma journée, si tu voulais faire une randonnée. Je pourrais t'emmener sur un sentier facile... C'est un bon entraînement pour devenir guide. Je ne peux pas être une *vraie* guide avant d'avoir seize ans — même si, en fait, je connais les sentiers mieux que personne ou presque.

Jamie rouvrit un œil : Olivia arborait un sourire radieux et son regard brillait d'impatience.

— Tu me connais bien, moi aussi, n'est-ce pas ? dit-elle à sa nièce.

— Oui ! C'est d'accord ! Je prendrai mon nouveau sac à dos... Je vais préparer les sandwiches et tout le matériel pendant que tu t'habilles !

— À quoi, les sandwiches ?

— Jambon et gruyère.

— Vendu. Donne-moi vingt minutes.

— Entendu.

Olivia quitta la chambre comme une flèche, alors que Jamie prélevait deux minutes, sur les vingt qui lui étaient allouées, pour s'installer confortablement dans son lit et siroter son café.

La journée s'annonçait chaude et radieuse, sous un ciel d'azur profond, un ciel de plein été. Une journée parfaite pour penser au présent et non au passé, songea Jamie.

Elle glissa les pieds dans ses bonnes vieilles chaussures en contemplant sa nièce. Olivia avait noué ses cheveux à l'intérieur d'une casquette de base-ball, écussonnée au nom du *Camp et chalet de River's End* ; sur son tee-shirt délavé, elle portait une surchemise non boutonnée, aux poignets élimés. Ses chaussures avaient une allure avachie mais confortable, son sac à dos bleu tout neuf brillait fièrement sur ses épaules. Une boussole autour du cou, un étui de couteau à la ceinture, elle avait l'air d'une vraie professionnelle.

— Alors, ton laïus ?

— Mon laïus ?

— Oui... Je t'ai engagée pour me servir de guide et j'attends que tu me sortes le grand jeu. Je dois rentrer chez moi ce soir avec des images plein la tête. Je ne connais rien à la nature, je suis une randonneuse de trottoir, dis-toi bien ça.

— Une randonneuse de trottoir ?

— Exact. Mon sentier de randonnée à moi, c'est Rodeo Drive, et je suis venue ici pour découvrir la nature. Je veux en avoir pour mon argent.

— Très bien.

Olivia prit une pose avantageuse et s'éclaircit la gorge.

— Hum... Aujourd'hui, nous allons faire le sentier John-MacBride. C'est un sentier facile, qui débute par un parcours sinueux en forêt, de trois kilomètres sept cents, puis grimpe pendant huit cents mètres vers la zone du lac, en offrant au passage de magnifiques panoramas. Euh... Les randonneurs plus expérimentés poursuivent souvent leur marche, ensuite, par l'un ou l'autre des sentiers plus difficiles qui rayonnent dans le secteur, mais cette randonnée-ci offre au visiteur, euh... une première découverte de la forêt, ainsi que de beaux points de vue sur le lac.

Elle releva la tête et demanda :

— C'était comment ?

— Pas mal.

C'était presque mot pour mot une citation extraite de l'un des livres vendus à la boutique du chalet ; Olivia n'avait fait que se remémorer cette page, puis la réciter telle quelle. Mais elle progresserait avec le temps ; elle apprendrait à personnaliser ses exposés, à devenir la meilleure.

— Bien... Je suis donc votre guide, et je représente le camp et le chalet de River's End. Je vous fournirai le pique-nique du déjeuner, ainsi que des explications sur la faune et la flore rencontrées pendant notre randonnée. Je répondrai aussi avec plaisir à toutes vos questions.

— On dirait que tu as fait ça toute ta vie ! Je suis prête. Quand tu veux.

— Super. Le sentier commence ici, sur le site de la première terre des MacBride. John et Nancy MacBride sont arrivés du Kansas en 1853 et se sont installés à cet endroit, à la lisière de la forêt humide de Quinault.

— Je croyais que les forêts humides se trouvaient seulement sous les tropiques ! dit Jamie, jouant les parfaites ignorantes.

— La vallée de Quinault possède l'une des rares forêts humides tempérées du monde. Nous avons un climat doux et de fortes précipitations.

— Ces arbres sont énormes ! Qu'est-ce que c'est ?

— Ceux dont les feuillages composent l'étage supérieur sont des épicéas de Sitka ; on les reconnaît à leur écorce, qui fait des écailles. Et il y a aussi des sapins Douglas. Ils poussent très haut et très droit. Quand ils sont vieux, leur écorce vire au brun sombre et elle est creusée de sillons très profonds. Puis il y a les tsugas de Mertens. En général, ce ne sont pas des arbres de la voûte supérieure, et ils supportent l'ombre, c'est pourquoi on les trouve à l'étage inférieur. Ils ne grandissent pas aussi vite que les sapins Douglas.

Elle se baissa pour ramasser quelque chose au sol.

— Vous voyez tous ces cônes, par terre ? Celui-ci provient d'un sapin Douglas — regardez les trois points, là. Nous en trouverons beaucoup comme lui dans la forêt, mais vous ne verrez pas de jeunes repousses, car ils ne tolèrent pas l'ombre. Les animaux les apprécient, et les ours adorent manger l'écorce des arbres.

— Des ours ! Brrr...

— Oh ! tante Jamie...

— Quoi ? Je suis ta cliente, la randonneuse de trottoir... Tu as oublié ?

— C'est vrai. Vous n'avez pas à redouter les ours si vous prenez quelques précautions simples, reprit Olivia en récitant de nouveau. Ceux de notre région sont des ours noirs. Le plus gros problème avec eux, c'est qu'ils aiment voler de la nourriture, donc vous devez enfermer convenablement aliments et détritus. Vous ne devez jamais, jamais laisser de nourriture ni de vaisselle sale sans surveillance à l'endroit où vous campez.

— Mais le pique-nique, dans votre sac à dos... Que va-t-il se passer si les ours le sentent et nous poursuivent ?

— J'ai enveloppé les aliments dans une double poche de plastique, ils ne sentiront rien. Mais, si un ours s'approche, vous devez faire le plus de bruit possible, rester calme et lui laisser le champ libre pour qu'il s'en aille.

Quittant la clairière, elles s'enfoncèrent sous les arbres ; presque aussitôt la lumière se tamisa de vert, avec ici ou là des rais de soleil filtrant à travers les feuillages. Le sol était couvert de mousse et de fougères, jonché de jeunes cônes et de grosses pommes de pin, tapis végétal d'une infinie richesse de textures, de formes et de couleurs. Une grive lança son appel et partit en flèche, remuant à peine l'air autour d'elle.

La lumière était si douce qu'elle semblait caresser la peau d'Olivia, l'air si riche qu'il lui faisait tourner la tête ; les sons — craquement des chaussures sur les aiguilles de pin, courses furtives des petits rongeurs, cris des oiseaux ou gargouillis d'un ruisseau — se fondaient en un même silence unique, incomparable. La forêt était une cathédrale, plus somptueuse, voire sainte, aux yeux d'Olivia qu'aucune de celles dont elle avait vu les photos, à Rome ou à Paris. Cette terre-ci mourait et renaissait chaque jour.

À chaque pas, elle montrait du doigt à sa tante un cercle de champignons, qui parsemaient le sol de taches blanches et jaunes, les lichens tapissant les troncs élevés des arbres, les graines du majestueux épicéa de Sitka, semblables à des brins de papier, les troncs enchevêtrés des érables circinés poussant au bord du chemin. Grâce aux yeux perçants d'Olivia, elles virent un aigle, loin au-dessus de leurs têtes, prendre ses distances avec le monde du sol et des feuillages.

— Il ne passe presque personne sur ce sentier, dit Olivia, car la première partie est sur un terrain privé. Mais nous allons arriver maintenant dans le domaine public, et nous commencerons à voir des gens.

— Tu n'aimes pas voir des gens, Livvy ?

— Dans la forêt, pas trop, non. J'aime penser... qu'elle m'appartient, fit-elle avec un sourire gêné, et que personne ne la changera jamais. Tiens, écoute...

Elle leva une main et ferma les yeux. Intriguée, Jamie ferma aussi les siens : un lointain écho de guitare lui parvint aux oreilles, dans lequel elle devina des accords de musique country.

— Les gens enlèvent toute la magie, commenta Olivia d'un air grave, alors qu'elles entamaient la partie escarpée du sentier.

À mesure de leur ascension, Jamie captait davantage de sons : une voix, un rire d'enfant. Les arbres s'espacèrent, les rayons du soleil pénétrèrent dans le sous-bois, jusqu'à dissiper la douce pénombre verte. Puis les lacs se déployèrent au loin, étincelant de soleil et semés de nombreux bateaux. De hautes montagnes s'élançaient à l'assaut du ciel, entrecoupées de gorges, de failles et de vallées pleines de méandres. Comme il faisait plus chaud, ici, elles s'assirent et retirèrent leurs surchemises, pour laisser le soleil leur caresser les bras.

— Il y a différentes sortes de magie, tu sais, Livvy. Il n'est pas indispensable d'être tout seul pour que ça marche.

— Non, sans doute.

Olivia retira son sac à dos et déballa avec soin les provisions, ainsi que la bouteille Thermos ; puis, s'asseyant en tailleur, elle tendit ses jumelles à Jamie.

— Tu verras peut-être oncle David et grand-mère...

— Il est capable d'avoir plongé par-dessus bord pour rentrer à la maison à la nage..., dit la jeune femme en riant. Oh ! des cygnes ! J'aime leur façon de glisser sur l'eau... J'aurais dû apporter mon appareil photo. Je ne sais pas pourquoi, je n'y pense jamais.

Elle reposa les jumelles pour se saisir d'un des sandwiches, qu'Olivia avait soigneusement partagés en deux.

— C'est toujours beau, ici. Quelle que soit la saison ou le temps.

Tournant la tête, elle surprit les yeux d'Olivia posés fixement sur elle ; elle en éprouva un frisson : ce regard d'enfant semblait la jauger.

— Qu'est-ce qu'il y a ?

— Je dois te demander une faveur. Tu ne voudras pas, mais j'y ai tellement pensé et c'est très important. Il faut que tu me donnes une adresse. Celle... celle du policier qui m'a amenée chez toi cette nuit-là, débita-t-elle d'un trait. Je ne me souviens pas très bien de lui, mais son prénom est Frank. Je veux lui écrire.

— Pourquoi, Livvy ?... Il ne te dira rien que je ne puisse te dire moi-même. Crois-moi, retourner sans cesse toutes ces choses dans ta tête, ça ne t'apportera rien de bon...

— Ça doit être mieux de *connaître* ces choses que de les imaginer, de se poser sans cesse des questions. Il a été gentil avec moi. Si je pouvais juste lui écrire, lui dire qu'il a été gentil avec moi et que je m'en souviens, je me sentirais mieux. Et puis... il était sur place cette nuit-là, tante Jamie. Tu n'y étais pas, toi. Il n'y avait que moi, jusqu'à son arrivée. Je veux lui parler.

Elle détourna la tête et contempla les lacs.

— Je lui dirai que mes grands-parents ignorent tout de ma lettre. Je ne ferai pas de mensonges, mais il faut que j'essaie. Je me rappelle seulement son prénom. Frank.

Jamie ferma les yeux.

— Brady. Il s'appelle Frank Brady.

7

Frank Brady tournait et retournait dans ses mains l'enveloppe bleu clair. Son nom et l'adresse du commissariat étaient rédigés à la main, d'une écriture nette et précise, manifestement une écriture juvénile, de même que l'adresse de l'expéditeur dans un coin.

Olivia MacBride.

La petite Livvy Tanner, songea-t-il. Un fantôme, un jeune fantôme jaillissant du passé.

Huit ans déjà. Il n'avait jamais tout à fait écarté de son esprit cette nuit-là, cette affaire et ses protagonistes. Il avait essayé, pourtant. Il avait fait son travail et la justice avait accompli le sien du mieux possible ; puis la fillette avait disparu, emmenée au loin par une famille aimante.

Clos, terminé, fini. Malgré les histoires sur Julie MacBride qui revenaient de temps à autre, les commérages et les rumeurs pour émissions télé de fin de soirée, c'était clos. Julie MacBride aurait éternellement trente-deux ans et serait belle à jamais ; quant à son assassin, il ne reverrait pas le jour avant une dizaine d'années, ou même plus.

Pourquoi diable la fillette lui écrivait-elle, après tout ce temps ? Et pourquoi diable n'ouvrait-il pas tout simplement la lettre pour le savoir ?

Il hésitait encore et contemplait l'enveloppe en fronçant les sourcils, tandis que les téléphones ne cessaient de sonner autour de lui, les flics d'entrer et sortir de la cage aux fauves. Il se prit à espérer que son propre poste allait sonner, pour mettre la lettre de côté et se consacrer à une nouvelle affaire. Puis, jurant tout bas, il se décida à déchirer l'enveloppe, déplia l'unique feuille de papier et lut.

Cher inspecteur Brady,

J'espère que vous vous souvenez de moi. Ma mère était Julie MacBride, et quand elle a été tuée vous m'avez emmenée dans la maison de ma tante. Vous êtes venu me voir là-bas, aussi. Je ne comprenais pas très bien ce que ce meurtre voulait dire alors, ni que vous enquêtiez dessus. Mais, grâce à vous, je me suis sentie plus en sécurité, et vous m'avez expliqué que les étoiles étaient là même en plein jour. Vous m'avez aidée, à l'époque. J'espère que vous pourrez m'aider aujourd'hui encore.

Je vis avec mes grands-parents dans l'État de Washington. C'est très beau ici, et je les aime beaucoup. Cette semaine, tante Jamie est venue nous voir, et je lui ai demandé de me donner votre adresse pour pouvoir vous écrire. Je ne l'ai pas dit à mes grands-parents car ils auraient été tristes. Nous ne parlons jamais de ma mère, ni de ce que mon père a fait.

Je me pose des questions, et personne d'autre que vous ne peut me répondre. C'est terriblement important pour moi de connaître la vérité, mais je ne veux pas faire de peine à ma grand-mère. J'ai douze ans maintenant, mais elle ne comprend pas que, quand je pense à cette nuit-là et que j'essaie de me souvenir, tout s'embrouille dans ma tête et c'est encore pire qu'avant. Voudrez-vous bien m'en parler ?

Je pensais même que peut-être, si vous vouliez prendre un congé, vous pourriez venir ici. Je me souviens que vous aviez un fils. Vous disiez qu'il mangeait des insectes et qu'il faisait parfois des cauchemars sur des envahisseurs extraterrestres. Mais il est plus vieux maintenant, et donc je pense qu'il ne le fait plus.

119

Bon Dieu, songea Frank avec un rire étonné, cette enfant a une mémoire d'éléphant !

Il y a beaucoup de choses à faire ici. Notre chalet et notre camp de vacances sont vraiment très agréables, je peux même vous envoyer des prospectus. On peut pêcher ou faire des randonnées ou du bateau. Il y a une piscine au chalet et des spectacles tous les soirs. Nous sommes aussi tout près de certaines des plus belles plages du Nord-Ouest.

S'il réprima un sourire devant ce ton de bonimenteur vantant sa marchandise, il n'en lut pas moins la suite avec attention.

Je vous en prie, venez. Je n'ai personne d'autre à qui parler.
Bien à vous,
Olivia.

— Seigneur...

Repliant la lettre, il la remit dans son enveloppe et l'enveloppe dans la poche de sa veste ; il n'était pas aussi facile de se sortir Olivia de l'esprit.

Tout au long de la journée, Frank traîna avec lui la lettre et le souvenir de la fillette. Il avait décidé de lui faire une réponse gentille, sur un ton léger — compréhensive mais sans trop s'avancer. Il pourrait lui raconter que Noah entrait à l'université cet automne, qu'il avait été nommé meilleur joueur lors du tournoi de basket-ball, des potins sans conséquence. Il se servirait de son travail et de ses obligations familiales comme excuse pour ne pas aller la voir.

À quoi servirait-il de se rendre dans l'État de Washington et de lui parler ? Cela ne ferait qu'inquiéter son entourage, il ne pouvait pas prendre une telle responsabilité. Ses grands-parents étaient de braves gens.

Il avait ordonné une enquête sur eux quand ils avaient demandé la garde, une simple enquête de routine, plus quelques contrôles discrets dans les premières années, juste pour s'assurer que l'enfant s'était bien adaptée à sa nouvelle vie. Puis il avait refermé le dossier et comptait bien ne jamais le rouvrir.

Il était flic, se rappela-t-il, alors qu'il tournait le coin de la rue menant chez lui. Flic et pas psychologue, ni travailleur social. Son seul rapport avec Olivia avait été le meurtre ; en quoi cela pourrait-il l'aider de parler avec lui ?

Frank s'arrêta dans l'allée derrière une Honda Civic bleu clair, qui remplaçait depuis quatre ans la vieille VW de sa femme. Ses deux pare-chocs étaient couverts d'autocollants. Celia Brady avait pu renoncer à son buggy bien-aimé, mais pas à ses chères causes à défendre.

Noah, lui, avait avantageusement troqué sa bicyclette contre une Buick d'occasion, qu'il dorlotait avec amour. D'ici quelques semaines, il allait jeter une ou deux valises dans le coffre, puis prendre avec elle la direction de l'université. Cette pensée frappa Frank comme elle le faisait toujours, telle une flèche fichée dans son cœur.

Les fleurs encadrant la porte croissaient grâce aux attentions de Noah. Il avait la main verte, songea Frank, et Dieu seul savait de qui il l'avait héritée. Quand il serait loin, Celia et lui-même laisseraient les fleurs dépérir en moins d'un mois.

Il poussa la porte d'entrée, entendit le disque de Fleetwood Mac et fit la grimace. Celia mettait du Fleetwood Mac quand elle s'installait aux fourneaux ; et quand elle s'installait aux fourneaux, Frank devait se glisser furtivement dans la cuisine au milieu de la nuit, pour rouvrir ses planques personnelles de mauvaise nourriture. Ni bio ni végétarienne.

Le salon était en ordre, autre mauvais signe. Ni journaux

ni chaussures traînant un peu partout : Celia avait donc quitté de bonne heure son travail au foyer des femmes et se sentait une âme de ménagère. Quand elle se transformait en femme d'intérieur, Noah et lui-même souffraient : cela annonçait pour le dîner un plat fait maison (et nettement plus fait pour la diététique que pour la gourmandise), une maison bien rangée (où il n'y aurait plus moyen de retrouver la moindre affaire), et à coup sûr du linge fraîchement repassé dans les tiroirs. Donc, la moitié de ses chères vieilles chaussettes portée manquante.

Les choses fonctionnaient plus en douceur, chez les Brady, quand Celia abandonnait les corvées domestiques à ses hommes.

Frank pénétra dans la cuisine et ses pires craintes furent aussitôt confirmées. Elle tournait avec entrain quelque chose sur la cuisinière, tandis qu'une grosse miche d'un pain rugueux, avec une croûte aux allures d'écorce, trônait sur le plan de travail, derrière une énorme courge de couleur jaunâtre. Mais elle était si fichtrement jolie, avec ses cheveux soyeux tirés en queue-de-cheval, ses hanches étroites d'adolescente qui battaient la mesure, ses longs pieds nus et minces...

Elle arborait un air de sérieux et d'innocence dont Frank avait toujours pensé qu'il dissimulait une volonté de fer. Rien de ce que Celia Brady voulait gouverner ne lui échappait. Elle le gouvernait lui-même depuis ce jour où il l'avait arrêtée — lui, jeune flic de vingt-trois ans tout juste sorti de l'école de police, elle, étudiante de vingt ans à peine — à l'occasion d'une manifestation contre la vivisection et les expérimentations animales.

Ils avaient passé leurs deux premières semaines à se disputer, puis les deux suivantes au lit. Elle refusait de l'épouser, et ils s'étaient encore disputés à ce sujet. Mais il savait faire preuve de détermination lui aussi. Il y avait mis un an, un an de vie commune, mais il l'avait vaincue.

S'approchant d'elle, il la prit dans ses bras.

— Je t'aime, dit-il.

Elle se retourna pour lui donner un baiser rapide.

— Tu fais bien, mais tu mangeras quand même des haricots noirs et de la courge. C'est bon pour toi.

Il y survivrait — d'autant qu'il avait caché des mini-pizzas dans le fond du congélateur.

— Je les mangerai et je t'aimerai encore, après. Je suis un type coriace. Où est Noah ?

— Dehors, à faire des paniers de basket avec Mike. Ensuite il a rendez-vous avec Sarah.

— Encore...

Celia sourit.

— Elle est ravissante, tu ne peux pas le nier. Et comme il part dans quelques semaines pour l'université, ils veulent passer le plus de temps possible ensemble.

— Je préférerais qu'il ne soit pas aussi accroché, c'est tout. Il n'a que dix-huit ans, tout de même.

— Frank... après un trimestre à l'université, et encore, il ne se souviendra même plus d'elle. Si tu me disais plutôt ce qui ne va pas ?

Il s'empara de la bière qu'elle lui tendait.

— Tu te souviens de l'affaire MacBride ?

— Julie MacBride ? Bien sûr. Ç'a été la plus grosse affaire de ta carrière, tu es encore tout chose quand un de ses films passe à la télé. Que peut-il y avoir de nouveau ? Tu as clos le dossier depuis des années et Sam Tanner est en prison...

— La petite fille.

— Oui, je me souviens d'elle. Elle t'a brisé le cœur, je le sais. Mauviette..., lui dit-elle tendrement.

— Ses grands-parents ont obtenu sa garde et l'ont emmenée dans l'État de Washington. Ils possèdent quelque chose là-bas, un chalet, un camp de vacances dans les monts Olympic. Rattaché au parc national.

— Le parc national Olympic ? fit Celia, les yeux brillants.

123

Oh ! c'est une région magnifique. J'y ai fait de la randonnée l'année où j'ai fini le lycée, après le diplôme. Ils ont réussi à chasser les vampires de là-bas.

Celia englobait sous le nom de vampires tous ceux qui voulaient abattre un arbre, démolir une vieille demeure, tirer sur les lapins ou couler du béton dans les champs.

— Ma chère écolo de choc...

— Si tu avais la moindre idée des ravages causés par les bûcherons qui..., commença-t-elle, mais il leva la main.

— S'il te plaît, Celia. Je mange tes haricots et ta courge, c'est déjà bien.

Elle fit la moue, puis haussa les épaules et se leva. Comme il n'était nullement dans les intentions de Frank de se disputer avec elle, il sortit la lettre de sa poche et la lui tendit.

— Lis juste ça et dis-moi ce que tu en penses.

— Tu t'intéresses donc à ce que je pense..., ironisa-t-elle. Mais après avoir parcouru les deux premières lignes, elle se rassit, et l'éclat dans ses yeux s'était mué en une lueur de compassion.

— Pauvre petite, murmura-t-elle. Elle est si triste, si courageuse...

Elle replia la lettre, la lissa pensivement entre deux doigts avant de la rendre à Frank puis de retourner à sa cuisinière.

— Tu sais, Frank... des vacances en famille avant que Noah parte pour l'université nous feraient du bien à tous. Nous ne sommes pas retournés camper depuis l'été de ses trois ans, quand tu avais juré de ne plus passer une seule autre nuit à dormir par terre...

La moitié du poids que la lettre avait fait peser sur ses épaules s'évanouit d'un seul coup.

— Je t'aime vraiment, tu sais, Celia.

Olivia faisait de son mieux pour se comporter normalement, cacher son énervement et son excitation, afin que ses grands-parents ne les remarquent pas. Dans son for intérieur, elle était tendue, oppressée, et sa tête lui faisait mal ; mais elle accomplit ses tâches de la matinée et réussit même à avaler quelque chose à table, pour que personne ne fasse de commentaires sur son manque d'appétit.

Les Brady seraient bientôt là.

Juste après le déjeuner, lorsque son grand-père fut appelé au camp pour un problème à résoudre, elle en fut soulagée. Elle n'eut pas de peine à trouver une excuse pour ne pas l'accompagner, même si ce genre de dissimulation lui coûtait.

La culpabilité, sans doute, la fit travailler deux fois plus que d'ordinaire ; elle nettoya la terrasse devant la salle à manger du chalet et désherba le jardin. C'était aussi, il est vrai, l'endroit idéal pour ne rien perdre des arrivées et des départs. Elle sarcla les capucines qui retombaient sur le muret de pierre en cascades orange et jaunes, enleva les fleurs fanées parmi les grandes marguerites blanches, tout en gardant un œil sur la réception.

Ses mains transpiraient à l'intérieur des gants de jardin ; elle ne les avait mis que pour imiter les adultes et pouvoir serrer la main de la famille Brady sans avoir les mains et les ongles noirs. Frank verrait qu'elle était désormais suffisamment grande pour pouvoir tout comprendre des informations concernant son père et sa mère. Il verrait qu'elle n'était plus la gamine effrayée qu'on devait protéger contre les monstres. Elle allait apprendre à les faire fuir elle-même, se promit-elle.

Dans un moment de distraction, elle se passa la main sur la joue et la barbouilla de terre.

Elle s'était brossé les cheveux et les avait attachés en une queue-de-cheval bien nette, qu'elle avait glissée par l'ouverture derrière sa casquette rouge. Elle portait un jean et un tee-shirt *River's End*, tous deux frais lavés du matin ; mais les genoux du jean, en dépit de ses efforts pour les préserver, étaient maculés de terre à présent. Bah ! songea-t-elle, cela prouvait seulement qu'elle travaillait, qu'elle était responsable.

Pourvu qu'ils arrivent sans tarder, sans quoi son grand-père allait revenir... Il reconnaîtrait peut-être Frank Brady — il le reconnaîtrait sans doute, même. Grand-père se souvenait *toujours* des gens et des choses. Alors, il saurait empêcher Olivia de parler à Frank, de lui poser des questions.

Un couple sortit sur la terrasse et s'assit à l'une des petites tables de fer. Un serveur allait venir prendre la commande, leur apporter des boissons, et Olivia ne serait plus seule. Elle poursuivit son travail sur l'une des plates-bandes, écoutant d'une oreille ce que la femme lisait dans son guide à propos des sentiers. Ils projetaient une randonnée pour le lendemain et elle se demandait s'ils en feraient une longue ou pas, s'il fallait commander un panier-repas pour le déjeuner.

En temps normal, Olivia se serait approchée d'eux pour leur conseiller avec enthousiasme de mettre ce projet à exécution, leur décrire à sa façon le sentier dont la jeune femme avait parlé... Les hôtes du chalet appréciaient ce genre de touche personnelle, et les grands-parents d'Olivia l'encourageaient à faire partager sa connaissance du site. Mais elle avait trop de choses dans l'esprit ce jour-là pour vouloir bavarder, et elle poursuivit son travail le long de la terrasse sans relever la tête, jusqu'à se trouver pratiquement hors de vue.

En apercevant la grosse vieille voiture remonter l'allée, elle remarqua aussitôt que le conducteur était trop jeune pour être Frank Brady. Il avait un visage plutôt agréable — du moins ce qu'elle pouvait en voir, car il portait une casquette et des lunettes de soleil. Les cheveux qui s'échappaient de la casquette étaient bruns et ondulés, avec des mèches claires délavées par le soleil.

La femme assise sur le siège du passager était belle : sa mère, sans doute, même si elle paraissait bien jeune pour cela. Peut-être était-ce sa tante, ou même sa grande sœur.

Olivia passait mentalement en revue les réservations du jour, essayant de se rappeler si deux personnes étaient attendues d'ici à ce soir, quand elle en discerna une troisième affalée sur la banquette arrière.

Son cœur se mit à battre violemment dans la poitrine, en écho aux coups sourds qui résonnaient dans sa tête. Elle se remit lentement debout, pendant que la voiture parcourait le dernier tournant et se garait au bord de l'allée.

Elle le reconnut sur-le-champ ; le vague souvenir qu'elle gardait de son visage cristallisa en une image précise à la minute même où Frank sortit de la voiture. Soudain, elle se souvenait parfaitement de lui : la couleur de ses yeux, le son de sa voix, la façon dont sa main s'était posée sur sa joue, grande et douce...

Lorsqu'il tourna la tête et la vit, elle retira ses gants et les enfourna dans sa poche, pour se donner une contenance ; puis elle se força à sourire, à faire un pas en avant, et Frank fit de même. Alors, aux yeux d'Olivia, la femme et le jeune homme descendus eux aussi de la voiture parurent s'évanouir dans le paysage, tout comme s'évanouirent la rangée de grands arbres dans le fond, l'azur resplendissant au-dessus de leurs têtes, le battement des ailes de papillons et le caquètement des oiseaux dans les branches.

— Je suis Olivia, commença-t-elle, d'une voix qui lui sembla venir de très loin. Merci d'être venu jusqu'ici, inspecteur Brady, ajouta-t-elle en lui tendant la main.

— Je suis content de te revoir, Livvy, dit Frank avec émotion. Ou est-ce qu'on ne t'appelle plus Livvy ?

— Si, répondit-elle, et son sourire encore timide se réchauffa un peu. Vous avez fait bon voyage ?

— Très bon, oui. Nous avons décidé de venir avec la voiture de notre fils, la seule de la famille assez grande pour faire de longs trajets. Celia ?

Il tendit la main, puis entoura les épaules de sa femme, qui s'était approchée. Olivia remarqua son geste ; elle aimait observer la façon dont les gens se comportaient ensemble. La femme de Frank se lova tout naturellement contre lui ; son sourire était amical et ses yeux sympathiques.

— Voici Celia, ma femme.

— Bonjour, Livvy. Quel endroit merveilleux... Tu sais, j'ai campé chez toi autrefois, quand j'avais l'âge de Noah, et je ne l'ai jamais oublié. Noah, voici Livvy MacBride... Sa famille possède le chalet.

Noah jeta un coup d'œil à Olivia et fit un signe de la tête, poli mais bref, qu'il ponctua d'un simple « 'jour... », tout en glissant les mains dans les poches arrière de son pantalon. Retranché derrière ses lunettes noires, il n'en détaillait pas moins chaque pouce de sa personne, Olivia le sentait.

— Notre fils est économe de ses mots, par les temps qui courent, commenta Celia avec des yeux rieurs.

— Vous pouvez laisser votre voiture ici le temps de passer à la réception, expliqua Olivia. Tous nos appartements donnant sur le lac sont pris, malheureusement, mais vous en avez un sur la forêt, avec une vue superbe. C'est un de nos appartements familiaux du rez-de-chaussée, il a son propre patio.

— Ce sera parfait, j'en suis sûre. Je me souviens, j'avais pris des photos du chalet quand j'étais venue ici, il y a un siècle.

Celia posa sans façon la main sur l'épaule d'Olivia, puis se retourna pour examiner le bâtiment.

— On dirait qu'il a poussé ici, comme les arbres.

Il était grand, vieux et digne, avec ses trois étages et son toit en pente raide. Les vastes fenêtres ouvraient largement sur des panoramas à couper le souffle. Entre le bois des murs, patiné par les vents et la pluie, le vert profond des volets et des balcons, le chalet semblait faire partie de la forêt, autant que les arbres géants alentour. Les allées, dallées de pierre, étaient semées de petits conifères, de fougères et de fleurs sauvages. L'ensemble respirait la liberté, la nature intacte, la vie sans apprêt.

— Il se fond parfaitement dans le paysage, poursuivit Celia. Celui qui l'a construit l'a fait *avec* la nature plutôt que contre elle.

— Mon arrière-grand-père. C'est lui qui a élevé le bâtiment de départ, puis il l'a agrandi avec son frère, et mon grand-père a continué ensuite. Il lui a donné son nom aussi, River's End. C'est une image, il n'y a pas de rivière qui se termine ici, ni rien dans le genre.

— Sans doute une image du repos, de l'abri qu'on trouve à la fin d'un voyage..., suggéra Celia.

— Oui, tout à fait. C'est bien ce qu'il avait en tête. C'était un simple gîte au début, maintenant c'est un véritable complexe touristique, mais nous avons voulu garder le site intact et conserver la même atmosphère reposante. Nous faisons tout pour que le chalet ajoute quelque chose à la forêt et aux lacs sans en détruire la pureté.

— Je croirais entendre ma femme, commenta Frank. Celia défend l'environnement, tu sais. Avec beaucoup de conviction.

— Comme tous les gens qui ont quelque chose dans la cervelle, répondit Olivia du tac au tac, et Celia lui fit un signe approbateur.

— Je sens que nous allons parfaitement nous entendre toutes les deux. Ne me ferais-tu pas visiter le chalet, pendant que ces deux grands gaillards s'occupent des bagages ?

Olivia se laissa entraîner, non sans jeter un regard oblique vers Frank. Elle avait l'impression que son impatience était presque palpable, telle une vibration autour d'elle ; pourtant elle s'exécuta docilement et ouvrit l'une des grandes portes-fenêtres.

— Je ne suis jamais entrée à l'intérieur lors de mon premier séjour, lui dit Celia. Mon budget était plutôt serré, et je m'employais à rejeter le confort matériel et bourgeois à l'époque. J'étais l'une des premières hippies.

Olivia la regarda avec des yeux ronds.

— Vraiment ? Vous ne ressemblez pas à une hippie, pourtant.

— Je ne ressors mon collier *Peace and love* que dans les grandes occasions, comme l'anniversaire de Woodstock...

— Est-ce que Frank était hippie, lui aussi ?

— Frank ? s'exclama-t-elle, et elle éclata de rire. Oh ! non, pas M. Maintien de l'ordre. Il est né flic et conservateur dans l'âme. Qu'est-ce que je peux y faire ? soupira-t-elle, puis elle promena le regard autour d'elle et s'exclama : Oh, c'est ravissant !

Parcourant le spacieux hall d'entrée, elle admira les sols et les murs, de pin et de sapin naturels, la grande cheminée de pierre, où des brassées de fleurs tenaient lieu de flammes pendant les chaleurs du mois d'août. Fauteuils et sofas, aux tons ocre et terre de Sienne, étaient disposés en petits groupes intimes et chaleureux. Plusieurs clients de l'établissement y étudiaient leurs guides ou simplement y contemplaient le décor, tout en sirotant du café ou un verre de vin. L'art des Indiens était présent partout, sur des tableaux, des tapis et des tentures murales ; de grandes jardinières de cuivre contenaient de gros bouquets de fleurs et de feuillages. La pièce ressemblait davantage à un vaste salon qu'à un hall d'entrée — sans doute était-ce voulu, se dit Celia.

Derrière le comptoir de bois, richement patiné, trônaient deux réceptionnistes en chemise blanche immaculée et veste de chasse de couleur verte. Les activités du jour étaient inscrites à la craie sur un vieux tableau d'ardoise ; un bol de grès posé sur le comptoir contenait des bonbons à la menthe aux tons pastel. La jeune femme sourit familièrement à Olivia, avant de se tourner vers Celia d'un air affable.

— Bienvenue à River's End !

— Je suis Celia Brady. Mon mari et mon fils arrivent, ils s'occupent des bagages.

— Oui, madame Brady... Nous sommes ravis de vous accueillir. J'espère que vous avez fait bon voyage...

Tout en parlant, elle pianotait sur le clavier placé sous le comptoir.

— Très bon, merci... Sharon, répondit Celia, en lisant le nom de la réceptionniste sur l'étiquette épinglée à sa veste.

— Vous restez cinq nuits avec nous, c'est bien cela ? Vous avez un forfait famille, qui comprend le petit déjeuner pour trois personnes tous les matins, la possibilité de suivre nos visites accompagnées...

Ignorant les explications de Sharon, Olivia s'était retournée vers la porte. Son cœur se mit à battre la chamade quand Frank entra dans le hall, Noah derrière lui ; leurs bras étaient chargés de valises et de sacs à dos.

— Oh ! je peux me rendre utile, Sharon, puisque je suis là, proposa-t-elle à la réceptionniste. Je vais montrer leurs chambres aux Brady et leur dire où tout se trouve ici.

— Merci, Livvy. Vous ne trouverez pas mieux qu'une MacBride comme guide, madame Brady. Je vous souhaite de passer un excellent séjour...

— Par ici...

Luttant pour maîtriser son impatience, Olivia les conduisit le long d'un couloir intérieur, puis tourna à droite.

— Le centre de remise en forme, à votre gauche, est gratuit pour les pensionnaires. Vous pouvez aller à la piscine par ici, ou bien en ressortant par l'entrée sud du bâtiment.

Tout en marchant, elle leur débitait des informations sur les heures des repas, les services à la chambre, les horaires du bar, les locations de canoës, de matériel de pêche, de bicyclettes... Arrivée à leur porte, elle s'écarta pour les laisser entrer et fut ravie, en dépit de sa nervosité, par l'exclamation de plaisir que Celia laissa échapper.

— C'est géant ! Tout simplement géant ! Oh ! Frank, regarde cette vue ! On a l'impression d'être en plein milieu de la forêt ! Pourquoi est-ce que nous habitons en ville ? s'écria-t-elle en se dirigeant vers les portes du patio, qu'elle ouvrit en grand.

— Ça a sans doute un rapport avec mon métier...

— La chambre principale est ici et l'autre là-bas, précisa Olivia.

— Je vais vider mon barda, marmonna Noah en se dirigeant vers l'extrémité du salon.

— Je... je vais vous laisser défaire vos bagages et vous installer, commenta Olivia, visiblement embarrassée. Si je peux vous être utile à quelque chose ou si vous avez des questions... Oh ! et puis il y a quelques sentiers courts et faciles, si vous aviez envie de partir à l'aventure dès cet après-midi...

— Frank, pourquoi est-ce que tu ne jouerais pas les éclaireurs ? fit Celia avec un sourire (elle ne pouvait résister à ce qu'on lisait de supplication dans les yeux d'Olivia). Noah et moi, nous allons certainement traîner quelque temps autour de la piscine. Livvy pourrait te montrer les alentours, histoire de te dégourdir les jambes...

— Bonne idée. Cela ne t'ennuie pas, Livvy ?

— Non, non, pas du tout, s'empressa-t-elle de répondre. Nous n'avons qu'à sortir directement par le patio. Il y a un circuit facile, à peine un kilomètre, vous n'avez même pas besoin d'équipement particulier...

— Parfait. À tout à l'heure, chérie, dit-il en embrassant sa femme.

— Prends ton temps.

Quand Frank et Olivia furent sortis, Celia gagna la porte à son tour et suivit leurs deux silhouettes des yeux, jusqu'à les voir disparaître sous les arbres de la forêt.

— Maman ?

— Hmm ?

— Pourquoi est-ce que tu ne m'as rien dit ?

— À quel sujet, Noah ?

— C'est la fille de Julie MacBride, n'est-ce pas ?

Celia se retourna vers son fils ; il était debout à la porte de sa chambre, nonchalamment appuyé contre le chambranle, les yeux inquisiteurs.

— Oui, et alors ?

— Nous ne sommes pas venus juste pour jouer dans les bois et pêcher. Papa déteste la pêche et son idée des vacances idéales, c'est s'étendre sur un hamac dans la cour de derrière.

Elle se retint de rire : c'était l'exacte vérité.

— Qu'en penses-tu, toi ?

— Il est venu pour voir la petite. Il y a quelque chose de nouveau sur le meurtre de Julie MacBride ?

— Non, ce n'est pas ça. Je ne savais pas que tu t'intéressais à cette affaire…

— Pourquoi est-ce que je ne m'y intéresserais pas ?

Se décollant de la porte, il vint se saisir d'une des pommes rouges et brillantes qui trônaient sur la table, dans un bol bleu.

— Ça a été *l'affaire* de papa, et une grosse. Les gens en parlent encore et lui il l'a en tête, même s'il n'en parle pas. Quel est le problème, maman ?

— Olivia lui a écrit. Elle a des questions à lui poser. Je ne pense pas que ses grands-parents lui aient expliqué grand-chose, et je ne pense pas non plus qu'ils soient au courant de sa lettre à ton père. Laissons-les un peu tranquilles tous les deux.

— Bien sûr.

Noah mordit dans la pomme et son regard se perdit, derrière la porte vitrée, vers l'endroit où son père et la grande fille dégingandée étaient partis.

— Je m'interrogeais, c'est tout.

8

Les arbres les cernaient de près, tels les barreaux géants d'une antique prison. Frank avait espéré que le charme de la nature opérerait, l'appel des grands espaces ; au lieu de cela, il était mal à l'aise, cheminant sous une lumière glauque et dans un monde bizarre, peuplé de formes inquiétantes. Même les bruits et les odeurs lui semblaient étrangers, âcres et lourds à la fois. L'humidité lui collait à la peau, et il se serait senti mieux dans une sombre ruelle de l'est de Los Angeles.

— Tu ne te perds jamais, là-dedans ? demanda-t-il à Olivia.

— Non, mais les gens oui, parfois. Il faut toujours emporter une boussole et rester sur les sentiers balisés si l'on est débutant. Je parie que vous êtes un randonneur de trottoir..., glissa-t-elle avec un regard en coin.

— Tu as touché juste, fit-il en souriant.

Elle lui sourit en retour, les yeux brillants.

— Tante Jamie prétend que c'est ce qu'elle est, maintenant. Mais on peut se perdre aussi dans une ville, non ?

— On peut, oui.

Baissant les yeux, elle ralentit son allure.

— C'est vraiment gentil d'être venu, murmura-t-elle. Je ne pensais pas que vous le feriez. Je n'étais même pas sûre que vous vous souveniez de moi.

— Si, je me souviens de toi, Livvy, dit-il en lui posant une main légère sur l'épaule. J'ai souvent pensé à toi et je me demandais comment tu allais.

— Mes grands-parents sont super. J'aime cet endroit et je ne peux même pas imaginer de vivre ailleurs. Les autres gens ne viennent ici que pour leurs vacances, mais moi j'ai bien l'intention d'y rester toute ma vie.

Elle avait débité sa phrase très vite, comme si elle avait besoin de faire sortir tout le bon avant de passer à la suite.

— Vous avez une famille sympathique, commença-t-elle.

— Merci. Je crois que je vais la garder, finalement.

Un sourire furtif passa sur le visage d'Olivia, puis elle redevint grave.

— Moi aussi, j'ai une famille sympathique. Mais je... Regardez, c'est ce que les forestiers appellent une branche nourricière, commenta-t-elle en tendant le doigt. Quand un arbre mort ou des branches tombent au sol, la forêt les récupère et les utilise. Rien n'est gaspillé, ici. Un douglas meurt, et bientôt on peut voir sur lui des repousses de tsuga, et aussi de la mousse, des fougères, des champignons... Lorsqu'une chose périt ici, elle donne à d'autres la possibilité de vivre...

Elle leva de nouveau les yeux vers lui, et son regard d'ambre brillait sous le reflet des larmes.

— Pourquoi est-ce que ma mère est morte ?

— Je ne peux pas répondre à cette question, Livvy. Je ne peux jamais répondre véritablement aux pourquoi, et c'est même l'aspect le plus dur de mon travail.

— Quel gâchis, non ? Le gâchis du bon et du beau. Elle était bonne et elle était belle, n'est-ce pas ?

— Oui.

Elle hocha la tête, reprit sa marche et ne parla plus avant d'être sûre de pouvoir contenir ses larmes.

— Mais mon père ne l'était pas. Il ne peut pas avoir été bon et beau, pas vraiment. Pourtant elle l'aimait et l'a épousé.

— Ton père avait des problèmes.

— La drogue, souffla-t-elle d'une voix morne. Je l'ai lu

dans les journaux que grand-mère a rangés au grenier. Il se droguait et l'a tuée. Il ne peut pas l'avoir aimée. Il ne peut pas nous avoir aimées, ni elle ni moi.

— Livvy, la vie n'est pas toujours aussi simple, soit noire, soit blanche...

— Si vous aimez quelque chose ou quelqu'un, vous en prenez soin, vous le protégez. Si vous l'aimez assez, vous mourez même pour le protéger. Il dit qu'il ne l'a pas tuée, mais il l'a fait, puisque je l'ai vu. Je peux même encore le voir quand je le veux, je ferme les yeux et je... Il m'aurait tuée moi aussi, si je ne m'étais pas enfuie.

— Je ne sais pas, dit Frank, troublé — comment répondre à cette enfant à la voix dure, aux yeux d'adulte ? Je ne sais pas s'il l'aurait fait ou non. C'est possible.

— Vous lui avez parlé, après.

— Oui. Ça fait partie de mon travail.

— Est-il fou ?

À cette question-là non plus il n'y avait pas de réponse toute faite.

— La cour ne le pensait pas.

— Et vous ?

— Je pense qu'il était fragile, et la drogue a aggravé la situation. Elle lui a fait croire des choses qui n'étaient pas vraies et faire des choses qui n'étaient pas bien. Ta mère s'était séparée de lui pour te protéger, toi, autant et sans doute plus qu'elle-même. Et aussi en espérant, je pense, que ça le pousserait à chercher de l'aide.

Raté, songea Olivia. Il n'a pas cherché d'aide et ça n'a protégé personne.

— S'il ne vivait plus dans la maison, pourquoi y était-il cette nuit-là ?

— D'après l'enquête, ta mère l'a laissé entrer.

— Parce qu'elle l'aimait encore. Je comprends, soupira-t-elle en hochant la tête. Est-ce qu'ils vont le garder toujours en prison ?

— Il a été condamné à vingt ans, dont quinze sans possibilité de liberté conditionnelle.

Elle fronça les sourcils et ses yeux se rétrécirent. Quinze ans, c'était davantage qu'elle n'en avait vécu elle-même, mais ce n'était pas encore assez.

— Donc, en théorie, il pourrait sortir dans sept ans ? Sortir comme ça, après ce qu'il a fait ?

— Non, pas automatiquement. Le processus...

Comment expliquer à une enfant les subtilités de la loi ?

— Il passera devant une commission, qui décidera de son sort.

— Mais les gens de la commission ne sauront pas ! Ils n'étaient pas là ! Ça ne comptera pas, pour eux.

— Si, ça comptera. Je peux y aller, moi.

Il irait, décida-t-il, il parlerait au nom d'Olivia.

— J'ai le droit d'y aller et de m'adresser à la commission, car j'étais présent au moment des événements.

— Merci. Merci de m'avoir dit ça.

Les larmes menaçaient de revenir, aussi tendit-elle précipitamment la main à Frank, qui la garda quelques secondes dans les siennes. Il pouvait voir maintenant la boucle parcourue lors de cette promenade, le toit du chalet près duquel ils étaient revenus, et le soleil se reflétant sur les fenêtres.

— Tu peux m'appeler ou m'écrire chaque fois que tu le veux, lui dit-il.

— Vraiment ?

— Cela me ferait plaisir, oui.

Les yeux d'Olivia cessèrent de la brûler, ses nerfs se détendirent.

— Alors, je le ferai. Je suis vraiment contente que vous soyez venu... J'espère que vous passerez un bon séjour ici avec votre famille. Si vous voulez, je peux vous inscrire pour une randonnée accompagnée, ou vous indiquer des sentiers à suivre seuls.

— Nous aimerions bien en faire une, répondit-il en

souriant, mais seulement si nous pouvons t'avoir comme guide. Nous voulons la meilleure, tu comprends.

Elle fit mine de réfléchir.

— Hmmm, voyons... Le sentier de l'Horizon ne fait que cinquante kilomètres. C'était juste une plaisanterie, commenta-t-elle devant son air effaré. Je connais une belle randonnée d'une journée, si vous aimez prendre des photos.

— Quelle est ta définition d'une belle randonnée d'une journée ?

— Seulement quelques petits kilomètres, promis. Vous verrez des castors et des aigles pêcheurs. Le chalet peut vous préparer un panier-repas, si vous voulez faire un pique-nique.

— Entendu. C'est possible demain ?

— Je dois voir ça avec grand-père, mais je pense que oui. Je viendrai vers onze heures et demie.

Elle baissa les yeux vers les vieilles baskets avachies de Frank.

— Vous seriez mieux dans des chaussures de montagne, mais celles-là iront si vous n'en avez pas apporté d'autres. À demain, alors.

— Nous faudra-t-il une boussole ? cria-t-il alors qu'elle repartait déjà dans le sous-bois.

Elle lui lança un rapide sourire par-dessus son épaule.

— Avec moi, vous ne vous perdrez pas...

Ce jour-là, à l'âge de douze ans, Olivia décida de ce qu'elle ferait plus tard et de la façon dont elle mènerait sa vie. Elle apprendrait tout sur la forêt, les lacs et les montagnes qui composaient son univers ; elle vivrait et travaillerait dans ce lieu adoré, le lieu où sa mère avait grandi.

Avec le temps, elle en saurait plus sur sa mère, et aussi sur l'homme qui l'avait tuée. Elle aimerait la première de tout son cœur — autant qu'elle haïrait le second. Et jamais, jamais elle ne tomberait amoureuse comme sa mère l'avait fait.

Elle prendrait son destin en main. Cela commençait dès

maintenant. Et, autre promesse à elle-même, elle ménagerait ses grands-parents ; elle n'accomplirait jamais rien qui puisse leur causer du chagrin. Aussi, quand elle pénétra dans la clairière et vit son grand-père en train de désherber ses fleurs, alla-t-elle s'agenouiller près de lui.

— J'ai fait exactement la même chose au chalet. Les jardins sont superbes, là-bas.

— Tu as hérité de ma main verte, fillette. Nous ne parlerons pas de la couleur de celle de ta grand-mère...

— Elle est parfaite pour les plantes d'appartement. Au fait, une famille vient juste d'arriver au chalet, un couple et leur fils.

Elle arracha machinalement une mauvaise herbe. Elle ne voulait pas lui mentir, mais jugeait plus sage de contourner un peu la vérité.

— La mère a fait des randonnées par ici quand elle était jeune, mais je ne pense pas que les deux autres soient capables de reconnaître un buisson d'un porc-épic. Ils m'ont demandé de les accompagner demain, juste pour une petite randonnée. Je pensais que je pourrais les emmener au lac d'Irely, le long de la rivière, afin qu'ils puissent prendre des photos...

Rob s'assit sur ses talons, une ride soucieuse barrant déjà son front.

— Je ne sais pas, Livvy.

— J'aimerais le faire, grand-père... Je connais bien ce chemin, je t'assure. Et je voudrais commencer à participer plus au chalet et au camp, à mieux connaître les sentiers et même les secteurs plus éloignés. J'ai déjà suivi des randonnées accompagnées, et je voudrais voir si je suis capable d'en mener une toute seule. Jusqu'à Irely, c'est tout... Si je me débrouille bien, je pourrais commencer la formation pour guider d'autres randonnées pendant l'été, peut-être faire faire des activités aux enfants... Quand je serai plus grande, j'aimerais aussi conduire des randonnées de nuit, et devenir

139

naturaliste comme ils en ont dans le parc. Mais je serai meilleure que les autres, parce que j'ai grandi ici, c'est chez moi.

Rob la contempla et revoyait Julie dans ses yeux, Julie au même âge, qui lui racontait son rêve d'être une grande artiste. Son rêve l'avait éloignée d'eux, celui d'Olivia la garderait au contraire près d'eux.

— Tu es encore assez jeune pour changer d'avis une bonne douzaine de fois.

— Je ne crois pas. De toute façon, je ne saurai jamais si j'en suis capable, et si c'est vraiment ce que je veux faire plus tard, tant que je n'aurai pas essayé. Juste un petit essai demain...

— Seulement jusqu'à Irely, pas plus loin ?

— J'ai montré le circuit au père avant de quitter le chalet, mais il craint de se perdre... Irely est sans doute le maximum qu'il pourra supporter.

Sachant qu'elle avait gagné, elle se releva et brossa les genoux de son jean en disant :

— Je vais voir si grand-mère a besoin de mon aide pour le dîner.

Ensuite, se ravisant, elle se pencha pour entourer de ses bras le cou de Rob :

— Je vais faire en sorte que tu sois fier de moi.

— Je *suis* fier de toi, bébé.

Elle le serra plus fort encore.

— Attends de voir, murmura-t-elle, puis elle partit rapidement vers la maison.

Olivia arriva à l'heure dite ; elle avait décidé que ce serait un aspect important de sa nouvelle vie. Elle serait toujours ponctuelle, toujours prête.

Elle passa d'abord à la réception prendre le panier-repas pour la randonnée ; elle se chargerait elle-même de transporter les provisions. N'était-elle pas jeune et forte ? songea-t-elle tandis qu'elle les rangeait dans son sac à dos. Bientôt, elle grandirait et serait encore plus forte.

Elle hissa le sac sur ses épaules, en ajusta les sangles. Elle avait sa boussole, son couteau, une bouteille d'eau, une réserve de sacs plastique pour ramasser les détritus, son appareil photo, un bloc-notes et des crayons, enfin une trousse de premiers secours. La veille au soir, elle avait passé trois heures à lire, étudier, emmagasiner toutes sortes d'informations sur la nature et sur l'histoire. Les Brady auraient une journée de détente, mais également une journée instructive.

Lorsqu'elle eut franchi l'entrée de leur patio, elle tomba sur Noah, assis dans l'un des fauteuils de bois. Il portait un Walkman sur la tête et pianotait en mesure sur les accoudoirs du fauteuil. Ses longues jambes dans un jean effrangé s'étendaient devant lui, croisées à hauteur des chevilles de ses Nike montantes. Ses lunettes de soleil avaient des verres foncés, et Olivia songea qu'elle n'avait encore jamais vu ses yeux. Ses cheveux étaient mouillés, comme s'il sortait de la douche ou de la piscine ; il les avait coiffés à la va-vite et les laissait sécher au soleil. Elle trouva qu'il ressemblait à une rock star.

La timidité menaçait de lui tomber dessus comme une chape, mais elle redressa les épaules. Si elle voulait devenir guide un jour, elle devait apprendre à la surmonter, face aux garçons comme face à tout le monde.

— Salut.

Il releva la tête, ses doigts cessèrent de pianoter. Elle se rendit compte que ses yeux étaient probablement fermés derrière ses verres sombres et qu'il ne l'avait même pas entendue arriver.

— Salut..., dit-il, se penchant pour arrêter le baladeur. Je vais chercher le reste de la tribu.

Quand il se leva, elle dut courber la tête en arrière pour pouvoir garder les yeux dans les siens.

— Tu as essayé la piscine ? lui demanda-t-elle.

— Ouais.

Il lui sourit et le cœur de femme qui sommeillait encore dans la poitrine d'Olivia connut son premier frémissement.

— Froide, lâcha-t-il pour tout commentaire, puis il ouvrit la porte du patio. Hé, la cheftaine est là !

Une réponse assourdie parvint de derrière la porte de la chambre ; il se retourna vers Olivia.

— Tu ferais mieux de t'asseoir. Ma mère n'est jamais à l'heure.

— Il n'y a rien d'urgent...

— Tant mieux.

Jugeant qu'il était plus poli de s'asseoir, puisqu'il le lui avait proposé, elle prit place sur le muret de pierre du patio. Puis elle s'abîma dans un silence dû à la fois à la timidité et au manque d'expérience.

Noah examinait son profil. Elle l'intéressait à cause de ses liens avec son père, Julie MacBride et aussi, il fallait l'admettre, le meurtre. Les meurtres le fascinaient. Il lui aurait volontiers posé des questions sur le sujet, mais ses parents l'auraient assommé pour ça, il en était sûr. Encore s'y serait-il peut-être risqué — seulement il se rappelait l'image de la fillette, les mains sur les oreilles et les larmes ruisselant sur ses joues.

— Alors ? Tu fais quoi dans le coin ?

Elle lui jeta un regard rapide, détourna les yeux.

— Oh ! des trucs...

La sottise de sa réponse lui fit monter le rouge aux joues.

— Ah ! oui, des trucs..., répéta-t-il. Nous n'en faisons jamais, en Californie.

— Je veux dire, se reprit-elle précipitamment, j'ai un certain nombre de corvées, j'aide au camp et au chalet... Je fais de la randonnée et je pêche. J'apprends l'histoire de la région, la faune et la flore, ce genre de choses...

— Tu vas où à l'école ?

— C'est ma grand-mère qui me donne des cours à la maison.

— À la maison ?

Il baissa ses lunettes, et elle entr'aperçut ses yeux, d'un vert profond.

— Oui.

— Sacrée affaire...

— Elle est très sévère, murmura Olivia, puis elle sauta sur ses pieds avec soulagement en voyant Frank sortir du salon.

— Celia arrive, annonça-t-il. Je vais peut-être chercher notre déjeuner...

— Je l'ai, dit Olivia en désignant son sac d'un mouvement de l'épaule. Du poulet froid, de la salade de pommes de terre, des fruits et du quatre-quarts. Sal, le chef, l'a préparé exprès.

— Tu ne peux pas porter tout ça..., commença Frank, mais elle recula d'un pas.

— Ça fait partie de mon travail.

Voyant arriver Celia, elle se sentit de nouveau intimidée.

— Bonjour, madame Brady.

— Bonjour... J'ai vu passer une biche devant ma fenêtre, ce matin. Elle glissait dans la brume comme si elle sortait d'un conte de fées. Mais le temps que je reprenne mes esprits et que je déniche mon appareil photo, elle était partie.

— Vous en verrez d'autres, sans doute. L'espèce à queue noire est très courante dans la forêt. Vous verrez peut-être un élan Roosevelt, aussi.

Celia donna une petite tape sur l'appareil qu'elle portait en bandoulière.

— Cette fois, je suis parée.

— Si vous êtes prêts, nous pouvons y aller.

Du regard, Olivia avait vérifié discrètement (du moins, elle l'espérait) leurs chaussures et leurs vêtements, et les avait jugés suffisants pour la randonnée qu'ils allaient faire, courte et facile.

— Arrêtez-moi autant que vous voudrez, pour prendre des photos, vous reposer ou me poser des questions. J'ignore

143

combien vous en savez déjà sur les monts Olympic ou sur la forêt humide, commença-t-elle au début de la course.

Elle avait répété son laïus le matin même, pendant qu'elle s'habillait ; il ressemblait beaucoup à celui qu'elle avait déjà débité à sa tante, le jour où celle-ci avait joué la touriste. Quand elle parla des ours, Celia ne cria pas comme l'avait fait Jamie, mais commenta :

— Oh ! j'aimerais bien en voir un...

Olivia citait le nom des arbres au passage, mais seule Celia semblait s'y intéresser vraiment — même si Noah dressa l'oreille quand elle lui montra un aigle, haut perché dans les branches couvertes de mousse et de lichen. Cependant, au moment où, surplombant la rivière, le panorama s'étala soudain devant eux, ses trois compagnons parurent apprécier.

— C'est la Quinault, dit-elle. Elle coule à travers les monts Olympic, puis descend vers la côte.

— Mon Dieu ! que c'est beau... À couper le souffle.

Celia, le nez collé à son objectif, cadrait fiévreusement le paysage puis appuyait sur le déclencheur.

— Regarde ces montagnes, Frank... On dirait vraiment qu'elles s'appuient contre le ciel. Tout ce blanc, ce vert et ce gris contre le bleu du ciel ! C'est comme si on prenait un tableau en photo...

Olivia se creusait la tête pour battre le rappel de ses connaissances sur les montagnes.

— Euh ! le mont Olympus fait moins de deux mille cinq cents mètres de haut, mais il monte directement depuis la forêt humide, presque au niveau de la mer, donc il paraît plus élevé. Il a des glaciers... six glaciers, si mes souvenirs sont bons. Nous sommes ici sur les versants ouest de la chaîne.

Elle les conduisit le long de la rivière, leur montrant au passage les ingénieux barrages construits par les castors, les longs cordons des fleurs de savoyanes, la délicate blancheur des renoncules d'eau. Ils croisèrent d'autres randonneurs sur le chemin, qui marchaient seuls ou en groupes.

144

Celia s'arrêtait souvent afin de prendre des clichés, pour lesquels ses hommes posaient avec patience, sinon avec enthousiasme. Quand Olivia réussit à capturer une grenouille à pattes rouges, elle la photographia également, riant de plaisir à son long coassement timide. Puis elle surprit Olivia en caressant du doigt le dos de la grenouille : bien peu de femmes consentaient à le faire. Lorsqu'elle relâcha l'animal, Celia et elle se sourirent, en parfaite communauté d'esprit.

— Ta mère a trouvé une âme sœur, murmura Frank à Noah.

Olivia allait leur signaler un nid d'aigle pêcheur lorsqu'un tout jeune enfant, qui avait échappé à la surveillance de ses jeunes parents, arriva en courant sur le sentier ; il trébucha sur une pierre pour échouer dans les pieds d'Olivia, après une longue glissade sur les coudes et les genoux. Aussitôt, il se mit à hurler tel un régiment entier de cornemuses.

Olivia se pencha vers lui, mais Noah fut plus rapide et ramassa le petit, avant de le hisser jovialement dans ses bras.

— Oh ! oh ! Un de chute, on dirait...

— Scotty, mon chéri, je t'avais bien dit de ne pas courir !

La mère s'empara de son bébé, affolée, puis se retourna vers son mari, qui arrivait en courant :

— Il saigne ! Il s'est écorché les genoux !

— Beaucoup ? Laisse-moi voir...

Alors que le gamin hurlait et sanglotait de plus belle, Olivia fit glisser son sac des épaules.

— Il faut nettoyer ses plaies. J'ai une bouteille d'eau et une trousse de premiers secours.

— Oh ! merci, oui... Je sais, ça fait mal, chéri, dit-elle à son fils, qui s'agitait comme un beau diable, mais nous allons arranger ça...

Elle prit le linge qu'Olivia avait mouillé et, avec son mari, maintint l'enfant immobile assez longtemps pour estimer les dommages.

— Ce ne sont que des éraflures, conclut le père. Tu peux la mettre en sourdine, fiston...

Il s'efforçait de prendre une voix décontractée, mais pâlit pendant que sa femme nettoyait le sang. Quand Olivia tendit l'antiseptique à la mère, un simple regard jeté au flacon décupla les cris de Scotty.

— Hé ! tu sais ce qu'il te faut ? s'exclama Noah, sortant une barre chocolatée de sa poche arrière et l'agitant devant le visage de Scotty. Cette chose qu'on ne doit jamais manger avant le déjeuner...

Scotty fixa la barre à travers ses grosses larmes ; ses lèvres continuaient de trembler mais il gémit cette fois, au lieu de crier :

— Du chocolat...

— J'en étais sûr. Tu aimes les barres ? Celle-là est spéciale, elle est réservée aux garçons très braves. Tu es un garçon très brave ?

Scotty renifla et tendit la main, trop intéressé pour prêter attention à sa mère, qui lui appliquait des pansements sur les genoux.

— Oui...

— Alors, vas-y.

Noah lui tendit la friandise, puis recula le bras pour la mettre juste hors de sa portée.

— Oh ! j'oubliais, je ne peux la donner qu'à quelqu'un qui s'appelle Scotty.

— Je *suis* Scotty ! cria l'enfant, mi-pleurant mi-riant.

— Ce n'est pas une blague ? Alors, elle est sûrement pour toi.

— Merci beaucoup, dit la mère, replaçant sur sa hanche l'enfant à présent rasséréné et lui recoiffant les cheveux de sa main libre. Grâce à vous...

Olivia, qui remballait sa trousse de premiers secours dans son sac, releva les yeux.

— Vous devriez toujours en avoir une avec vous, si vous

faites souvent de la randonnée. La boutique de River's End en vend, sinon vous en trouverez en ville...

— Je le note en haut de ma liste, avec le chocolat d'urgence. Merci encore. Vous avez des enfants formidables, lança-t-elle à Frank et Celia avant de s'éloigner.

Olivia parut sur le point de répondre quelque chose, mais elle détourna la tête et se tut, l'air malheureux. Ce fut bref, cependant pas assez pour que Celia ne le remarque pas.

— Vous faites une bonne équipe tous les deux, assura-t-elle d'un ton joyeux. Bon, ce petit intermède m'a ouvert l'appétit. Quand est-ce que nous déjeunons, Liv ?

Olivia releva la tête, surprise. Liv... Ça sonnait bien — fort, sûr, précis.

— Il y a un coin agréable plus loin. Avec un peu de chance, nous apercevrons un couple de castors et non pas juste leurs barrages...

Elle choisit bien son emplacement, sous les ombrages, à l'écart du sentier ; on y avait vue sur la rivière et, au-delà, jusque sur la chaîne de montagnes. L'air était chaud, le ciel dégagé : une de ces parfaites journées d'été comme la région savait en offrir.

Ouvrant le panier-repas, elle se saisit d'une cuisse de poulet et s'installa un peu en retrait. Elle voulait contempler la famille Brady réunie : cela semblait si naturel, si harmonieux... Plus tard, quand elle serait adulte et repenserait à l'impression qu'ils donnaient alors, elle évoquerait un certain *rythme*. Ils avaient un rythme commun de gestes, de paroles, de silences. Des petits instants d'humour qui leur appartenaient, des commentaires à demi-mot, une certaine façon de se taquiner... Elle se rendrait également compte, plus tard, en se rappelant son enfance, qu'elle-même n'avait pas tout à fait la même relation avec ses grands-parents, malgré leur amour mutuel. Une génération les séparait : la vie de sa mère — et sa mort. Pour le moment, elle ressentait seulement une

147

impression bizarre, une sorte de nostalgie, quelque chose qui ressemblait à de l'envie et la mettait mal à l'aise.

— Je vais continuer un peu, dit-elle en se relevant de la façon la plus naturelle possible, voir si je repère un ou deux castors. Si oui, je reviens vous chercher.

— Pauvre petite, murmura Celia quand Olivia se fut éloignée. Elle est si seule... Je ne pense même pas qu'elle se rende compte combien elle est seule.

— Ses grands-parents sont de braves gens...

— J'en suis sûre, mais où sont les autres enfants ? Ceux de son âge avec qui elle devrait jouer, par une belle journée comme celle-ci ?

— Elle ne va même pas à l'école, intervint Noah. Elle m'a raconté que sa grand-mère lui donnait des cours à la maison.

— Ils l'ont mise dans une bulle, commenta Celia. Une bulle magnifique, ajouta-t-elle en promenant le regard autour d'elle, mais elle y est quand même enfermée.

— Ils ont peur, et ils ont quelques raisons à cela.

— Je sais bien, oui. Mais lorsqu'elle commencera à se cogner contre les parois, que feront-ils ? Et si elle ne s'y cogne jamais, quel genre de vie aura-t-elle ?

Noah se remit sur ses pieds.

— Je vais marcher un peu, moi aussi. Je n'ai jamais vu de castor.

— Il a bon cœur, sourit Celia en le suivant des yeux.

— Oui, et il est curieux, aussi. J'espère qu'il ne va pas lui poser trop de questions.

— Fais-lui un peu confiance, Frank.

— Si je ne lui faisais pas confiance, je serais aussi en train de chercher des castors au lieu de faire la sieste.

Ce disant, il s'allongea et posa la tête sur les genoux de sa femme.

Noah trouva Olivia assise au bord de la rivière, immobile et silencieuse. Cette image s'imprima dans son esprit, si différente et pourtant si proche de la fillette qui fuyait éperdument sa douleur. Ici, elle était tranquillement assise, sa casquette enfoncée sur ses cheveux caramel, le dos ferme et droit, les yeux baissés vers la rivière argentée. Elle ne se dérobait plus à sa douleur désormais, elle apprenait à vivre avec.

Olivia tourna vivement la tête dans sa direction à son approche, puis garda les yeux fixés sur lui tandis qu'il s'asseyait près d'elle ; ils brillaient d'un sombre éclat dans son visage grave et sérieux.

— Ils viennent jouer par ici, chuchota-t-elle. Les gens ne les dérangent pas trop, ils sont habitués. Mais on a plus de chances d'en voir si on ne fait pas trop de bruit ni de gestes.

— Tu dois passer beaucoup de temps à rôder par ici...

— Il y a toujours quelque chose à voir ou à faire...

Elle continuait à observer la rivière. La présence de Noah provoquait une curieuse impression en elle ; elle ne pouvait décider si c'était agréable ou non. En tout cas, c'était différent de tout ce qu'elle avait ressenti jusque-là. Une sorte de tambourinement juste au-dessous de son cœur.

— Ça ne ressemble pas à Los Angeles, j'imagine...

— Pas du tout, répondit Noah, pour qui le monde se résumait à Los Angeles ou à peu près, mais ça va, ce n'est pas trop mal. Maman adore la nature et toutes les foutaises qui vont avec. Du genre sauvons les baleines, sauvons la chouette tachetée, etc. Ça la branche à fond.

— Si plus de gens le faisaient, on n'aurait pas besoin de les sauver.

— Ouais, c'est exactement ce qu'elle dit aussi. Note bien, ça ne me dérange pas. Personnellement, ce que je préfère dans la nature, ce sont les jardins publics et les paniers de basket.

— Je suppose que tu n'as jamais pêché ?

— Pêcher ? Pourquoi ? Puisqu'on peut aller chez McDo et commander directement un Mac au poisson...

Il lui sourit encore, et le tambourinement s'accéléra dans la poitrine d'Olivia.

— Beurk...

— Hé, tu veux du beurk ? Ficher un malheureux ver sur un hameçon et balancer le tout à la flotte pour remonter un poisson plein de vase et qui se tortille dans tous les sens ? Personnellement, je trouve ça très beurk.

La lueur amusée qui brilla dans les yeux de la jeune fille ne lui déplut pas, il dut le reconnaître.

— C'est tout un art de vivre, expliqua-t-elle avec conviction — mais c'était bien lui qu'elle regardait à présent et non plus la rivière. Est-ce qu'en ville ce n'est pas noir de monde, de fumée, de bruit, de circulation, etc. ?

— Bien sûr que si, dit-il en s'appuyant sur les coudes pour prendre ses aises. C'est justement ça que j'aime en ville, il s'y passe toujours quelque chose.

— Ici aussi, il se passe toujours quelque chose. Regarde...

Elle oublia sa timidité et posa la main sur sa jambe. Deux castors nageaient vigoureusement à contre-courant ; leurs têtes luisantes affleuraient à la surface de l'eau et des vaguelettes se formaient sur leur passage, s'éloignant ensuite en cercles concentriques. Puis un héron apparut sur la rive d'en face, comme dans un rêve, traversa la rivière dans un battement d'ailes majestueux, et sa grande ombre glissa sur eux.

— Je parie que tu n'as jamais vu ça en ville.

— Exact.

Les castors amusèrent beaucoup Noah ; ils étaient drôles, faisant des cercles, s'éclaboussant, se retournant pour nager sur le dos.

— Tu sais, n'est-ce pas, pour ma mère ?

Il lui jeta un coup d'œil : Olivia fixait à nouveau la rivière, le visage dur et les dents serrées. Une douzaine de questions

150

lui brûlaient les lèvres, que Noah comptait lui poser si l'occasion s'en présentait ; et pourtant il ne put s'y résoudre, même si elle venait de lui tendre la perche. Elle n'était encore qu'une enfant.

— Oui. C'est vraiment... dur.

— Tu as vu certains de ses films ?

— Oui, plusieurs, même.

Olivia serra les lèvres ; elle *devait* savoir. Quelqu'un devait lui dire, et lui le ferait. Lui, il la traiterait comme une adulte, non comme une enfant qu'il faut toujours protéger.

— Est-ce qu'elle était bien, dans ses films ?

— Tu n'en as jamais vu aucun ?

Elle secoua la tête et il remua, mal à l'aise, hésitant sur la réponse à lui donner. Mais sa mère ne disait-elle pas souvent que la meilleure solution était encore de dire la vérité ?

— Elle était vraiment bien. Je préfère les films d'action en principe, mais j'ai vu les siens à la télé, et elle était vraiment belle.

— Je ne te demande pas quel air elle avait mais comment elle *était* ! corrigea-t-elle d'une voix soudain sèche et cassante qui surprit Noah. Elle était bonne actrice ?

— Oh ! oui, vraiment bonne. Elle faisait en sorte qu'on y croie vraiment. Je suppose que c'est bien ça le but...

Les épaules d'Olivia parurent se détendre un peu. Elle hocha la tête.

— Oui. Elle est partie d'ici parce qu'elle voulait être actrice. Je voulais seulement savoir si elle était bonne ou pas. « Elle faisait en sorte qu'on y croie vraiment », répéta-t-elle, comme pour graver la phrase à l'intérieur de son cœur, puis elle reprit : Ton père... C'est parce que je lui ai demandé de venir qu'il est venu. C'est quelqu'un de formidable. Tu as des parents qui s'intéressent aux choses, aux gens...

Elle se releva.

— Je vais les chercher, pour qu'ils voient les castors avant notre retour au chalet.

Noah se redressa et s'assit. Il ne lui avait pas posé les questions qu'il avait en tête, mais elle avait pourtant répondu à l'une d'elles : quelle impression cela faisait-il d'être la fille d'une femme célèbre, morte assassinée ?

Une impression de gâchis, de terrible gâchis.

Noah

*Il faut être deux pour dire la vérité —
un pour la dire, et l'autre pour l'entendre.*

Henry David THOREAU

9

Université de l'État de Washington, 1993

Il n'avait aucune raison d'être nerveux ; Noah se le répétait, tout en vérifiant l'adresse. La maison, à deux étages, avait une allure soignée. Il projetait depuis longtemps ce voyage, cette reprise de contact, et c'était bien cela, songea-t-il en garant sa voiture de location le long du trottoir, dans ce quartier tranquille et planté d'arbres, c'était bien cela qui le rendait nerveux.

Il le sentait, sa vie allait peut-être changer, revoir Olivia MacBride pouvait le faire dévier de la ligne de conduite qu'il s'était fixée jusqu'alors ; mais il était prêt à prendre une nouvelle direction, on n'a rien sans risque, après tout.

Il se passa rapidement la main dans les cheveux pour les recoiffer. Il avait même songé à les faire couper avant de venir, mais bon sang ! n'était-il pas en vacances ? Plus ou moins en vacances, à vrai dire. En tout cas, il était loin du journal depuis deux semaines.

Ses efforts pour se faire un nom comme journaliste spécialisé dans les affaires criminelles n'aboutissaient pas assez vite à son goût. Les nouvelles fraîches de la politique, la place chichement comptée dans les colonnes du journal, les humeurs de son rédacteur en chef et les contraintes publicitaires, tout semblait se liguer contre les histoires qu'il voulait raconter à ses lecteurs.

Ces histoires, il désirait les raconter à sa façon. C'est pour cela qu'il était ici. Pour écrire l'*histoire* qu'il n'avait jamais pu oublier, et l'écrire à sa façon. L'assassinat de Julie MacBride.

L'une des personnes clés de cette entreprise vivait au deuxième étage de cette élégante maison, transformée en quatre appartements. Comme d'autres demeures dans son genre, elle absorbait l'excédent d'étudiants présents sur le campus — du moins ceux qui pouvaient en payer le prix, et qui ne goûtaient pas la fièvre, la camaraderie, le bouillonnement de la vie du collège. Noah, lui, avait adoré les années passées sur le campus d'UCLA. Peut-être le premier semestre n'avait-il été qu'une longue suite de fêtes, de filles et de discussions philosophiques tard dans la nuit, comme seule la jeunesse peut les comprendre. Mais, ensuite, il s'était mis au travail.

Il visait le diplôme de journalisme, et ses parents l'auraient tué en cas d'échec ; deux motivations aussi puissantes l'une que l'autre.

Qu'en était-il de la motivation d'Olivia ?

S'il n'avait pas tout à fait mordu au journalisme, il connaissait quand même, au bout de trois ans, les ficelles du métier. Il avait mené son enquête et savait qu'Olivia étudiait la science des ressources naturelles, elle obtenait même d'excellentes notes. Il savait aussi qu'elle avait passé sa première année sur le campus, dans une résidence universitaire, puis qu'elle avait déménagé à l'automne suivant pour s'installer dans son propre appartement. Il savait encore qu'elle n'appartenait à aucun club ni association d'étudiants, qu'elle avait été nommée assistante du professeur pour deux cours hebdomadaires, en plus du cursus de dix-huit UV suivi pendant son semestre de printemps. Ce qui dénotait une jeune fille sérieuse, concentrée et peut-être même un peu polarisée sur ses études.

Mais les fichiers informatiques et les dossiers universitaires ne révélaient pas tout ; ils ne disaient rien des désirs ni des espoirs d'Olivia. Rien de ses sentiments au sujet de ses parents. Pour le savoir, il fallait que Noah la connaisse. Pour écrire le livre qu'il portait dans le cœur et dans l'esprit, il devait pénétrer son esprit à elle.

Les deux images le plus présentes à sa mémoire étaient celle de la fillette au visage inondé de larmes, puis du regard grave de la jeune fille. Tandis qu'il entrait dans la maison, notant l'exacte symétrie du couloir intérieur et des appartements, il se demandait quelle troisième image il allait maintenant découvrir.

Il grimpa les marches et lut la petite plaque identifiant l'appartement 2-B. Pas de nom, juste un numéro : les Mac-Bride continuaient à veiller jalousement sur leur intimité.

— Allons-y, murmura-t-il, et il pressa la sonnette.

Il avait échafaudé deux plans d'approche différents, comptant qu'il déciderait selon les circonstances ; puis elle ouvrit la porte et tout plan fut aussitôt chassé de son esprit, aussi sûrement que par un courant d'air.

Elle n'était pas belle, du moins si on la mesurait à l'aune, incomparable, de sa mère. Mais comment ne pas la comparer à Julie MacBride en voyant ses yeux, d'un riche brun doré, sous le trait de ses sourcils sombres ?

Grande et mince, sa silhouette vigoureuse et ferme dégageait un étonnant sex-appeal, presque déplacé pour son personnage d'étudiante sage. Ses cheveux avaient foncé depuis la dernière fois, mais gardaient des tons plus clairs que ses yeux ; elle les tirait en une stricte queue-de-cheval, qui libérait les contours de son visage.

Son visage d'enfant s'était affiné, aiguisé, avait pris cet air de jeune féminité auquel Noah avait toujours trouvé quelque chose de félin. Elle portait un jean, un sweat-shirt de l'université de l'État de Washington, pas de chaussures, et arborait une expression agacée.

Noah restait planté devant elle, stupide, tout juste capable de lui sourire béatement. Elle souleva un sourcil meurtrier, et dès lors une bouffée de désir se mêla à son plaisir de la revoir.

— Si vous cherchez Linda, c'est de l'autre côté du couloir. Au 2-A.

Elle ponctua sa phrase d'un soupir, comme si elle la répétait souvent. Sa voix était plus rauque que dans le souvenir de Noah.

— Je ne cherche pas Linda. C'est vous que je cherche. Et vous venez d'ouvrir une immense brèche dans mon ego en ne me reconnaissant pas.

— Pourquoi est-ce que je vous... ?

Elle ne termina pas et concentra sur lui ses yeux fascinants, comme elle ne l'avait pas fait tout à l'heure, quand elle le prenait pour un des casse-pieds rendant visite à sa voisine d'en face ; alors ses lèvres s'entrouvrirent, ses yeux perdirent de leur froideur.

— Vous êtes Noah ! Noah Brady, le fils de Frank... Est-ce qu'il... ? dit-elle en regardant par-dessus son épaule.

— Non. Juste moi. Vous avez une minute ?

— Bien sûr. Entrez...

Soudain troublée, elle recula. Elle était plongée dans la préparation d'un exposé sur le système symbiotique des racines et des champignons ; il lui fallait passer sans transition de la science aux souvenirs personnels. Et au charmant béguin qu'elle avait eu pour lui à l'âge de douze ans.

— Je peux faire du café, ou bien je dois avoir des boissons fraîches...

— Les deux me vont.

Il jeta pour la première fois un coup d'œil sur la pièce nette et soignée — le bureau bien rangé où ronronnait l'ordinateur, les murs à la douce teinte crème, le canapé bleu profond. L'espace était petit mais arrangé avec goût, simple et confortable.

— Quel endroit agréable...

— Oui, je l'aime beaucoup.

158

Olivia savourait pleinement le plaisir de vivre seule, pour la première fois de sa vie.

Elle ne s'agita pas, ne courut pas en tous sens comme certaines femmes qui s'excusent du désordre même quand il n'y en a pas ; elle resta immobile, le contemplant comme si elle ne savait par où commencer. Il lui rendit son regard, en proie aux mêmes incertitudes.

— J'en ai pour une minute..., finit-elle par dire.

— Je vous en prie, ne vous pressez pas.

Noah la suivit dans la cuisine et la troubla de nouveau. La pièce était à peine plus large qu'un couloir, avec une cuisinière, un réfrigérateur et un évier qui s'alignaient sur un côté, et un minuscule plan de travail intercalé entre eux. Malgré la place limitée, il parvint à y circuler. Près de la fenêtre, ils étaient suffisamment proches l'un de l'autre pour que leurs épaules se touchent. Olivia laissait rarement un homme s'approcher autant d'elle.

— Coca ou café ? demanda-t-elle, après avoir ouvert le réfrigérateur pour une rapide inspection.

— Coca, c'est parfait. Merci.

Il allait lui prendre la cannette des mains, mais elle se saisissait déjà d'un verre. Pour l'amour de Dieu, Olivia, s'adjura-t-elle, ouvre la bouche et dis quelque chose...

— Qu'est-ce que vous faites dans l'État de Washington ?

— Je suis en vacances.

Il lui sourit, et le tambourinement qu'elle avait ressenti dans la région du cœur, six ans plus tôt, repartit comme s'il n'avait jamais cessé.

— Je travaille pour le *Los Angeles Times*, précisa-t-il.

Elle sentait le savon, le shampooing et quelque chose d'autre encore, quelque chose de subtil... La vanille, songea-t-il. Comme les bougies de sa mère.

— Vous êtes journaliste ?

— J'ai toujours voulu écrire, dit-il en s'emparant du verre.

Je m'en suis seulement rendu compte à l'université, mais c'est bien ce que je rêvais de faire, au fond de moi-même.

Sentant la méfiance d'Olivia renaître, insidieuse, il lui sourit de nouveau et décida qu'il n'y avait nulle urgence à lui révéler la raison de sa présence.

— J'avais deux semaines à prendre, et l'ami avec qui je devais me prélasser sur la plage n'a pas pu partir, au dernier moment. Alors j'ai décidé de monter vers le nord.

— Donc, vous n'êtes pas ici en service commandé...

— Non. Voyage personnel. J'ai pensé à vous rendre visite, parce que vous êtes la seule personne que je connaisse dans tout l'État. Vous, comment ça va, à l'université ?

— Oh ! parfait. La maison me manque de temps en temps, mais j'ai de quoi m'occuper avec les cours.

Elle le ramena dans le salon, tout en s'efforçant de se détendre. Là, elle s'installa sur le divan, en supposant qu'il allait prendre la chaise ; mais il s'assit à côté d'elle et allongea familièrement les jambes.

— Sur quoi est-ce que vous travaillez ? questionna-t-il en désignant l'ordinateur de la tête.

— Sur les champignons.

Elle rit, puis avala nerveusement une gorgée. Il était superbe, avec ses cheveux bruns en bataille et ses mèches éclaircies par le soleil, ses yeux vert profond qui évoquaient à Olivia les teintes de la forêt, son sourire charmeur et nonchalant. Elle se rappelait avoir pensé autrefois qu'il ressemblait à une rock star ; c'était toujours le cas.

— Je me spécialise dans l'étude des ressources naturelles.

Il s'apprêtait à lui dire qu'il le savait, mais se ravisa ; cela demanderait trop d'explications, songea-t-il — ignorant le petit murmure de culpabilité qui lui traversa l'esprit.

— Ça vous va bien.

— Comme un gant, approuva-t-elle. Et vos parents, comment vont-ils ?

— Ils sont géniaux. Vous me l'avez dit autrefois et vous aviez raison.

Il se tourna, son regard rencontra celui d'Olivia et le retint quelques secondes, jusqu'à échauffer la part d'elle-même laissée froide jusqu'ici par les hommes.

— Je m'en rends encore mieux compte depuis mon départ de la maison. Depuis que j'ai pris mes distances par rapport à mon enfance pour mener ma propre vie. Vous comprenez ?

— Oui.

— Vous travaillez toujours au chalet ?

— L'été, pendant les vacances.

Les autres hommes me regardent-ils de cette façon ? se demandait-elle. Ne l'aurait-elle pas remarqué, si quelqu'un d'autre l'avait déjà observée ainsi, comme si son visage était la seule chose au monde ?

— Je... vous avez fini par apprendre à pêcher ?

— Non.

— Donc, c'est toujours les sandwiches au poisson chez McDo ?

— Toujours. Mais je peux faire mieux, à l'occasion. Si on allait dîner ?

— Dîner ?

— Oui, comme manger, le repas du soir. Même une naturaliste doit avoir entendu parler du repas du soir. Pourquoi vous ne le prendriez pas avec moi aujourd'hui ?

Son repas du soir consistait, d'ordinaire, en un mélange des divers ingrédients dénichés dans sa cuisine miniature — ou, à défaut, en des sandwiches achetés au vol en revenant du dernier cours.

Elle avait un exposé à terminer, un contrôle à réviser, une expérience de labo à préparer. Mais il avait les plus beaux yeux verts du monde.

— Ce serait sympa, oui.

— Je vous prends à sept heures. Vous avez un endroit préféré ?

— Un endroit ? Oh ! non, pas vraiment...

— Alors ce sera une surprise.

Il se leva et lui serra nonchalamment la main pendant qu'elle le raccompagnait à la porte.

— Ne vous gavez pas de champignons d'ici là, dit-il, et il lui fit un dernier sourire avant de partir.

Olivia referma la porte, se retourna lentement pour s'y appuyer ; puis elle laissa échapper un long soupir : c'était ridicule, elle était trop vieille pour se laisser aller à des béguins stupides. Enfin, pour la première fois de sa vie, aussi loin que remontaient ses souvenirs, elle eut une pensée purement frivole.

Pour l'amour de Dieu, qu'allait-elle bien pouvoir mettre ?

Noah aborderait le sujet du livre pendant le dîner. En douceur. Elle aurait le temps d'y penser, de bien saisir son projet, et le rôle essentiel qu'elle y jouerait.

Rien ne pourrait se faire sans sa coopération, sans celle de sa famille. Sans Sam Tanner, songea-t-il, tandis qu'il enfonçait les mains dans ses poches et grimpait de nouveau jusqu'à l'appartement d'Olivia.

Elle n'était plus une enfant, elle comprendrait. Et quand elle aurait compris ses motivations, ainsi que les résultats auxquels il voulait aboutir, comment pourrait-elle refuser de l'aider ? Son livre ne traiterait pas uniquement de meurtre, de sang et de mort, mais aussi de *gens*. Du facteur humain. Des motivations, des erreurs, des étapes de la vie. Du cœur, pensa-t-il.

Ce genre d'histoire commençait et finissait avec le cœur. C'est cela qu'il fallait lui faire comprendre.

Il se sentait lié à cette affaire ; s'il ne l'était pas depuis la minute où son père avait répondu à l'appel pour aller dans la maison de Beverly Hills, il l'était en tout cas depuis l'instant où il avait vu le visage de la fillette sur l'écran de télévision du salon. Il ne *voulait* pas simplement écrire dessus, il le *devait*. Il serait franc avec elle à ce sujet.

Avant qu'il ait pu appuyer sur la sonnette du 2-B, la porte du 2-A s'ouvrit.

— Bonjour...

Linda, sans doute. Le sourire de Noah ne fut qu'un réflexe pavlovien face à la brunette de braise aux yeux bleu laser ; son sang s'accéléra quelque peu dans les veines, mais une petite jupe rouge moulant des courbes féminines n'était-elle pas là pour ça ?

Il connaissait ce type de femme et l'appréciait, tout comme il appréciait sa démarche et le balancement régulier de ses hanches tandis qu'elle sortait dans le couloir et venait vers lui, juchée sur des talons hauts comme des pics à glace et d'une couleur tout aussi *hot* que celle de la robe.

— Vous pouvez me donner un coup de main ? Je suis d'une maladresse, ce soir...

Elle tenait un fin bracelet d'or au bout des doigts et respirait très lentement, très profondément, sans doute pour le cas où il n'aurait pas remarqué ses seins — vraiment ravissants, il faut le dire — comprimés sous le tissu rouge et luisant.

— Bien sûr...

Rien n'est plus flatteur pour l'ego masculin qu'une femme au comportement aussi prévisible. Il prit le bracelet, lui en entoura le poignet et goûta la façon dont elle se rapprochait de lui, inclinant le visage en arrière pour mieux le regarder.

— Si c'est vous que Liv tient caché, pas étonnant qu'elle ne sorte jamais...

Il attacha le bracelet, s'abîma dans le parfum capiteux dégagé par la peau de Linda.

— Elle ne sort jamais ?

— Travailler, toujours travailler, c'est la devise de notre Liv... Moi, j'aime m'amuser, dit-elle en riant, et elle secoua la tête avec art, remuant les boucles sombres de ses cheveux.

— Je l'aurais parié.

Il avait toujours le poignet de Linda dans la main, et le même sourire sur le visage, quand la porte s'ouvrit derrière lui. Aussitôt, il oublia Linda. Il oublia le livre. Il était même très près d'oublier son propre nom.

Olivia, elle, était tout sauf prévisible. Elle s'arrêta à la porte, vêtue d'une robe d'un bleu discret qui couvrait bien plus de surface que la robe rouge de Linda, mais qui donna pourtant plus envie à Noah de découvrir ce qui se cachait dessous. Elle avait dénoué ses cheveux ; ils tombaient droit sur ses épaules comme une pluie d'été et laissaient filtrer de temps à autre des reflets dorés à la hauteur de ses oreilles.

Noah savait déjà qu'il devrait s'approcher près, très près d'elle pour sentir son parfum. Ses lèvres ne portaient pas de fard, ses yeux étaient froids. Non, elle n'avait plus rien d'une enfant, pensa-t-il avec soulagement.

— Vous êtes superbe.

Elle leva un sourcil, frôla Linda du regard.

— J'attrape une veste.

Pivotant sur ses longues et merveilleuses jambes, elle retourna dans son appartement. Aucune raison d'être en colère, se dit-elle en saisissant sa veste et son sac. Aucune raison d'éprouver une telle déception. Elle n'aurait pas su qu'il flirtait avec Linda si elle n'avait pas guetté sa voiture comme une adolescente amoureuse. Si elle ne s'était pas précipitée sur la porte pour regarder par le judas, afin de le voir arriver.

Elle avait souffert pendant deux heures pour trouver la meilleure robe et la meilleure coiffure ? C'était son problème à elle, sa faute à elle. Elle buta sur Noah en sortant.

— Laissez-moi prendre ça...

Tout près d'elle maintenant, il sentit son parfum quand il lui prit la veste des mains. Il lui allait bien, parfaitement bien.

— Je ne voulais pas vous interrompre...

— Interrompre quoi ?

Il l'aida à enfiler sa veste et huma l'odeur de ses cheveux avec délices.

— Vous et Linda.

— Qui ? Oh ! dit-il en riant, puis il saisit la main d'Olivia et marcha vers la porte. Pas très farouche, n'est-ce pas ?

— Non.

— Vous avez fini votre exposé ?

— Oui, je viens de le terminer.

— Alors, vous pouvez tout me dire sur les champignons ?

Cela la fit rire. Il lui tint la main tout le temps du trajet jusqu'à la voiture, puis l'aida à monter ; le cœur d'Olivia chavira dans sa poitrine et elle ne fit rien pour l'en empêcher.

Noah avait choisi un restaurant italien, à l'ambiance simple et détendue. De petites bougies blanches tremblotaient sur les nappes couleur saumon ; les conversations étaient assourdies et ponctuées de rires, l'air chargé d'agréables effluves.

Il était facile de parler avec Noah. C'était le premier homme, en dehors de sa famille, qui semblait vraiment intéressé par les études d'Olivia et par ses projets d'avenir. Puis elle se souvint de sa mère.

— Elle milite toujours autant ? demanda-t-elle.

— Elle est à tu et à toi avec tous les pontes de l'écologie. Elle ne décroche jamais. Le sujet du jour, c'est la situation dramatique des mustangs. Je peux goûter ? osa-t-il en désignant la fourchette de champignons à la Portobello qu'elle portait à sa bouche.

— Oui, bien sûr...

Alors qu'elle s'apprêtait à les déposer sur l'assiette de Noah, il lui prit le poignet et lui guida la main jusqu'à sa bouche. Une soudaine chaleur se répandit dans les veines d'Olivia, leurs yeux se rencontrèrent au-dessus de la fourchette.

— Terrible, commenta-t-il.

165

— Il y a une grande variété de champignons comestibles dans la forêt humide.

— J'y retournerai peut-être un de ces jours, vous me montrerez tout ça.

— Je... nous espérons ajouter au chalet un centre d'étude de la nature. Il y aurait des cours et des conférences sur ce que sont les champignons, comment identifier les comestibles et les vénéneux.

— Et que sont-ils, ces chers champignons ?

— En fait, ce que nous mangeons est la partie reproductrice du champignon lui-même, son fruit. Comme la pomme est le fruit du pommier.

— Pas possible !

— Quand vous voyez un rond de sorcières, c'est le prolongement d'un mycélium caché dans le sol, qui se développe année après année et... et je suis sûre que ça ne vous intéresse pas du tout.

— Hé, j'aime bien savoir ce que je mange... Pourquoi les appelle-t-on des ronds de sorcières ?

— Parce que... les vrais devaient ressembler à ça, non ?

— Il y a des sorcières dans votre forêt, Liv ? Ou des fées ?

— Je le croyais. Enfant, j'allais m'y asseoir, dans la lumière verte, et je pensais que si je ne faisais pas de bruit, je les verrais sortir et jouer devant moi.

— Ça n'est jamais arrivé ?

— Non.

Elle avait renoncé aux contes de fées mais avait trouvé la science, plus fiable.

— Mais j'ai vu des cerfs, des élans, des martres et des ours. Ils étaient assez magiques pour moi.

— Et des castors.

Elle sourit et se cala au fond de sa chaise, tandis que la serveuse débarrassait la table et leur apportait le plat de résistance.

— Oui. Il y a toujours un barrage, là où je vous ai emmenés.

Elle goûta à ses cheveux d'ange, accompagnés de généreux morceaux de tomates et de crevettes.

— Ils vous en donnent toujours plus qu'on ne peut en avaler...

— Plus ? Qui dit ça ?

Il plongea sa fourchette dans ses cannellonis, qui débordaient de fromage et d'épices. Olivia s'émerveilla de le voir non seulement liquider son plat, mais aussi enfourner une bonne part du sien. Non sans garder de la place pour un dessert et un cappuccino.

— Comment pouvez-vous manger autant et ne pas peser cent cinquante kilos ?

— Le métabolisme, sourit-il, tout en se servant une grande louche d'un mélange de crème fouettée et de chocolat. Mon père, c'est pareil, ça rend ma mère folle. Essayez ça, c'est extraordinaire.

— Non, je ne peux pas...

Mais il avait déjà approché la cuillère de ses lèvres et elle les ouvrit malgré elle, puis laissa la riche saveur fondre sur sa langue.

— Hmm, c'est bon...

Il dut se reculer sur sa chaise : la réponse d'Olivia, ses yeux mi-clos et ses lèvres entrouvertes lui donnaient envie de l'embrasser, pour que toutes ces saveurs se mélangent.

— Allons faire un tour...

Il griffonna sa signature sur le ticket, rempocha sa carte de crédit, déposa des pièces au jugé sur la table en guise de pourboire. De l'air ; il avait besoin d'air pour débarrasser son esprit de tous ces fantasmes. Mais ils ne l'avaient pas quitté quand il la ramena chez elle, quand il la raccompagna à sa porte, quand elle se tourna et lui sourit.

Olivia vit alors, clair et sombre dans ses yeux, le désir de

Noah, l'impatience d'un premier baiser, et un frisson lui parcourut tout le corps.

— C'était... très bien. (Sois encore un peu plus stupide, Liv.) Merci...

— Qu'est-ce que vous faites demain ?

— Demain ? répéta-t-elle, l'esprit soudain vide. J'ai des cours.

— Non, demain soir.

— Demain soir ? Je... (révise mes cours, prépare un autre exposé, finis mon travail du labo...) Je ne fais rien.

— Parfait. Sept heures, alors.

Maintenant, songea-t-elle, il allait l'embrasser maintenant. Et elle allait sans doute imploser.

— D'accord.

— Bonne nuit, Liv.

Il se contenta de laisser glisser sa main le long de son bras, puis s'éloigna.

10

Il l'emmena au McDo, et elle rit jusqu'à ce que ses côtes lui fassent mal.

Elle tomba amoureuse de lui au-dessus d'un Mac au poisson et d'une portion de frites, sous des néons aveuglants, au milieu des cris d'enfants.

Elle oublia qu'elle s'était juré de ne jamais aimer au point de souffrir. De ne jamais livrer son cœur à un homme qui pourrait le briser, et la briser elle aussi. Elle gravit simplement ce merveilleux sommet, la tête dans les nuages, ce Premier Amour battu par les vents.

Elle lui raconta ses projets, lui décrivit ce centre d'étude de la nature dont elle avait déjà les plans en tête. Elle n'en avait parlé à personne en dehors de sa famille ; mais ce projet-là, ce rêve de sa vie, était facile à partager avec lui parce qu'il l'écoutait et la regardait.

Noah, fasciné, laissa tout tomber, l'esquisse du livre, les notes, la préparation des interviews, pour profiter de sa présence. Il avait du temps devant lui, presque deux semaines ; quel mal y avait-il à en passer les premiers jours rien qu'avec elle ?

Il se demandait si ce centre, dont elle parlait avec tant de passion, était une façon de sortir de la fameuse bulle ou seulement d'en repousser les parois en demeurant toutefois à l'intérieur.

— C'est un travail énorme...

— Ce n'est pas vraiment du travail, quand on fait ce qu'on aime.

Cela, il comprenait. Ses tâches au journal étaient devenues des corvées, mais chaque fois qu'il replongeait dans son livre, ses recherches et ses dossiers, quelle émotion...

— Donc, rien ne vous arrêtera.

— Non, répondit-elle, et ses yeux brillaient d'énergie contenue. Quelques années encore et il existera.

— Je viendrai le voir.

Il posa la main sur la sienne, sur la table de plastique blanc. Et je viendrai *vous* voir aussi, pensa-t-il.

— Je l'espère bien.

Et parce qu'elle l'espérait vraiment, parce que, elle le sentait, ce n'était pas un espoir vain, elle retourna la main et lia ses doigts à ceux de Noah. Ils parlèrent de musique et de livres, de tout ce dont parlent les couples désireux de partager leurs intérêts communs. Quand il découvrit qu'elle n'était jamais allée à un match de basket, et n'en avait même jamais vu à la télévision, il fut sincèrement stupéfait.

— Énorme trou dans votre éducation, Liv. Je vais vous envoyer des copies de mes cassettes des Lakers.

Ils marchaient alors vers la voiture et Noah avait gardé la main d'Olivia dans la sienne.

— C'est une équipe de basket, je parie...

— Pas *une* équipe, Olivia, *l'*équipe, dit-il gravement en s'installant au volant. J'ai réussi à vous inculquer la culture McDo, je vais vous initier au sport, le seul, le vrai.

— Comment vous remercier ? plaisanta-t-elle en papillonnant des yeux.

— C'est le moins que je puisse faire, Liv. La question que je me pose à présent, c'est : quelle sera l'étape suivante ?

En fait, il le savait fort bien, ayant passé une partie de la journée à étudier les alentours de l'université. Il avait une notion très nette de ce qui manquait à Olivia, et ce n'étaient pas seulement les Mac au poisson ni le basket.

Il l'emmena danser.

La boîte était bruyante, bondée, parfaite. En outre, Noah craignait d'aller trop vite en besogne s'il restait seul avec elle. Il savait observer, jauger les gens : il lui avait suffi d'une soirée pour comprendre qu'elle était aussi totalement seule que la jeune fille dont il se souvenait, sur les bords de la rivière. Et totalement vierge aussi.

Il y avait des règles, dans la vie. Il y croyait profondément, comme au bien et au mal et aux conséquences de nos actes. Olivia n'était pas prête pour répondre aux désirs qu'elle éveillait en lui.

À vrai dire, il n'était pas sûr d'y être prêt lui-même.

Il l'observait en coin, éblouie et méfiante à la fois, tandis qu'ils se frayaient un chemin à travers la foule. Amusé de sa surprise, il se pencha contre son oreille, ravi :

— L'espèce humaine accomplissant l'un de ses rites. Vous pourriez faire un exposé là-dessus.

— Je suis spécialiste de la nature.

— Chérie, *c'est* la nature.

Il leur dénicha une table, coincée au milieu des autres ; il devait crier pour se faire entendre.

— Mâles et femelles, rituels de base de la parade nuptiale...

Elle contempla la petite piste de danse où des dizaines de couples, serrés les uns contre les autres, réussissaient non sans mal à se contorsionner.

— Nuptiale, je ne sais pas, commenta-t-elle, mais je ne suis pas sûre que le mot « parade » convienne.

Pourtant, c'était un spectacle assez intéressant. Elle avait toujours évité les endroits de ce genre, trop de monde dans trop peu d'espace ; ils avaient tendance à l'oppresser, à la prendre à la gorge. Mais, ce soir, elle se sentait plutôt à l'aise, poussée par la foule en direction de la table et de Noah, dont la main légère recouvrait la sienne.

Il commanda une bière, elle un Perrier. Le temps que la

171

serveuse revienne avec leur commande en jouant des coudes, Olivia s'était détendue. La musique, bruyante et pas très bonne, s'harmonisait cependant avec le tambourinement sous son cœur : une sorte de martèlement soutenant le rythme de ses émotions.

Puisqu'elle ne pouvait même pas s'entendre penser, elle se contenta de regarder. La parade nuptiale ; peut-être Noah avait-il raison, après tout. Le plumage — ici, cuir et jean, couleurs vives et noir basique. Les mouvements répétitifs, destinés à transmettre une certaine demande au sexe opposé, une invitation sexuelle, un appel à l'accouplement. Les regards qui se croisaient, les œillades amoureuses, puis les yeux qui faisaient mine de se détourner, et ainsi de suite. N'avait-elle pas vu ce genre de rituel, sous une forme ou une autre, chez d'innombrables espèces animales ?

Elle se mit à développer ce thème, parlant presque contre l'oreille de Noah ; mais il sourit et, avant qu'elle ait eu le temps de se sentir stupide ou pédante, la fit se relever.

— On part ?

— Non, on va faire comme eux.

Elle sentit aussitôt la panique l'envahir et tenta de libérer sa main, tandis qu'il la conduisait vers la piste de danse.

— Non, je ne peux pas, je ne danse pas...

— Tout le monde danse !

— Non, vraiment... Je ne sais pas.

Ils étaient maintenant au bord de la piste, happés par la foule, et Noah avait posé les mains sur ses hanches ; son visage était tout proche de celui d'Olivia.

— Laissez-vous aller, bougez seulement, n'importe comment...

C'est ce qu'il faisait lui-même, collé contre elle, et la panique d'Olivia se transforma en une frayeur différente, plus profonde et plus intime. Il guidait ses hanches de gauche à droite, dans un mouvement circulaire ; la musique s'était déchaînée sur un riff de guitare électrique, le chanteur rugissait au micro. Derrière eux retentit un rire sauvage, et soudain Olivia fut brutalement poussée contre Noah, leurs deux corps s'épousant parfaitement. Elle avait le visage en feu, les yeux juste sous ceux du jeune homme, la bouche entrouverte et la respiration précipitée.

Au milieu de toutes les odeurs environnantes — parfums entremêlés, transpiration, bière renversée au sol —, Noah ne sentait que celle d'Olivia. Fraîche et tranquille comme une prairie de printemps.

— Olivia...

Elle n'entendit pas ses paroles mais vit, fascinée, son nom se dessiner sur les lèvres de Noah. Plus rien n'existait en elle que ce chaud, ce suave désir. Au diable les questions, les scrupules, songea-t-il ; il fallait qu'il l'ait, ne fût-ce qu'une fois. Ses bras enserraient sa taille, la faisant se hisser sur la pointe des pieds ; il sentait le souffle bref de sa respiration, son frémissement. Il hésitait, prolongeant l'instant, l'envie, la douleur, l'attente, jusqu'à ce que l'un et l'autre en chancellent. Alors il effleura la bouche d'Olivia du bout de ses lèvres, légèrement, la mordilla à patientes petites bouffées de plaisir, glissa doucement sa langue à l'intérieur.

Il perçut son gémissement faible et prolongé, par-dessus le bruit de tonnerre que faisait son propre sang. Lentement, calmement, s'ordonna-t-il. Bon Dieu... Il aurait voulu plonger, dévorer, réclamer plus et encore plus, tandis que la saveur d'Olivia s'insinuait en lui, étonnamment forte et sexy. Son corps était pressé contre celui de Noah, ses bras serrés autour de son cou ; ses lèvres étaient sensuelles, et juste assez timides pour qu'on puisse parler d'innocence. Encore un peu plus, songea-t-il, et il changea l'angle du baiser pour prendre ce plus.

La musique retentissait autour d'eux, frénésie de guitares et sauvage martèlement de batterie, hurlement des voix... Olivia glissait, dérivait. Elle avait le sentiment d'être une plume blanche, infiniment légère, qui tournoyait sans fin dans la douce lumière verte de la forêt ; son cœur avait gonflé jusqu'à remplir toute sa poitrine et battait désormais avec un bruit sourd, étouffé. Tandis qu'elle effleurait de ses doigts les cheveux de Noah, inclinait la tête en arrière en signe de capitulation, elle se sentait prête à pleurer, si grande était sa stupéfiante découverte.

C'est la vie même, songea-t-elle, c'est le début de tout.

— Olivia...

Il répéta son nom, interrompit le baiser malgré son désir, puis attira la tête de la jeune fille dans le creux de son épaule.

L'orchestre avait attaqué un nouveau morceau tout aussi frénétique, et la foule des danseurs tanguait plus fiévreusement que jamais. Pris dans la mêlée avec Olivia, Noah tournait et retournait la question dans sa tête : que faire maintenant ?

Il l'embrassait encore quand ils arrivèrent à la porte de chez elle, et cette fois elle sentit ses coups de langue pleins d'ardeur, comme de petits riffs de plaisir et de frustration mêlés, terriblement excitants. Puis il referma doucement la porte et la laissa face au panneau de bois, le regard vide.

Olivia posa la main sur son cœur : il battait vite, n'était-ce pas merveilleux ? Voilà, c'était ça être amoureuse, désirée. Elle baissa les paupières pour prolonger la sensation, la savourer. Puis rouvrit les yeux précipitamment.

Bien sûr, elle aurait dû lui proposer d'entrer ! Qu'est-ce qui n'allait pas chez elle ? Pourquoi était-elle tellement stupide avec les hommes ? Il avait envie d'elle, elle en était sûre, et elle avait envie de lui. Enfin, quelqu'un éveillait de vraies sensations en elle.

Elle ouvrit vivement la porte, dévala les marches et jaillit dehors au moment précis où la voiture s'éloignait du trottoir. Aussi put-elle juste regarder les feux arrière disparaître au loin, en se demandant pourquoi elle ne marchait jamais tout à fait au même pas que les autres.

174

Il travailla toute la matinée, songeant à l'appeler une douzaine de fois, puis il referma son portable et passa un short de gymnastique. La séance d'entraînement intensive à laquelle il allait se soumettre dans la salle de l'hôtel l'aiderait à éliminer un peu de culpabilité et de frustration.

Il devait changer son fusil d'épaule, décida-t-il en entamant sa troisième série sur le banc de musculation. Il n'aurait jamais dû aller si loin avec Olivia. Le souffle court, il attaqua une quatrième série, et sentit avec satisfaction la transpiration ruisseler dans son dos.

Il aurait parié une année de salaire qu'elle était vierge. Il n'avait pas le droit de la toucher. Malgré l'expérience horrible qu'elle avait vécue, elle avait passé le reste de sa jeunesse à l'abri de tout, telle une princesse de conte de fées dans une forêt enchantée. Lui était plus vieux, non pas tant de six années, mais par l'expérience, et il n'avait pas le droit d'en tirer avantage.

Toutefois, le côté concret de son esprit lui rappela qu'elle était également maligne, forte et compétente ; ambitieuse, les yeux pleins de sagesse. Tous ces traits de caractère plaisaient au moins autant à Noah que la timidité qu'elle essayait de cacher.

Non, il n'avait pas profité de son avantage ; elle avait répondu, s'était presque fondue contre lui, bon sang ! Elle avait dû sentir son trouble, cet attachement, ce lien, ce qu'ils avaient de sincère et de légitime. Puis il se remit à hésiter, se reprochant de penser avec son sexe plutôt qu'avec son cerveau.

Décidément, cela devait cesser. Il lui téléphonerait, lui proposerait d'aller prendre un café, quelque chose de simple. Puis il lui parlerait du livre ; il lui expliquerait précisément ses projets, sa volonté de contacter toutes les personnes impliquées dans l'affaire. Il avait commencé par elle car elle était au cœur même du sujet ; et il se demanda si ce germelà s'était introduit dans son esprit dès leur première rencontre, ou plus tard.

Abandonnant le banc, il s'essuya le visage avec une serviette. Il l'appellerait aussitôt remonté dans sa chambre et qu'il se serait douché — faisant ainsi ce qu'il aurait dû faire dès le départ, quand elle lui avait ouvert la porte de son appartement.

Se sentant libéré d'un poids, il négligea l'ascenseur et gravit les escaliers jusqu'au neuvième étage. Où il s'arrêta brusquement en voyant Olivia debout devant sa porte, fouillant dans un sac à main d'une taille démesurée.

— Liv ?

— Oh ! Vous m'avez fait peur ! J'allais vous écrire un mot et le glisser sous la porte.

Elle garda les mains enfouies à l'intérieur de son sac, jusqu'à s'être assurée qu'elles ne tremblaient plus. Son allure était nette et fraîche dans son jean et sa veste large, carrée aux épaules. Comme il ne répondait pas, elle dit, mal à l'aise :

— Cela ne vous dérange pas que je sois passée, j'espère...

— Non, bien sûr, excusez-moi... C'est seulement que je ne vous attendais pas. J'étais en bas, dans la salle de gym.

Il ne devait pas retomber sous le charme, il ne le devait pas...

— Vraiment ? Je n'aurais jamais deviné.

Elle sourit, et une partie de sa tension se relâcha, pendant qu'il sortait la carte magnétique de sa poche et la glissait dans la porte.

— Entrez, vous me le direz au lieu de l'écrire...

— J'avais un peu de temps entre deux cours.

C'était un mensonge ; pour la première fois depuis son entrée à l'université, elle séchait les cours. Mais aurait-elle pu se concentrer sur l'écologie de la faune et de la flore alors qu'elle comptait se faire inviter dans son lit ? Oh ! mon Dieu, comment lui dire pourquoi elle était venue ? Par quoi commencer ?

176

— Assez de temps pour un café ?

— Je... oui. J'allais vous inviter à dîner — un dîner à la maison.

— Vraiment ? C'est bien mieux qu'un café.

Il essaya de réfléchir. Il pourrait lui parler de façon plus personnelle dans son appartement, et elle serait plus à l'aise là-bas. Elle était visiblement nerveuse, ici, dans la chambre d'hôtel exiguë, les mains crispées, jetant des coups d'œil inquiets vers le lit.

Donc, ils allaient bientôt quitter la pièce. Tout ce qu'il avait à faire d'ici là, c'était de garder ses mains éloignées d'elle.

— Je dois faire un brin de toilette, lui dit-il.

— Ah !...

Il était superbe, moite encore de sa séance d'entraînement, les muscles de ses bras saillants et vigoureux. Elle se rappela quelle impression de force il lui avait donnée quand il la serrait contre lui.

— Je vais en profiter pour aller acheter deux ou trois bricoles au marché.

— Vous savez quoi ? Laissez-moi le temps de prendre une douche, puis nous irons ensemble au marché. Ensuite, je vous regarderai faire la cuisine.

— Entendu.

Il se saisit d'un jean sur le dossier d'une chaise, chercha une chemise.

— Il y a un bar sous la télé, plutôt pauvre, mais servez-vous. Il y a aussi le câble, ajouta-t-il, tout en tirant des chaussettes et des sous-vêtements d'un tiroir. Asseyez-vous et donnez-moi dix minutes.

— Prenez votre temps.

Quand il eut refermé la porte, elle s'effondra sur le bord du lit, les genoux tremblants. Grands dieux, comment allait-elle s'y prendre ? Faire le marché, ils allaient faire le marché... Elle avait envie de hurler de rire. Elle sortait juste d'une pharmacie où elle avait dû rassembler tout son courage pour se diriger jusqu'au comptoir et acheter des préservatifs.

Maintenant ils étaient au fond de son sac et pesaient des tonnes. Pas le poids de la décision qu'elle avait prise, mais celui de la crainte d'avoir mal interprété ce qu'elle avait lu dans ses yeux la nuit précédente, ce qu'elle avait goûté sur ses lèvres lors de leurs baisers.

Elle avait bien prévu de l'inviter à dîner, mais ce devait être *après*. Elle aurait frappé à sa porte, il lui aurait ouvert, elle aurait souri et se serait approchée de lui, l'aurait entouré de ses bras et embrassé. Elle avait si parfaitement imaginé le scénario que, lorsqu'elle avait frappé et qu'il n'avait pas répondu, elle en avait été complètement déstabilisée. Et, maintenant, rien ne se déroulait comme prévu.

Elle était venue s'offrir à lui, lui dire qu'il serait le seul et l'unique, qu'elle le voulait. Elle avait imaginé la suite, aussi — comment ses yeux se seraient concentrés sur son visage, si profonds et si intenses, jusqu'à ce que sa vue à elle se brouille, que la bouche de Noah recouvre la sienne ; comment il l'aurait soulevée, et même la brusque crispation que le mouvement aurait provoquée dans son estomac ; comment il l'aurait transportée jusqu'au lit...

Elle soupira et se leva pour faire quelques pas. Bien sûr, la pièce était différente, dans son esprit : plus grande, avec de plus jolies couleurs, un couvre-lit moelleux, une montagne d'oreillers... Elle avait aussi ajouté des chandelles. En réalité, la pièce était petite, dans des tons rose et gris fané ; fade, pensa-t-elle, comme tant de chambres d'hôtel. Mais ça n'avait pas d'importance. Elle ferma les yeux, écouta l'eau qui tambourinait dans la douche.

Que ferait-il si elle pénétrait dans la pièce, se déshabillait sans bruit, se glissait dans la vapeur avec lui, sous le jet d'eau chaude ? Leurs corps se rejoindraient-ils alors, mouillés, tièdes, prêts ? Mais elle n'en eut pas le courage. Soupirant de nouveau, elle s'approcha du bar, parcourut d'un œil vague le choix de boissons, gagna lentement le bureau où reposait son ordinateur, ainsi que des amas de notes et de dossiers.

Elle attendrait qu'il sorte ; elle était meilleure pour traiter les affaires, secondaires ou vitales, d'une manière claire et directe. Elle n'était pas une vamp et ne le serait jamais.

Cela n'allait-il pas le décevoir ? Agacée, elle secoua la tête. Elle devait arrêter de prévoir les actes de Noah, arrêter de critiquer sans cesse sa propre conduite. Quand il sortirait, elle lui ferait simplement comprendre son désir, et on verrait bien.

Distraitement, elle fit de l'ordre sur son bureau, tapotant sur le bord de ses dossiers pour mieux les aligner. Elle aimait qu'il ait apporté du travail avec lui. Elle respectait l'ambition, le sérieux, l'énergie, et c'était important de respecter l'homme qu'on aimait.

Il ne lui avait guère parlé de son travail, songea-t-elle, puis elle roula une fois de plus des yeux mécontents : elle avait été bien trop occupée à lui parler d'elle. Elle lui poserait des questions à ce sujet, décida-t-elle. Sur ce qu'il préférait dans son travail, et quelle impression cela faisait de voir ses textes imprimés, de savoir que des gens les lisaient. Ce devait être un sentiment merveilleux, une grande satisfaction, et elle en sourit, tout en continuant à ranger les dossiers.

Le nom de MacBride, griffonné à l'encre noire sur une liasse de papier jaune officiel, attira son regard, lui fit froncer les sourcils et soulever la feuille de papier.

En l'espace de quelques secondes, son sang s'était figé ; elle se mit à feuilleter le travail de Noah, sans plus la moindre considération pour son caractère privé.

Tout en s'essuyant les cheveux, Noah mettait au point ce qu'il dirait à Olivia. Une fois d'accord sur le plan professionnel, ils s'occuperaient de leur relation personnelle. Il pourrait aller à River's End cet été et passer du temps avec elle ; pour faire des interviews, certes, mais aussi pour être avec elle. Il n'avait jamais connu de femme avec qui il eût autant envie d'*être*, tout simplement.

Il devrait négocier plus de temps libre au journal. Ou encore envoyer promener le journal, pensa-t-il en se regardant dans le miroir couvert de buée. Bien sûr, il faudrait trouver de quoi vivre jusqu'à ce que son livre soit rédigé et pris par un éditeur ; mais il saurait résoudre ce problème-là.

Quant au fait qu'un éditeur le prendrait, il n'en avait jamais douté : il était fait pour écrire des livres, et ce livre-là en particulier, il en était sûr. Et il commençait également à penser, comme une idée pas tout à fait en l'air, qu'il était fait pour vivre avec Olivia. Mais rien de tout cela n'aboutirait tant qu'il n'aurait pas fait le premier pas.

Il en fit un, dans la chambre — et entendit aussitôt le monde voler en éclats autour de lui. Elle était debout à côté du bureau, ses dossiers à la main, un air de fureur glaciale teintant ses yeux d'ambre.

— Fils de pute ! lâcha-t-elle calmement, mais le juron déchira l'air comme si elle avait hurlé. Arriviste, sale petit calculateur...

— Attends une minute...

— Ne me touche pas ! lança-t-elle, et ses mots claquèrent comme une gifle. N'essaie même pas de me toucher ! « Voyage personnel, pas comme journaliste », tu parles d'un menteur... C'était uniquement pour te renseigner sur mon histoire !

— Non ! s'exclama-t-il, et il fit un pas de côté pour l'empêcher de se diriger vers la porte. Je ne suis pas là pour le journal...

Mais elle lui lança ses notes au visage, accompagnées d'un regard assassin.

— Tu me prends vraiment pour une idiote ?

— Non, pas du tout ! dit-il en lui saisissant le bras.

Il s'attendait à ce qu'elle le batte, le griffe, lui crache au visage ; mais elle se figea.

— Écoute-moi, bon sang ! Ce n'est pas pour le journal !

Je veux écrire un livre ! J'aurais dû t'en parler, j'avais l'intention de t'en parler, mais... bon Dieu, Liv, tu sais ce qui est arrivé ! Dès l'instant où je t'ai vue, tout est devenu confus. Je voulais passer un peu de temps avec toi, j'en avais besoin... Je n'avais jamais ressenti ça. Chaque fois que je te regardais, j'avais l'impression de sombrer...

— Tu t'es servi de moi !

Elle devait rester froide, il fallait qu'elle reste froide. Rien de ce qu'il pourrait dire ou faire ne pénétrerait le mur de glace ; elle ne le permettrait pas. Elle ne tomberait pas une fois de plus dans le piège.

— Si tu as eu cette impression, j'en suis navré. J'ai voulu agir dans le sens de ce que je croyais être bien. Hier soir, te quitter a été la chose la plus difficile de ma vie. J'avais tellement envie de toi, ça me faisait mal jusque dans les os...

— Tu aurais couché avec moi pour avoir des informations pour ton livre !

Reste froide, se répéta-t-elle. Le chagrin ne percera pas la glace.

— Non ! hurla-t-il, déchiré. Tu *sais* que non ! Ce qui est arrivé entre nous n'a rien à voir avec le livre ! Ça ne concerne que toi et moi... J'ai eu envie de toi, Liv, dès l'instant où tu m'as ouvert ta porte, mais je ne pouvais pas te toucher avant de t'avoir tout expliqué. J'allais t'en parler ce soir...

— Pas possible ? rétorqua-t-elle avec une ironie cinglante. C'est vraiment trop commode, Noah. Lâche-moi, s'il te plaît.

— Tu *dois* m'écouter...

— Absolument pas. Je n'ai pas à t'écouter ni te regarder. Je ne penserai plus une seule fois à toi quand j'aurai franchi le seuil de cette pièce. Donc, autant en finir tout de suite. Écoute-moi bien.

Elle le repoussa et ses yeux étaient durs comme de l'or.

— C'est ma vie, pas la tienne, mon affaire et celle de personne d'autre. Je ne vais pas coopérer à ton fichu bouquin et ma famille non plus, j'y veillerai. Si tu essaies d'entrer en contact avec l'un de mes proches, avec quelqu'un qui compte pour moi, tu le regretteras.

« Restez éloigné de moi et des miens, Brady, poursuivit-elle d'une voix menaçante. Si vous me rappelez, si vous me recontactez, je demanderai à ma tante d'user de toute son influence pour que vous soyez viré du *Times*. Et puisque vous avez fait des recherches, vous savez qu'elle en a. »

Son ton rendait désormais ridicules les protestations d'amour de Noah.

— Je t'ai blessée et j'en suis désolé. Je ne prévoyais pas mes sentiments pour toi, ni quelles proportions ils prendraient. Je ne prévoyais pas ce qui est arrivé entre nous.

— En ce qui me concerne, il n'est rien arrivé entre nous. Je vous méprise, vous et les gens de votre espèce. Ne vous approchez pas de moi. Je vous ai dit autrefois que votre père était un grand homme, il l'est ; à côté de lui, Noah, vous êtes un minus.

Elle attrapa son sac et gagna la porte, qu'elle ne prit même pas la peine de claquer. Il la regarda se fermer avec un déclic silencieux.

Elle ne courut pas, malgré son envie ; sa poitrine était lourde, ses yeux brûlants des larmes qu'elle refusait de verser. Il s'était servi d'elle, il l'avait trahie. Elle s'était abandonnée à l'amour, elle avait donné sa confiance, et n'y avait gagné que des mensonges.

Il ne l'avait jamais voulue, elle ; il voulait sa mère, son père. Il voulait du sang et de la douleur, mais elle ne les lui donnerait jamais. Elle n'accorderait plus jamais sa confiance à personne.

Elle se demanda si sa mère avait ressenti la même chose en découvrant que l'homme qu'elle aimait était un leurre. Si elle avait ressenti ce même vide, ce malaise et cette tristesse, cette cuisante impression de trahison.

Puis elle laissa sa colère noyer son chagrin et se promit de ne plus jamais repenser à Noah Brady.

11

Noah Brady jugeait sa vie presque parfaite. Grâce au succès de son premier livre, succès critique et public, il possédait désormais sa petite villa sur la plage, et de quoi vivre à peu près à sa guise.

Il adorait son travail, les sensations qu'il lui procurait : écrire sur le crime, le vrai, se glisser dans la peau et les pensées de ceux qui choisissaient le meurtre comme une solution à leurs problèmes, ou comme un délassement... C'était bien plus intéressant que ses quatre années de journalisme, quand il était obligé d'accepter les sujets imposés et de plier son style à celui du journal.

Et ça payait nettement mieux, songea-t-il en terminant ses cinq kilomètres de jogging quotidien le long de la plage. Non qu'il s'y fût lancé pour l'argent, mais l'argent ne faisait pas de mal.

Et maintenant, avec son deuxième livre tout juste publié, les ventes et les premiers articles prometteurs, les choses n'auraient pu mieux se présenter pour lui.

Il était jeune, en bonne santé, auteur à succès et libre de toute attache — il s'était dégagé, tout récemment, d'une liaison plutôt excitante au début, mais qui avait ensuite sombré dans l'ennui.

Qui aurait pensé que Caryn, image même de la starlette et, selon elle, joyeuse fêtarde, se serait transformée en cette

183

mégère qui lui faisait la tête s'il émettait le désir de passer une soirée libre ?

Les vrais ennuis avaient commencé au moment où les affaires de Caryn avaient envahi les placards et les tiroirs de Noah, quand ses ustensiles de maquillage avaient élu domicile dans l'armoire de la salle de bains. Il avait été tout près, dangereusement près de vivre avec elle par défaut, malgré lui. Non, pas par défaut, par sa faute, corrigea-t-il mentalement : il avait été si absorbé dans la préparation et la rédaction de son nouveau livre qu'il avait à peine remarqué la tournure prise par les événements.

C'était bien ce qui avait mis Caryn en rage ; criant et pleurant, elle l'avait accusé d'égoïsme, de ne jamais faire attention à elle, puis avait jeté ses affaires pêle-mêle dans un immense sac de voyage apporté pour l'occasion. Elle avait aussi cassé deux lampes, dont l'une pratiquement sur sa tête — il avait juste eu le temps de l'éviter —, et jeté par terre son pot de gloxinias hors de prix, dans un magma de terre, de feuilles et de débris de terre cuite. Puis elle s'était dirigée vers la porte, rejetant en arrière ses longs cheveux plats d'une blondeur toute californienne.

Comme il restait immobile au milieu des débris, vaguement abasourdi, elle lui avait décoché un regard meurtrier de ses yeux bleus encore humides : il pourrait la joindre au Marva quand il serait prêt à lui faire des excuses. Enfin la porte avait claqué derrière elle, et Noah s'était apprêté à goûter un repos bien mérité.

Cela n'avait pas empêché Caryn de laisser des messages sur son répondeur, tour à tour agressifs, larmoyants et furieux. Noah ne comprenait pas son problème. Elle était incroyablement jolie, dans une ville qui vouait un culte à la beauté ; si elle avait envie d'un homme, il lui suffisait de se baisser pour en ramasser un. Il n'était pas venu à l'idée de Noah qu'elle pût être amoureuse de lui. Ou du moins qu'elle crût l'être.

Sa mère lui aurait dit que c'était une réaction typique chez lui : il était capable de déceler chez les gens, victimes ou témoins, l'innocence ou la culpabilité avec une étonnante clairvoyance ; cependant il semblait ne rien comprendre à ses relations personnelles.

Il avait essayé une fois, et le résultat avait été désastreux. Pour Olivia et pour lui. Il lui avait fallu des mois pour se remettre des trois jours passés avec la jeune fille, pour se consoler d'elle. Au fil du temps, il avait réussi à se convaincre que seul le désir d'écrire ce livre, et rien d'autre, avait poussé ses sentiments pour elle jusqu'à ce qui ressemblât à de l'amour — du moins avait-il été à deux pas de le croire.

Elle l'avait intéressé et attiré, un point c'est tout ; mais, en raison de son manque d'expérience, il avait mal abordé toute l'affaire. Par la suite, il avait trouvé des dérivatifs, à Olivia comme au projet du livre : d'autres femmes à aimer, d'autres meurtres à explorer. Néanmoins, quand il pensait à elle, c'était toujours avec regret, culpabilité, en se demandant ce qui aurait pu advenir entre eux ; aussi essayait-il de ne pas y penser.

Il termina son jogging au pied de sa coquette villa à deux étages, aux murs couleur crème. Le soleil flamboyait sur le toit de tuiles rouges et transperçait les fenêtres. On avait beau être fin mars, la Californie du Sud connaissait une vague de chaleur très appréciée par Noah.

Contrairement à son habitude, il fit le tour par l'avant de la maison pour prendre son courrier. Le déluge de couleurs débordant de ses parterres de fleurs faisait envie à tous ses voisins. Il entra et traversa le salon, meublé de façon assez dépouillée, déposa le courrier sur le comptoir de la cuisine, puis sortit du réfrigérateur une grande bouteille d'eau de source.

Jetant un coup d'œil sur son répondeur, il vit que pas moins de quatre messages y étaient enregistrés pendant son jogging. Craignant qu'un d'entre eux, au moins, ne vînt de la redoutable Caryn, il décida de se faire du café et de griller deux petits pains avant de les écouter. Un type normal a besoin d'un reconstituant avant d'accomplir certaines tâches.

Après avoir posé ses lunettes de soleil sur la pile de courrier, il s'attela à sa première tâche de la journée. Tandis que le café passait, il alluma son poste de télé et zappa entre les différents talk-shows du matin, afin de dénicher peut-être un sujet intéressant.

Le magnétoscope, dans sa chambre, avait dû enregistrer l'émission *Aujourd'hui*. Il se la passerait plus tard, prendrait connaissance des nouvelles du monde, ferait défiler la cassette pour trouver les informations importantes. Il était allé chercher les journaux du matin avant de courir et s'y plongerait également pendant une heure ou deux, absorbé par les grands titres, les faits divers dans le métro, les crimes.

On ne sait jamais d'où viendra le prochain livre.

Il jeta de nouveau un coup d'œil vers la lampe clignotant sur son répondeur, mais décida d'accorder la priorité au courrier. Non qu'il fût homme à remettre les tâches ennuyeuses à plus tard, se dit-il avec conviction en s'asseyant devant le comptoir. Il prit son petit déjeuner tout en écoutant *Jerry Springer* d'une oreille distraite, en fouillant dans le lot habituel de factures et de publicités, ses cheveux rejetés en arrière (il devrait se les faire couper). Il y avait un joli paquet de lettres de lecteurs réexpédié par son éditeur, qu'il décida de lire et de savourer plus tard, son numéro mensuel de *Prison Life*, une carte postale d'un ami en vacances à Maui.

Puis il tomba sur une enveloppe blanche, portant son nom et son adresse soigneusement rédigés à la main. Elle était postée de Saint-Quentin.

Il recevait régulièrement des lettres de prisonniers, songea-t-il en fronçant les sourcils, mais jamais à son adresse personnelle. Parfois ils voulaient lui botter les fesses, à cause de divergences d'opinion sur le monde en général, mais pour la plupart ils étaient convaincus qu'il voudrait faire un livre sur leur histoire personnelle.

Il ne savait pas s'il devait s'irriter ou s'inquiéter que l'un d'eux eût obtenu son adresse. Mais à la lecture des premières lignes, son cœur tressaillit de surprise et de fascination mélangées.

Cher Noah Brady,

Je m'appelle Sam Tanner et vous savez qui je suis, je pense. Nous sommes liés l'un à l'autre, d'une certaine façon. Votre père était l'enquêteur principal dans le meurtre de ma femme, c'est lui qui m'a arrêté.

Vous savez, ou vous ne savez pas, qu'il assiste à tous mes passages devant la commission de liberté conditionnelle depuis le début de ma peine. Frank et moi sommes donc restés en contact.

J'ai lu avec intérêt votre livre Chasse nocturne. *Par votre regard perspicace, et assez objectif, sur l'état d'esprit et les méthodes de James Trolly, vous nous rendez son choix de prostitués mâles de West Hollywood pour victimes et la mutilation systématique qu'il leur faisait subir plus inquiétants et plus réels qu'aucun des récits parus dans les médias il y a cinq ans, à l'époque de ses frasques.*

En tant qu'acteur, j'ai beaucoup d'estime pour un écrivain solide et clairvoyant comme vous.

Il y a un bon nombre d'années, j'ai cru devoir répondre aux journalistes et aux écrivains qui voulaient, prétendaient-ils, raconter mon histoire. Je leur ai donné ma confiance à tort, et j'en ai été récompensé en voyant toutes mes paroles faussées, afin de satisfaire le goût du public pour les ragots et les scandales.

En lisant votre ouvrage, j'ai eu le sentiment que la vérité vous importait, les personnages et les événements tels qu'ils avaient vraiment existé. Cela m'a frappé, étant donné mes

liens avec votre père, presque comme un signe du destin. Je
me suis mis à croire au destin, ces dernières années.

J'aimerais vous raconter mon histoire et j'aimerais que
vous l'écriviez. Si cela vous intéresse, vous saurez où me
trouver.

Je ne pense pas m'éloigner d'ici pendant quelques mois
encore.

Bien à vous,
Sam Tanner.

— Bien, bien, fit Noah en se frottant le menton et en
relisant les points principaux de la lettre.

Quand le téléphone sonna, il l'ignora ; quand la voix
furieuse de Caryn explosa dans le répondeur, l'accusant
d'être un porc insensible, le maudissant et lui promettant sa
vengeance, il l'entendit à peine.

— Oui, je suis vraiment intéressé, Sam, murmura-t-il.
Cela fait vingt ans que vous m'intéressez.

Il possédait des dossiers entiers sur Sam Tanner, Julie
MacBride et le meurtre de Beverly Hills ; il les avait
conservés et avait même continué à accumuler des notes,
après sa pénible visite à Olivia à l'université. Il avait mis son
projet de côté, mais pas son intérêt pour l'affaire, ni sa détermination à écrire un jour le livre qui raconterait l'histoire
sous tous ses aspects. Pourtant il l'écartait depuis six ans,
parce que chaque fois qu'il recommençait à travailler dessus
il se souvenait du regard d'Olivia près du bureau, dans la
petite chambre d'hôtel, tenant ses dossiers entre les mains.

Cette fois-ci, quand l'image tenta de se former dans son
esprit, il l'en empêcha. Il ne pouvait pas, ni ne voulait, faire
dépendre son travail d'une histoire d'amour gâchée.

Une série d'interviews exclusives avec Sam Tanner. Elles
devraient être exclusives, pensa Noah, tout en se levant pour
arpenter la pièce. Il en ferait une condition préalable.

Il lui faudrait une liste de toutes les personnes impliquées dans l'affaire, même de loin ; famille, amis, employés, associés. L'excitation accélérait son pouls, tandis qu'il commençait à tracer les grandes lignes de sa méthode d'investigation. La copie des pièces du procès. Peut-être pourrait-il retrouver certains membres du jury. Les rapports de police.

À cette idée, il s'interrompit : son père... Apprécierait-il ce projet ? Rien n'était moins sûr.

Il se dirigea vers la douche pour faire un brin de toilette et se donner le temps de réfléchir.

La maison des Brady ne changeait guère au fil des ans. Ses murs étaient toujours du même rose pâle, la pelouse parfaitement tondue et les fleurs toujours moribondes. Frank avait pris sa retraite l'année précédente ; depuis, il avait tâté quantité de hobbies, dont le golf, la photographie, le travail du bois et la cuisine. Il avait décidé qu'il détestait le golf au bout du neuvième trou, qu'il n'avait pas l'œil pour la photo, pas d'affinité avec le bois ni aucun talent pour la cuisine.

Six mois après son départ à la retraite, Celia l'avait fait asseoir pour lui dire qu'elle l'aimait plus encore qu'au jour de leur mariage et que, s'il ne trouvait pas une activité pour sortir de chez lui, elle le tuerait pendant son sommeil.

La maison des jeunes les sauva, lui et son mariage. On l'y trouvait presque tous les après-midi, entraînant les enfants sur le terrain de base-ball comme il y avait entraîné son fils autrefois, écoutant leurs récriminations et le récit de leurs exploits, désamorçant les affrontements et les querelles inévitables.

Il passait ses matinées à bricoler, après le départ de Celia pour son travail, à faire des mots croisés, ou à s'asseoir dans la cour de derrière pour lire un roman policier ; il les dévorait avec délices à présent que le meurtre ne faisait plus partie de sa routine quotidienne.

C'est là que Noah le trouva, assis à l'ombre dans une chaise de jardin, ses longues jambes étendues devant lui. Il portait un jean, une grosse chemise de coton fripée et de vieilles tennis. Ses cheveux étaient devenus gris étain, mais ils restaient épais et bien fournis.

— Tu sais combien c'est difficile, normalement, de tuer des géraniums ? dit Noah à son arrivée, en lançant un regard vers les fleurs anémiées le long de la véranda arrière. À ce stade, il y a forcément préméditation.

— Tu n'as aucune preuve contre moi.

Heureux de voir son fils, Frank posa son roman à terre. Noah déroula le tuyau d'arrosage en soupirant, ouvrit le robinet et accorda un dernier sursis aux malheureux condamnés.

— Je ne m'attendais pas à te voir avant dimanche.

— Dimanche ?

— L'anniversaire de ta mère. Tu n'as pas oublié, j'espère ?

— Non. J'ai déjà son cadeau : un loup.

Devant la tête que fit son père, il sourit.

— Ne t'affole pas, on ne le livrera pas ici. Elle va en adopter un, en liberté, et on lui mettra un badge au nom de maman. J'ai pensé qu'elle aimerait ça — et aussi des boucles d'oreilles choisies pour elle.

— Gros malin, grogna Frank, croisant les pieds à la hauteur de ses chevilles. Tu viens toujours dîner avec nous dimanche, quand même ?

— Je ne voudrais pas manquer ça.

— Tu peux amener cette fille si tu veux, celle que tu vois en ce moment.

— Caryn ? Elle vient de me laisser un message sur le répondeur en me traitant de porc. J'évite de la voir.

— Tant mieux. Ta mère ne l'aimait pas.

— Elle ne l'a rencontrée qu'une fois.

— Elle ne l'aimait pas. « Superficielle », « snob », « stupide ». Ce sont les trois adjectifs utilisés, si je me souviens bien.

— C'est énervant, elle a toujours raison...

190

Estimant que les géraniums allaient survivre une journée de plus, Noah ferma le robinet et réenroula le tuyau avec soin. Frank garda le silence pendant quelque temps, puis :

— Tu sais, j'étais considéré comme un flic assez perspicace. Et je ne pense pas que tu sois venu juste pour arroser mes fleurs.

Ne pouvant plus se servir du tuyau pour retarder le moment de parler, Noah glissa les mains dans les poches arrière de son jean.

— J'ai reçu une lettre, ce matin. Un type à Saint-Quentin veut me raconter son histoire.

— Et alors ? Tu reçois assez souvent des lettres de prisonniers, non ?

— Oui, en général sans intérêt. Mais cette affaire-là m'intéresse, ça fait même un certain temps qu'elle m'intéresse. Près de vingt ans. C'est Sam Tanner, papa.

Frank ne sursauta pas ; il avait été flic trop longtemps pour sursauter devant des ombres ou des fantômes, mais il se raidit.

— Je vois. Ou plutôt non, je ne vois pas, grogna-t-il en s'extirpant de sa chaise. J'ai mis ce fumier sous les verrous et maintenant il t'écrit ? Il veut parler au fils du type qui l'a mis en cabane et qui s'est assuré qu'il y resterait pendant vingt ans ? Ce sont des conneries, Noah, de dangereuses conneries.

— Il a parlé d'un lien entre nous, dit doucement Noah.

Il ne voulait pas se disputer avec son père, détestait l'idée de l'inquiéter, mais sa décision était déjà prise.

— Pourquoi es-tu allé à toutes ses séances devant la commission ?

— Il y a des choses qu'on n'oublie pas. Et parce qu'on ne peut pas les oublier, on s'assure que la justice suivra son cours jusqu'au bout.

Il avait aussi fait une promesse à une fillette aux yeux perdus, dans les ombres de la forêt, mais il n'en parla pas.

191

— Lui non plus n'a pas oublié. Comment mieux me rendre la monnaie de ma pièce qu'à travers toi ?

— Il ne peut rien me faire, papa.

— C'est exactement ce que pensait Julie MacBride, je suppose, la nuit où elle lui a ouvert la porte. Reste loin de lui, Noah. Laisse tout ça de côté.

— Tu l'as laissé de côté, toi ? Tu as fait ton travail et c'était très dur, je m'en souviens. Tu arpentais la maison la nuit, ou bien tu venais t'asseoir ici dans le noir. D'autres affaires t'ont suivi jusqu'à la maison, mais jamais autant que celle-là. C'est pour cela que je ne l'ai jamais oubliée non plus. Elle m'a suivi moi aussi, on peut le dire. Elle fait partie de nous, de nous tous, et j'ai envie d'écrire ce livre depuis des années. Je dois parler à Sam Tanner.

— Si tu fais ça, Noah, si tu te lances dans l'écriture de ce livre en remuant encore toutes ces horreurs, tu te rends compte de ce que ça fera aux autres victimes de Tanner ? Aux parents, à la sœur... à sa fille ?

Olivia. Non, se dit Noah, il n'allait pas tout embrouiller avec Olivia. Pas maintenant.

— J'ai pensé à ce que ça te ferait à toi, c'est la raison de ma présence. Je voulais que tu saches ce que j'allais faire.

— C'est une erreur.

— Peut-être, mais c'est ma vie maintenant, et mon travail.

— Tu crois qu'il t'aurait contacté si tu n'étais pas mon fils ? lança Frank d'une voix dure, sous l'effet de la colère et de l'inquiétude. Cet enfant de pute refuse de parler à quiconque depuis des années, et pourtant tous les grands journalistes ont essayé, toutes les stars, mais pas de commentaires, pas d'interviews, rien. Et maintenant, juste quelques mois avant sa sortie probable, il te contacte et t'offre l'histoire sur un plateau ! Bon sang, Noah, ça n'a rien à voir avec ton travail. Ça a à voir avec le mien.

— Peut-être, répondit Noah d'un ton froid. Et ça a peut-être à voir avec les deux. Que tu respectes ou non mon travail, c'est bien celui-là que je fais, et je vais continuer à le faire.

— Je n'ai jamais dit que je ne respectais pas ton travail !

— Non, mais tu n'as jamais dit le contraire non plus.

Il cachait cette blessure en lui depuis longtemps et venait seulement de s'en rendre compte.

— Je saisis les occasions quand elles se présentent et je les fais travailler pour moi. C'est toi qui me l'as appris. À dimanche.

Frank voulut dire quelque chose, mais Noah était déjà parti à grandes enjambées ; alors il se rassit, conscient tout à coup du poids de son âge sur ses épaules.

La mauvaise humeur de Noah le tint occupé le long du chemin du retour, comme une force extérieure, un passager irascible assis dans la BMW grise. Il garda la capote baissée et la radio à fond, pour tâcher de noyer le flot de ses pensées.

Il détestait cette soudaine découverte, cette blessure intérieure parce que son père n'avait jamais applaudi au succès de ses livres. C'était stupide : il était assez vieux pour se passer des applaudissements de ses parents. Il n'avait plus dix-huit ans, pour rêver de marquer le panier gagnant à l'ultime seconde du match. C'était un homme adulte, à la fois heureux dans sa vie et comblé dans son métier. Il était bien payé et son ego possédait tous les remontants nécessaires, grâce aux bonnes critiques et aux droits d'auteur.

Mais il savait, il avait su dès le début, que son père désapprouvait sa voie. Ils n'en avaient jamais parlé, ou presque, car aucun des deux n'avait jamais voulu affronter l'autre. Jusqu'à aujourd'hui, pensa Noah.

Sam Tanner avait fait plus qu'offrir de lui raconter son histoire ; il avait porté le premier coup visible à une relation sur laquelle Noah s'était toujours appuyé. Même si ce coup menaçait déjà depuis le premier jour où il avait décidé d'écrire sur le crime, le *vrai* crime. Choisir la fiction, Noah

193

le savait, aurait été parfait ; mais fouiller la réalité, livrer les assassins et les victimes à la curiosité du public... C'est cela que son père n'aimait pas, qu'il ne pouvait pas comprendre.

Et parce qu'il ne savait pas comment le lui expliquer, l'humeur de Noah confinait à l'exécrable.

Elle le devint tout à fait quand il aperçut la voiture de Caryn garée devant sa maison. Il la trouva assise sur la véranda de derrière, ses longues jambes lisses surmontées d'un petit short rose, un chapeau de paille protégeant son visage du soleil. Il ouvrit la porte vitrée, et elle releva les yeux, humides derrière les verres ambrés de ses lunettes de soleil de grande marque. Ses lèvres tremblaient.

— Oh ! Noah. Je suis *tellement* désolée. Je ne sais pas ce qui m'a pris.

Il hocha la tête. Ç'aurait pu être fascinant, si ça n'avait pas été aussi ennuyeux. Le scénario de leur ex-vie commune était bien rodé : dispute, jurons, accusations, objets qui volent, sortie en claquant la porte. Puis retour avec excuses et larmes plein les yeux. Maintenant, à moins d'un changement de sa tactique, elle allait se trémousser autour de lui et lui offrir une partie de jambes en l'air.

Quand elle se leva en souriant timidement, s'approcha et lui passa les bras autour du cou, il songea qu'elle n'avait même pas l'imagination nécessaire pour improviser.

— J'ai été si malheureuse sans toi ces derniers jours, murmura-t-elle en approchant les lèvres des siennes. Entrons, je vais te montrer combien tu m'as manqué...

Il fut presque déçu que sa tirade déclenchât si peu de réaction en lui.

— Caryn, ça ne marchera pas. Pourquoi ne pas se dire simplement que c'était amusant, et que maintenant c'est fini ?

— Tu ne le penses pas vraiment...

— Si, je le pense, affirma-t-il, et il dut la repousser pour l'empêcher de se frotter contre lui.

— Il y a quelqu'un d'autre, c'est ça ? Tout le temps que nous vivions ensemble, tu m'as trompée !

— Non, il n'y a personne d'autre, et nous ne vivions pas ensemble. Tu as juste commencé à t'installer ici.

— Salaud ! Tu as déjà mis une autre femme dans notre lit !

Elle passa devant lui et se précipita dans la maison.

— Ce n'est pas *notre* lit, c'est mon lit, bon sang !

Il était plus fatigué que véritablement en colère ; puis il pénétra dans la chambre et la vit déjà en train de déchirer les draps.

— Hé, arrête ça !

Il essaya de l'attraper mais elle roula sur le lit et sauta de l'autre côté. Avant qu'il ait pu l'arrêter, elle avait saisi la lampe de chevet et la lui lançait au visage ; il put juste la dévier, pour que le pied ne le frappe pas entre les yeux. Le bruit du verre s'écrasant sur le sol vint à bout de ses dernières réserves de patience.

— C'est bon, maintenant, fous le camp ! Fous le camp de chez moi et ne reviens jamais !

— Tu ne t'es jamais intéressé à moi ! Tu n'as jamais pensé à mes sentiments !

— Tu as raison, c'est tout à fait vrai ! cria-t-il, en se précipitant pour protéger le trophée de basket-ball qu'il aimait tant. Je me fiche pas mal de toi, fit-il d'une voix haletante, luttant pour la mettre dehors sans laisser ses ongles meurtriers lui lacérer la peau. Je suis un porc, un dégueulasse, un fils de pute, c'est d'accord...

— Je te hais ! hurla-t-elle en le giflant et en lui donnant des coups de pied, tandis qu'il la traînait vers la porte d'entrée. Je voudrais te voir mort !

— Fais comme si je l'étais, et j'en ferai autant pour toi...

Il la poussa dehors, ferma la porte puis s'appuya contre elle ; après quoi il laissa échapper un long soupir, enfin haussa les épaules. Mais comme il n'entendait pas la voiture démarrer, il jeta un coup d'œil à la fenêtre — pour voir Caryn rayer avec ses clés la peinture de la BMW. Le temps qu'il ouvre violemment la porte et se précipite à l'extérieur en rugissant, elle sautait dans son propre véhicule et s'éloignait en faisant crisser ses pneus.

Les poings serrés, il regarda les dégâts : de profondes griffures dessinaient des lettres sur le capot. POR... Au moins, elle n'avait pu aller jusqu'au bout de sa pensée, elle n'avait pas eu cette satisfaction-là, songea-t-il.

Il profiterait de son absence pour faire repeindre la voiture. Tout se conjuguait décidément pour l'envoyer dans le Nord, à Saint-Quentin.

12

En voyant Saint-Quentin se profiler à l'horizon, Noah pensa à une vieille forteresse reconvertie en parc d'attractions, une sorte de Disneyland pour taulards.

Le bâtiment couleur sable, qui s'étendait le long de la baie de San Francisco, avait un air vaguement exotique dû à ses multiples niveaux, ses tours et ses tourelles. Il ne ressemblait pas à une prison — du moins si l'on oubliait les gardiens armés postés dans ses tours, les puissants projecteurs qui l'entouraient, la nuit, d'un sinistre halo orange, et toutes les cages d'acier qu'il abritait.

Noah avait choisi de prendre le ferry reliant San Francisco au comté de Marin ; il était accoudé au bastingage, tandis que le bateau glissait sur l'eau agitée d'une légère houle. Il trouva l'architecture de la prison curieuse, très californienne dans un certain sens, mais douta que les détenus s'intéressent beaucoup aux aspects esthétiques de la question.

Quelques heures seulement avaient suffi pour franchir les barrières administratives et obtenir une permission de visite ; il se demandait si Tanner possédait des appuis à l'intérieur qui avaient aplani la procédure. Mais peu importait, songeat-il alors que le vent soufflait dans ses cheveux en rafales cinglantes comme des coups de fouet ; seul le résultat comptait.

Il avait passé une journée entière à parcourir ses notes sur le meurtre MacBride, afin de se rafraîchir la mémoire et de réfléchir sur la question. Il connaissait l'homme qu'il allait rencontrer aussi bien qu'il était possible de le connaître de l'extérieur, jugeait-il. Du moins, il connaissait l'homme que Tanner avait été.

Un acteur travailleur et talentueux, avec une impressionnante série de succès à son actif au moment où il avait rencontré Julie MacBride, sur le tournage de *Tonnerre d'été*. Il avait eu également, de l'avis général, une imposante kyrielle d'aventures féminines avant de se marier. C'était leur première union à tous deux, même s'il s'était beaucoup affiché avec Lydia Loring, star très en vue dans les années soixante-dix. Les rubriques de potins s'étaient délectées de leur rupture orageuse, et très médiatique, puis Sam avait jeté son dévolu sur Julie.

Il avait bien profité de la célébrité, de l'argent et des femmes, et avait continué à profiter des deux premiers pendant deux années après son mariage. Il n'y avait pas eu d'autre femme après Julie ; ou alors, songea Noah, il avait été remarquablement discret.

Les gens bien informés le disaient difficile et capricieux. Quand ses deux films après *Tonnerre d'été* avaient été des échecs commerciaux, ils avaient commencé à utiliser des termes tels que « caractère impossible », « exigences déraisonnables »... Sam s'était mis à arriver en retard sur les tournages, à mal préparer ses rôles, il avait viré son secrétaire particulier puis son agent... Il fut bientôt de notoriété publique à Hollywood qu'il se droguait, avec des drogues dures.

Il était devenu plein d'aigreur à l'encontre de son entourage, d'une jalousie maladive envers sa femme, faisant une fixation sur Lucas Manning, et, pour finir, violent.

En 1975, il était en tête du box-office dans le pays ; en 1980, il croupissait dans un cachot de Saint-Quentin. Une chute vertigineuse, dans un laps de temps aussi court.

La gloire, la débauche de luxe et de richesses, les plus belles femmes du monde, les maîtres d'hôtel qui vous donnent les meilleures tables, les fêtes où l'on figure toujours parmi les premiers invités, les acclamations des fans... Quelle impression éprouve-t-on quand tout cela vous glisse entre les doigts ? se demandait Noah. Ajoutez-y l'arrogance et l'amour-propre, mélangez le tout avec la cocaïne, la jalousie envers un rival dont l'étoile monte, un mariage en ruine... vous avez un cocktail parfait pour courir au désastre.

Il allait être intéressant de voir ce que les vingt années écoulées avaient ajouté, ou retranché, à Sam Tanner.

Quand le ferry accosta, Noah était déjà au volant de sa voiture de location et pressé de se mettre au travail. Même s'il espérait avoir fini ce premier entretien à temps pour attraper le vol du soir, il avait jeté quelques affaires dans un sac, pour le cas où il déciderait de rester.

Personne n'était au courant de ce voyage.

Tout en attendant de descendre, il tambourinait sur le volant au son des Spice Girls et rêvait, de manière inattendue, à Olivia MacBride.

Curieusement, l'image qui lui venait à l'esprit était celle d'une grande fille aux cheveux clairs et aux bras tannés par le soleil. L'image de deux yeux tristes, quand ils étaient assis au bord de la rivière et regardaient les castors s'éclabousser. Il avait fait des recherches, mais n'avait rien trouvé de nouveau sur elle depuis son enfance. Quelques rumeurs de temps à autre dans la presse, un résumé de l'histoire, la même photo toujours ressortie, celle de sa douleur quand elle avait quatre ans — c'était tout ce que les médias avaient pu obtenir.

Sa famille avait dressé des murs autour d'elle, songea-t-il, et elle était restée derrière. Comme son père était resté derrière les épais murs, couleur sable, de sa prison. Il y avait là un parallèle intéressant, qu'il se promit d'exploiter.

Le moment venu, il ferait tout son possible pour la convaincre de lui reparler, de coopérer au livre. Après six ans, peut-être son ressentiment aurait-il perdu de sa vigueur. Peut-être que l'étudiante en sciences, si fine et si charmante, avec laquelle il avait passé quelques journées merveilleuses, comprendrait enfin le but et l'intérêt de son entreprise. Mais il n'osait même pas imaginer leurs retrouvailles ; aussi mit-il Olivia de côté dans son esprit, et il se concentra sur le moment présent.

Il roula jusqu'à la prison, dépassant une vieille jetée puis une station de pompage. Sur son passage, il aperçut un chemin pavé, conduisant sans doute jusqu'à la mer, et aussi ce qui ressemblait à un jardin public — mais qui aurait eu envie de se promener ou de pique-niquer à l'ombre de ces menaçantes murailles ?

Le parking réservé aux visiteurs faisait le tour d'une jolie petite plage ; au-delà s'étendaient des eaux ternes, gris acier. Il avait pensé à prendre un magnétophone, ou au moins un bloc-notes, puis avait décidé de venir les mains vides. Seulement les impressions, cette fois-ci. Et il ne voulait pas non plus donner à Tanner le sentiment qu'il prenait un engagement.

L'entrée des visiteurs consistait en un long couloir, avec une porte latérale à mi-chemin. L'unique fenêtre était recouverte d'affiches, pour couper la vue de l'extérieur. Un panneau sur la porte lui fit froid dans le dos, même s'il lui arracha en même temps une grimace amusée.

INUTILE DE FRAPPER. NOUS SAVONS QUE VOUS ÊTES LÀ. NOUS VIENDRONS VOUS CHERCHER DÈS QUE POSSIBLE.

Il resta seul, dans le couloir vide où le vent lui sifflait aux oreilles, attendant l'arrivée de ceux qui connaissaient sa présence.

Quand ils le firent entrer, il leur exposa son affaire, leur remit ses papiers d'identité, remplit les formulaires exigés. Aucune parole superflue ne fut échangée, aucun sourire de politesse.

Il avait déjà visité ce genre d'endroit, à New York et en Floride. Il était allé dans le quartier des condamnés à mort, avait senti ses veines se glacer au bruit des portes qui se fermaient en coulissant, au bruit des pas dans les coursives. Il avait parlé avec les perpèt, condamnés et déjà damnés. Il avait senti la haine, la peur et les arrière-pensées, aussi palpables dans l'air ambiant que l'odeur de sueur, de pisse et de cigarettes roulées à la main.

On le conduisit le long d'un couloir, en contournant la zone principale des visiteurs, puis on l'introduisit dans une petite pièce triste munie d'une table et de deux chaises. La porte était blindée et l'unique fenêtre possédait des vitres renforcées.

Là, Noah vit pour la première fois ce que Sam Tanner était devenu.

Disparue, l'idole chérie de l'écran, au sourire valant des millions de dollars ; c'était désormais un homme rude, de visage comme de corps. Noah se demanda si son esprit s'était endurci dans les mêmes proportions. Il s'assit, une main enchaînée, vêtu de la fruste combinaison orange vif de la prison, trop large aux entournures. Ses cheveux très courts étaient d'un gris cendré, presque uniforme. Les rides profondes de son visage lui donnaient l'air d'avoir bien au-delà de cinquante-huit ans. Un détenu avait dit à Noah, un jour, que les années de prison étaient de longues années de chien : chacune en valait sept à l'extérieur.

Les yeux bleus, froids et tranchants, prirent le temps d'étudier Noah, avec à peine un mouvement vers le gardien quand celui-ci leur annonça trente minutes d'entretien.

— Content que vous ayez pu venir, monsieur Brady.

La voix au moins n'avait pas changé, songea Noah, aussi douce, riche et puissante que dans son dernier film. Il s'assit, une fois la porte fermée et le verrou rabattu derrière lui.

— Comment vous êtes-vous procuré mon adresse personnelle, monsieur Tanner ?

L'ombre d'un sourire passa sur son visage.

— Il me reste quelques relations. Comment va votre père ?

— Il va bien, répondit Noah sans ciller. Je ne peux pas vous dire qu'il vous envoie ses amitiés.

Le sourire découvrit les dents de Sam, cette fois-ci.

— Un flic droit, Frank Brady. Je les vois, lui et Jamie, de temps en temps. Toujours une jolie femme, mon ex-belle-sœur. Je me demande ce qu'il y a au juste entre elle et votre vieux.

— Vous m'avez fait faire tout ce chemin, Tanner, pour vous entendre déblatérer sur la vie privée de mon père ?

Le sourire revint à nouveau, mince et rusé.

— Je n'ai guère eu de conversations intéressantes ces derniers temps, j'ai peut-être perdu l'habitude. Vous avez des *vraies* ?

Noah secoua la tête ; il connaissait une bonne part du vocabulaire de base de la prison.

— Non. Je ne fume pas, désolé.

— Putain de Californie !

Sam enfonça sa main libre dans sa combinaison, décolla soigneusement le ruban adhésif qui retenait sur sa poitrine une unique cigarette roulée à la main ainsi qu'une allumette.

— Ils font des zones non-fumeurs dans les prisons, maintenant. Où ils vont, avec toutes leurs conneries ?

Il fit craquer l'allumette sur l'ongle de son pouce, puis tira des bouffées de la cigarette.

— Avant, j'avais de quoi me payer une cartouche par jour si je voulais. Quelques paquets de *vraies*, c'est de la bonne monnaie d'échange par ici. Maintenant, c'est tout juste si je me fais une cartouche par mois...

— Pff... Comment on traite les assassins, de nos jours...

Les yeux bleus et durs ne jetèrent qu'une faible lueur — amusement ou dédain, Noah n'en était pas sûr.

— Qu'est-ce qui vous intéresse, Brady ? Les questions de crime et de châtiment, ou l'histoire elle-même ?

— L'un va avec l'autre, non ?

— Vraiment ? ricana Sam, puis il souffla une bouffée de

fumée à l'odeur écœurante. J'ai eu beaucoup de temps pour réfléchir à tout ça. Vous savez, je ne peux pas me rappeler le goût d'un bon scotch ni le parfum d'une jolie femme. Pour le sexe, on peut toujours s'arranger. Ils sont tout un tas ici, prêts à se pencher devant vous si c'est ça que vous cherchez. Et sinon, vous avez toujours votre main. Mais parfois, vous vous réveillez au milieu de la nuit en ayant très envie de sentir le parfum d'une femme.

Il haussa les épaules.

— Ça, rien ne le remplace. Je lis beaucoup pour faire passer le temps. Avant, je prenais toujours des romans. Je me choisissais un rôle dedans et je m'imaginais le jouer quand je serais dehors. J'adorais ça, jouer. Tout ce qui tournait autour, j'adorais ça. Il m'a fallu beaucoup de temps pour accepter l'idée que cette partie-là aussi de ma vie était finie.

— Vraiment ? Et quel genre de rôle êtes-vous en train de jouer en ce moment, Tanner ?

Brusquement, Sam se pencha en avant, et pour la première fois depuis le début de l'entretien une étincelle de vie passa dans ses yeux, chaude et réelle.

— C'est tout ce que j'ai ! Vous croyez peut-être que, sous prétexte que vous venez ici et parlez avec les taulards, vous comprenez leur vie ? Vous pouvez vous lever et partir n'importe quand, vous. Vous ne comprendrez jamais.

— Rien ne m'empêche de me lever et de partir maintenant, dit Noah calmement. Qu'est-ce que vous voulez ?

— Je veux tout vous raconter, tout mettre à plat. Raconter comment c'était alors et comment c'est maintenant. Dire pourquoi les choses arrivent et pourquoi elles n'arrivent pas. Pourquoi deux personnes qui avaient tout ont tout perdu.

— Et vous allez me dire ça ?

— Ouais, je vais vous le dire, et vous découvrirez le reste.

Il se pencha en arrière, souffla la dernière bouffée de sa médiocre cigarette, puis écrasa le mégot sur le sol.

— Pourquoi moi ? Pourquoi maintenant ?

— J'ai aimé votre livre, lâcha Sam simplement. Et je n'ai pas pu résister à l'ironie de ce rapport entre nous. Ça ressemblait presque à un signe. Je ne suis pas un de ces pauvres types qui voient Dieu là-dedans. Dieu n'a rien à faire avec des endroits comme ici, et il n'y vient jamais. Cependant il y a le destin, et le timing.

— Vous voulez me voir comme le destin, pourquoi pas ? Mais le timing, c'est quoi ?

— Je suis en train de mourir.

Noah parcourut le visage de Tanner d'un regard froid.

— Vous m'avez plutôt l'air en bonne santé.

— Tumeur au cerveau, dit Sam en frappant du doigt sur sa tête. Inopérable. Les médecins me donnent peut-être un an, si j'ai de la chance — et si j'ai vraiment de la chance, je mourrai dehors, pas enfermé ici. On y travaille, pourvu que la justice se contente des presque vingt ans que j'ai faits ; maintenant je suis mort de toute façon.

Il semblait trouver ça amusant, il en ricanait — mais ce n'était pas un rire communicatif.

— J'ai eu une nouvelle sentence, dans un sens. Un sursis très court, et sans liberté sur parole. Si vous êtes intéressé, il faudra travailler vite.

— Vous avez quelque chose à ajouter à tout ce qui a été dit, écrit, filmé depuis vingt ans ?

— Vous voulez le découvrir ou non ?

Noah pianota sur la table.

— Je vais y réfléchir. Je reviendrai, fit-il en se levant.

— Brady ! s'exclama Sam tandis que Noah se dirigeait vers la porte. Vous ne m'avez pas demandé si j'avais tué ma femme.

Noah jeta un regard en arrière et rencontra ses yeux éteints.

— Pourquoi l'aurais-je fait ? répondit-il, et il adressa un signe au garde.

Sam eut un mince sourire. Finalement, leur première

rencontre s'était plutôt bien déroulée, et il ne douta pas une seconde que le fils de Frank Brady reviendrait.

Noah s'assit dans le bureau de George Diterman, directeur de la prison ; il était surpris, et flatté, que sa demande de rendez-vous ait abouti aussi vite. Hollywood n'aurait jamais confié à Diterman le rôle de directeur d'une des prisons les plus chaudes du pays. Avec ses cheveux clairsemés, sa taille fluette et ses lunettes rondes cerclées de noir, on aurait dit un petit employé d'un obscur cabinet d'experts-comptables.

Il accueillit Noah d'une chaleureuse poignée de main et d'un sourire étonnamment sympathique.

— J'ai beaucoup aimé votre premier livre, commença-t-il en prenant place derrière sa table. Et je suis déjà en train de beaucoup aimer le deuxième.

— Merci.

— Dois-je présumer que vous êtes ici afin de rassembler des informations pour un troisième ?

— J'ai juste eu une discussion avec Sam Tanner.

— Je suis au courant, oui. C'est moi qui ai signé l'autorisation.

— Parce que vous aimez mes livres ou à cause de Tanner ?

— Un peu des deux. J'occupe ce poste ici depuis cinq ans et, durant cette période, Tanner a été ce qu'on peut appeler un prisonnier modèle. Il ne se mêle pas des problèmes des autres, il fait bien son travail à la bibliothèque. Il joue le jeu.

— Réinséré ?

Noah posa la question avec juste assez de cynisme pour faire sourire à nouveau Diterman.

— Tout dépend de la définition que vous donnez à ce mot. Celle de la société, celle de la loi, celle de cette maison... Mais, d'une certaine façon, il a décidé de faire son temps proprement.

Diterman décroisa les doigts, les pressa méthodiquement l'un contre l'autre, puis les recroisa.

— Tanner m'a autorisé à vous donner accès à son dossier et à parler librement de lui avec vous.

Il travaille vite, songea Noah. Parfait ; lui-même avait attendu longtemps pour se mettre à ce livre, et il avait l'intention de travailler vite également.

— Je vous écoute, monsieur le Directeur...

— D'après les rapports, il a eu une période d'adaptation difficile au début. Beaucoup d'incidents, avec les gardiens, les autres prisonniers. Le détenu Tanner a passé une bonne partie de l'année 1980 à l'infirmerie pour blessures.

— Il se battait ?

— Tout le temps. Il était violent et recherchait la violence. On l'a mis plusieurs fois au quartier d'isolement pendant ses cinq premières années. Il avait une dépendance à la cocaïne, aussi, et il réussissait à s'en procurer par des contacts à l'intérieur de la prison. À l'automne 1982, on l'a soigné pour une overdose.

— Volontaire ou accidentelle ?

Les yeux de Diterman restaient dans le vague, mais Noah y lisait une vive intelligence.

— Ça n'a jamais été clairement établi, même si le médecin penchait pour une overdose accidentelle. C'est un acteur, un bon. Mon prédécesseur a noté plusieurs fois que Tanner était difficile à saisir. Il jouait n'importe quel rôle pouvant lui convenir.

— Eh ! le passé...

— Quant à moi, pour les années récentes, je vous répète qu'il s'est adapté. Son travail semble lui convenir et il reste dans son coin.

— Il m'a dit qu'il avait une tumeur au cerveau inopérable, en phase terminale.

— Vers le début de l'année, il s'est plaint de violents et fréquents maux de tête. On a découvert la tumeur et on lui a fait des examens, d'où il ressort qu'il en a peut-être pour un an. Sans doute moins.

— Comment prend-il la chose ?

— Mieux que je ne la prendrais moi-même, je pense. Je ne peux pas révéler tous les détails de son dossier, de son suivi psychologique et de son traitement, parce qu'il me faudrait d'autres autorisations en plus de la sienne.

— Si je décide de me lancer dans ce travail et de l'interviewer, j'aurai aussi besoin de votre coopération. Je devrai rassembler des noms, des dates, des événements, même des opinions. Vous serez d'accord pour me les donner ?

— Je coopérerai autant que je le pourrai. Pour être franc, monsieur Brady, j'aimerais entendre l'histoire complète moi aussi. J'avais un gros faible pour Julie MacBride.

— Qui n'en avait pas ? murmura Noah.

Il décida de passer la nuit à San Francisco. Après s'être trouvé une chambre avec vue sur la baie, il y commanda un repas, puis alluma son ordinateur portable. Une fois branché sur Internet, il lança une recherche sur Sam Tanner.

Pour un homme ayant passé près de deux décennies derrière les barreaux sans accorder d'interview, il y avait un étonnant déluge de réponses. Nombre d'entre elles traitaient de ses films et de ses rôles, avec des résumés et des critiques ; celles-là pouvaient attendre. Il découvrit aussi des références à bon nombre de livres sur l'affaire, à des biographies non autorisées de Sam comme de Julie ; beaucoup étaient déjà dans sa bibliothèque et il nota de penser à les relire. Il y avait également des articles sur le procès, anciens pour la plupart. Rien de particulièrement nouveau.

Quand son repas arriva, Noah avala son hamburger d'une main en tapant de l'autre ; il répertoriait les sites à explorer peut-être de nouveau. Toutes les photos qui s'affichaient, il les connaissait déjà. Celle où Sam était si beau, avec une Julie lumineuse à son côté, tous deux rayonnant de bonheur devant l'objectif. Une autre de Sam, les mains enchaînées, qu'on faisait sortir du tribunal pendant le procès, l'air hagard et malade. Chacun de ces deux hommes se dissimulait dans ce détenu aux yeux froids et calculateurs. Combien d'autres en trouverait-il encore avant d'avoir terminé son livre ?

Oui, le suspense était bien là. Qui se cachait derrière ces yeux ? Qu'est-ce qui s'emparait d'un homme et lui faisait exterminer la femme de sa vie, la mère de son enfant ? Lui faisait détruire ce qui comptait le plus pour lui, selon ses propres dires ?

La drogue ? Insuffisant, aux yeux de Noah. Aux yeux de la cour aussi, se rappela-t-il. La défense avait mis la drogue en avant pendant les plaidoiries, espérant invoquer les circonstances atténuantes pour réduire la peine, mais la manœuvre n'avait pas marché ; la sauvagerie du crime l'avait emporté sur toute autre considération. Et aussi, sans doute, le pathétique témoignage enregistré de la petite victime de quatre ans. Aucun jury n'aurait pu rester insensible à la fillette, à la description déchirante de ce qu'elle avait vu cette nuit-là, et accorder la moindre pitié à Sam Tanner. Résultat : vingt ans de prison, avec une période de sûreté de quinze ans.

Noah n'avait pas l'intention de se poser en juge ni en juré, seulement d'aligner des faits. À ses yeux, la drogue ne comptait pas. Elle pouvait brouiller la conscience et lever les inhibitions, elle pouvait faire sortir la bête, mais, pour agir, la bête devait être là au préalable.

La main qui avait plongé les ciseaux, à plusieurs reprises, dans le corps de Julie MacBride avait été la main d'un monstre, et il n'entendait pas l'oublier.

Il pouvait mener des recherches sur ce crime dans un esprit objectif, prendre ses distances avec l'horreur : c'était son travail. Il pouvait s'asseoir en face de Sam Tanner et l'écouter, lui parler, se familiariser avec sa façon de penser et mettre tout cela sur le papier. Il pouvait décortiquer l'homme, explorer les méandres de son cerveau, noter les changements qui s'étaient produits ou non en lui au cours des vingt années écoulées ; mais il n'oublierait jamais que, cette nuit d'été, Sam Tanner ne s'était pas conduit comme un être humain.

Il s'apprêtait à lancer une nouvelle recherche sur Julie MacBride quand, sur une impulsion soudaine, il opta pour le chalet et le camp de River's End. Se renversant en arrière sur sa chaise, il sirota son café tandis que la page d'accueil s'affichait. La technologie, songea-t-il, était une chose merveilleuse.

Une photo montrait le chalet, dans un joli flou artistique, exactement tel qu'il se le rappelait, puis suivaient deux photos intérieures, du hall et de l'une des suites familiales. Un texte les accompagnait, évoquant en termes fleuris l'histoire du lieu et les possibilités d'hébergement, ainsi que les beautés du parc national. Un autre clic lui donna la liste des activités disponibles, pêche, canoë-kayak, randonnées, centre d'étude de la nature... Il sourit : ainsi, elle l'avait fait, elle avait ouvert son centre. Un point pour toi, Liv.

Ils proposaient également des excursions accompagnées, une piscine chauffée, une salle de remise en forme... Il parcourut le site jusqu'au bout, ses offres de week-ends, de semaines complètes et ses forfaits spéciaux. On mentionnait le nom des propriétaires : Val et Rob MacBride. Nulle part n'apparaissait celui d'Olivia.

— Tu es encore là, Liv ? s'interrogea-t-il. Oui, tu es toujours là, avec la rivière et la forêt. Est-ce que tu penses toujours à moi ?

Irrité d'avoir eu cette idée, il s'éloigna du bureau et se dirigea vers la fenêtre. Il contempla la ville, les lumières, le trafic automobile — et se demanda ce qu'était devenu son vieux sac à dos.

Revenant au centre de la pièce, il alluma la télévision, juste pour le bruit ; à certaines périodes, il ne pouvait pas penser en silence. Puis, parce qu'il était un homme, et qu'il avait une télécommande à portée de main, il ne put résister au désir de zapper et laissa échapper un bref éclat de rire quand

Julie MacBride, jeune et radieuse, apparut sur l'écran. Ses yeux d'ambre brillaient d'amour et de plaisir, du reflet de ses larmes tandis qu'elle descendait à toute vitesse un grand escalier blanc et se jetait dans les bras de Sam Tanner.

Tonnerre d'été, songea Noah. La dernière scène. Pas de dialogue, la musique *crescendo*... Il regarda, écouta le flot des violons tandis que le couple s'enlaçait, que le chaud ruissellement du rire de Julie se mêlait à la musique, que Sam Tanner la soulevait dans ses bras et la faisait tournoyer, tournoyer encore, pour célébrer la naissance de leur amour. Un dernier fondu, et le film prenait fin.

Le destin ? songea Noah. Parfois, il n'y avait pas à discuter à ce sujet.

Il s'empara d'un bloc-notes, se laissa tomber sur le lit et commença à dresser une liste de noms et de questions.

Jamie Melbourne
David Melbourne
Rob et Val MacBride
Frank Brady
Charles Brighton Smith
Les autres participants au procès ? Qui pourrait-on retrouver et interroger ?
Lucas Manning
Lydia Loring
Agents artistiques, producteurs, journalistes ?
Rosa Sanchez, la femme de chambre
Autres domestiques ?

En bas de la liste, il écrivit « Olivia MacBride ».

D'elle, il voulait davantage que les souvenirs d'une nuit de violence. Il voulait qu'elle se rappelle ses parents, ensemble et individuellement. L'ambiance de leur foyer, les racines de la mésentente et de la souffrance conjugales.

Plus il y pensait et plus il trouvait de nouvelles pistes à

210

explorer. Julie avait-elle eu une liaison avec Lucas Manning, justifiant la jalousie de son mari ? L'aurait-elle dit à sa sœur ? L'enfant l'aurait-elle senti, ou les domestiques ?

Sam n'avait pas cité sa fille parmi ce qui lui manquait en prison : n'était-ce pas intéressant à noter ?

Oui, Olivia était bien la clé, pensa Noah, et il entoura son nom. Cette fois, il ne pouvait se laisser distraire par ses sentiments, par son attirance pour elle, ni même par les liens de l'amitié. Tous les deux étaient plus vieux à présent, c'était de l'histoire ancienne. Cette fois, quand ils se reverraient, le livre passerait au premier plan.

Il se demanda si elle portait toujours une queue-de-cheval, si elle avait toujours cette brève hésitation avant de sourire, puis il murmura : « Laisse tomber, Brady. C'est du passé. »

Se relevant du lit, il fouilla dans sa serviette pour récupérer les numéros qu'il avait griffonnés avant de quitter Los Angeles. La pluie commençait à fouetter la fenêtre quand il saisit le téléphone, aussi modifia-t-il ses vagues projets — sortir et se payer une tranche de vie nocturne à San Francisco — en celui d'une bière solitaire au bar de l'hôtel.

— Constellations, j'écoute.

— Noah Brady à l'appareil. J'aimerais parler à Jamie Melbourne.

— Mme Melbourne est avec un client. Puis-je prendre un message ?

— Dites-lui que je suis le fils de Frank Brady et que je voudrais lui parler. Je ne suis pas en ville actuellement, elle peut me joindre au... (il jeta un coup d'œil sur le combiné et donna le numéro) pendant une heure encore.

C'était un test, songea-t-il en raccrochant, pour voir en combien de temps le nom de Brady aurait droit à un rappel.

Il se rallongea sur le lit et eut juste le temps de zapper deux fois avant la sonnerie du téléphone.

— Brady, oui ?

— Ici Jamie Melbourne.

— Merci de me rappeler. (Moins de six minutes, songea-t-il en jetant un coup d'œil à sa montre.)

— C'est à propos de votre père ? Il va bien ?

— Il va bien, merci. En fait, j'appelais au sujet de Sam Tanner.

Il marqua une pause, mais n'obtint pas de réaction.

— Je suis à San Francisco et je l'ai vu tout à l'heure.

— Je croyais qu'il ne parlait à personne, surtout pas aux journalistes et aux écrivains. Vous êtes écrivain, n'est-ce pas, Noah ?

— C'est exact. Il m'a parlé et j'espère que vous le ferez, vous aussi. J'aimerais avoir un entretien avec vous. Je serai de retour en ville demain soir. Vous auriez un moment de libre jeudi ou vendredi ?

— Pourquoi ?

— Sam Tanner veut me raconter son histoire. J'ai l'intention de l'écrire, madame Melbourne, et j'aurais besoin de votre version.

— Il a tué ma sœur et brisé le cœur de toute ma famille. Que voulez-vous savoir de plus ?

— Tout ce que vous pourrez me dire — sauf si vous préfé-rez que je prenne mes informations seulement auprès de lui, mais ce n'est pas l'objet de ma recherche.

— Votre recherche, c'est un nouveau best-seller, n'est-ce pas ? Quelle que soit la façon dont vous l'obtiendrez...

— Si c'était vrai, je ne vous aurais pas appelée. Parlez-moi simplement, en confidence si vous le voulez, vous prendrez votre décision après.

— Avez-vous contacté quelqu'un d'autre de ma famille ?

— Personne, non.

— Ne le faites pas. Venez chez moi jeudi, à quatre heures. Je vous accorderai une heure, pas plus.

— Merci.

Après avoir raccroché, Noah grimaça : cette fois, il avait mis le pied dans une zone instable. Elle semblait décidée à ne pas vouloir coopérer, à ne pas vouloir comprendre ses objectifs ni son état d'esprit.

Il zappa distraitement tout en réfléchissant. Sam n'avait pas exigé le secret à propos du verdict des médecins ; peut-être donnerait-il l'information à Jamie, pour voir si cela faisait une quelconque différence à ses yeux. Il pourrait aussi, dans la stratégie qu'il adopterait vis-à-vis de Sam, se servir de la répugnance de Jamie à coopérer.

S'il se débrouillait bien, en les jouant l'un contre l'autre, il recueillerait davantage d'informations de chacun d'eux. Et il passerait sous silence, du moins pour l'instant, sa propre fascination personnelle pour l'affaire.

Il s'assoupit au son de la pluie fouettant les vitres, au bruit criard de la télévision, et fit un rêve qu'il tâcha d'oublier au réveil — un rêve d'arbres géants, de lumière verte et d'une jeune fille aux yeux dorés.

13

Le même garde conduisit Noah dans la même pièce. Cette fois, il avait apporté un bloc-notes et un magnétophone, qu'il installa sur la table. Sam y jeta un coup d'œil et ne dit rien, mais Noah saisit dans ses yeux un bref éclat pouvant être de satisfaction, ou de soulagement.

Il prit un siège et enclencha le magnétophone.

— Faisons un retour en arrière, Sam. 1973.

— *Fièvre* était sorti en mai et c'était la plus grande mine d'or de l'été. J'ai été nominé aux oscars pour ce film et j'entendais *Desperado* chaque fois que j'allumais la radio. Les années soixante étaient mortes et bien mortes, mais le disco n'avait pas encore pointé sa sale gueule. Je vivais avec Lydia, mémorables parties de baise et mémorables disputes. Le shit était out, la coke in, et il y avait toujours une fête quelque part. Puis j'ai rencontré Julie MacBride.

Il marqua une pause imperceptible avant de reprendre.

— Et toute ma vie précédente passa au second plan.

— Vous vous êtes mariés cette année-là.

Il détourna les yeux quelques secondes, et Noah se demanda quelles images il pouvait voir défiler sur ces sinistres murs nus.

— Aucun de nous deux n'était du genre prudent ou patient. Nous avons vite compris ce dont nous avions envie : nous avions envie l'un de l'autre, et pendant un temps cela nous a suffi.

Noah patienta alors que Sam sortait sa cigarette artisanale de sa combinaison et l'allumait.

— Elle revenait d'Irlande où elle avait passé, avec sa sœur, deux semaines de vacances avant son prochain film. Nous nous sommes rencontrés dans le bureau de Hank Midler, le réalisateur. Elle portait un jean et un pull-over bleu foncé, ses cheveux étaient tirés en arrière et elle avait l'air d'avoir seize ans. J'avais eu pas mal de femmes dans ma vie, pourtant un seul regard et c'était elle la première, il n'y en avait pas eu d'autres. Je crois que j'ai su, dès cet instant précis, qu'elle serait aussi la dernière. Vous ne pouvez pas comprendre ça.

— Si, je comprends.

Il avait connu ce même genre d'impression, le temps qui soudain se précipite, quand la propre fille de Sam lui avait ouvert sa porte et l'avait dévisagé en fronçant les sourcils.

— Vous avez été amoureux, Brady ?

— J'ai été quelque chose comme ça, oui.

— Quand j'ai pris sa main, c'était... Toi. Enfin. Plus tard, elle m'a raconté que ç'avait été pareil pour elle, la sensation de n'avoir vécu à ce jour que pour ce moment. Nous avons parlé du script et du film comme si tout était normal, que la tête ne nous tournait pas, puis je lui ai proposé d'aller dîner et nous nous sommes mis d'accord pour sept heures. En rentrant à la maison, j'ai rompu avec Lydia.

Il marqua une pause, eut un rire bref et tira sur sa cigarette.

— Je ne cherchais pas à être ni gentil ni cruel : elle avait simplement cessé d'exister pour moi. Mon unique pensée était qu'à sept heures je reverrais Julie.

— Elle voyait quelqu'un d'autre à l'époque ?

— Michael Ford. La presse en parlait beaucoup, mais ce n'était pas sérieux. Deux semaines après notre première rencontre, nous nous sommes installés ensemble. Discrètement, ou du moins aussi discrètement que possible.

— Vous avez rencontré sa famille ?

— Oui. C'était important pour elle. J'ai eu beaucoup de

215

mal à amadouer Jamie. Elle couvait sa sœur et ne me faisait pas confiance, pensant que Julie était juste une aventure de plus pour moi. Je ne peux pas l'en blâmer, dit-il en haussant les épaules, il y en avait eu tellement...

— Ça vous ennuyait que le nom de Julie aussi ait été associé à beaucoup d'hommes à l'époque ? Ford était le dernier en date...

Sam retira le mégot de sa bouche et l'écrasa au sol, avec une violence contenue qui frappa Noah.

— Je n'y ai pas songé alors. Plus tard seulement, quand les choses ont commencé à déraper, j'y ai pensé. Parfois, c'était même la seule chose à laquelle je pouvais encore penser, les hommes qui l'avaient eue, les hommes qui voulaient l'avoir. Les hommes qu'*elle* voulait avoir. Elle s'éloignait de moi et je voulais savoir qui allait prendre ma place. Lucas Manning ?

Même vingt ans après, il avait du mal à prononcer ce nom.

— Il y avait quelque chose entre eux, je le savais.

— Donc, vous l'avez tuée pour la garder.

Les mâchoires de Sam tressaillirent et ses yeux se vidèrent de toute expression.

— C'est une des théories possibles.

Noah sourit aimablement.

— Nous parlerons des différentes théories une autre fois, si vous le voulez bien. Comment était-ce, de travailler avec elle sur un film ?

— Avec Julie ? demanda Sam, dérouté.

— Oui...

Noah lui avait fait perdre le fil de son discours, mais c'était recherché ; il n'allait pas se contenter de répliques toutes faites, de mots trop bien choisis.

— Comment était-elle, en tant qu'actrice ?

— Bonne. Solide. Elle avait ça dans le sang. Elle n'avait pas besoin de travailler aussi dur que moi, elle *sentait* ses rôles.

216

— Cela vous ennuyait, qu'elle soit meilleure que vous ?

— Je n'ai pas dit qu'elle était meilleure ! Nous y arrivions par deux voies différentes, c'est tout. Elle était comme une éponge, absorbant les sentiments de son personnage puis les restituant, alors que je construisais le mien couche après couche. Elle avait une mémoire d'éléphant et n'oubliait jamais une putain de phrase, mais elle avait tendance à trop faire confiance au réalisateur. Elle ne connaissait pas assez le reste du métier pour se lancer sur les cadrages, les éclairages, le tempo d'une scène, le...

— Mais vous, vous le faisiez, l'interrompit Noah avant une nouvelle envolée.

— Ouais, je le faisais. Midler et moi nous opposions beaucoup sur ce film, mais nous nous respections. J'ai été triste d'apprendre sa mort il y a deux ans. C'était un génie.

— Julie a obtenu le Prix de la critique à New York pour son interprétation de Sarah dans *Tonnerre d'été*. Vous étiez nominé mais vous n'avez pas gagné. Ça a causé des problèmes entre vous ?

— J'étais ravi pour elle, et elle déçue que je n'aie pas gagné, mais elle le désirait plus que moi. Nous étions mariés depuis moins d'un an à l'époque et aussi près du nirvana qu'on peut l'être dans cette foutue ville. Totalement heureux, totalement amoureux et portés par la vague. Elle me comprenait comme personne d'autre ne l'avait fait jusque-là.

— L'année suivante, elle a été nominée pour l'oscar de la meilleure actrice dans *Juste avant le crépuscule*, et votre film a eu des critiques mitigées, ça n'a pas affecté vos relations ?

— Elle était enceinte et nous ne pensions qu'à ça. Elle avait davantage envie d'un beau bébé que d'une statuette.

— Et vous, de quoi aviez-vous envie ?

— De tout, dit-il en souriant à peine, et, pendant un moment, c'est bien ce que j'ai eu. Et vous, Brady, vous voulez quoi ?

— L'histoire, sous toutes ses facettes, dit Noah en arrêtant

217

le magnétophone, puis il rangea ses affaires dans sa serviette. Je retourne à Los Angeles. Je vois Jamie Melbourne demain.

Du coin de l'œil, il remarqua les doigts de Sam soudain crispés sur le bord de la table.

— Vous voudriez lui transmettre quelque chose ?

— Elle n'acceptera rien de moi sauf ma mort, et elle l'aura bien assez tôt. Elle était jalouse de Julie, lâcha Sam brusquement, coupant dans ses élans Noah prêt à se lever. Julie n'a jamais pu ou jamais voulu le voir, mais Jamie avait amassé des montagnes de rancœur à cause de sa beauté et de son succès. Elle jouait la sœur dévote mais si elle en avait eu les capacités, et le talent, elle aurait poussé Julie sur le côté pour prendre sa place.

— Sa place avec vous ?

— Elle devait se contenter de ce pauvre Melbourne, petit agent artistique sans envergure. Toute sa vie, elle a joué les seconds rôles et, à la mort de Julie, elle a eu enfin la vedette.

— C'est une autre théorie ?

— Si elle n'avait pas collé au train de Julie, elle s'occuperait toujours de ce chalet dans l'État de Washington. Vous pensez qu'elle aurait eu sa grande maison, son travail, son petit minou bien dressé de mari si Julie n'avait pas déblayé le terrain pour elle ?

— En quoi est-ce que ça compte pour vous ?

— Depuis cinq ans, elle fait des pieds et des mains pour que je n'aie pas la moindre possibilité de liberté conditionnelle. Elle en a fait la foutue mission de sa vie : me faire croupir ici. Parlez-lui, Brady, ayez une bonne conversation avec elle. Et demandez-lui au passage si ce n'est pas elle qui avait persuadé Julie d'intenter une action en divorce. Si elle ne s'était pas arrangée pour tout fiche en l'air entre nous deux. Si elle n'a pas construit, depuis, sa putain d'affaire à succès sur le dos de sa sœur morte.

Quand son avion eut décollé, Noah commanda une bière et ouvrit son portable. Il voulait mettre ses impressions par écrit pendant qu'elles étaient encore fraîches ; et il était impatient de rentrer chez lui, d'étaler ses notes sur son bureau, de passer des coups de téléphone et de préparer des entretiens. Cette hâte était une sensation familière, signe qu'il était désormais lancé, sans retour en arrière possible. L'énorme masse d'investigations et d'errances à venir ne le rebutait pas, elle lui donnait au contraire de l'énergie. À partir de maintenant et jusqu'à la fin de son enquête, Sam Tanner devenait le centre de sa vie.

Il veut mener le jeu, tapa Noah sur le clavier, *mais moi aussi. Ce sera une lutte intéressante. Il est habile. Je pense que les gens l'ont sous-estimé en le voyant seulement comme un beau garçon égoïste et trop gâté, au caractère impossible. Il a appris à se contrôler mais le caractère est toujours là. À en croire sa réaction vis-à-vis de Jamie Melbourne, il peut encore être méchant.*

Je me demande quelle part de ses propos sera la vérité, sa vérité, ou des mensonges purs et simples.

Je suis sûr d'une chose : il veut à nouveau la vedette. Il veut l'attention qu'on lui a refusée depuis son entrée à Saint-Quentin, et il la veut à ses conditions. Je ne crois pas qu'il recherche la sympathie, il se fiche complètement qu'on le comprenne ou pas, mais c'est son histoire. Il a choisi le moment de la raconter, et il m'a choisi, moi, pour le faire.

C'est un bon coup, le fils du flic qui l'a fait tomber écrivant le livre. La presse va jouer là-dessus et il le sait.

Ses commentaires sur Jamie Melbourne sont intéressants. Vérité, interprétation, mensonge ? Ce sera encore plus intéressant de le découvrir.

Le plus étonnant de tout, c'est qu'il ne m'ait encore posé aucune question sur Olivia, ni même mentionné son nom.

Il se demanda si Jamie, elle, le ferait.

Noah le comprit vite, l'agence de publicité de Jamie Melbourne, Constellations, était l'une des plus en vue dans le monde du spectacle ; elle avait des succursales à Los Angeles et à New York et représentait les plus grands noms du show-business. Il comprit aussi que, avant la mort de sa sœur, Jamie n'avait représenté que Julie et travaillait pour l'essentiel chez elle.

L'étoile de Jamie avait monté après le meurtre de sa sœur, c'était indéniable. Mais il ne fallait pas en tirer de conclusions hâtives, songea Noah en franchissant les portes de l'élégante propriété sise sur Holmby Hills. D'après ses recherches, les Melbourne s'y étaient installés en 1986, et ils y donnaient des fêtes somptueuses.

La maison principale, blanche comme une énorme meringue, possédait trois étages et un long porche à colonnades. Deux ailes symétriques s'en écartaient de part et d'autre, aux baies vitrées largement ouvertes sur de luxuriants jardins et sur des arbres d'ornement fort sophistiqués. Deux magnifiques labradors bondirent vers Noah à travers la pelouse, leurs queues fouettant joyeusement l'air.

— Hé ! par ici.

Il ouvrit la portière de sa voiture et fondit aussitôt de tendresse pour eux. Il les grattait affectueusement derrière les oreilles et leur débitait des absurdités quand Jamie s'approcha, une vieille balle de tennis à la main.

— Voici Harpo et Groucho, dit-elle sans un sourire.

— Où est Chico ?

Un léger frémissement d'humour passa sur son visage.

— Dans une bonne maison.

Quand elle leva la balle en l'air, les deux chiens s'assirent en même temps sur leurs séants, fixant sur elle des yeux fébriles. Elle l'envoya fort loin, sous le regard admiratif de son visiteur, et ils se ruèrent en avant.

— Joli lancer...

— Je me maintiens. C'est un trop bel après-midi pour s'installer à l'intérieur, non ? Si nous faisions quelques pas...

En fait, elle n'avait pas encore décidé si elle le ferait entrer dans la maison ou non. Sans attendre sa réponse, elle se mit en marche, tournant le dos aux chiens qui, là-bas, se disputaient frénétiquement la balle.

Elle était restée en forme, Noah dut en convenir. Elle avait cinquante-deux ans et on aurait très bien pu lui en donner quarante — d'autant qu'elle ne faisait pas semblant d'en avoir vingt. Ses quelques rides ajoutaient plutôt de la force à son visage, et l'on remarquait surtout ses yeux, sombres, intelligents et directs. Ses cheveux étaient d'un brun doux ; coupés au carré juste au-dessus de son menton, ils mettaient son visage en valeur, lui donnaient une allure moderne et décidée. Elle était petite et mince, portait avec aisance et naturel un pantalon de couleur rouille sous une chemise saharienne.

— Comment va votre père ? s'enquit Jamie.

— Bien, merci. Il a pris sa retraite l'an dernier, vous le savez peut-être...

Un bref sourire passa sur le visage de la femme.

— Oui. Est-ce que son travail lui manque ?

— Au début, je pense, jusqu'à ce qu'il se consacre à la maison des jeunes du quartier. Il adore s'occuper d'enfants.

— Frank est merveilleux avec les enfants. Je l'admire beaucoup, dit-elle comme elle passait devant un buisson luisant aux délicates senteurs de jasmin. Si ça n'avait pas été le cas, vous ne seriez pas ici.

— Je vous remercie, et aussi de prendre le temps de me recevoir, madame Melbourne.

— Jamie. Il m'a si souvent parlé de vous que je pense à vous comme Noah.

— Je ne m'étais pas rendu compte que vous aviez autant de contacts...

— Frank a fait partie de la période la plus difficile de ma vie.

— Beaucoup de gens essaient d'oublier, au contraire, ceux qui leur rappellent des moments difficiles...

— Pas moi, affirma Jamie brièvement, tout en se dirigeant vers une piscine en forme d'éventail, bordée de pierres blanches et de légères fleurs roses. Votre père m'a aidée à surmonter une perte énorme, à m'assurer que ma famille obtienne justice. C'est un homme exceptionnel.

Votre père est un grand homme, lui avait dit un jour Olivia. *À côté de lui, vous êtes un minus.* Il chassa ce douloureux souvenir et hocha la tête.

— Je le pense moi aussi.

— Je suis contente de l'entendre.

Tandis qu'ils contournaient la piscine, Noah apercevait le vert foncé des courts de tennis au loin. Une version à échelle réduite de la maison principale se cachait derrière les lauriers-roses et les rosiers.

— Je n'aime pas votre travail, lâcha Jamie brutalement. Je ne le comprends pas, ni pourquoi vous le faites. Votre père a passé sa vie à mettre des assassins en prison, et vous passez la vôtre à glorifier leurs actes.

— Avez-vous déjà lu un de mes livres ?

— Non.

— Si vous l'aviez fait, vous sauriez que je ne glorifie ni les gens ni leurs actes.

— Écrire sur eux, c'est leur donner la vedette.

— J'écris sur eux pour mettre les choses à plat, corrigea Noah. Les personnes, les faits, l'histoire, les motifs. Les pourquoi. Mon père était très intéressé par les pourquoi, lui aussi. « Comment » et « quand » ne sont pas toujours suffisants. Voulez-vous savoir pourquoi votre sœur est morte, Jamie ?

— Je sais pourquoi elle est morte. Elle est morte parce que Sam Tanner l'a tuée. Il était jaloux, malade et suffisamment violent pour ne pas accepter l'idée qu'elle vive sans lui.

— Mais ils s'étaient aimés autrefois, assez pour se marier

et avoir un enfant. Assez pour qu'elle lui ouvre sa porte, même quand ils étaient censés avoir de sérieuses difficultés conjugales.

— Et pour ce dernier acte d'amour, il l'a tuée ! s'exclama-t-elle avec violence. Il s'est servi de ses sentiments, de sa loyauté, de son désir de garder la famille unie ! Il les a utilisés contre elle, exactement comme il a utilisé les ciseaux !

— Vous pouvez me parler d'elle comme personne d'autre ne peut le faire. De ses pensées, de ses sentiments, de ce qui a pu transformer sa vie en cauchemar.

— Et son intimité, qu'en faites-vous ?

— En a-t-elle jamais eu ? dit-il calmement. Moi, au moins, je peux promettre de lui offrir la vérité.

— Il y a de nombreux degrés dans la vérité.

— Donnez-moi le vôtre.

— Pourquoi vous laisse-t-il faire ça ? Pourquoi vous parle-t-il, pourquoi se confie-t-il à quelqu'un après toutes ces années ?

— Il va mourir, coupa Noah abruptement, sans quitter le visage de Jamie des yeux ; quelque chose y passa, étincela dans son regard, puis s'évanouit.

— Bien. Dans combien de temps ?

Une femme dure, songea Noah. Honnête mais dure.

— Il a un cancer du cerveau. Les médecins l'ont diagnostiqué en janvier et lui ont donné moins d'un an.

— Alors la justice triomphe. Et il veut à nouveau une place au soleil avant d'aller en enfer.

— C'est peut-être son souhait, dit Noah posément, mais ce qu'il aura, c'est un livre écrit à ma façon, pas à la sienne.

— Vous l'écrirez avec ou sans ma coopération, n'est-ce pas ?

— Oui, mais il serait meilleur avec.

Elle croyait ce qu'il disait. Il avait le regard clair et péné-trant de son père.

— Vous avez des choses à raconter, des choses que vous n'avez encore jamais dites...

— Peut-être. J'en ai parlé avec mon mari hier et il m'a étonnée.

— Pourquoi ?

— Il pense que nous devons accepter de faire vos interviews. Pour contrebalancer les propos de Sam, ne pas laisser le champ libre à toutes les horreurs qu'il a pu remâcher. Nous étions là et faisions partie de leurs vies, nous savons ce qui est arrivé. Alors, oui, j'ai peut-être quelque chose à dire.

Elle arracha un hibiscus, déchira en lambeaux la fragile fleur rose.

— Je vous parlerai, Noah, et David le fera aussi. Entrons pour que je vérifie mon agenda.

— Vous n'avez pas un peu de temps maintenant ? demanda-t-il avec un sourire charmeur. Vous aviez dit une heure, nous en avons à peine utilisé la moitié...

— D'accord, répondit-elle après un temps de réflexion.

— Mes affaires sont dans la voiture, je vais les prendre. J'enregistrerai les entretiens, ce sera une garantie pour vous comme pour moi.

— Vous n'aurez qu'à sonner, Rosa vous laissera entrer.

— Rosa ? Rosa Sanchez ?

— Rosa Cruz à présent, mais oui, c'est bien la même Rosa qui travaillait pour Julie. Elle travaille pour David et moi depuis vingt ans. Allez vite chercher votre magnétophone, Noah. Vous êtes encore dans les temps...

Il se dépêcha, même s'il lui fallut lancer une ou deux fois la balle sur son trajet, occasion de se demander pourquoi diable il n'avait pas de chien. Une fois parvenu devant la majestueuse porte blanche, il en admira les grandes vitres, gravées de fleurs d'arums, et les vases de marbre débordant de fuchsias dans des tons pourpre et rouge profond.

La femme qui lui ouvrit était petite et trapue. Elle portait un uniforme gris impeccablement repassé ; ses cheveux étaient gris eux aussi, roulés derrière son crâne en un sévère chignon. Son visage était rond, son teint cuivré, ses yeux noisette et plus sévères encore que son chignon. Elle faisait un meilleur garde que les deux chiens, songea Noah — lesdits chiens levant pour l'heure joyeusement la patte sur les pneus de sa voiture de location.

— Monsieur Brady ? Mme Melbourne va vous recevoir dans le solarium.

Sa voix avait un riche accent mexicain, mais la froideur d'un mois de février.

— Merci.

Il pénétra dans un hall vaste comme une salle de bal, retenant un sifflement d'admiration devant le déluge de cristal du lustre et les hectares de marbre blanc recouvrant le sol. Le claquement précipité des talons de Rosa ne lui laissa guère de temps pour étudier le salon adjacent. Le solarium, quant à lui, était un imposant dôme de verre accolé à la façade sud de la maison, rempli de fleurs, de plantes et d'un mélange de parfums exotiques. L'eau ruisselait le long d'un mur de pierre, pour s'écouler dans un petit bassin où flottaient des nénuphars.

Des sièges et des banquettes étaient disposés çà et là, un espace de conversation aménagé près de la grande verrière. Jamie l'y attendait déjà, dans un ample fauteuil de rotin garni de coussins rayés vert et blanc. Sur la table de verre ronde trônaient une carafe transparente pleine d'un thé glacé couleur d'ambre, deux grands verres et une assiette de minuscules cookies en forme de cœur — des cookies pour petite fille, aurait-on dit.

— Merci, Rosa.

— Vous avez un cocktail à sept heures, madame.

Les sourcils froncés de Rosa dessinaient une seule ligne droite.

— Oui, je sais. C'est parfait, Rosa.

Rosa se contenta de faire la moue, puis murmura quelques mots en espagnol avant de s'éloigner.

— Elle ne m'aime pas.

— Rosa est très mère poule.

Il s'assit et Jamie se pencha pour servir le thé.

— C'est une maison magnifique, commenta-t-il en jetant un regard, à travers la verrière, vers le jardin et son déluge de fleurs. Vos dahlias sont énormes. Ils se marient bien avec l'indigotier sauvage et les cinéraires...

Jamie releva la tête, surprise.

— Vous m'étonnez, Noah... Les connaissances horticoles de la plupart des jeunes et beaux mecs s'arrêtent aux roses.

Sa grimace la fit sourire.

— En plus, il vous arrive d'être embarrassé. Bien... c'est un soulagement. C'était le commentaire sur les fleurs ou la référence aux beaux mecs ?

— Les fleurs sont un de mes hobbies.

— Ah ! le beau mec, alors. Vous êtes grand, bien bâti et beau : donc vous êtes bien ce que j'ai dit. Vos parents espèrent toujours que vous allez trouver la fille idéale et vous fixer, dit-elle en s'accordant un cookie.

— Quoi ?

Très amusée à présent, elle souleva l'assiette et la lui tendit.

— Ils ne vous en ont pas parlé ?

— Ma foi, non, répondit-il en prenant un biscuit, puis il installa son magnétophone. Les femmes ne sont pas ma priorité actuellement. Je viens d'y échapper de justesse.

— Vraiment ? Vous voulez m'en parler maintenant ?

— Pas pendant mon heure, non... Parlez-moi plutôt de votre jeunesse avec Julie.

— Jeunesse ? Je pensais que vous voudriez parler de la dernière année...

— À la fin, plutôt. J'aimerais d'abord savoir comment

c'était d'être sa sœur, et même sa sœur jumelle. Racontez-moi votre enfance...

— C'était une bonne enfance, pour toutes les deux. Nous étions proches l'une de l'autre et heureuses. Nous avions beaucoup de liberté, comme souvent les enfants qui grandissent hors de la ville. Mes parents étaient partisans de nous donner des responsabilités et de la liberté en parts égales. Une bonne formule.

— Vous avez vécu dans un endroit assez isolé. Aviez-vous d'autres amis ?

— Humm... Très peu, c'est vrai, mais nous étions toujours la meilleure amie l'une de l'autre, et nous aimions les mêmes choses dans l'ensemble.

— Pas de querelles, pas de rivalités entre vous ?

— Rien d'important. Nous nous disputions, oui, et chacune savait mettre le doigt sur les points faibles de l'autre. Julie n'était pas une bonne poire, elle rendait coup pour coup.

— Elle en recevait beaucoup ?

Jamie croqua une bouchée de son cookie et sourit.

— Bien sûr... Je n'étais pas une bonne poire non plus. Nous nous disputions, mais nous nous aimions. Julie n'était jamais rancunière.

— Et vous ?

Le sourire réapparut, légèrement félin à présent.

— Oh ! moi, si. C'est même une des rares choses pour lesquelles j'ai toujours été la meilleure. Elle se bagarrait, puis, l'instant d'après, oubliait pourquoi. Elle était furieuse, levait les yeux au ciel, et la minute suivante elle me criait : « Oh ! viens vite voir, Jamie ! » Ou bien : « Oublie ça, allons nager ! » Et si je n'oubliais pas assez vite, elle me poussait du coude jusqu'à ce que je cède. C'était difficile de lui résister.

— Vous disiez que la rancune était une des rares choses pour lesquelles vous étiez meilleure. Dans quoi était-elle meilleure ?

227

— Presque dans tout. Elle était plus jolie, plus vive, plus rapide, plus forte. Et sans doute plus extravertie et plus ambitieuse.

— Vous lui en vouliez pour ça ?

— Peut-être... puis je m'en remettais. Julie était née pour être en vedette, pas moi. Je crois qu'il faut placer les choses à un autre niveau, dit-elle après un temps de réflexion. Pour prendre un domaine qui semble nous intéresser tous les deux, en voudriez-vous à une rose d'être plus grosse ou plus colorée qu'une autre ? L'une n'est pas moins que l'autre, en réalité, juste différente. Julie et moi étions différentes.

— Beaucoup de gens négligent la petite fleur et s'intéressent à la plus brillante...

— Mais ça a du bon de fleurir lentement, n'est-ce pas, et longtemps ? Elle est partie et moi je suis toujours là.

Elle leva son verre et le but à petites gorgées, en regardant Noah par-dessus le bord.

— Et si elle avait vécu ? Que se serait-il passé ?

— Elle n'a pas vécu, murmura Jamie, et son regard s'éloigna vers un point qu'il ne pouvait pas voir. Je ne saurai jamais ce qui nous aurait été réservé si Sam Tanner n'était pas entré dans nos vies.

14

— J'étais follement amoureuse de Sam Tanner. Et j'ai passé des heures délicieuses à imaginer pour lui les morts les plus abominables, et si possible les plus humiliantes.

Lydia Loring sirotait une citronnade dans une longue flûte en cristal de Baccarat en gloussant ; ses yeux bleu pâle lançaient des œillades expertes à Noah.

— Voudriez-vous me décrire l'une de ces morts ?

— Hmm... voyons, dit-elle en recroisant ses jambes, fort impressionnantes. Il y avait celle où on le trouvait enchaîné sur son lit et portant des sous-vêtements de femme. Il était mort de faim plusieurs jours auparavant, dans d'horribles souffrances.

— J'en déduis que votre liaison ne s'était pas terminée de façon très amicale.

— Hé !... Nous ne faisions *rien* de façon amicale. Nous avons été comme des bêtes dès la première minute où nous avons posé la main l'un sur l'autre. J'étais *folle* de lui, répétat-elle, littéralement folle. Quand ils l'ont condamné, j'ai ouvert une bouteille de dom pérignon 75 et je l'ai bue jusqu'à la dernière goutte.

— C'était plusieurs années après la fin de votre liaison...

— Oui, et plusieurs années avant mes charmantes vacances au Betty Ford, pour une cure. Aujourd'hui encore, le merveilleux pschttt ! du champagne me manque... J'avais des problèmes, comme Sam. Nous buvions dur, nous jouions dur, nous travaillions dur. Nous passions des nuits géantes ensemble et nous nous disputions comme des chiffonniers. Nous ne faisions rien à moitié à l'époque.

— La drogue...

— Réinsérée, fit-elle en levant la main. Mon corps est un sanctuaire aujourd'hui, et même un fichtrement bon sanctuaire.

— Aucun doute là-dessus, répondit Noah, ce qui la fit ronronner. Mais il y avait la drogue.

— Mon chou, elle circulait comme des bonbons. Notre préférée pour faire la fête, c'était la coke. Il paraît que Julie y a mis un terme quand Sam est tombé amoureux d'elle, mais moi j'ai continué à planer. Je me suis ruiné la santé, j'ai foutu ma carrière en l'air et j'ai bousillé ma vie privée en épousant deux tarés, aussi radins l'un que l'autre. Au début des années quatre-vingt, j'étais malade, brisée, rincée. Puis j'ai fini par liquider tout ça, et j'ai travaillé dur pour remonter la pente. De petites apparitions dans des sitcoms, des seconds rôles dans des séries B. Je prenais tout ce qu'on me proposait et je disais merci. Enfin, il y a six ans, j'ai décroché *Roxy*.

Elle sourit en repensant à la comédie qui l'avait fait remonter au sommet.

— Beaucoup de gens parlent de recommencer leur vie ; moi, je l'ai fait.

— Tout le monde n'est pas aussi franc sur ses erreurs...

— Ça fait partie de ma philosophie personnelle. J'ai connu la gloire autrefois et l'ai bêtement gâchée. Aujourd'hui, elle est revenue, mais je ne la considère pas comme acquise.

Elle jeta un coup d'œil circulaire sur la loge spacieuse, sur son canapé douillet et ses brassées de fleurs.

— Certains disent que *Roxy* m'a sauvé la vie, mais ils ont tort : *j'ai* sauvé ma vie. Une partie du processus consistait à mettre en perspective ma liaison avec Sam Tanner. Je l'aimais, il aimait Julie, et voyez ce qu'elle en a retiré...

Elle piqua un grain de raisin vert dans un bol et le fit sauter dans sa bouche.

— Et voyez ce que ça m'a fait, à moi, d'être plaquée par lui.

— Vous ressentiez quoi, au sujet de Julie ?

— Je la haïssais, reconnut-elle d'un ton allègre, sans la moindre trace de culpabilité. Non seulement elle avait ce que je voulais, mais elle ressemblait à la fille saine, à la voisine d'à côté, alors que moi j'étais la vieille maîtresse au rebut. J'ai été ravie quand leur mariage a mal tourné, quand Sam a recommencé à se montrer dans des boîtes et des fêtes. Ce vieux Sam de toujours, cherchant de l'action et des problèmes...

— Vous lui en avez donné, de l'action et des problèmes ?

Pour la première fois depuis le début de l'interview, elle parut hésiter. Elle se leva et remplit son verre, sans doute pour le faire patienter.

— J'étais différente d'aujourd'hui à l'époque. Égoïste, butée, destructrice. Il est venu un soir à une fête et il a marmonné que Julie était fatiguée ou je ne sais quoi. Mais je connaissais cette âpreté dans ses yeux : il était malheureux, en colère et nerveux. J'étais entre mes deux mariages avec Trou-du-cul numéro un et Trou-du-cul numéro deux, et toujours amoureuse de lui. Lamentablement amoureuse de lui.

Elle se retourna, élégante et sophistiquée dans le costume rouge prévu pour sa prochaine scène.

— C'est douloureux, ce que vous me faites faire. Je n'avais pas réalisé que ce serait douloureux. Mais ça doit forger le caractère...

Elle leva son verre en guise de salut et lui adressa son sourire d'autodérision caractéristique.

— À l'une de ces fêtes de cette triste époque, qui se ressemblaient toutes, Sam et moi avons partagé deux lignes en souvenir du bon vieux temps. Nous étions dans une chambre, assis devant une table de verre — le miroir, le couteau

231

d'argent, les jolies petites pailles... Je le poussais à bout sur Julie, je savais bien sur quels boutons presser...

Son regard se fit pensif, et cette fois il crut y lire du regret.

— Il disait qu'elle était en train de baiser avec Lucas, Lucas Manning, qu'il le savait. Mais il allait y mettre un terme, bon Dieu, et elle paierait pour l'avoir trompé. Elle gardait leur fille loin de lui, elle la tournait contre lui... Il les verrait bien aller au diable toutes les deux. Elles ne savaient pas à qui elles avaient affaire, mais il allait le leur montrer. Il était fou de rage et je l'excitais, en lui disant exactement ce qu'il voulait entendre. Je pensais : il va la quitter et revenir avec moi. Au lieu de quoi il m'a repoussée et ça a fini par des hurlements. Juste avant de sortir en claquant la porte, il m'a regardée et il a ricané ; il a dit que je n'avais jamais eu aucune classe, je n'avais jamais été qu'une pute de seconde zone imitant une star. Je ne serais jamais Julie.

« Deux jours plus tard, elle était morte. Elle avait payé. S'il l'avait tuée cette fameuse nuit où il m'a laissée à la fête, je pense que je n'y aurais pas survécu. Pour des raisons purement égoïstes, je lui suis reconnaissante d'avoir attendu, juste assez pour être sûre qu'il m'avait de nouveau oubliée. Vous savez, ça m'a pris des années pour comprendre quelle chance j'avais eue qu'il ne m'ait jamais aimée.

— Vous a-t-il jamais frappée ?

— Oh ! si, opina-t-elle, et la lueur d'humour réapparut dans ses yeux. Nous nous frappions, cela faisait partie de nos mœurs sexuelles. Nous étions des gens violents et orgueilleux...

— Il n'y a eu ni mauvais traitements ni violence signalés dans son mariage, jusqu'à l'été où elle est morte. Qu'en pensez-vous ?

— Je pense qu'elle était capable de le transformer, pour un temps. Ou alors lui-même en était capable. L'amour peut faire ça, ou une nécessité absolue... Il voulait *vraiment* être celui qu'il a été avec elle, je crois, et cela a marché. Puis cela s'est arrêté, je ne sais pas pourquoi. C'était un homme faible qui voulait être fort, un bon acteur qui voulait être un grand acteur. Peut-être était-il condamné à l'échec, à cause de cela.

Un coup fut frappé à la porte.

— Madame Loring ? On vous demande sur le plateau.

— Deux minutes, mon chou. Le boulot, toujours le boulot...

— Je vous remercie d'avoir pris sur votre temps pour me voir.

Quand il se leva, elle le détailla de la tête aux pieds, un sourire de chat espiègle sur le visage.

— Je suppose que je pourrais... en prendre davantage si ça vous intéresse.

— J'aurai sûrement quelques questions supplémentaires à vous poser en cours de travail.

Elle s'approcha et lui tapota la joue.

— Voyons, Noah, vous avez l'air d'un jeune homme si intelligent... Vous avez sûrement compris que je parlais d'une rencontre plus personnelle...

— Oui, mais... Pour vous dire la vérité, Lydia, vous me faites peur.

Elle rejeta la tête en arrière et rit de plaisir.

— Oh ! c'est charmant... Et si je promets d'être gentille ?

— Je penserais que vous êtes une menteuse, dit-il en souriant, soulagé par le rire de Lydia.

Elle passa le bras sous le sien tandis qu'ils se dirigeaient vers la porte.

— Vous savez comment me contacter si vous changez d'avis. Les femmes mûres sont très libérées, Noah.

Elle se retourna et lui fit une brusque petite morsure sur la lèvre inférieure, qui insuffla chaleur et trac à la fois dans son sang.

— Maintenant, vous avez vraiment peur de moi. C'est votre dernier mot ?

— Euh... Julie a-t-elle eu une histoire avec Lucas Manning ?

— Le travail avant tout, n'est-ce pas ? soupira-t-elle. Mais je trouve ça plutôt sexy. Puisque je n'ai pas le temps de vous vamper, je vous dirai tout bonnement que je ne connais pas la réponse. À l'époque, il y avait deux camps à ce sujet : certains y croyaient, ravis d'y croire, et d'autres n'y auraient pas cru même si on avait surpris Julie et Lucas au lit au Beverly Hills Hotel.

— Dans quel camp étiez-vous ?

— Oh ! le premier, bien sûr. À l'époque, je surnageais en écoutant tous les potins moches ou salaces concernant Julie. Des années plus tard, quand Lucas et moi avons eu notre histoire, comme tout le monde... Oh ! vous n'aviez pas encore déterré ça, je vois, s'exclama-t-elle devant son regard étonné. Oui, Lucas et moi avons passé quelques mois mémorables ensemble. Mais il ne m'a jamais dit s'il avait couché avec elle, alors non, je n'en sais rien. D'ailleurs ça n'a pas d'importance : ce qui compte, c'est que Sam le croyait, lui.

Si, ça avait de l'importance, songea Noah ; tout en avait.

Comme tout résident de Los Angeles qui se respectait, Noah accomplissait une bonne part de son travail sur l'autoroute. Tandis qu'il serpentait au milieu du trafic pour rentrer chez lui, il prit son téléphone portable et tenta de joindre Charles Brighton Smith.

Le célèbre ex-défenseur de Sam Tanner avait quatre-vingts ans ; il plaidait encore quand l'humeur le prenait, il en était à sa cinquième femme — une magnifique avocate stagiaire de vingt-sept ans — et se livrait alors aux joies du soleil et du surf sur l'île de Saint-Barth.

Tenace, Noah parvint jusqu'à un secrétaire administratif, qui l'informa d'un ton sec que M. Smith ne prenait pas de communication, mais le message et la demande d'entretien lui seraient transmis dans les meilleurs délais. Cela pouvait signifier aussi bien demain que jamais, et Noah s'attela dès lors à tenter de se procurer une copie des pièces du procès.

Mais il était temps, surtout, de s'asseoir devant sa machine et de commencer à tracer les grandes lignes de son livre. Il avait déjà décidé du plan : il ne commencerait pas avec le meurtre, comme prévu, mais avec ce qui y conduisait. Une partie sur l'ascension de Sam Tanner à Hollywood, avec en parallèle une autre sur Julie MacBride, puis la rencontre qui les avait transformés. Le coup de foudre, le mariage réussi, l'enfant tant aimée — puis la désintégration de ce mariage, l'amour tournant à l'obsession et l'obsession à la violence. Une partie sur la fillette aussi, spectatrice de toute l'horreur de cette violence, puis sur la femme qu'elle était devenue, et comment elle vivait avec ce souvenir.

Le meurtre ne s'arrêtait pas avec la mort ; il tenait cette vérité de son père, songea-t-il en bifurquant vers sa villa, et tentait de l'illustrer dans ses livres, avant toute autre vérité peut-être. Dommage que son père, qu'il admirait et respectait plus que n'importe qui, ne le comprenne pas...

Il se gara et se dirigea vers la porte d'entrée, en faisant tinter ses clés dans la main. Quand il enfonça celle de la maison dans la serrure, il ne fut pas long à s'apercevoir que la porte n'était pas verrouillée, ni même complètement refermée. Son estomac se contracta, une boule se forma dans sa gorge, tandis qu'il la poussait lentement. Puis il contempla, hébété, le désastre.

On eût dit qu'une équipe de fous furieux avaient piétiné chaque meuble, déchiré chaque morceau de tissu, fracassé chaque objet. La première surprise passée, il se rua à l'intérieur en jurant, et sentit juste un léger soulagement en constatant que sa hi-fi était toujours là. Ce n'était donc pas un cambriolage.

Il trébuchait au milieu des décombres et le sang bourdonnait dans sa tête. Des papiers étaient éparpillés partout, du verre et de la porcelaine crissaient sous ses pieds. Il trouva sa chambre dans un état pire encore : le matelas avait été éventré et toute la garniture s'en échappait, les tiroirs avaient été retournés et projetés contre le mur jusqu'à en faire éclater le bois. Quand il trouva son jean préféré découpé depuis la taille jusqu'à l'ourlet effrangé, son bourdonnement se transforma en rugissement.

— Pauvre folle ! Pauvre cinglée !

Une fois dans son bureau, la colère laissa place à l'horreur. Son trophée de basket-ball était fiché en plein milieu de son écran d'ordinateur ; le clavier, arraché de l'unité centrale, était recouvert du terreau provenant du pot de son citronnier d'appartement. Ses dossiers étaient dispersés, déchirés, couverts de terre eux aussi.

Avant de le détruire, on avait tapé sur son ordinateur un message, qui se trouvait collé sur le socle du trophée :

JE N'ARRÊTERAI PAS AVANT QUE TOI TU N'AIES ARRÊTÉ.

La rage déferla en lui comme un raz de marée ; incapable de penser, il fouilla pour retrouver son téléphone, puis jura en découvrant le combiné brisé.

— Okay, Caryn ! Tu veux la guerre, tu l'auras ! Pauvre chienne démente !

Tel un ouragan, il retourna dans le salon, où il avait laissé sa serviette, en sortit précipitamment son portable ; mais, se rendant compte que ses mains tremblaient, il ressortit de la maison, aspira une goulée d'air, puis s'assit sur les marches et prit sa tête dans les mains.

Il était étourdi, nauséeux, à cause de cette fureur se déversant en lui à gros bouillons ; mais, plus encore que la fureur, il éprouvait l'humiliation d'avoir été bafoué. Quand il fut capable de téléphoner, il n'appela pas Caryn, mais son père.

— Papa ? J'ai eu un problème. Tu peux venir ?

Vingt minutes plus tard, Frank s'arrêtait devant la porte. Noah était toujours assis au même endroit ; il n'avait pas trouvé l'énergie pour retourner dans la maison, mais se remit sur ses pieds en voyant son père.

— Ça va ?

Frank parcourut l'allée à grandes enjambées et prit son fils par le bras.

— Oui, mais... jette un œil.

Il fit un geste vers la porte, puis s'arma de courage pour suivre son père à l'intérieur.

— Dieu tout-puissant, Noah...

Cette fois, Frank dut prendre appui sur l'épaule de Noah, sans cesser pour autant d'observer la pièce et de noter des détails au milieu du chaos.

— Quand as-tu trouvé ça ?

— Il y a à peu près une demi-heure. J'avais un rendez-vous à Burbank et je rentrais juste. J'ai été absent toute la journée pour faire des recherches.

— Tu as appelé les flics ?

— Non, pas encore.

— C'est la première chose. Je vais le faire.

Il prit le portable de Noah et composa le numéro.

— Les appareils électroniques sont toujours là, commenta-t-il après avoir raccroché. Ça ne ressemble pas à un cambriolage.

— Non. C'est seulement saccagé.

Frank gagna le bureau et sentit un tiraillement dans la poitrine au spectacle de l'écran ; il se rappelait le jour où Noah avait gagné ce trophée de meilleur joueur de l'équipe, la fierté et l'excitation qu'ils avaient partagées.

— Tu as une bière ?

— En tout cas, j'en avais ce matin avant de partir.

— Allons voir si tu en as toujours. Puis nous irons nous asseoir sur la véranda.

— Ça va me prendre des semaines pour récupérer une partie de ces données, dit Noah en se levant. Pour certaines, j'en serai incapable. Je peux bien acheter un nouvel ordinateur, mais pas ce qu'il y avait dedans.

— Je sais, Noah. Je suis vraiment désolé pour toi.

Davantage malade, maintenant, que furieux, Noah trouva deux bières dans le réfrigérateur, fit sauter les capsules et alla s'asseoir avec Frank sur la véranda de derrière.

— Tu as une idée de qui a fait ça ou pourquoi ?

Noah laissa échapper un petit rire, puis se pencha en arrière pour boire à grandes gorgées.

— Juste une nana surexcitée de ma connaissance.

— Pardon ?

— Caryn. Elle ne l'a pas très bien pris quand j'ai cessé de la voir. Elle a appelé en laissant des messages dingues. L'autre jour, elle était là à mon retour, tout innocente et se confondant en excuses. Je n'ai pas marché, alors elle est devenue mauvaise et a rayé ma voiture avec sa clé en repartant.

— Tu as encore quelques-uns de ces messages sur ton répondeur ?

— Non... Ma stratégie, c'était de l'ignorer pour qu'elle s'éloigne. Ça n'a pas marché. Mais elle va payer pour ça...

— Tu connais sa voiture ?

— Bien sûr.

— Nous interrogerons les voisins, pour savoir si quelqu'un l'a vue aujourd'hui, elle ou sa voiture. Tu donneras son adresse aux flics et tu les laisseras lui parler.

— Lui parler, ce n'est pas vraiment ce que j'ai en tête.

La lueur meurtrière dans le regard de son fils inquiétait Frank.

— Tu es en rogne, Noah, je le sais, mais il faut que tu gardes ton calme. Tu laisses les flics mener l'enquête et tu ne t'en mêles pas, tu ne lui parles pas. Elle a déjà eu des crises de violence contre toi ?

— Contre moi ? Papa, je pèse trente kilos de plus... La dernière fois qu'elle était ici, elle s'est jetée sur moi et je l'ai flanquée à la porte.

— Tu les choisis drôlement bien..., fit remarquer Frank en souriant.

— Je vais essayer le célibat un certain temps. Les femmes, c'est trop de problèmes. Il y a deux heures, je me suis fait draguer par une star de la télé qui pourrait être ma mère, et pendant un moment ça ne m'a pas semblé une mauvaise idée.

— Ton rendez-vous à Burbank ?

— Oui. Lydia Loring. Elle a une sacrée allure. J'interviewe des gens en rapport avec Sam Tanner et Julie Mac-Bride, expliqua-t-il en évitant de regarder son père. Je suis allé à Saint-Quentin et j'ai parlé deux fois avec Tanner.

Frank hocha la tête, puis finit par lâcher.

— Qu'attends-tu que je te réponde ?

— Rien.

La déception ne faisait qu'ajouter un poids supplémentaire sur les épaules de Noah.

— J'espère juste que tu coopéreras, que tu me parleras de cette affaire et de ton enquête. Je ne peux pas écrire l'histoire complète sans avoir ton point de vue. Sam Tanner a une tumeur au cerveau et il lui reste moins d'un an à vivre.

Frank baissa les yeux vers sa bière.

— Certaines choses décident d'arriver, murmura-t-il. Quand ça leur plaît, mais elles arrivent.

— Tu n'as jamais oublié cette affaire, papa. Tu ne l'as jamais vraiment lâchée, ni les gens concernés. Il a avoué, il s'est rétracté, puis il n'a plus rien dit pendant vingt ans. Seulement trois personnes savaient ce qui est arrivé cette nuit-là, et deux d'entre elles sont encore en vie. Une est en train de mourir.

— Et l'autre avait quatre ans. Noah, pour l'amour du ciel...

— Oui, et c'est son témoignage qui l'a condamné. Tanner me parlera, je convaincrai aussi Olivia MacBride de le faire, mais tu es celui qui les relie l'un à l'autre. Tu me parleras ?

— C'est toujours la célébrité qu'il recherche. Même

proche de la fin, il la recherche encore, et il va déformer ses propos pour y parvenir. La famille MacBride mérite mieux que ça.

— Moi, je pensais mériter ton respect ; comme quoi on n'obtient pas toujours ce qu'on mérite. Les flics arrivent, dit-il en se remettant sur ses pieds.

— Noah, fit Frank en se levant aussi et en lui posant la main sur le bras. Mettons ça de côté, nous en reparlerons ensuite.

— Super.

Frank resserra son étreinte et soutint le regard de colère de son fils.

— Noah, s'il te plaît... Réglons un problème à la fois, et celui que tu as ici est sérieux.

— Entendu. Un problème à la fois, répéta-t-il, et il résista au désir de repousser la main de son père.

Une corvée suivit l'autre : il fallut raconter l'histoire à la police, répondre à leurs questions, les regarder examiner les débris de ses affaires ; puis il appela sa compagnie d'assurances, déclara le sinistre et s'arrangea avec la curiosité des voisins venus flâner autour de la maison. Ensuite, il s'enferma chez lui et se demanda par où commencer.

Il semblait plus logique de le faire par la chambre, pour voir s'il restait quelques vêtements récupérables ou s'il devrait se promener nu le temps d'en acheter d'autres. Il parvint à en ramasser ici ou là, suffisamment pour charger pêle-mêle une machine. Puis il commanda une pizza, sortit une autre bière et contempla le salon en la sirotant. Ne faudrait-il pas plutôt engager une équipe avec une pelleteuse ?

— Recommence de zéro, Brady, murmura-t-il. Ça peut être un coup de pouce.

On frappa à la porte ; trop tôt pour la pizza, il décida donc d'ignorer l'importun. Pourtant, songea-t-il, même un curieux de plus vaudrait mieux que mijoter dans son jus.

— Hé, Noah, tu ne rappelles jamais quand on te laisse des messages ? J'ai... whoa, une fête ! Pourquoi je n'ai pas été invité ?

Résigné, Noah referma la porte derrière Mike. Mike Elmo, son plus vieil ami depuis l'école primaire.

— C'était une surprise-partie, ironisa-t-il.

— Je vois ça...

Mike enfonça les pouces dans les poches de son Dockers — il l'avait acheté après que le vendeur l'eut persuadé qu'aucune femme ne résistait à ce genre de pantalon ni à l'homme qui le portait — et cligna des yeux.

— Mon pauvre vieux... C'est dégueulasse.

— Tu veux une bière ?

— Tu parles... On t'a piqué des choses ?

— Non, juste saccagé.

Pour gagner la cuisine, Noah suivit le chemin qu'il avait déjà dégagé à coups de pied.

— En fait, Caryn était un peu énervée que je la plaque.

— Génial ! Elle a fait ça ? Elle est sérieusement cinglée. Je te l'avais dit.

Il feignait de s'en amuser, mais son regard noisette était doux et triste. Noah lui tendit la bière en grommelant :

— Tu m'as dit qu'elle était le fantasme de ta vie, oui, et tu as essayé de m'arracher tous les détails croustillants...

— Donc, mon fantasme est cinglé. Qu'est-ce que tu vas faire ?

— Boire cette bière, manger un peu de pizza et commencer à nettoyer.

— À quoi, la pizza ?

— *Pepperoni* et champignons.

— Alors, je reste te donner un coup de main, décida Mike en posant son gros derrière sur un coussin déchiré. J'ai peut-être une chance que Caryn couche avec moi, si vous avez cassé ?

— Bon Dieu, Mike !

Noah apprécia de pouvoir rire pour la première fois depuis un long moment.

— Bien sûr... Je lui dirai un mot pour toi, si tu veux.

— Génial... Le sexe par dépit est toujours très passionné. Je le sais, j'en ai beaucoup bénéficié. Quand des types comme toi laissent tomber une femme, je suis là pour la réceptionner.

— J'apprécie ton soutien et ton désintéressement dans les moments difficiles.

— Tu peux toujours compter sur moi, affirma Mike en offrant à Noah son inimitable sourire de chiot. Hé, tout ça n'est que de la camelote... Tu retournes chez Ikea ou chez Pier Import et tu rachètes le tout. Ça te prendra juste quelques heures.

— Elle a cassé mon trophée de basket.

Mike se redressa, horrifié.

— Pas celui de meilleur joueur de l'équipe du championnat de 86 ?

— Si. Elle l'a balancé dans mon écran d'ordinateur.

— Cette chienne folle et mauvaise a cassé ton ordinateur ? Dieu du ciel...

Il s'était relevé et trébuchait à travers les débris vers le bureau de Noah. Les ordinateurs étaient le premier amour de Mike. Les femmes allaient et venaient — pour lui, c'était plutôt allaient, moins souvent venaient —, mais une bonne carte mère vous restait toujours fidèle. Il poussa un cri en constatant les dégâts, puis se pencha vers le trophée autrefois étincelant.

— Bon Dieu... Elle l'a tué, massacré. Quel genre d'esprit malade peut faire ça ? On devrait la traquer comme un chien.

— J'ai appelé les flics.

— Non... Pour ça, il te faut un gars dans le genre de Dark Man ou de Terminator.

— Je les appellerai plus tard. Tu crois pouvoir faire quelque chose pour mon disque dur ? Elle a saccagé toutes mes saletés de disquettes.

— C'est l'Antéchrist, Noah. Je vais voir ce que je peux faire, mais n'espère pas trop. Ah ! voilà les pizzas. Laisse-moi refaire le plein, puis je m'y mets. Tu sais quoi ? Je n'ai même plus envie de sexe par dépit avec elle, maintenant.

15

Il fallut une semaine à Noah pour remettre la maison en ordre. Trier, nettoyer, jeter étaient des tâches assommantes, mais elles l'empêchaient au moins de sombrer dans la morosité.

L'achat d'un nouvel ordinateur était une priorité ; sous l'influence de Mike, il en acquit un qui fit se pâmer son ami de plaisir et d'envie. Il n'aurait pas acheté aussi tous ces fichus jeux si Mike ne les avait poussés vers lui sur le comptoir ; et, pour sûr, il n'aurait pas passé la moitié de la nuit à jouer au flipper s'il n'avait pas commencé par acheter le jeu de flipper. Mais, à la vérité, il avait besoin de distractions.

Il rééquipa en une seule fois son salon dans une grande surface d'ameublement ; il acquit tout sur catalogue, pointant simplement le doigt sur la page et disant au vendeur :

— Je prends ça.

Ce qui réjouit ledit vendeur et épargna une bonne migraine à Noah.

Au bout de deux semaines, il pouvait traverser la maison sans lâcher un juron à chaque pas ; il avait également bien avancé dans la remise en ordre de son bureau et dans la récupération des données perdues. Il possédait une voiture repeinte, un matelas neuf, ainsi qu'une vague promesse de rendez-vous du secrétaire de Smith pour le mois suivant, quand l'avocat serait de retour en Californie.

Et il avait mis la main sur Lucas Manning.

Celui-ci accepta de lui parler de Julie ; il y mit moins

d'empressement que Lydia Loring, mais il accepta. Noah se rendit dans les vastes bureaux de Manning situés dans les locaux de son producteur. Il était toujours surpris (et un peu déçu) que les acteurs aient des bureaux aussi luxueux que ceux d'un P-DG. Après qu'il eut montré plusieurs fois patte blanche auprès des agents de sécurité, Manning l'accueillit avec un sourire tout professionnel, en le jaugeant de ses yeux gris fer. Avec les années, ses cheveux couleur d'or bruni avaient pris des reflets d'étain et son visage s'était creusé ; il avait désormais l'air d'un intellectuel. D'après les sondages, les femmes continuaient à voir en lui l'un des acteurs les plus séduisants du moment.

— Merci de me consacrer un peu de temps...

— Je ne l'aurais pas fait, répondit Manning en lui désignant un siège, si Lydia n'avait plaidé votre cause.

— C'est une femme formidable.

— C'est vrai. Tout comme l'était Julie, monsieur Brady. Même après tout ce temps, ça ne m'est pas facile de parler d'elle et de ce qui lui est arrivé.

Droit au but, songea Noah, et il sortit son magnétophone de sa serviette.

— Vous avez travaillé avec elle...

— Une des meilleures expériences de ma vie. Elle avait un vrai talent naturel, une personnalité remarquable, et c'était une bonne amie.

— Certains croyaient, et croient encore, que vous et Julie MacBride étiez davantage que des amis.

— Nous aurions pu, dit Manning en se calant dans son fauteuil et en posant délicatement les mains sur les accoudoirs de bois sculpté. Si elle n'avait pas été amoureuse de son mari, nous aurions pu. Nous étions attirés l'un vers l'autre, en partie à cause de l'intimité où nous plaçaient nos rôles, en partie à cause de liens réels entre nous.

— Sam Tanner pensait que vous vous étiez laissé entraîner par ces liens.

— Sam était incapable d'apprécier Julie à sa vraie valeur. Il la rendait malheureuse, il était jaloux, possessif, brutal. À mon avis, la drogue et l'alcool n'ont pas provoqué cette brutalité mais l'ont simplement révélée.

Il gardait de l'amertume envers Tanner, songea Noah — autant que Tanner en gardait envers lui.

— Se confiait-elle à vous ?

Manning leva une main fataliste de l'accoudoir, puis la laissa retomber dans un geste étudié.

— Jusqu'à un certain point. Je lui posais des questions, c'est vrai, car je la voyais soucieuse, mais elle n'était pas du genre à se plaindre. Au début, elle lui trouvait des excuses, puis elle a cessé de le faire. Finalement, elle m'a dit, en confidence, qu'elle avait demandé le divorce pour qu'il se ressaisisse, pour le forcer à se faire aider.

— Vous et Tanner en avez-vous jamais discuté ?

— Il avait la réputation d'être violent, de provoquer des scènes. Ma carrière venait de démarrer et j'avais l'intention de la faire durer. Je ne suis pas de l'école qui pense que toute publicité est de la bonne publicité, et je ne tenais pas à voir les journaux titrer sur Tanner et Manning se bagarrant pour les beaux yeux de MacBride.

— Au lieu de cela, ils titraient sur Manning et MacBride, et les bruits couraient...

— Je ne pouvais rien faire contre ça. J'ai accepté cette interview afin de mettre les choses au clair sur ma relation avec Julie.

— Pourquoi ne pas l'avoir fait plus tôt ? Vous avez refusé de parler d'elle dans aucune interview depuis sa mort.

— J'ai mis les choses au clair, si. À la cour et sous serment. Mais ça ne suffisait pas aux médias, à la foule. Pour certains, l'idée de l'adultère et du scandale était tout aussi fascinante que le meurtre lui-même. J'ai refusé d'entrer dans ce jeu-là, de rabaisser Julie de cette façon.

Peut-être, songea Noah. Ou peut-être que laisser planer le mystère là-dessus a boosté ta carrière, déjà bien partie.

— Et maintenant ?

— Maintenant ? Vous allez écrire ce livre, et on murmure déjà que ce sera le point final sur le meurtre de Julie Mac-Bride. D'après Lydia, vous êtes un type malin. Vous allez écrire ce livre, et moi je fais partie de l'histoire, alors je vais répondre à ces questions auxquelles je refuse de répondre depuis vingt ans. Non, Julie et moi n'avons jamais été amants ; non, Tanner et moi ne nous sommes jamais battus pour elle. Le fait est que j'aurais été ravi si ces deux idées fausses avaient été vraies. Le jour où j'ai appris la nouvelle reste comme le pire jour de ma vie.

— Comment l'avez-vous appris ?

— David Melbourne m'a appelé. La famille de Julie voulait bloquer les médias le plus longtemps possible, et il savait que, à la minute où la presse aurait vent de l'histoire, ils me harcèleraient pour obtenir des commentaires, des interviews et des déclarations. Il avait raison, bien sûr. Il était tôt et son coup de téléphone m'a réveillé. Julie avait mon numéro personnel dans son carnet.

Il ferma les yeux, un frisson lui parcourut le visage à cette évocation.

— Il m'a dit : « Lucas, j'ai une terrible nouvelle. » Je me souviens exactement de sa voix brisée et du chagrin qu'elle contenait. « Julie est morte. Oh ! mon Dieu, Julie est morte. Sam l'a tuée. »

Il rouvrit ses yeux et l'émotion les noyait encore.

— Je n'y croyais pas, je ne voulais pas y croire. C'était comme un mauvais rêve, pire, comme une scène que j'aurais été obligé de rejouer je ne sais combien de fois. Je l'avais vue la veille encore, pleine de vie, excitée par le script qu'elle venait de lire ; et maintenant, David m'annonçait sa mort...

— Étiez-vous amoureux d'elle, monsieur Manning ?

— Totalement.

247

Manning lui accorda deux heures entières et Noah repartit avec des kilomètres d'enregistrement, des rames de notes. Une partie de l'interview de Manning avait sans doute été calculée et répétée — le rythme, le choix des mots, les effets qu'il en escomptait ; mais il y avait aussi de la vérité. Et avec cette vérité, Noah progressait.

Il décida de fêter l'occasion en retrouvant Mike dans une boîte du Strip au nom évocateur : Rumeurs.

— Elle me fait de l'œil, murmura Mike dans son verre de bière peu après leur arrivée. La blonde en jupe courte.

Noah contempla son assiette de tapas. Il se sentait bien ; l'énergie d'une bonne journée de travail frémissait sous sa peau et l'aidait paradoxalement à se détendre.

— Il y a cent cinquante blondes ici, et elles ont toutes des jupes courtes.

— Deux tables plus loin sur la gauche. Ne la regarde pas.

— Entendu, répondit Noah, qui n'avait nullement eu l'intention de la regarder. Je retourne à San Francisco dans deux jours, au fait.

— Pourquoi ?

— Le boulot. Le livre, tu te souviens ?

— Oh ! oui... Elle me fait vraiment de l'œil, tu sais. Elle vient de passer au petit mouvement des cheveux en arrière. En principe, c'est l'étape numéro deux après le clin d'œil.

— Alors vas-y ! Tu attends quoi ?

— Je préfère étudier encore un peu la situation. Et à l'intérieur de Saint-Quentin, c'est comment ?

— Déprimant. Tu passes une porte, on la verrouille aussitôt derrière toi. Tu entends le clic et tes cheveux se dressent sur la tête.

— Et lui, il a toujours l'air d'une star de cinéma ?

— Plutôt d'un type qui a passé vingt ans en prison. Tu ne manges pas ?

— Après, quand j'aurai parlé avec la blonde. Je ne veux pas arriver et sentir les tapas. Allez, j'y vais.

— Cinq dollars sur toi, vieux. Tu vas te faire bouffer tout cru, commenta Noah quand Mike se fut éloigné en se dandinant.

Noah contempla d'un œil amusé la piste de danse, les corps qui s'agitaient sous une cascade de lumière, les flots de musique qui les emportaient dans un tourbillon ; puis il se rappela la nuit où il avait emmené Olivia danser, comment il avait cessé d'écouter la musique et tout ce qui n'était pas les battements de son cœur, une fois sa bouche posée sur celle de la jeune fille.

— Laisse tomber, murmura-t-il, et il attrapa sa bière d'un air maussade. Tu as tout gâché.

C'est alors qu'il aperçut Caryn traversant la piste dans sa direction.

— Des centaines de bouges dans toutes les villes de la côte ouest, et il faut que..., jura-t-il.

— Je te croyais jouant les ermites ! lui lança-t-elle.

Elle était époustouflante, dans une robe de cuir bleu électrique qui lui collait à la peau comme un tatouage et s'arrêtait juste sous son entrejambe. Ses cheveux ruisselaient en milliers de boucles sauvages, sa bouche était recouverte d'un halo rouge humide et chaud. Elle avait exactement cette allure-là le jour où il l'avait vue pour la première fois, quand il s'était mis à penser avec son sexe plutôt qu'avec son cerveau. Il ne répondit rien, leva son verre et fit de son mieux pour voir à travers elle comme si elle était transparente.

— Tu m'as envoyé les flics, hein ?

Elle se pencha vers lui et posa les paumes sur la table ; son impressionnante poitrine arrivait juste au niveau des yeux de Noah.

— Quel culot, demander à ton père de m'expédier ses petits copains de la Gestapo !

Il leva les yeux vers ceux de Caryn puis par-dessus son

épaule : l'une de ses amies la tirait désespérément par le bras. Avec une moue froide et sévère, il cria pour couvrir le bruit de la musique :

— Si vous nous faisiez le plaisir à tous de l'emmener loin d'ici ?

— Je t'ai parlé, dit Caryn en enfonçant un ongle, du même bleu que sa robe, dans la poitrine de Noah. Écoute-moi quand je te parle, salaud !

Ses nerfs lâchèrent, tandis qu'il s'imaginait lui serrant le cou jusqu'à voir ses yeux lui sortir de la tête.

— Casse-toi ! siffla-t-il.

Elle enfonça plus profondément son ongle, assez pour lui écorcher la peau, puis laissa échapper un cri de surprise quand il lui saisit le poignet.

— Barre-toi de mon chemin ! Tu crois que tu peux tout saccager chez moi sans que je fasse rien ? Fous le camp !

— Ou bien quoi ? hurla-t-elle.

Elle rejeta les cheveux en arrière et il fut écœuré de ne voir nulle peur dans ses yeux, mais de l'excitation, bordée d'un soupçon de désir. Les voisins commençaient à se tourner vers eux.

— Ou bien tu vas rappeler papa, c'est ça ? Je n'ai jamais touché à tes précieuses affaires ! Je ne m'abaisserais pas à retourner dans cette maison après la façon dont tu m'as traitée, et j'attends que tu me prouves le contraire ! Si j'y étais allée, j'aurais tout brûlé, en m'assurant d'abord de ta présence à l'intérieur...

— Tu es cinglée, dit-il en repoussant sa main, cinglée et pitoyable.

Il reculait sa chaise pour se lever quand elle le gifla ; sa bague lui entailla le coin de la lèvre et il sentit le goût du sang. Ses yeux s'assombrirent et s'étrécirent.

— Si tu franchis encore une fois cette limite, Caryn, tu le regretteras.

— On a un problème ici ?

Noah jeta un coup d'œil au videur : il avait les épaules larges et le sourire dépourvu du moindre humour. Avant qu'il ait pu ouvrir la bouche, Caryn s'était jetée dans les bras du nouvel arrivant, clignant des yeux afin de les remplir de larmes.

— Il ne voulait pas me laisser tranquille ! Il m'a attrapée par le bras !

— Oh ! pour l'amour de Dieu...

— C'est un sacré mensonge ! intervint Mike, qui venait de s'interposer. *Elle* l'a agressé au contraire. Elle est folle, elle lui a démoli sa maison la semaine dernière !

— Je ne sais pas de quoi ils parlent ! jura Caryn, et les larmes s'étaient mises à couler le long de ses joues, avec une grâce indéniable. Il m'a fait mal !

— J'ai tout vu.

Une brunette aux yeux amusés, avec un léger accent du Sud, s'approcha.

— J'étais assise juste là, expliqua-t-elle en désignant une table voisine. Il buvait une bière sans rien demander à personne quand elle est arrivée vers lui. Elle s'est jetée à sa figure, elle a commencé à le bousculer en l'insultant, puis elle l'a frappé.

L'indignation arracha des hurlements à Caryn ; elle voulut donner un coup à la brunette mais la manqua largement, tandis que le videur la ceinturait par la taille. Sa sortie, avec force cris et coups de pied dans le vide, causa quelque émoi dans la salle.

— Merci, dit Noah, en se tamponnant la lèvre du dos de la main.

— De rien, répondit la brunette, avec un sourire amical et tranquille.

— Assieds-toi et détends-toi, implora Mike. Cette fille a complètement disjoncté... Je vais te chercher une bière et de la glace pour ta lèvre, conclut-il en s'éloignant.

— Votre ami est très gentil, affirma la brunette en tendant la main à Noah. Je m'appelle Dory.

— Noah.

— Oui, Mike me l'a dit. Il aime bien mon amie.

Elle désigna de la main la table où la blonde était assise, les regardant avec de grands yeux délicatement troublés.

— Elle l'aime bien, elle aussi. Pourquoi vous ne vous joindriez pas à nous ?

Sa voix était douce, son regard intelligent, son sourire sympathique ; mais Noah était bien trop fatigué.

— Je vous remercie mais je vais m'en aller. Retourner à la maison et mettre ma tête à tremper dans un baquet d'eau froide. Après ça, j'entrerai peut-être au couvent.

Elle rit et, comme il avait l'air homme à goûter le geste, déposa un léger baiser sur sa joue.

— Ne faites rien sur un coup de tête. D'ici dix ou vingt ans, vous risqueriez de le regretter.

— Sans doute, oui. Merci encore ; dites à Mike que je l'appellerai plus tard.

— Entendu.

Elle le regarda s'éloigner, non sans une pointe de regret.

— Noah... Noah...

Il se dressa dans son lit, les yeux vitreux et bouffis de sommeil, son cœur battant follement dans la poitrine.

— Avant, tu te réveillais avec le sourire...

— Quoi ? Quoi ?

Il cligna des yeux pour tâcher d'y voir clair, puis s'effondra et enfouit son visage dans l'oreiller.

— Maman ? Bon Dieu... Pourquoi tu ne me taperais pas sur la tête avec un démonte-pneu, la prochaine fois ?

— Je ne m'attendais pas à te trouver encore couché à onze heures du matin, c'est tout. Je t'ai apporté des gâteaux, dit-elle en agitant le carton qu'elle portait à la main.

Son pouls avait presque retrouvé un rythme normal, aussi rouvrit-il un œil, soupçonneux.

— Une de tes cochonneries à la caroube ?

— Toutes ces années d'effort pour rien, soupira-t-elle, et tu as toujours l'estomac de ton père... Non, pas de caroube. J'apporte des poisons à mon fils unique, rien que du sucre blanc et des mauvaises graisses.

Le soupçon demeura, teinté désormais de curiosité.

— Que dois-je faire pour y avoir droit ?

Elle se pencha et lui embrassa le front.

— Sortir de ton lit.

— C'est tout ?

— Sors de ton lit, je vais faire du café.

L'idée du café et des gâteaux lui plut tant qu'il fut debout et dans son jean avant même d'avoir songé combien l'arrivée de sa mère un dimanche matin avec des pâtisseries était étrange. Il s'apprêtait à sortir de la pièce mais se ravisa et enfila un tee-shirt ; elle ne l'avait jamais laissé manger torse nu. Au point où il en était, il se brossa les dents et se passa de l'eau sur le visage. Lorsqu'il sortit de sa chambre, l'odeur du café commençait à se répandre dans la maison.

— Et papa, qu'est-ce qu'il fait ?

— Un match de basket, bien sûr...

Elle versa le café dans un bol et disposa les gâteaux sur une assiette ; il en avait déjà un en main quand elle se retourna pour ouvrir le réfrigérateur.

— Tu sais, tu ferais mieux d'utiliser ton presse-fruits plutôt que d'acheter ces machins industriels...

La réponse de Noah fut étouffée par la bavaroise et sa mère se contenta de secouer la tête, tout en lui versant un verre de jus d'orange. Elle le regarda manger, penchée par-dessus le comptoir : ses yeux étaient lourds, ses cheveux ébouriffés et son tee-shirt déchiré à l'épaule. L'amour afflua dans son cœur, merveilleusement doux et chaud. Il lui sourit, léchant la crème et le chocolat sur son pouce ; elle était si jolie avec ses cheveux soyeux et ses yeux bleu d'azur, qui paraissaient tout voir...

— Quoi ?

— Je pensais juste combien tu es beau.

Son sourire s'élargit tandis qu'il tendait la main vers un autre gâteau.

— Je pensais exactement la même chose de toi. Tout ce que j'ai, je le tiens de ma mère, ma ravissante mère. Qui est là, en face de moi, avec une idée derrière la tête.

— Tout à fait.

Sans se presser, Celia fit le tour du comptoir et s'empara d'un tabouret, puis elle leva sa tasse et but son café.

— Je me suis fait une règle de ne pas m'immiscer dans ta vie, Noah, tu le sais.

Son sourire s'effaça.

— Oui. J'ai toujours beaucoup apprécié ça.

— Bien. Puisque nous sommes d'accord là-dessus, j'espère que tu vas m'écouter.

— Aïe...

— Mike m'a appelée ce matin. Il m'a raconté l'incident de la nuit dernière.

— La plus grande pipelette de toute la côte ouest, marmonna Noah.

— Il s'inquiétait pour toi.

— Il n'y a vraiment pas de quoi, il n'aurait pas dû t'ennuyer avec ça.

— Cette Caryn a déjà prouvé qu'elle était dangereuse, et elle t'a menacé la nuit dernière. Pour l'amour du ciel, Noah, elle a parlé de brûler la maison et toi dedans !

Mike, pauvre imbécile...

— Ce ne sont que des mots en l'air, maman.

— Vraiment ? Tu en es sûr ?

Quand il ouvrit la bouche, elle se contenta de le regarder fixement jusqu'à ce qu'il la referme.

— Je veux que tu obtiennes un contrôle judiciaire contre

elle. C'est à peu près tout ce que la police peut faire à ce stade, mais ça peut l'intimider assez pour qu'elle te laisse tranquille.

— Je ne vais pas essayer d'obtenir ça, maman.

— Pourquoi ? s'exclama-t-elle, furieuse — on sentait cependant la peur transparaître dans sa voix, la peur qu'elle éprouvait pour son fils. Parce que ce ne serait pas viril de ta part ?

— Okay, maman, okay.

— C'est incroyablement stupide et irresponsable !

— Si je l'ignore, elle me laissera plus vite tranquille, elle se rabattra sur un autre pauvre type. Je vais pas mal me déplacer pendant les prochains mois. Je vais à San Francisco dans quelques jours.

— J'espère que tu ne reviendras pas sous la forme d'un tas de cendres, dit Celia d'un ton sec, puis elle poussa un soupir excédé. Je suis si en colère, et je n'ai nulle part où la déverser...

Noah sourit et lui ouvrit les bras.

— Déverse-la ici...

Elle poussa un autre profond soupir, puis se pencha vers lui et se glissa dans son étreinte.

— J'aimerais tant lui donner un bon coup de poing, juste une fois, susurra-t-elle.

Il ne put s'empêcher de rire et resserra les bras autour d'elle.

— Si jamais tu en as l'occasion, vas-y, je paierai la caution. Mais, pour l'instant, arrête de t'inquiéter pour moi.

— C'est mon job, Noah, et je le prends très au sérieux.

Elle s'adoucit et releva les yeux ; malgré son visage d'homme et sa barbe de trois jours, il était toujours son petit garçon.

— Maintenant, poursuivit-elle, passons à la phase deux. Je sais qu'en ce moment ton père et toi...

— Laisse tomber, maman.

— Non, pas quand ça concerne les deux personnes les plus

255

importantes de ma vie. Pendant mon dîner d'anniversaire, vous étiez comme deux étrangers.

— Tu préférerais nous voir nous battre à propos de ce livre ?

— Je déteste vous voir malheureux tous les deux, et en froid.

— Moi aussi, reconnut-il, mais c'est mon job et je le prends très au sérieux.

— Je sais.

— Oui, mais pas lui.

— Ce n'est pas vrai, Noah, dit-elle doucement, et son cœur se serra car elle percevait le chagrin dissimulé sous la colère. La vérité, c'est qu'il ne comprend pas très bien ce que tu fais ni pourquoi tu le fais. Cette affaire était, et elle l'est encore, très particulière pour lui.

— Elle l'est pour moi aussi. Je ne sais pas pourquoi, mais ça a toujours été le cas. Je dois aller jusqu'au bout.

— Je le sais, et je pense que tu as raison.

Le poids sur les épaules de Noah se relâcha quelque peu.

— Merci.

— Je veux seulement que tu essaies de comprendre les sentiments de ton père. En fait, à mon avis, tu y parviendras en étudiant plus à fond les gens et les événements. Noah, il a souffert pour cette petite fille, et il n'a jamais cessé de souffrir pour elle depuis. Il y a eu d'autres affaires et d'autres horreurs, mais elle lui est restée dans l'esprit.

Dans le mien aussi, songea-t-il, mais il ne le dit pas, et il aurait voulu ne même pas le penser.

— Je vais aller dans l'État de Washington, pour voir si elle y est encore.

Celia hésita, en proie à une crise de conscience, puis lâcha :

— Elle y est encore. Ton père et elle sont restés en contact.

— Vraiment ?

Noah médita là-dessus, tandis qu'il se levait pour leur res-
servir du café.

— Ça devrait rendre les choses plus faciles...

— Je ne suis pas sûre que rien ne les rende plus faciles.

Une heure plus tard, quand il se retrouva seul, légèrement
barbouillé à cause des quatre gâteaux engloutis, Noah songea
que c'était une bonne journée pour voyager. Cette fois-ci, il
irait à San Francisco en voiture, décida-t-il en gagnant sa
chambre, afin de jeter dans un sac le peu de vêtements qu'il
possédait. Le trajet lui donnerait le temps de réfléchir, et il
pourrait aussi prendre des dispositions en route pour aller
passer quelques jours à River's End.

Le trajet lui donnerait également le temps de se préparer
à revoir Olivia.

16

Sam sentait ses nerfs frémir sous la peau comme des serpents. Pour les faire tenir tranquilles, il se récitait des poèmes — Sandburg, Yeats, Frost. Il avait appris ce truc lors de ses débuts sur la scène, où il avait souffert le martyre ; il l'avait affiné en prison, où la vie n'était qu'attente, angoisse et désespoir.

Au début, il avait essayé de se répéter mentalement des répliques de ses anciens films ; ce faisant, il ressortait le personnage du fond de ses tripes, il devenait quelqu'un d'autre. Mais ça l'avait conduit à une période de grave dépression car, une fois les répliques terminées, il était toujours Sam Tanner, il était toujours à Saint-Quentin, sans nul espoir que demain fût différent. La poésie, elle, était apaisante, l'aidait à tenir à distance la part de lui-même qui voulait hurler.

À sa première demande de liberté conditionnelle, il avait vraiment cru qu'ils allaient le laisser sortir. Ils — la masse complexe de silhouettes et de visages composant le système judiciaire — le regarderaient et verraient un homme qui avait payé sa dette, avec les années les plus précieuses de sa vie.

Il était nerveux, ce jour-là ; la transpiration ruisselait dans son dos, tous les muscles de son ventre tressautaient comme une corde trop tendue. Mais sous la peur il y avait l'espoir, un espoir simple et solide : il avait fait son temps en enfer, la vie pouvait désormais recommencer.

Puis il avait vu Jamie, il avait vu Frank Brady, et il avait compris : ils étaient venus s'assurer que les portes de l'enfer resteraient fermées devant lui.

Elle avait parlé de Julie, de sa beauté et de son talent, de son amour pour sa famille. De l'homme qui avait détruit tout cela, par dépit et par jalousie, qui avait menacé sa propre fille. Elle pleurait en s'adressant au jury, ses larmes silencieuses roulaient le long de ses joues, et Sam avait failli sauter sur ses pieds à la fin de sa déposition pour crier : « Coupez ! Quelle scène magnifique ! Quel jeu magnifique ! » Mais il s'était récité mentalement des poèmes et était resté calme, le visage inexpressif, les mains posées sur ses cuisses.

Puis ç'avait été le tour de Frank, le flic tout dévoué à sa tâche et à la justice. Il avait décrit la scène du meurtre et l'état du corps, avec l'impitoyable précision du langage policier. Enfin, lorsqu'il parla d'Olivia et de la façon dont il l'avait découverte, l'émotion se glissa dans sa voix. L'effet produit n'en fut que plus marquant.

Olivia avait alors dix-neuf ans, songeait aujourd'hui Sam. Il avait essayé de se la représenter comme une jeune femme grande et mince, possédant les yeux de Julie, le même sourire rapide et fugitif ; mais il avait juste vu une petite fille, avec des cheveux aussi dorés qu'une fleur de pissenlit, qui réclamait toujours une histoire au moment de s'endormir.

Quand Frank s'était tourné vers lui et que leurs regards s'étaient croisés, il avait su que la liberté sur parole ne lui serait pas accordée. Il avait su aussi que cette scène se répéterait chaque année, comme un même extrait de film repassé indéfiniment. La rage ressentie alors voulait jaillir de sa bouche, comme s'il la vomissait ; mais dans sa tête il avait retrouvé Robert Frost et s'était cramponné à ses vers, comme une arme contre lui-même.

J'ai tant de promesses à tenir, avant de dormir, tant de chemin à parcourir...

Au cours des cinq années écoulées, il avait affiné ces

promesses-là. Et maintenant, le fils de l'homme qui avait tué l'espoir en lui venait l'aider à les tenir.

Ce n'était que justice.

Plus d'un mois avait passé depuis la première visite de Noah, et Sam avait commencé à craindre qu'il ne revienne pas, que les graines si soigneusement plantées par ses soins n'aient pas pris racine. Mais il était revenu ; on le conduisait en ce moment même vers la petite pièce où Sam se trouvait. Intérieur jour, songea-t-il en entendant les verrous s'ouvrir. Action.

Noah marcha vers la table, y posa sa serviette. Sam sentait sur lui l'odeur de la douche, du savon de l'hôtel ; il était vêtu d'un jean, d'une chemise de coton léger et de Converse noires montantes. Une petite coupure cicatrisait au coin de sa bouche. Savait-il combien il était jeune, tonique, libre ?

Il sortit de sa serviette son magnétophone, un bloc-notes, un crayon ; quand la porte fut refermée et verrouillée dans son dos, il jeta un paquet de Marlboro ainsi qu'une pochette d'allumettes sur la table en face de Sam.

— Je ne connaissais pas votre marque.

Sam tapota le paquet du doigt ; son sourire était ironique et rusé.

— Elles se valent toutes, ici. Elles vous tueront toutes, mais personne ne vit éternellement.

— La plupart des gens ne savent ni quand ni comment ça finira pour eux. Qu'est-ce qu'on ressent, quand on le sait ?

— C'est une sorte de pouvoir, je dirais. Ou, plutôt, ça le serait si j'étais dans le monde. Ici tous les jours se ressemblent, de toute façon.

— Des regrets ?

— D'être ici ou en train de mourir ?

— L'un ou l'autre. Les deux.

Avec un petit rire, Sam ouvrit le paquet et sortit une cigarette.

— Ni vous ni moi n'aurions assez de temps pour faire la liste de nos regrets, Brady.

— Juste les plus importants, alors...

— Je regrette de ne pas avoir les mêmes choix que vous, quand cette interview sera finie. Je pense que j'aurais envie ce soir d'un steak cuit à point, d'un verre de bon vin et d'un café bien noir après. Vous avez déjà bu du café de prison ?

— Oui. C'est pire que le café de flic. Que regrettez-vous d'autre ?

— Je regrette, le jour où je pourrai enfin commander ce steak, de ne guère avoir le temps d'en profiter.

Il ouvrit la pochette d'allumettes, en arracha une et l'enflamma, puis, les yeux fermés, aspira sa première bouffée depuis longtemps de tabac de Virginie.

— J'ai besoin d'argent, dit-il. Je vais sortir à la fin de mes vingt ans, et j'en aurai peut-être pour six mois encore à vivre. Je veux les vivre décemment, et ce que je possède ne me paiera pas beaucoup de steaks.

Il inhala une autre bouffée, tandis que Noah attendait patiemment.

— Tout ce que j'avais a servi à payer ma défense, avec quel brillant résultat, et mes gains ici sont loin du minimum vital. Ils vont vous payer pour le livre. Vous aurez une avance et, vu comment marche votre deuxième best-seller, ce ne sera pas une petite somme.

— Combien ?

Sam affectait de paraître détaché, mais les serpents se tortillaient de nouveau sous sa peau. Il ne pourrait pas tenir ses promesses sans un soutien financier.

— Vingt mille — mille dollars pour chaque année ici. Ça me paiera une chambre décente, des vêtements, de quoi manger. Je ne m'installerai pas au Beverly Hills Hotel avec ça, mais au moins j'éviterai la rue.

La demande n'était pas inhabituelle, et le montant ne paraissait pas déraisonnable à Noah.

261

— Je vais demander à mon agent d'établir un accord. Ça vous convient ?

Les serpents se calmèrent et se rendormirent.

— Ouais, ça me convient.

— Vous prévoyez de rester à San Francisco à votre libération ?

— J'y suis resté assez longtemps. J'ai envie de soleil, j'irai au sud.

— Los Angeles ?

— Pas grand-chose de bien pour moi là-bas. Je doute que mes vieux amis me préparent une fête de bienvenue. J'ai envie de soleil, répéta-t-il, et d'un peu d'intimité. De pouvoir choisir.

— J'ai parlé avec Jamie Melbourne.

— Alors ? fit Sam, et sa main tressaillit à peine.

— Je lui parlerai de nouveau, dit Noah, et je contacterai aussi le reste de la famille de Julie. Je n'ai pas encore réussi à rencontrer Smith, mais j'y arriverai.

— Je suis un de ses rares échecs. Nous ne nous sommes pas séparés en termes très affectueux, mais au moins il a fait bloquer ma peine à vingt ans.

— Vous ne pouvez guère attendre d'affection des gens que j'intervviewe, j'en ai peur.

— Vous avez parlé avec votre père ?

— Non. Je mets d'abord en place l'arrière-plan de l'histoire. Je n'ai pas l'intention de vous demander votre accord sur qui j'interviewe ou ce que j'utilise dans le livre, déclara Noah en fixant Tanner. Pour que nous soyons bien d'accord, vous me signerez un papier par lequel vous renoncez à tout droit de regard. Même si mon éditeur n'insistait pas là-dessus, et il le fera, moi j'y insisterais de toute façon. C'est *votre* histoire, Sam, mais c'est *mon* livre.

— Vous ne le feriez pas sans moi.

— Bien sûr que si. Il serait différent, c'est tout. Vous voulez pouvoir choisir ? Voici le premier choix. Vous signez le papier, vous prenez les vingt mille dollars et j'écris le livre comme je l'entends. Ou bien vous ne signez pas le papier, vous n'avez pas l'argent et j'écris le livre comme je l'entends, pareil.

Il y avait plus de son père en lui que Sam ne s'y était attendu ; un côté opiniâtre dissimulé sous son look de surfeur et ses allures désinvoltes. Mais c'était mieux comme ça, décida-t-il. Mieux comme ça, finalement.

— De toute façon, je ne vivrai pas assez pour voir le livre imprimé. Je signerai votre papier, Brady, mais ne me jouez pas de tour de salaud.

Noah hocha la tête.

— Entendu. À condition que vous ne m'en jouiez pas non plus.

Noah se fit monter dans sa chambre un steak, cuit à point, et une bouteille de côte-d'or. Les lumières de la baie miroitaient et rougeoyaient dans la nuit. Il écouta la cassette du dernier entretien, tout en essayant d'imaginer Sam mangeant cette viande et buvant ce vin pour la première fois depuis vingt ans. Les savourerait-il, ou se jetterait-il dessus comme un loup au sortir de l'hiver ?

J'ai envie de vous raconter comment ça s'est passé, quand Julie et moi sommes devenus amants.

Ce n'était pas une direction que Noah espérait voir Sam prendre — pas si vite, et pas de façon aussi intime ; mais il n'avait rien laissé transparaître de sa surprise. Maintenant, en écoutant la bande, Noah se laissait glisser à la place de Sam dans la chaude nuit californienne, dans un passé qui n'était pas le sien. Les mots devenaient des images, les images d'un souvenir, les images d'un rêve.

C'était la pleine lune. Elle transperçait le ciel et lançait des éclairs de lumière, comme des épées d'argent, sur les reflets obscurs de l'océan. Le bruit des vagues, montant jusqu'à leur crête puis retombant et se fracassant sur le rivage, ressemblait à des battements de cœur, d'un cœur impatient.

Ils s'étaient promenés le long de la côte, s'étaient arrêtés pour manger des crevettes frites, servies dans des corbeilles de plastique rouge. Le restaurant était minuscule et ils espéraient passer inaperçus.

Elle portait une longue robe à fleurs, un immense chapeau de paille pour cacher sa cascade de cheveux blonds. Sans une once de maquillage, sa jeunesse, sa beauté, son extraordinaire fraîcheur étaient entièrement naturelles.

Elle avait ri, léché la sauce cocktail au bout de ses doigts, et les têtes des autres convives s'étaient tournées vers eux.

Ils voulaient garder leur relation cachée, même si elle n'avait consisté jusqu'à présent qu'en promenades dans le genre de celle-ci, deux ou trois repas plus mondains, quelques conversations et leur travail en commun. Le tournage, qui avait commencé le mois précédent, ne leur laissait guère de temps libre.

Ce soir, ils avaient volé quelques heures pour marcher le long des vagues écumantes, leurs doigts emmêlés, leurs pas serpentant sur la plage.

— J'adore faire ça. Juste marcher et sentir la nuit.

Sa voix était basse et calme, teintée de l'imperceptible accent rauque qui la caractérisait. Elle avait l'air d'une ingénue, les accents d'une sirène, et c'était une partie de son mystère.

— Moi aussi, affirma-t-il.

Il ne s'en était pourtant jamais soucié avant elle ; avant Julie, il n'avait eu soif que de lumières, de bruit, de foules et du regard des autres. Maintenant, être avec elle suffisait à combler toutes ces soifs.

— Mais j'aime encore plus faire cela.

Il la prit dans ses bras et la renversa légèrement devant lui ; les lèvres de Julie s'incurvèrent quand il y posa les siennes, puis s'entrouvrirent et elle coula sa langue en lui. Leurs saveurs se mêlèrent, douces et fortes à la fois, leurs parfums innocents et mûrs en même temps. Le faible soupir de plaisir qu'elle laissa échapper résonna aux oreilles de Sam aussi fort que le fracas des vagues.

— Tu le fais si bien..., murmura-t-elle.

La joue posée contre celle de Sam, elle laissa quelque temps son corps se balancer au rythme de la mer.

— Je... je veux être lucide, lui dit-elle enfin. Je veux écouter les gens qui me disent d'être raisonnable.

Le désir qu'il ressentait pour elle lui fouaillait le ventre, lui brûlait les veines. Il lui fallait un grand empire sur lui-même pour empêcher ses mains de s'égarer.

— Qui te dit d'être raisonnable ?

— Les gens qui m'aiment, répondit-elle, ses yeux d'ambre profond ancrés dans les siens. J'ai pensé à l'être, puis j'ai pensé : Si je ne le suis pas, je m'amuserai... Je ne suis pas une enfant, alors pourquoi ne serais-je pas l'une des conquêtes de Sam Tanner si j'en ai envie ?

— Julie, je...

— Non, écoute-moi. Je ne suis pas une enfant, Sam, et je sais m'adapter. Je veux seulement que tu sois honnête avec moi. C'est vers cela que nous nous dirigeons ? Que je devienne une des conquêtes de Sam Tanner ?

Elle accepterait cette situation : il le voyait dans ses yeux, l'entendait dans sa voix. L'idée le ravissait et le terrifiait à la fois : il n'avait qu'à dire oui, à lui prendre la main, et elle serait à lui.

Elle restait là, dos à la mer obscure où moutonnaient les crêtes blanches des vagues ; le clair de lune ruisselait sur eux pour dessiner leurs ombres sur le sable. Et elle attendait. Elle attendait la vérité, songea-t-il, et il comprit qu'il voulait lui aussi la vérité, pour tous les deux.

— Lydia et moi ne nous voyons plus. Depuis des semaines.

— Je le sais, répondit-elle en souriant, je lis les rubriques de potins comme tout le monde. Et je ne serais pas là ce soir si tu avais encore une liaison avec une autre.

— C'est fini entre nous. Ça a été fini à la minute où je t'ai vue. À la minute où je t'ai vue, j'ai cessé de voir qui que ce soit d'autre. À la minute où je t'ai vue...

Il marcha jusqu'à elle et lui enleva son chapeau de paille, pour que ses cheveux retombent sur ses épaules.

— ... j'ai été amoureux de toi. Je le suis encore et je crois que je le serai toujours.

Les yeux de Julie se remplirent de larmes et brillèrent dans l'écrin de ses cils, tels des diamants dans une monture d'or.

— À quoi ça sert d'être amoureuse si c'est pour être raisonnable ? Emmène-moi chez toi...

Elle glissa dans ses bras et cette fois leur baiser fut profond, fort, urgent ; puis elle se mit à rire, un ruisseau cristallin de plaisir, avant de s'emparer du chapeau qu'il tenait à la main et de l'envoyer voguer sur les flots.

Les mains enlacées, ils se précipitèrent vers sa voiture, comme des enfants à qui l'on a promis une surprise.

Avec une autre femme, il se serait peut-être jeté dans l'oubli de l'étreinte, prenant ce dont son corps avait envie, cherchant le plaisir brutal de la délivrance.

Avec une autre femme, il aurait peut-être au contraire joué les séducteurs, gardant une partie de lui-même à l'écart, comme un réalisateur dirigeant chaque pas de ses acteurs.

Dans ces deux attitudes-là, il y avait du pouvoir et de la jouissance.

Mais avec Julie, il ne pouvait utiliser ni l'une ni l'autre ; le pouvoir lui appartenait à elle autant qu'à lui. L'appréhension courait le long de sa peau tandis qu'ils montaient les marches de chez lui. Il referma la porte de la chambre derrière eux, conscient qu'il y restait quelque chose de Lydia. Elle avait rageusement récupéré ses affaires en quittant les lieux ; mais une femme ne partage jamais le lit d'un homme sans laisser quelque chose en partant, pour le forcer à se souvenir d'elle.

Pendant un moment, il s'en voulut de ne pas avoir jeté le lit pour en acheter un nouveau, puis Julie lui sourit.

— Hier ne compte pas, Sam. Seul ce soir est important. Toi et moi sommes tout ce qui importe, tout ce qui est réel. Caresse-moi, murmura-t-elle, tandis que sa bouche glissait sur la sienne. Je ne veux plus attendre...

Toute l'appréhension de Sam s'évanouit. Quand il la souleva dans ses bras, il comprit qu'il n'éprouvait pas seulement de l'envie ou du plaisir : c'était de l'amour. Il avait tant de fois joué cette scène, ou on la lui avait jouée sans qu'il y croie... Il l'étendit sur le lit et couvrit sa bouche de la sienne, tandis que ce nouveau sentiment s'insinuait en lui : l'amour, enfin l'amour... Les bras de Julie l'enlaçaient, lisses et doux, le baiser devenait plus profond, et pendant quelques instants le monde fut tout entier là, dans ces deux bouches unies. Il ne pensa même pas qu'il fallait être doux, tendre ; il ne pouvait se scinder en deux pour diriger la scène. Il y était perdu et perdu dans Julie, dans le parfum de ses cheveux, la saveur de son cou, le bruit de son souffle précipité...

Tout en savourant ses merveilleuses lèvres, il toucha du bout des doigts ses épaules et les fines bretelles de sa robe, qui glissa sans bruit sur le sol. Elle trembla quand il lui caressa un sein, haleta quand il lui effleura le mamelon de la langue et des dents, gémit quand il l'aspira au fond de sa bouche. Elle se glissa sous lui, se colla contre lui, se souleva et redescendit avec lui. Elle dit son prénom, seulement son prénom, et ce mot fit vibrer le cœur de Sam.

Il prenait et donnait, plus qu'il ne se savait capable de donner à une femme. La peau de Julie s'humectait, ajoutant un parfum de plus ; ses muscles frémissaient, accroissant son excitation.

Il voulait tout voir d'elle, explorer tout ce qu'elle avait, tout ce qu'elle était. Elle était si grande, si mince et ravissante que même les ondulations de sa peau sur ses côtes étaient fascinantes.

Quand elle s'ouvrit pour lui, s'éleva jusqu'à lui pour le rencontrer, il entra en elle en regardant ses yeux s'embuer de larmes.

Le va-et-vient, doux et soyeux, les conduisit jusqu'aux frissons ; elle poussa un premier cri et ses ongles lui griffèrent les hanches, puis un autre, comme un écho, quand il se répandit en elle.

Noah cligna des yeux et n'entendit que le silence. La bande était terminée. Il contempla l'appareil, un peu abasourdi par des images si précises, plus qu'un peu embarrassé de se retrouver si indéniablement excité. Avec le visage d'Olivia semblant flotter devant lui.

« Et alors, Brady ! » Il leva son verre de vin d'une main incertaine, en but une longue gorgée.

C'était l'un des à-côtés du métier d'écrivain, qui se glissait dans la peau de son personnage et ressentait ses émotions ; mais un à-côté difficile à vivre quand on n'avait pas d'exutoire pour cette frustration sexuelle qui lui taraudait le ventre.

Il allait rédiger ce texte, décida-t-il ; il allait finir son repas, allumer la télé pour avoir un bruit de fond, et le rédiger. Puisque l'histoire possédait un noyau d'amour passionnel et d'obsession sexuelle, il y insérerait les souvenirs que Sam gardait de la nuit où Julie et lui étaient devenus amants.

Certes, ces souvenirs étaient peut-être idéalisés. Pour Noah, le sexe n'avait jamais été qu'un fort agréable passe-temps, une sorte de sport demandant quelques aptitudes de base, des protections corporelles et un bon esprit d'équipe. Il était cependant prêt à croire que, pour certains, cela pouvait contenir des émotions dorées sur tranche. Il ferait cadeau de cette nuit-là à Sam, avec les violons nécessaires. Après tout, c'était bien ainsi qu'il se la rappelait, ou voulait se la rappeler. Et cette romance ajouterait de l'impact au meurtre.

Il alluma son ordinateur portable et se versa du café ; la bouteille Thermos du service à la chambre l'avait conservé suffisamment chaud. Quand il se leva pour brancher la télé, il s'arrêta près du téléphone et fronça les sourcils. Après tout..., songea-t-il ; alors, suivant son impulsion, il composa le numéro de River's End. En dix minutes, il avait réservé pour le début de la semaine suivante.

Sam Tanner ne lui avait pas encore parlé de sa fille ; Noah voulait savoir si elle parlerait de lui.

Il travailla jusqu'à deux heures du matin, puis émergea un court instant pour regarder la télévision, sans rien y comprendre. Un lézard géant écrasait la ville de New York à grands coups de pied. Un flic en uniforme, manifestement mieux doté par la nature dans le bas-ventre que dans le haut du crâne, expédia quelques balles de revolver au lézard avant de se faire dévorer vivant. Il fallut un moment à Noah pour saisir qu'il regardait un vieux film et non le bulletin d'informations. Il décida alors que son cerveau était cuit pour la nuit.

Il lui restait une dernière corvée à accomplir. Même si c'était un peu méchant, il en convenait, d'avoir attendu cette heure-là pour le faire, il décrocha le téléphone et appela Mike à Los Angeles.

Après cinq sonneries, la voix confuse et bouffie de sommeil de son ami procura une intense satisfaction à Noah.

— Hé ! Je te réveille ?

— Quoi ? Noah ? Où es-tu ?

— San Francisco. Tu te souviens ?

— Heu ? Non... peut-être... Seigneur, Noah, il est deux heures !

— Sans blague ?

Ses sourcils se froncèrent quand il entendit une autre voix, étouffée mais indéniablement féminine.

— Il y a une femme avec toi, Mike ?

— Possible, oui. Pourquoi ?

— Félicitations. C'est la blonde du club ?

— Ah !... Hummm.

— Okay, okay. Sans doute pas le moment d'approfondir. Je vais rester loin au moins pour une semaine encore. Impossible de réveiller mes parents maintenant, et je serai pas mal occupé demain matin.

— Moi, c'est sans importance de me réveiller ?

— Bien sûr. En plus, maintenant que vous ne dormez plus, vous pouvez faire un nouveau round. N'oublie pas de me remercier plus tard...

— Fumier, va...

— C'est ça la gratitude pour toi ? Bravo... Puisque tu aimes tant appeler ma mère, donne-lui un coup de fil demain et explique-lui que je suis en voyage.

Les bruits de draps froissés firent comprendre à Noah que Mike avait fini par s'asseoir dans son lit.

— Écoute, je pensais juste que tu avais besoin que je...

— Que tu te mêles de mes affaires. Arrête de tirer sur ta lèvre, Mike, dit Noah, connaissant bien les tics de son ami. Je ne suis pas positivement furieux, mais j'estime que tu me dois bien un service. Passe donc un coup de fil à ma mère, et prends soin de mes fleurs pendant que je suis absent.

— Je peux faire ça, oui. Donne-moi un numéro où je peux... ouh ! là...

Le lointain rire féminin qu'il perçut fit faire la grimace à Noah.

— Plus tard. Je ne tiens pas à jouer au téléphone rose avec

270

ta blonde et toi. Souviens-toi, si tu laisses mourir mes fleurs, je te botte le cul.

Pour toute réponse, il obtint un halètement caractérisé, puis un grand froufrou de draps et de chuchotements, et raccrocha sur un sauvage accès de rire. Quelle nuit de folie ! songea-t-il ; maintenant, il avait deux séquences classées X dans la tête. Il décida de prendre une douche froide avant de se mettre au lit.

La forêt

Entre dans ces bois enchantés,
Si tu l'oses.

George Meredith

17

Il était étonné d'avoir gardé des souvenirs si nets et si détaillés. S'engageant dans une route sinueuse et creusée d'ornières, il se surprit à s'endurcir le cœur contre l'émotion soudaine qui l'étreignait. Quelques instants plus tard, le paysage de bois profonds et de rochers abrupts laissait place à un magnifique ciel bleu sur lequel se découpaient les cimes immaculées des montagnes.

Oui, il avait déjà roulé sur cette route, mais il n'avait que dix-huit ans et n'y était jamais revenu. Pourquoi éprouvait-il donc l'impression de rentrer chez lui après un long voyage ? Ou de se réveiller au sortir d'un rêve ? De plus, c'était alors l'été ; les crêtes des montagnes étaient couronnées de neige mais leurs flancs tapissés du vert des sapins leur donnaient des airs de bons géants pleins de vie — plutôt que de rois dominant, comme aujourd'hui, hiératiques et encore gelés, les vallées alentour.

Il poursuivit son ascension bien plus loin que l'embranchement menant vers River's End ; il avait du temps devant lui, des heures s'il le voulait, avant de reprendre le chemin de la forêt et de son travail. Avisant une aire de stationnement, il se gara et descendit de voiture. L'air était froid et pur ; de la vapeur sortait de sa bouche quand il expirait, mille petits couteaux lui griffaient l'intérieur de la gorge quand il inspirait. Le monde entier semblait s'étaler devant lui, champs et vallées, forêts et collines, le ruban argenté de la rivière, les reflets chatoyants du lac et les cimes blanches qui se découpaient sur l'immensité bleue, tel un motif gravé sur une plaque de verre.

Les monts Olympic... Si vastes et si omniprésents qu'ils fussent, on pouvait cependant marcher pendant des heures dans la forêt et même grimper sur les collines sans jamais les voir ; puis, au détour d'un chemin, au sommet d'une petite éminence, ils se déployaient sous vos yeux, à vous couper le souffle, comme s'ils étaient venus jusqu'ici par un autre chemin que le vôtre.

Noah leur jeta un dernier regard, grimpa dans sa voiture et redescendit la route sinueuse par laquelle il était arrivé. Le détour lui avait pris plus d'une heure, cependant il fut quand même au chalet vers trois heures de l'après-midi. Il suivit l'allée pleine de cahots d'où l'on apercevait par endroits le bâtiment, la pierre et le bois de ses murs, son toit sorti d'un livre de contes pour enfants, les reflets du ciel sur ses vitres.

Il allait se dire que rien n'avait changé quand il vit une bâtisse nichée dans les bois. Elle reprenait le style et les matériaux du chalet, mais en bien plus petit et moins patiné par le temps. Sur le panneau de bois dominant la porte, on lisait : RIVER'S END. CENTRE D'ÉTUDE DE LA NATURE ; un sentier y menait depuis l'allée d'accès, un autre depuis le chalet. Des fleurs sauvages et des fougères semblaient pousser librement tout autour, mais l'œil exercé de Noah décela une intervention humaine dans leur savante harmonie. La main d'Olivia, songea-t-il, et il éprouva une inattendue bouffée de fierté.

Il se gara, notant au passage un nombre respectable de véhicules sur le parking. Il y faisait plus chaud que sur l'aire de stationnement là-haut ; suffisamment chaud pour que s'épanouissent les pensées et les sauges pourpres, dans leurs longues jardinières de terre décorant l'entrée du chalet.

Il jeta son sac à dos sur les épaules, sortit son unique valise et refermait juste la portière quand un chien jaillit sur le côté du bâtiment, le regarda et sourit. Noah ne trouva pas d'autre terme pour qualifier son rictus : sa langue pendait, il retroussait les lèvres et ses yeux bruns dansaient avec un plaisir manifeste.

— Hé ! là, mon gars...

Interprétant manifestement cela comme une invitation, le grand labrador jaune caracola à travers le parking, vint se camper devant Noah et lui tendit une patte.

— C'est toi le comité d'accueil ? Entendu.

Noah lui serra obligeamment la main, puis leva un sourcil.

— Hé ! Tu ne t'appellerais pas Chico, par hasard ?

À l'énoncé de ce nom, le chien jappa joyeusement, puis gambada vers le chalet comme pour y conduire Noah. Il fut presque déçu que l'animal ne l'accompagne pas à l'intérieur.

Il n'y décela aucun changement spectaculaire ; peut-être quelques meubles avaient-ils été remplacés et la peinture refaite, d'un jaune agréable et doux. Mais tout respirait un tel air de confort et de bienvenue que les lieux auraient pu être exactement dans le même état depuis un siècle.

L'enregistrement au comptoir fut rapide, efficace et cordial ; après avoir assuré à l'employé qu'il s'occuperait lui-même de ses bagages, il porta ses sacs, une liasse d'informations utiles et sa clé le long de deux courtes volées de marches, puis d'un couloir sur la droite.

Noah avait demandé une suite ; c'était dans ses habitudes, et il voulait pouvoir installer ses affaires de travail. Elle était moins vaste que les pièces autrefois occupées avec ses parents, mais bien assez spacieuse tout de même. Il y avait un canapé pour faire la sieste, un bureau, petit mais robuste, une table où des guides et de la documentation sur la région se déployaient en éventail. Les murs s'ornaient de jolies aquarelles sur la flore locale, et le téléphone lui permettrait de brancher son modem.

Il jeta un coup d'œil par la fenêtre, heureux que sa chambre donne sur l'arrière, où la vue n'était pas gâchée par les voitures ; puis il déposa sa valise sur le coffre, au pied du lit-bateau de bois verni, et l'ouvrit. Comme effort de déballage, il sortit son nécessaire de rasage et le déposa sur l'étroite étagère qui surplombait la cuvette de toilette, dans la salle de bains attenante à la chambre. Il inspecta la douche — il était dans la voiture depuis six heures du matin — et rêva en même temps à la bière qu'il trouverait au bar. Après un court débat intérieur, il décida de prendre d'abord la première, puis de partir à la recherche de la seconde.

Il se déshabilla, abandonnant ses vêtements là où ils tombaient, puis lutta avec les réglages de la douche. À l'instant où il avança sous le jet, vif et chaud, il grogna de plaisir. Bonne décision, Brady, songea-t-il tandis que l'eau ruisselait sur sa tête. Après la bière, il flânerait dans les parages pour un premier tour d'horizon. Il voulait jauger les propriétaires et sentir, d'après les réactions du personnel et des clients, lequel des MacBride serait pour lui le plus facile à aborder.

Il voulait aussi rendre visite au nouveau centre d'étude de la nature, trouver Olivia. Et passer d'abord un moment à la regarder, seulement la regarder. Il ferait tout cela demain matin, pensa-t-il. Après avoir pris ses marques et passé une bonne nuit de sommeil.

En sortant de la douche, il s'essuya et sauta dans un jean. L'idée l'effleura de sortir vraiment ses affaires du sac, mais il optait plutôt pour en extraire juste une chemise, quand un coup violent fut frappé à la porte. Noah se saisit rapidement de la chemise avant d'ouvrir.

Il la reconnut aussitôt. Plus tard, il se demanda pourquoi cela avait été aussi immédiat et aussi intense. Elle avait indéniablement changé, pourtant : son visage était plus mince et plus ferme à la fois, ses lèvres plus nettement dessinées — toujours pleines et sans trace de maquillage, comme quand elle avait dix-huit ans, mais elles ne donnaient plus la même impression de jeunesse et d'innocence, et ce fut pour lui un choc.

Il n'en éprouva pas moins, à la revoir, une bouffée de plaisir inattendue, presque ridicule — sans quoi il aurait noté à quel point tout sourire de bienvenue était absent du visage d'Olivia.

Ses cheveux avaient foncé, jusqu'à prendre une couleur rappelant à Noah le caramel que la mère de Mike préparait pour Halloween et dont elle nappait des pommes. Elle avait coupé sa somptueuse chevelure, et pourtant elle était mieux ainsi. Chez une autre, ces cheveux courts et raides, avec leur frange, auraient évoqué un lutin de la forêt ; mais rien ne faisait songer à un lutin chez cette femme grande et maigre, à la silhouette athlétique.

Elle portait un compotier de grès rempli de fruits frais. Il sentit un sourire niais s'étaler sur son visage et ne trouva rien d'autre à dire que :

— Hé...

— Avec les compliments du chalet de River's End.

Elle lui lança le bol droit dans le ventre, avec assez de force pour lui arracher un grognement.

— Ah ! merci...

Elle pénétra dans la chambre d'une seule grande enjambée, qui le fit reculer d'autant. Quand elle eut claqué la porte derrière elle, il hocha la tête.

— Vous m'êtes offerte avec les fruits ? Nous n'avons jamais ce genre de supplément dans nos hôtels, en Californie.

— Vous avez un sacré culot de vous être introduit ici.

Bien, songea-t-il. Ce ne serait pas une partie de plaisir.

— Vous avez parfaitement raison. Je ne sais pas à quoi j'ai pensé en réservant une chambre. Mais pourquoi nous ne prendrions pas une minute pour... ?

— Je vais vous donner une minute, oui, dit-elle en posant un doigt sur sa poitrine. Je vais vous donner une minute pour repartir à Los Angeles. Vous n'avez aucun droit de venir ici comme ça.

— Bien sûr que j'ai le droit ! C'est un hôtel, oui ou non ? Et ne me bousculez plus, compris ?

— Je vous avais dit de rester loin de moi !

— Je l'ai fait, bon sang !

La lueur qui s'alluma dans les yeux d'Olivia était clairement un avertissement. Il fronça les sourcils.

— Bon, nous avons deux solutions : nous asseoir et discuter comme des gens raisonnables, ou rester à nous regarder en chiens de faïence.

— Je n'ai rien à discuter avec vous. Je suis là pour vous *dire* de partir et de nous laisser seuls.

— Vous perdez votre temps.

Changeant de tactique, il s'assit, étendit les jambes, choisit une pomme dans le compotier et mordit dedans.

— Je ne partirai nulle part, Olivia, alors autant que nous parlions.

— J'ai droit à mon intimité.

— Vous l'avez. C'est même ça qui est formidable. Vous ne me dites rien dont vous n'ayez envie. Nous pouvons commencer par quelque chose de simple, ce que vous avez fait depuis six ans, par exemple.

Prétentieux fils de pute au sourire satisfait, songea-t-elle, et elle se mit à faire les cent pas dans la pièce. Elle détestait qu'il soit resté le même, si terriblement le même. Les cheveux délavés par le soleil et décoiffés par le vent, la bouche ferme et sensuelle, les traits virils et tendres à la fois.

— Si vous valiez la moitié de ce que vaut votre père, vous respecteriez un peu plus la mémoire de ma mère !

La petite flèche acérée atteignit son but et se planta dans le cœur de Noah. Il contempla sa pomme et la fit tourner dans sa main jusqu'à ce qu'il soit sûr de pouvoir parler calmement. Quand il releva les yeux vers elle, ils étaient durs comme du granit.

— C'est la deuxième fois que vous me comparez à mon père, Olivia. Ne le faites pas une troisième.

Elle enfonça les mains dans ses poches et le fusilla du regard.

— Ce que je pense de vous ne vous intéresse absolument pas.

— Vous ne savez pas ce qui m'intéresse.

— Si, je le sais : l'argent. Ils vont vous payer des gros paquets de dollars pour ce livre, n'est-ce pas ? Ensuite vous pourrez vous répandre dans tous les talk-shows de la terre, bavasser pendant des heures sur les prétendues raisons pour lesquelles mon père a tué ma mère...

— Vous ne voulez pas connaître ces raisons ?

— Je les connais et ça ne change rien. Allez-vous-en, Noah. Partez d'ici et écrivez sur le drame de quelqu'un d'autre.

— Liv, appela-t-il en la voyant gagner la sortie à grands pas. Je ne m'en irai pas, cette fois.

Elle ne s'arrêta pas ni ne regarda derrière elle, mais fit claquer la porte avec assez de violence pour que les tableaux en vibrent sur les murs. Noah contempla sa pomme.

— Charmant intermède, murmura-t-il, et il songea qu'il avait fait plus que mériter une bière.

Olivia sortit du chalet par l'arrière, évitant le hall et les nombreux clients, coupant à travers la cuisine et se contentant de secouer la tête quand on l'appela par son nom. Elle avait besoin d'air, de prendre du champ, pour résister à cette pression dans la poitrine, ce bourdonnement dans les oreilles. Elle se força pourtant à ne pas courir, mais s'enfonça dans la forêt à grands pas ; puis, quand elle jugea qu'elle était assez loin, que les risques de rencontrer un randonneur étaient minces, elle s'assit à même le sol, entoura ses genoux des bras et réfléchit.

Elle s'était conduite stupidement. Elle savait qu'il venait, puisque Jamie le lui avait dit, et aussi quelles étaient ses intentions. Sa tante elle-même avait décidé de collaborer au livre, et cela avait donné lieu à leur première vraie dispute.

Noah Brady et son livre apportaient déjà la discorde au sein de leur famille.

Mais elle s'était préparée à l'affronter à nouveau ; elle n'était plus la fille naïve et sentimentale qui était tombée jadis amoureuse de lui. Elle avait guetté sa réservation et, quand celle-ci était survenue, elle avait projeté de se rendre dès son arrivée dans sa chambre pour lui parler et le raisonner, lui exposer calmement chacune de ses objections. Après tout, il était bien le fils de Frank Brady, et Frank, l'une des rares personnes en qui elle eût absolument confiance.

Elle avait décidé de lui apporter les fruits elle-même, répétant exactement ce qu'elle dirait et le ton sur lequel elle le dirait.

Soyez le bienvenu à River's End, Noah. Nous sommes contents de vous revoir ici. Je peux entrer une minute ?

Puis il avait ouvert la porte et lui avait souri. Un sourire radieux, comme s'il n'y avait jamais eu de problème entre eux, songea-t-elle en tournant la tête pour poser la joue sur ses genoux, tandis qu'une bouffée de plaisir la submergeait. Il avait l'air si heureux et il était si séduisant, avec ses cheveux sombres encore mouillés par la douche, ses yeux vert mousse brillant de plaisir... Cette ridicule part d'elle-même lui avait encore joué des tours, comme six ans plus tôt. Dans ses plans si bien mis au point, elle n'avait pas prévu que son cœur se briserait à nouveau, malgré tout le temps et tous les efforts fournis pour le guérir.

Alors, la peur de souffrir encore s'était infiltrée en elle, et elle avait agrippé sa colère comme une arme pour la repousser ; mieux valait se mettre en colère que souffrir. Résultat : au lieu de le convaincre de renoncer au livre, elle était sûre de l'avoir enraciné plus profondément dans son projet.

Elle voulait qu'on la laisse seule, elle voulait protéger son monde et y vivre tranquille.

Pourquoi Sam Tanner avait-il contacté Noah ? Non ! Elle ferma les yeux, furieuse ; elle ne voulait pas penser à ça, pas à lui, elle ne voulait pas savoir. Elle avait mis toute cette histoire de côté, exactement comme sa grand-mère avait mis ses souvenirs dans un coffre au grenier.

Il lui avait fallu des années pour y parvenir, des années de visites secrètes dans ce grenier, de peines et de cauchemars, de recherches clandestines pour grappiller des bribes d'informations sur ses parents.

Après avoir trouvé tout ce qu'il y avait à trouver, elle l'enferma en elle, se concentra sur le présent et sur l'avenir. Elle obtint la paix de l'esprit, la satisfaction dans son travail, une direction à sa vie. Tout cela était aujourd'hui menacé, parce que Sam Tanner sortait de prison et que Noah Brady écrivait un livre.

La nourriture était parfaite ; Noah décerna une note élevée aux MacBride pour l'ordinaire du chalet, surtout après les deux tournées qu'il venait de s'octroyer au buffet du petit déjeuner. Le service était à l'avenant, efficace et chaleureux sans être pesant, son lit avait été douillet, et il aurait pu piocher dans une liste très convenable de films à regarder dans sa chambre s'il avait été d'humeur à le faire. Mais il avait travaillé, à la place, et jugeait avoir bien mérité une matinée de repos.

Seul problème, songea-t-il en regardant la pluie tambouriner derrière les fenêtres de la salle à manger, le temps n'était pas à la hauteur du reste.

Certes, les prospectus mentionnaient les printemps pluvieux de la région, et l'on ne pouvait nier que ce fût pittoresque en un sens — fort éloigné des côtes californiennes baignées de soleil, mais on percevait quelque chose d'envoûtant dans ce mur liquide, le flou de ces tons gris et verts. Il hésitait à s'équiper pour aller faire une promenade, car c'était agréable aussi d'observer le paysage à travers les vitres, depuis la chaleur douillette de la salle à manger.

Un éclat de rire lui fit dresser la tête. L'homme était vêtu d'une chemise de flanelle écossaise et d'un pantalon de grosse toile ; ses épais cheveux, d'un gris à la Cary Grant, capturaient des reflets de lumière sur son passage. Il traversait la salle à manger et s'arrêtait aux tables de ceux qui, tel Noah, s'attardaient sur une dernière tasse de café.

Ses sourcils étaient résolument noirs et, si Noah ne pouvait voir la couleur de ses yeux, il les imaginait d'un certain brun doré étrange et caractéristique. Il avait la silhouette sèche et nerveuse, l'allure vigoureuse des gens âgés qui vivent au grand air. Rob MacBride... Noah ne regretta pas d'être resté dans cette salle à regarder la pluie.

Il ne fallut pas longtemps à Rob pour terminer son circuit et s'arrêter à sa table avec un sourire.

— Belle journée, n'est-ce pas ?

— Pour les canards, répondit Noah, et il fut récompensé par un rire bref et profond.

— Ne devons-nous pas tant de choses à la pluie ? J'espère que vous profitez de votre séjour.

— Beaucoup, oui. C'est un endroit magnifique. Vous avez fait quelques changements depuis ma dernière visite, mais le style est resté le même.

— Vous avez déjà séjourné ici ?

— Il y a longtemps, dit le jeune homme en tendant la main. Je m'appelle Noah Brady, monsieur MacBride.

Aucune lueur particulière ne passa dans les yeux de Rob.

— Bienvenue pour votre retour chez nous.

— Merci. Je suis venu ici avec mes parents, il y a environ douze ans. Frank et Celia Brady.

— Nous sommes toujours heureux d'accueillir la génération suivante...

La relation se fit alors dans l'esprit de Rob, et un masque de chagrin silencieux descendit sur son visage.

— Frank Brady ? C'est votre père ?

— Oui.

Rob détourna la tête et contempla la pluie à travers la fenêtre.

— Voilà un nom auquel je n'avais pas pensé depuis longtemps, très longtemps.

— Si vous acceptiez de vous asseoir, monsieur MacBride, je vous dirais pourquoi je suis ici.

Rob contempla Noah quelques instants, puis appela la serveuse qui débarrassait une table voisine.

— Hailey, pouvez-vous nous apporter un peu de café, s'il vous plaît ?

Il s'assit puis étendit ses longues mains fines sur la table ; elles trahissaient son âge, remarqua Noah, à la différence de son visage.

— Votre père va bien ?

— Oui, il va bien. Il est à la retraite depuis peu. Il a d'abord rendu ma mère folle, puis a trouvé quelque chose pour le tenir hors de la maison pendant la journée.

Rob hocha la tête, reconnaissant à Noah d'avoir dérivé vers des banalités.

— L'homme qui ne reste pas occupé vieillit vite. Le chalet, le camp, les gens qui vont et viennent, c'est cela qui me garde jeune. Nous avons aujourd'hui des responsables et des employés pour faire le travail quotidien, mais je mets encore la main à la pâte.

— C'est un endroit dont vous pouvez être fier. Je m'y suis senti chez moi dès l'instant où j'ai franchi la porte. Sauf un léger incident avec votre petite-fille, songea-t-il, mais ce n'aurait pas été très diplomate de le mentionner.

— Voici du café, monsieur Brady, dit Hailey, puis elle remplit une tasse pour Rob.

— Alors, vous êtes entré dans la police comme votre père ?

— Non. Je suis écrivain.

— Vraiment ? s'étonna Rob, et son visage s'anima. Rien

de mieux qu'une bonne histoire... Quel genre de romans écrivez-vous ?

— Je ne fais pas de fiction. J'écris sur des crimes véritables.

Il marqua une pause, cependant qu'une ombre passait déjà sur le visage de Rob.

— En fait, je prépare en ce moment un livre sur votre fille.

Rob leva sa tasse et but lentement. Quand il reprit la parole, il n'y avait pas de colère dans sa voix, juste de la lassitude.

— Ça fait plus de vingt ans, maintenant... Est-ce que tout n'a pas déjà été dit ?

— Je ne crois pas, non. Je m'y suis intéressé depuis mon enfance. Le rapport avec mon père, la façon dont ça l'a affecté ont eu beaucoup d'influence sur moi.

Il fit une nouvelle pause, pesa ses mots, puis décida d'être le plus honnête possible.

— Je pense qu'au fond de moi j'ai toujours eu dans l'idée d'écrire ce livre. Je ne savais pas comment l'aborder, mais je savais que, quand le moment viendrait, je l'écrirais. Ce moment est venu il y a quelques semaines, quand Sam Tanner m'a contacté.

— Tanner... Pourquoi ne la laisse-t-il pas reposer en paix ?

— Il veut raconter son histoire.

— Et vous croyez qu'il vous dira la vérité ? Vous pensez que l'homme qui a tué ma fille, qui l'a lacérée de coups de ciseaux est capable de dire la vérité ?

— Je l'ignore, mais je sais en revanche que je suis capable de distinguer la vérité du mensonge. Je n'ai pas l'intention d'écrire le livre de Tanner, de mettre son seul point de vue sur le papier. J'ai l'intention de rencontrer toutes les personnes concernées par cette histoire, et j'ai déjà commencé. C'est pour cela que je suis ici, monsieur MacBride. Pour comprendre et intégrer votre point de vue.

— Julie était l'une des lumières les plus brillantes de ma

vie, et il l'a exterminée. Il a pris son amour pour lui, l'a entortillé pour s'en faire une arme et l'a détruite avec cette arme. Quel autre point de vue pourrais-je bien avoir ?

— Vous la connaissiez comme personne d'autre, vous les connaissiez tous les deux comme personne d'autre. Voilà l'important.

— Noah..., fit lentement Rob. Avez-vous une idée du nombre de fois où on nous a sollicités durant les deux ans ayant suivi la mort de Julie ? Pour donner des interviews, cautionner des livres, des films, des reportages télévisés ?

— J'imagine, oui. Vous les avez tous refusés, je le sais.

— Tous, oui. Ils nous offraient des sommes indécentes, ils nous faisaient des promesses ou des menaces, mais nous avons toujours dit non. Pourquoi croyez-vous que je vous dirais oui, après toutes ces années ?

— Parce que je ne vous offrirai pas d'argent et je ne vous ferai pas la moindre menace ; juste une seule promesse : celle de dire la vérité. Et en la disant, j'agirai correctement envers votre fille.

— Vous le ferez peut-être, dit Rob après un moment de réflexion. Je crois que vous essaierez, en effet. Mais Julie est partie, Noah, et je dois penser à la famille qui me reste.

— Vaut-il mieux pour eux que le livre soit écrit sans sa contribution ?

— Je ne sais pas. La blessure n'est plus à vif, mais elle fait encore mal. À certains moments, j'ai voulu avoir mon mot à dire, mais ces moments-là sont passés. Une partie de moi-même, c'est vrai, soupira-t-il, refuse qu'on l'oublie, qu'on oublie ce drame.

— Je n'ai pas oublié, moi. Dites-moi ce dont vous voulez qu'on se souvienne.

18

Le centre d'étude de la nature était l'enfant d'Olivia ; c'était son idée, son projet et, dans un sens très concret, son Saint-Graal.

Elle avait insisté pour y investir l'argent reçu de sa mère ; à vingt et un ans, son diplôme en poche, elle avait puisé dans cet héritage pour édifier son rêve.

Tous les aspects du centre, elle les avait supervisés, depuis la pose de la première pierre jusqu'à la disposition des sièges dans le petit amphithéâtre où les visiteurs visionnaient un documentaire sur la faune et la flore de la région. Elle avait personnellement choisi chacune des photos exposées dans les salles, contrôlé chacun des textes d'explication ; engagé à l'issue d'un entretien tous les membres du personnel ; fait réaliser une maquette de la vallée de Quinault et de la forêt humide ; et elle accompagnait souvent elle-même les randonnées proposées aux clients.

Elle n'avait jamais été aussi heureuse que depuis l'ouverture du lieu au public et n'allait pas laisser Noah Brady gâcher cette satisfaction durement acquise.

L'esprit à moitié à son travail, elle guidait un petit groupe de visiteurs autour de la salle sur les mammifères locaux.

— L'élan Roosevelt, ou Olympic, est le plus grand des wapitis, et de vastes troupeaux de ces élans résident dans les monts Olympic. Nous devons la protection du site à cet animal, car c'est pour préserver ses lieux de reproduction et ses pâturages d'été que le président Theodore Roosevelt a, dans les derniers jours de son administration, promulgué la déclaration faisant du mont Olympus un monument national.

Lorsque la porte de la salle s'ouvrit, elle tourna la tête et tressaillit. Noah lui adressa un léger salut, un demi-sourire, puis se mit à flâner dans les lieux, laissant des traces de pas humides sur son passage. Olivia mit un point d'honneur à continuer son exposé, passant de l'élan au cerf à queue noire et du cerf à la martre ; mais quand elle en arriva au castor, que le souvenir de la berge où elle s'était assise avec Noah lui revint à l'esprit, elle fit signe à quelqu'un d'autre de l'équipe de poursuivre à sa place.

Elle avait envie de faire demi-tour et d'aller s'enfermer dans son bureau ; la paperasserie était toujours une excuse valable. Mais cela semblerait lâche — pis, cela la ferait se sentir lâche. Aussi traversa-t-elle la salle pour se planter près de lui, tandis qu'il regardait l'une des photos agrandies d'un air apparemment fasciné.

— Alors, c'est une musaraigne...

— Une musaraigne errante, *Sorex vagrans*, assez commune dans la région. Nous avons aussi la musaraigne Trowbridge, la musaraigne cendrée et la musaraigne sombre. Également des musaraignes du Pacifique, des musaraignes palustres et des musaraignes taupes. La musaraigne cendrée est rare.

— Je suis censé connaître juste les musaraignes des villes...

— Je ne trouve pas ça drôle.

— Non, mais c'est vous qui avez commencé. Vous avez fait un travail formidable ici, Liv. D'ailleurs j'en étais sûr.

— Vraiment ? Je ne m'étais pas rendu compte que vous faisiez attention à mes radotages, à l'époque.

— Je fais attention à tout ce qui vous concerne. *Tout*.

Le visage d'Olivia se ferma, se verrouilla.

— Je n'ai pas l'intention de revenir là-dessus. Ni maintenant ni jamais.

— Bien, alors restons-en là.

Noah promena son regard sur les environs et l'arrêta sur

la photo d'une chauve-souris de l'Ouest à grandes oreilles, créature particulièrement hideuse à son goût.

— Vous faites les présentations ?

— Vous vous fichez pas mal de l'histoire naturelle... Alors pourquoi nous faire perdre notre temps à tous les deux ?

— Pardonnez-moi, mais vous parlez à quelqu'un qui a été élevé avec le chant des baleines et la situation dramatique du pélican. J'ai la carte de membre de Greenpeace et du WWF, et je leur achète des calendriers tous les ans.

Pour masquer son envie de sourire, elle soupira.

— Le documentaire repasse toutes les heures dans l'amphithéâtre. Ça recommence dans dix minutes, juste derrière ces portes à votre gauche.

— Où est le pop-corn ?

Elle était de nouveau prête à sourire et lui tourna le dos.

— Je suis occupée.

— Non, vous ne l'êtes pas, dit-il en la prenant par le bras et en la retenant, d'une pression la plus légère possible. Vous pouvez être occupée tout comme vous pouvez vous libérer quelques minutes.

— Je n'ai pas l'intention de parler de ma famille avec vous.

— Parlons d'autre chose, alors. Comment êtes-vous arrivée à ça ? La conception du bâtiment, je veux dire. Je le trouve beaucoup plus gai que les endroits sur la nature où ma mère me traînait, avant que je sois en âge de me défendre.

— Je suis naturaliste et je vis ici, c'est tout.

— Il en faut davantage, Liv. Vous avez aussi étudié le design ?

— Non, je n'ai pas étudié le design, je l'ai juste vu ainsi.

— Eh bien, ça fonctionne. Rien qui puisse effrayer les enfants là-dedans. Ça ne débite pas des exposés pédagogiques d'une voix monotone, ça ne cherche pas à en mettre plein la vue avec des graphiques trop clinquants qui vous donnent la migraine. Des couleurs douces, un bon espace. Qu'y a-t-il de l'autre côté ?

Il dépassa le comptoir de la réception, son présentoir de livres et de cartes postales, et franchit une large porte.

— Eh, génial !

La maquette de la vallée occupait le centre d'une salle où se poursuivait l'exposition sur la faune et la flore. Noah se pencha dessus.

— Voilà comment les aigles nous voient de là-haut. Nous sommes ici, le chalet, le centre..., commenta-t-il en tapotant du doigt sur la bulle de protection. Voilà le chemin que nous avions pris ce jour-là, n'est-ce pas, le long de la rivière ? Vous avez même mis le barrage des castors. Mais vos grands-parents n'ont pas une maison par ici ? Je ne la vois pas...

— Parce que c'est privé.

Il se redressa et son regard parut s'enfoncer droit dans celui d'Olivia.

— Êtes-vous vous aussi sous cette bulle de plastique, Liv ? Cachée là où personne ne peut vous atteindre ?

— Je suis exactement là où je veux être.

— Mon livre ne va pas changer cela. Mais il peut balayer toutes les ombres qui planent encore sur les événements de cette nuit-là. J'ai une chance de faire sortir la vérité, toute la vérité. Sam Tanner parle, pour la première fois depuis le procès, et un homme condamné choisit souvent de soulager sa conscience avant qu'il soit trop tard.

— Condamné ?

— La tumeur..., commença Noah, puis il la regarda avec surprise et inquiétude tandis qu'elle pâlissait. Je suis désolé, je pensais que vous saviez...

— Vous voulez dire... il va mourir ?

— Tumeur au cerveau. Il ne lui reste que quelques mois. Venez, vous avez besoin de vous asseoir...

Il lui prit le bras, mais elle se libéra.

— Ne me touchez pas...

Puis elle se retourna rapidement et franchit la porte la plus proche à grandes enjambées. Il aurait dû la laisser partir, il le savait, mais il voyait encore le choc dans son regard, aussi la suivit-il en jurant intérieurement.

Elle avait la démarche inflexible de celle qui balaiera tous les obstacles devant elle, jusqu'à son but ; il nota de s'en souvenir si d'aventure il devait se trouver un jour sur son chemin. Il la rattrapa au moment où elle s'engouffrait dans un bureau, juste au-delà de la zone de l'amphithéâtre ; il parvint à bloquer *in extremis* la porte qu'elle avait voulu claquer derrière elle et la referma doucement après être entré dans la pièce.

— C'est une zone privée ! s'exclama-t-elle, faute de rien trouver de mieux à lui opposer. Allez faire un tour ailleurs !

— Asseyez-vous.

Il lui prit le bras une fois de plus et lui fit faire le tour du bureau, jusqu'au fauteuil où elle s'assit. La pièce était petite et il s'accroupit devant elle, le regard plongé dans le sien.

— Je suis désolé. Je n'aurais pas dû vous l'assener ainsi, mais je pensais que Jamie vous en aurait parlé.

— Elle ne l'a pas fait et ça n'a pas d'importance.

— Si, ça en a. Vous voulez un peu d'eau ou quelque chose d'autre ?

Il promena les yeux autour de lui, espérant apercevoir une fontaine d'eau fraîche, une carafe, n'importe quoi pour trouver une tâche à accomplir.

— Je n'ai besoin de rien, je vais parfaitement bien.

En baissant les yeux, elle vit qu'il lui avait pris la main et qu'elle l'avait laissé faire, sans s'en rendre compte ou presque. Elle rougit et se dégagea, très gênée.

— Levez-vous, pour l'amour du ciel ! Il ne manquerait plus que quelqu'un entre et vous voie agenouillé à mes pieds !

— Je ne suis pas à genoux, protesta-t-il.

Mais il se redressa et s'assit sur le coin du bureau.

Ses cheveux n'étaient pas les seuls à avoir changé ; cette Olivia-ci était bien plus résistante, bien plus âpre aussi que la timide étudiante d'autrefois.

— Vous avez parlé de mes projets avec Jamie, n'est-ce pas ? s'enquit Noah.

— Oui.

— Pourquoi ne vous a-t-elle pas dit que Sam était condamné ?

— Nous nous sommes disputées.

Elle se pencha en arrière dans son fauteuil ; elle était lasse, soudain, et n'avait plus les idées claires.

— Nous ne nous disputons jamais, c'est donc un point de plus dont je dois vous remercier, vous et votre livre. Elle avait peut-être l'intention de m'en parler, mais ça s'est perdu dans la mêlée.

— Il veut raconter son histoire avant de mourir. S'il ne le fait pas, elle disparaîtra avec lui. C'est vraiment ce que vous voulez ?

Le besoin de savoir, qu'elle s'était si longtemps efforcée d'enfouir au fond d'elle-même, travaillait dur à se libérer.

— Peu importe ce que je veux puisque vous le ferez de toute façon. Vous avez toujours voulu le faire.

— C'est vrai, oui. Et je vous le dis en face, cette fois-ci, comme j'aurais dû le faire avant.

— Vous voulez votre livre ; lui, il veut... quoi, d'ailleurs ? Le pardon ? La rédemption ?

— La compréhension, peut-être. Il essaie de comprendre lui-même comment c'est arrivé, je pense.

— Je ne veux pas en parler, je vous l'ai déjà dit.

— J'ai besoin de votre point de vue, Liv. Tous les autres sont des pièces de l'ensemble, mais vous êtes la clé. Votre grand-père affirme que vous avez une bonne mémoire visuelle. C'est vrai ?

— Oui, je... mon grand-père ? s'exclama-t-elle en bondissant sur ses pieds. Vous avez parlé avec mon grand-père ?

— Juste après le petit déjeuner, oui.

— Je vous interdis de vous approcher de lui !

— C'est lui qui s'est approché de moi. Il est venu vers ma

293

table, et, d'après ce que j'ai vu, il a l'habitude de le faire avec tous les clients. Je lui ai dit qui j'étais et pourquoi j'étais là. Si vous ne me croyez pas, posez-lui la question.

— Il a plus de soixante-dix ans ! Comment pouvez-vous le soumettre à ce genre de choses ?

— J'aimerais être en aussi bonne forme à soixante-dix ans. Pour l'amour du ciel, je ne lui ai pas posé un pistolet sur la tempe ! Nous avons d'abord discuté autour d'un café, puis il a accepté de venir dans ma chambre pour un entretien enregistré. Et quand nous avons terminé la séance, il n'est pas sorti cassé ni brisé, il avait l'air soulagé, au contraire. Sam n'est pas le seul à vouloir évacuer quelque chose, Liv.

Le fait parut la troubler, à en juger par la main qu'elle passa nerveusement dans ses cheveux.

— Il a vraiment accepté ça ? D'en parler avec vous ? Que vous a-t-il dit ?

— Oh ! non, répondit Noah en l'observant pensivement. Je n'amorce pas la pompe de cette façon. Ce que vous me direz, je veux que cela vienne de vous, et non pas que ce soit le reflet des pensées et sentiments des autres.

— Il n'en parle jamais, pourtant...

Qu'y avait-il, sous la surprise qu'elle éprouvait ? De la déception ? Autre chose ?

— Il m'a parlé aujourd'hui, et il a accepté au moins un autre entretien avant mon départ.

— Je ne comprends pas...

— Peut-être est-ce parce que le moment est venu, Liv. Je vais vous faire une proposition, dit-il en souriant : je vous parle de choses et d'autres, je vous raconte ma vie passionnante, et toutes mes opinions sur le monde en général. Quand vous saurez combien je suis brillant et séduisant, vous vous confierez plus facilement à moi.

— Vous êtes loin d'être aussi séduisant que vous le croyez.

— Bien sûr que si. Dînons ensemble.

Oh ! ils avaient déjà pris ce chemin jadis.

— Non.

— D'accord. Je dirais que c'était une réponse pavlovienne, donc j'essaie encore. Dînons ensemble.

Cette fois, elle tourna la tête et mit cinq bonnes secondes avant de répondre.

— Non.

— Très bien. Je devrai donc payer pour vous avoir.

Les yeux d'Olivia étincelèrent, un or riche et profond qui rappela à Noah les vieux tableaux de maîtres.

— Vous pensez que je m'intéresse à votre argent, c'est ça ? Que vous pouvez m'acheter ? Vous êtes bien un sordide fils de pute...

— Arrêtez, je ne voulais pas dire ça. Je devrai payer pour profiter de vos services, comme dans *Renseignez-vous sur nos journées organisées, comprenant des randonnées guidées par l'un de nos naturalistes.* Vous seriez le naturaliste en question. Alors, quel itinéraire conseilleriez-vous pour une randonnée agréable et pittoresque, demain ?

— Oubliez ça.

— Oh ! non. Vous faites de la publicité, alors allez jusqu'au bout. Je suis un client payant. Voulez-vous me conseiller un chemin, ou devrai-je en choisir un au hasard ?

— Vous tenez vraiment à faire une randonnée ? demanda Olivia d'un air songeur.

Oui, elle allait lui en organiser une, et même une qui resterait dans les annales.

— Parfait. Nous sommes là pour ça, en effet. Passez à la réception, donnez juste mon nom et réservez pour sept heures demain.

— Vous voulez dire sept heures du matin ?

— C'est peut-être un problème, pour un citadin comme vous ?

— Non, c'était juste pour savoir.

Il se releva du bureau et se trouva soudain bien plus proche d'elle qu'il ne l'avait prévu. Le corps d'Olivia exhalait

295

toujours la même odeur, au cours de quelques secondes grisantes il ne put penser à rien d'autre. Le tressaillement spécifique et précis du désir se manifesta dans son ventre, et il ne put empêcher son regard de glisser vers les lèvres d'Olivia, assez longtemps pour que des souvenirs précis lui reviennent. Puis il trouva son attitude parfaitement déplacée et fit un pas de côté.

— À demain matin, alors.

— N'oubliez pas de prendre un de nos guides du randonneur au passage, afin de savoir comment vous habiller.

— En général, je sais comment m'habiller, marmonna-t-il, puis il sortit à grandes enjambées, étonné de s'en vouloir à ce point.

Avec elle, il se sentait d'abord coupable, puis furieux la minute d'après, protecteur puis agressif. Non, il ne voulait pas succomber de nouveau, et il se caparaçonna plus que jamais contre ses sentiments.

S'arrêtant à la réception, comme elle l'en avait enjoint, il réserva pour le lendemain matin. L'employée tapa sur son clavier, puis lui sourit d'un air aimable.

— Puis-je avoir votre nom ?

— Mes initiales suffiront, s'entendit-il répondre. FDP.

Olivia comprendrait.

Sa grand-mère avait pleuré, elle le comprit tout de suite. Olivia entra par la porte de derrière comme à son habitude, le chien mouillé caracolant sur ses talons, et son cœur se serra dès le premier regard.

Val tenait à préparer elle-même le repas du soir. Tous les jours, sans faillir, on la trouvait dans sa cuisine à six heures, hachant des légumes ou touillant une casserole d'où s'élevait un plaisant fumet, tandis que le présentateur retournait des lettres sur l'écran de la télévision. Souvent, Val criait le mot avant les concurrents du jeu, ou leur adressait des observations bien senties : « Non, pas une voyelle, imbécile ! »

Olivia entrait, se versait un verre de vin — ç'avait été un jus de fruits ou un soda dans sa jeunesse — et mettait la table, pendant qu'elles bavardaient toutes les deux. C'était une routine chaleureuse et réconfortante.

Mais ce soir-là, quand elle rentra glacée jusqu'aux os, son vêtement de pluie ruisselant d'eau, de sa promenade sans but avec Chico, il n'y avait ni salves d'applaudissements ni défilé de couleurs bariolées sur la petite télévision. Les casseroles mijotaient et Val les remuait, mais elle gardait le dos tourné, sans jeter nul sourire de bienvenue à Olivia par-dessus son épaule.

— Emmène ce chien mouillé dans la souillarde, Livvy.

À sa voix rauque, enrouée, Olivia sut qu'elle avait pleuré.

— Allez, Chico. Viens te coucher, maintenant.

Elle poussa le chien dans la souillarde, où il se recroquevilla sur lui-même, l'air maussade, en compagnie du vieux collier qu'il aimait mâchonner.

Olivia leur versa un verre de vin à chacune puis, laissant la table pour le moment, vint poser celui de sa grand-mère sur le plan de travail, près de la cuisinière.

— Tu es contrariée. Je suis désolée pour tout cela.

— Inutile d'en parler. Nous aurons du bœuf et de la bouillie d'orge ce soir. Je m'apprêtais à ajouter les boulettes.

La première réaction d'Olivia, instinctive, fut d'acquiescer et de sortir les grands bols du placard, pour laisser le sujet s'enterrer de lui-même. Mais elle se demanda si Noah n'avait pas raison au moins sur un point : le moment était peut-être venu.

— Grand-mère, c'est arrivé, que nous en parlions ou non.

— Alors, inutile de le faire.

Val tendit la main, sans regarder, vers le saladier, où la pâte des boulettes était prête, et fit tomber au passage son verre de vin, qui éclata sur le sol.

— Qu'est-ce que ça faisait là ? Tu n'as rien trouvé de

mieux que de mettre un verre sur mon plan de travail ? Regarde le sol, maintenant !

— Je suis désolée. Je vais nettoyer...

Olivia s'empressa d'aller chercher le balai et de faire taire le chien, qui s'était dressé d'un bond comme pour les défendre contre des intrus.

— Du calme, Chico, c'est du verre brisé, pas un coup de fusil...

Mais tout l'amusement qu'elle avait pu ressentir disparut quand elle vit Val en larmes, le visage enfoui dans un torchon à vaisselle.

— Oh ! grand-mère...

Elle laissa tomber son balai et se précipita pour la prendre dans ses bras.

— Je ne veux pas penser encore à ça, je ne peux pas. J'ai demandé à Rob de faire partir ce jeune homme, qu'il fasse ses bagages et s'en aille, mais Rob ne veut pas. D'après lui, ce n'est pas une bonne idée et ça ne changera rien de toute façon.

— Je le ferai partir, moi, dit Olivia en pressant ses lèvres sur les cheveux de Val. Je vais le mettre dehors.

— Ça ne servira à rien. Je le savais, même au moment où j'étais en colère contre Rob. Ça ne servira à rien, on ne peut pas l'arrêter. Nous n'avons pas pu arrêter les rumeurs et les livres il y a vingt ans, nous ne les arrêterons pas plus aujourd'hui. Mais je ne peux pas rouvrir mon cœur à cette douleur-là.

Elle recula de quelques pas, en s'essuyant le visage.

— Tu vas lui dire de ne pas venir ici, de ne pas demander à me voir. Et je ne veux pas non plus qu'on en discute dans cette maison.

— Il ne viendra pas ici, grand-mère. Je te le promets.

— Je n'aurais pas dû te parler comme ça à cause du verre, ce n'était qu'un verre... J'ai mal à la tête, c'est tout, et ça me fait perdre mon sang-froid. Occupe-toi des boulettes, Livvy. Je vais prendre de l'aspirine et m'étendre un peu.

— Très bien. Grand-mère...

Val l'interrompit d'un regard.

— Mets les boulettes à cuire, Livvy. Ton grand-père n'est pas content quand nous mangeons après six heures et demie.

Voilà, songea Olivia en voyant Val quitter la cuisine. C'était fermé, verrouillé. On ne devait pas en discuter. Un autre coffre pour le grenier... Pourtant, cette fois, le verrou n'allait pas tenir.

Peu après neuf heures, au moment où Noah hésitait entre deux heures de travail et une pause film, Mike descendait en sifflotant le chemin qui menait à la villa de la plage.

Il avait eu l'intention de venir plus tôt, pour offrir un bon arrosage aux fleurs avant la nuit noire, mais l'un de ses partenaires habituels l'avait provoqué dans un jeu-marathon de Mortal Kombat qui s'était soldé par un duel d'ordinateurs de deux heures et dix-huit minutes.

Pour pimenter la situation, il avait téléphoné à sa nouvelle amie et lui avait proposé de la retrouver à la villa pour une promenade sur la plage, un bain dans le Jacuzzi de Noah, et tout ce qui pourrait encore leur passer par la tête. Noah n'y verrait sûrement pas d'inconvénient ; en échange, il se lèverait tôt demain pour s'occuper du jardin.

Il alluma la lumière de la véranda, puis alla dans la cuisine voir si ce vieux Noah n'avait pas en réserve un bon petit vin convenant à une séance de flirt dans le Jacuzzi. Après avoir étudié les étiquettes, il en choisit un pour sa consonance française. Il posa la bouteille sur le comptoir, se demanda s'il fallait la déboucher dès maintenant pour l'aérer, puis ouvrit le réfrigérateur à la recherche de quelque nourriture intéressante.

Il sifflotait toujours, hésitant entre un morceau de brie et une assiette de poulet assez peu appétissante, quand un éclair passa au coin de son œil droit. Il se redressa, mais sentit une vive douleur lui traverser le crâne ; titubant, il porta la main vers sa tête, pensant s'être cogné dans le coin du réfrigérateur. Stupéfait, il contempla, les yeux ronds, le sang qui maculait le bout de ses doigts.

— Oh ! merde..., trouva-t-il la force de dire, avant qu'un second coup l'expédie dans les ténèbres.

19

Il pleuvait toujours quand le réveil de Noah sonna, à six heures du matin. Il tapa dessus, ouvrit les yeux dans le noir et songea à ce à quoi tout homme sensé songerait par une matinée pluvieuse : dormir jusqu'à midi. Mais quelques heures de repos, même douillet, ne vaudraient pas les commentaires sarcastiques d'Olivia. Peut-être par fierté, peut-être parce qu'il avait quelque chose à leur prouver à tous deux, il s'extirpa du lit. Il tituba jusqu'à la douche, qui remonta quelque peu son niveau de conscience, puis s'habilla pour la journée.

Il fallait être fou pour prévoir une randonnée sous la pluie. Sans doute Olivia savait-elle qu'il pleuvrait ; ou plutôt non, elle s'était *arrangée* pour qu'il pleuve, juste dans le dessein de régler ses comptes avec lui. Il ronchonna à cette idée tout le long de son chemin jusqu'au hall, où il trouva plusieurs petits groupes de gens en tenue de marche, savourant le café et les beignets offerts par l'hôtel aux randonneurs matinaux.

La plupart d'entre eux, Noah fut forcé d'en convenir, paraissaient heureux d'être là.

À sept heures, soutenu par le sucre et la caféine, il se sentait presque dans la peau d'un être humain. Il avait retrouvé assez d'énergie pour faire du charme à la réceptionniste, puis il s'empara d'un dernier beignet et sortit.

Dehors, il aperçut Olivia. Debout dans le noir, la pluie tambourinant sur son chapeau de brousse, la brume s'enroulant autour de ses chevilles, elle discutait avec un petit groupe de la randonnée prévue. Le chien passait de l'un à l'autre, quémandant caresses et grattements derrière les oreilles.

En le voyant, elle prit congé du groupe et vint le retrouver.

— Vous êtes équipé ?

— Oui, dit-il en avalant une bouchée de sa ration de survie.

— Voyons cela.

Elle fit un pas en arrière et le scruta des pieds à la tête.

— Depuis combien de temps ces chaussures ont-elles quitté leur boîte, champion ?

Moins d'une heure, songea Noah, et telles, exactement, qu'il les avait achetées à San Francisco.

— Autant dire que je n'ai pas fait de randonnée depuis quelques années. Mais, à moins que nous n'ayons prévu de gravir le mont Cervin, je suis partant. Et en forme.

— La forme des clubs de gym, oui. La frime des clubs de gym aussi. Ça ne va pas ressembler à votre banc de musculation, vous verrez. Où est votre bouteille d'eau ?

Déjà passablement irrité, il tendit une main devant lui, arrondit la paume et recueillit la pluie à l'intérieur. Mais Olivia secoua la tête.

— Attendez une minute.

Elle tourna les talons et retourna au chalet.

— C'est juste moi, demanda Noah à Chico, ou bien elle est comme ça avec tout le monde ?

Le chien était assis devant lui, jetant sur le beignet un regard plein d'espoir ; Noah cassa en deux le morceau qui restait et lui en lança la moitié. Chico la happa au vol, puis éructa avec entrain. Noah en riait encore quand Olivia revint, à petites foulées, portant une bouteille d'eau ainsi qu'un support pour la suspendre à la ceinture.

— Il faut toujours avoir son eau avec soi, affirma-t-elle, avant de lui accrocher prestement la bouteille à la taille.

— Merci...

— Je les ai fait mettre sur votre compte.

302

— Non, je voulais dire pour prendre si bien soin de moi, maman.

Elle faillit sourire, il en vit la lueur passer dans ses yeux, puis elle se ressaisit et claqua des doigts en direction du chien, qui accourut sur ses talons.

— Allons-y.

Elle avait l'intention de commencer par le sentier principal, une boucle d'un kilomètre et demi, recommandée pour les débutants et les parents accompagnés de jeunes enfants. Afin de le conforter dans sa satisfaction, songea-t-elle avec un sourire intérieur. Le brouillard s'exhalait du sol, glissait à travers les arbres, s'emmêlait dans les frondes des fougères ; la pluie tambourinait au travers dans un tam-tam monotone. L'obscurité s'épaississait à mesure qu'ils pénétraient dans la forêt, descendant comme une chape et transformant le brouillard en une rivière fantôme.

— Quel endroit bizarre...

Il se sentait petit, étrangement sans défense.

— Est-ce que vous n'imaginez pas une main sortant du brouillard, une main avec des griffes, vous saisissant par la cheville et vous tirant vers le bas ? Vous avez juste le temps de pousser un cri bref, puis on n'entend plus qu'un bruit de succion, un slurp...

— Oh ! vous avez entendu parler de l'Ogre de la forêt...

— Allez-y, racontez...

— Nous perdons une moyenne de quinze randonneurs par an, soupira-t-elle, mais nous essayons d'empêcher que cela ne s'ébruite. Nous ne voulons pas décourager les touristes.

— Très amusant, murmura Noah, qui n'en jeta pas moins un regard prudent au brouillard environnant.

Elle sortit sa lampe de poche et la braqua en l'air : le geste eut pour effet de découper un rai de lumière au-dessus de leurs têtes et de rejeter le reste dans la pénombre, une pénombre mouvante.

— L'étage supérieur est constitué d'épicéas de Sitka, de tsugas de Mertens, de sapins Douglas et de thuyas géants, expliqua-t-elle. Chacun d'eux se reconnaît à la longueur de ses aiguilles, à la forme de ses cônes, et bien sûr au dessin de son écorce.

— Bien sûr, renchérit-il, mais elle l'ignora.

— Les arbres, et l'abondance d'épiphytes, absorbent les rayons du soleil et provoquent cette lumière verte crépusculaire.

— Qu'est-ce que c'est, un épiphyte ?

— Une plante qui se développe sur une autre plante, mais sans la parasiter, sans tirer d'elle sa nourriture. Vous pouvez voir la sorte de voûte qu'ils forment dans la couche de feuillage la plus élevée. Dessous, les fougères, les mousses et les lichens tapissent le sol et recouvrent les troncs.

Elle remit la lampe dans sa poche et poursuivit son exposé tout en marchant. Il l'écoutait d'une oreille distraite ; sa voix était agréable, juste un peu rauque. Certes, elle donnait ses explications en termes simples pour le profane, mais Noah ne s'en sentait pas stupide pour autant. Regarder était déjà fascinant en soi, marcher parmi ces étranges silhouettes, sentir l'odeur curieusement émouvante de la pourriture, respirer un air aussi épais que de l'eau. Il avait pensé qu'il s'ennuierait durant cette randonnée, simple moyen de rétablir le contact entre eux ; au lieu de cela, il se sentait passionné.

Malgré la pluie et le brouillard flottait une lueur verte discrète et fantasmagorique qui mettait en relief d'épaisses cascades de fougères et des buttes noueuses couvertes de mousse ; l'ensemble ruisselait d'humidité. Noah perçut un bruit de craquement au-dessus de sa tête et leva les yeux, juste à temps pour voir une grosse branche se détacher et s'écraser au sol.

— On n'aimerait pas être dessous, n'est-ce pas ?

— Faiseuse de veuve, dit Olivia avec un sourire caustique.

— Heureusement, je ne suis pas marié.

— Parfois, les épiphytes absorbent assez d'eau de pluie pour faire craquer la branche sur laquelle ils reposent. Une fois au sol, elle retournera dans le cycle de la nature, fournissant un foyer à des vies nouvelles.

Elle s'interrompit brutalement et leva une main.

— Chut..., chuchota-t-elle, et elle lui fit signe de se dissimuler derrière le large fût d'un épicéa.

— Quoi ?

Elle secoua la tête sans répondre et lui posa deux doigts sur les lèvres comme pour les sceller. Pendant quelques secondes, il se demanda comment elle réagirait s'il se mettait à les mordiller, puis il entendit ce qui l'avait alertée et sentit le chien trembler entre eux. Posant une main protectrice sur l'épaule d'Olivia, il scruta la forêt en direction du bruit, qui semblait annoncer une masse importante en mouvement.

Ils sortirent bientôt de l'obscurité, pataugeant jusqu'aux genoux dans la rivière de brouillard ; douze, non, quinze, corrigea-t-il, quinze élans énormes, leurs bois formant comme des couronnes au-dessus de leurs têtes.

— Où sont les filles ? murmura-t-il, la bouche contre les doigts d'Olivia, mais il ne récolta qu'un regard furieux.

L'un des élans poussa un brame, profond appel de clairon qui parut faire trembler les arbres ; ils glissèrent à travers la nasse verte de la forêt, le sol grondant sous leurs sabots. Noah perçut ou crut percevoir leur odeur, puis ils s'éloignèrent dans la pénombre.

— Les femelles, commenta Olivia, se déplacent en hardes avec les mâles plus jeunes. Les mâles d'âge mûr, comme ceux que nous venons de voir, se déplacent en hardes plus petites jusqu'à la fin de l'été ; alors ils se battent entre eux, pour choisir ou conserver leur harem.

— Harem ? sourit Noah. Amusant. Au fait, est-ce que ce sont des élans Roosevelt, ceux dont vous parliez hier ?

Si elle fut surprise qu'il se soit souvenu du nom, elle ne le montra pas.

— Oui. On en voit souvent sur ce sentier à cette époque de l'année.

— Alors, je suis content que nous l'ayons emprunté. Ils ne ressemblent pas du tout à Bambi et sa famille.

— On peut voir aussi Bambi et sa famille. Et pendant la saison du rut, il y a quelques grands moments dans la forêt.

— J'en suis sûr, oui. Pourquoi est-ce qu'il n'aboie pas ou ne les poursuit pas ? demanda Noah en posant la main sur la tête de Chico.

— L'éducation l'emporte sur l'instinct. Tu es un bon garçon, pas vrai ?

Olivia s'accroupit pour caresser Chico, puis dénoua la laisse qu'elle portait à la ceinture et l'attacha au collier du chien.

— Pourquoi faites-vous ça ?

— Nous quittons le domaine des MacBride, et les chiens doivent être attachés sur les terres du gouvernement. Nous n'aimons pas beaucoup ça, n'est-ce pas ? dit-elle à Chico. Mais c'est le règlement...

En se relevant, elle regarda Noah.

— Nous pouvons faire demi-tour, si vous voulez.

— Je pensais que nous venions juste de commencer.

— C'est vous qui commandez.

Ils reprirent leur marche. Elle avait une boussole à la ceinture, mais ne la consultait pas ; elle semblait savoir exactement où elle était, où elle allait. Elle ne se pressait pas, lui laissant le temps de regarder et de poser des questions.

La pluie gouttait à travers la voûte des feuillages, ruisselant sur le sol comme mille petits robinets ouverts ; mais le brouillard se dissipait, se déchirant, se clairsemant, glissant sur lui-même.

Le chemin commençait à grimper en pente raide ; la lumière se changeait subtilement en un vert lumineux, perlé par les faibles rayons de soleil tombant dans des trouées de la voûte. Dans ces trouées, il apercevait des fleurs sauvages aux vives couleurs, les formes et les textures infiniment variées des feuillages.

— Ça me rappelle la plongée.

— Vraiment ?

— J'ai fait de la plongée au Mexique. Quand on est capable de descendre assez bas, la lumière est étrange, pas vraiment verte comme celle-ci mais différente, et le soleil traverse la masse de l'eau. Tout est doux et plein de formes. Il est facile de se perdre, en bas. Vous avez déjà fait de la plongée ?

— Non.

— Vous aimeriez.

— Pourquoi ?

— Parce qu'on est dans la tenue la plus simple, la plus dépouillée, on évolue dans un univers qui n'est pas le nôtre. On ne sait jamais ce qu'on va voir dans la minute suivante. Vous aimez les surprises ?

— Pas particulièrement, non.

— Menteuse..., sourit-il. Tout le monde les aime. En plus, vous êtes naturaliste. Le monde marin n'est peut-être pas votre fort, mais vous l'aimeriez. J'ai passé deux semaines mémorables à Cozumel il y a deux ans, avec mon ami Mike.

— À faire de la plongée ?

— Oui. Et vous, que faites-vous dans vos moments de liberté ?

— Je promène dans la forêt des citadins qui m'énervent.

— Je ne vous ai pas énervée depuis au moins une heure. J'ai chronométré. Super ! Ça y est enfin.

— Ça y est quoi ?

— Vous avez souri. Vous ne vous êtes pas retenue cette fois-ci, vous m'avez *vraiment* souri. Maintenant, je suis amoureux ! s'exclama-t-il en se frappant le cœur d'un air théâtral. Marions-nous et élevons beaucoup de petits labradors.

Elle pouffa de rire.

— Voilà, vous m'énervez encore. Notez votre temps.

307

— Non, ce n'est pas vrai, vous recommencez à m'apprécier, Liv. C'est plus fort que vous.

— Je peux aller jusqu'à tolérer, mais c'est très loin d'apprécier. Si vous regardiez le bord du sentier, vous verriez de l'oxalide et des hépatiques...

— Ah ! les hépatiques... Je ne m'en lasse jamais. Vous venez parfois à Los Angeles ?

— Non.

— Je pensais que vous rendiez peut-être visite à votre tante de temps en temps.

— Eux viennent ici, au moins deux fois par an.

— J'ai du mal à imaginer Jamie marchant dans les bois. Elle fait très grande dame. Pourtant, elle a grandi dans ces lieux, elle doit s'y replonger facilement. Et son mari ?

— Oncle David ? Il l'aime suffisamment pour venir jusqu'ici, y passer quelques jours et laisser ma grand-mère le traîner à la pêche. C'est chaque année la même chose, même si tout le monde sait qu'il déteste pêcher. Si par malchance il attrape des poissons, il doit en plus les nettoyer, le pauvre. Une fois, nous avons même réussi à lui faire faire du camping.

— Une seule fois ?

— C'est comme ça que tante Jamie a eu son collier de perles et de diamants. Un pot-de-vin, pour qu'elle ne le fasse plus jamais dormir dans les bois. Pas de téléphone portable, pas d'ordinateur, pas de service à la chambre... Vous voyez ce que je veux dire, j'imagine, lança-t-elle avec un regard en coin.

— Hé, je peux laisser tomber mon téléphone portable quand je veux, je ne suis pas accro ! Et j'ai dormi très souvent dans la nature.

— En montant la tente dans la cour derrière chez vous ?

— Chez les scouts, aussi.

Elle éclata de rire, presque malgré elle.

— Vous avez été scout, vous ?

— Oui. Pendant six mois délicieux. J'ai laissé tomber à cause de l'uniforme. Je veux dire, ces chapeaux font vraiment vieux jeu.

Il commençait à tirer la langue mais ne voulait pas rompre le courant, à présent qu'il passait enfin entre eux.

— Vous avez été chez les scouts, vous aussi ?

— Non. Je n'ai jamais été très tentée par la vie en groupe.

— Dites plutôt que vous n'aviez pas envie de porter le béret des scoutes.

— Ça a joué, oui. Vous commencez à être essoufflé, champion, on dirait. Vous voulez vous arrêter ?

— Je ne suis pas essoufflé, c'est Chico qui halète. Je suis censé utiliser votre prénom, mais vous jamais le mien, pourquoi ?

— Il me sort tout le temps de l'esprit... Buvez un peu, dit-elle en tapotant du doigt sa bouteille d'eau, c'est nécessaire. Vous noterez qu'ici les érables circinés sont plus grands que dans les terres du bas, et ils ressemblent plus à des arbres. Nous sommes montés d'environ cent cinquante mètres.

Le monde s'ouvrait à nouveau devant eux, avec des sommets embrumés et des vallées verdoyantes, et un ciel brillant comme de l'acier poli. La pluie avait cessé mais le sol en était encore imbibé sous leurs pieds, et l'air semblait aussi mouillé que l'eau.

— Quel est cet endroit ?

— Nous nous dirigeons vers les Trois Lacs.

Noah voyait la rivière sinueuse couper à travers les collines et les bois, les rochers déchiquetés émerger comme autant de poings serrés à la surface de l'eau couleur de pierre. Le vent leur frappait le visage, rugissait dans la cime des arbres, se jetait dans la nasse de la forêt.

— Rien de très doux là-dedans, non ?

— Non, et mieux vaut s'en souvenir. Beaucoup de randonneurs du dimanche l'oublient et le paient cher. La nature n'est pas tendre, elle est implacable.

— C'est drôle, je pensais que vous la préfériez au genre humain.

— Mais *je* la préfère. Vous avez repris votre souffle ?

— Je ne l'avais pas perdu.

— Si nous franchissons le pont ici et continuons le chemin pendant six kilomètres encore, nous arriverons dans la zone du lac. Ou bien nous pouvons faire demi-tour.

— Je peux marcher encore six kilomètres.

— Alors, allons-y.

Le pont de Big Creek enjambait la rivière. Noah entendit le flot mugir sous ses pieds, fut secoué par les rafales de vent et tenta de caler son corps pour lutter contre elles. Olivia, elle, marchait devant exactement comme s'ils arpentaient Wilshire Boulevard. Il essaya de ne pas la détester pour cela.

Au bout d'un kilomètre, ses pieds lui faisaient souffrir le martyre, les muscles de ses cuisses lui donnaient envie de hurler. Elle n'avait pas jugé utile de mentionner que la dernière étape était à la verticale ou presque. Il maintint l'allure en serrant les dents. Percevant soudain un reflet sur le côté, il tourna la tête juste à temps pour voir quelque chose bondir à travers les arbres clairsemés.

— C'était quoi ?

— Un écureuil volant. C'est rare d'en voir de jour... Ce sont des nocturnes.

— Formidable... Qu'est-ce que vous me proposez d'autre encore ?

— Vous trouverez au centre une liste de la faune locale.

Promenant un regard circulaire, elle désigna un arbre dont l'écorce avait été arrachée et le tronc profondément entaillé.

— Un ours. Ce sont des marques d'ours.

— Sans blague ?

Au lieu d'être alarmé comme elle s'y attendait, il se rapprocha pour examiner les balafres, fasciné.

— Est-ce qu'ils sont encore en hibernation ou pouvons-nous en rencontrer un ?

— Oh ! ils sont debout ou sur le point de l'être. Et affamés, ajouta-t-elle par plaisanterie.

— Bien... Pourvu qu'il ne vienne pas chercher son goûter et ne me prenne pas pour un arbre, ce serait intéressant d'en rencontrer un.

Ils continuaient à grimper, mais Noah avait presque oublié ses muscles endoloris. Des tamias, petits écureuils au corps rayé, gambadaient sur le sol et grimpaient aux arbres, grognant et papotant. Un faucon traversa le ciel au-dessus de leurs têtes, avec sa majestueuse envergure d'ailes, et poussa un cri sauvage qui résonna longtemps ; un corbeau passa dans un reflet noir. Au loin apparut la première petite parcelle de neige.

— Nous pourrions nous arrêter ici...

Olivia se délesta de son sac et jeta un regard vif à Noah, tandis qu'elle s'accroupissait pour l'ouvrir.

— Je ne pensais pas que vous le feriez. Du moins pas sans jérémiades.

— Elles étaient tout près une ou deux fois, mais ça valait le coup.

Il contempla la surface des trois lacs, chacun d'une couleur argent foncé de vieux miroir. Les montagnes réfléchissaient légèrement, plus ombres que véritables reflets ; l'air était vif, chargé de résine et de l'odeur pénétrante de la terre gorgée de pluie.

— Pour vous récompenser de ne pas vous être plaint, vous aurez une portion du célèbre bœuf de ma grand-mère et de sa bouillie d'orge.

— Je pourrais en manger une montagne.

Elle tira une couverture de son sac.

— Étalez ça par terre et asseyez-vous dessus. Vous n'en aurez pas une montagne, mais assez pour vous réchauffer le ventre et oublier combien vos pieds sont douloureux.

— J'ai apporté une partie de mon bol de fruits de bienvenue au chalet. Pour le cas où vous auriez prévu de m'affamer.

— Non... J'avais juste pensé vous abandonner dans la forêt, pour voir si vous retrouveriez votre chemin. Mais j'aime bien vos parents et ça les aurait contrariés.

Il replia ses jambes et accepta le café qu'elle lui tendait. Il avait envie de lui enlever son chapeau, pour pouvoir toucher ses cheveux ; il adorait leur cascade caramel et leur frange insolente sur le front.

— Vous ne pourriez pas apprendre à bien m'aimer moi aussi ?

— Je ne pense pas.

Il ébouriffa la tête de Chico, quand celui-ci vint renifler son café.

— Votre chien m'aime bien, lui.

— C'est le chien de grand-père, et il aime boire dans la cuvette des toilettes. Son goût n'est pas très sûr.

— Vous êtes une femme dure, Liv, mais vous faites un café remarquable. Si nous étions mariés, vous m'en feriez chaque matin et je vous traiterais comme une reine.

— Et que penseriez-vous de faire le café et que je vous traite comme un serf ?

— Cela inclut-il de m'attacher et d'exiger de moi des faveurs sexuelles ? Car je dois vous dire que j'ai fait récemment vœu de célibat.

Elle rit et sortit une autre bouteille Thermos, plus large que la première.

— Votre vertu n'a rien à craindre avec moi.

— Parfait. C'est un poids en moins dans mon esprit. Dieu que ça sent bon...

— Ma grand-mère est une remarquable cuisinière.

Elle versa la bouillie dans des bols.

— Alors, je peux venir dîner ?

Elle garda le regard fixé sur la bouteille tandis qu'elle en remettait le bouchon.

— Quand je suis rentrée à la maison la nuit dernière, elle avait pleuré. Mon grand-père l'avait mise au courant de votre présence, de vos projets, et du fait qu'il avait discuté avec vous. Je ne sais rien de leur conversation, mais ils ne se sont guère parlé depuis. Et elle a pleuré.

— J'en suis désolé.

— Vraiment ? Vous êtes désolé d'avoir réveillé une peine insupportable, fait se disputer deux personnes qui s'aiment depuis plus de cinquante ans, sans parler de mes propres sentiments ?

— Oui, dit-il, et son regard ne cilla pas devant celui d'Olivia. Je le suis.

— Mais vous allez quand même écrire ce livre.

— Oui, je vais l'écrire. Il est déjà en route, il est déjà trop tard pour faire marche arrière. Pensez-y, Liv : si je recule, Tanner racontera quand même son histoire, seulement il la racontera à quelqu'un d'autre. Et ce quelqu'un d'autre ne sera peut-être pas désolé, lui, pas assez pour être prudent, pour s'assurer de la véracité de ses écrits. Il n'aura pas le même lien que moi avec vous et votre famille, et ce lien rend la vérité importante pour moi.

— Si je comprends bien, vous menez une sorte de croisade ?

— Non. Je suis juste un écrivain, un bon écrivain. Je ne m'imagine pas que ce travail va changer quelque chose, j'espère seulement qu'il répondra à certaines questions.

Était-il aussi sûr de lui, avant ? Elle ne le pensait pas. Ils avaient pas mal évolué tous les deux depuis six ans.

— C'est trop tard pour les réponses.

— Nous ne sommes pas d'accord là-dessus. À mon avis, il n'est jamais trop tard pour des réponses. Liv, écoutez-moi. Il y a des choses que je n'ai jamais pu vous expliquer jusqu'ici.

— Je vous ai dit que...

— Laissez-moi finir, bon sang ! J'avais dix ans à l'époque. Mon père était le plus grand héros de ma vie, et il l'est toujours, je crois. Quand il est rentré à la maison, après l'assassinat de votre mère, on lisait le chagrin sur son visage, comme

313

ça n'était jamais arrivé avant. De la colère, oui, il rentrait souvent écœuré ou fatigué, mais je ne l'avais jamais vu triste de cette façon. Et je ne l'ai pas oublié.

Pour se donner une contenance, Olivia ramassa son bol et remua distraitement la bouillie. Elle entendait davantage que de la frustration dans sa voix, elle entendait la passion et la détermination.

— Ce que vous faites ne va-t-il pas réveiller ce chagrin ?

— Vous ne pouvez pas réveiller quelque chose qui n'a jamais dormi, et c'est vrai pour vous tous. Je vous ai vue à la télé, quand vous n'étiez qu'une fillette. Ils ont montré cet extrait des dizaines de fois, vous, sortant de la maison en courant et en pleurant. Plaquant vos mains sur vos oreilles et hurlant.

Elle se rappelait parfaitement ce moment-là, et pouvait le revivre à sa guise — elle l'avait revécu même contre son gré.

— Vous m'offrez de la pitié à présent ?

— Pour que vous puissiez me la cracher à la figure, non merci.

Il secoua la tête et l'observa, tout en prenant une cuillerée de bouillie. À présent, elle n'était plus une petite fille sans défense et terrifiée ; elle s'était fortifiée et, si elle n'y prenait pas garde, elle aurait bientôt le cœur endurci.

— Je vous le répète : je ne veux ni vous pousser ni vous bousculer. Je veux avancer à votre rythme.

— Je ne sais pas si j'accepterai ou non, dit Olivia après un moment de réflexion. Mais je n'envisagerai même pas de discuter avec vous si vous ne promettez pas de laisser ma grand-mère en dehors de tout ça. Laissez-la tranquille. Elle ne peut pas assumer cette douleur-là.

— Très bien, acquiesça-t-il, soupirant devant son froncement de sourcils plein de méfiance. Qu'est-ce qu'il y a ? Vous voulez que je signe de mon sang ?

— Peut-être...

Elle mangeait, mais uniquement afin d'accumuler l'énergie dont elle aurait besoin pour la marche de retour.

— Ne vous attendez pas que je vous fasse confiance.

— Vous l'avez fait autrefois, et vous y reviendrez avant que nous ayons fini.

— Vous êtes exaspérant, d'être aussi sûr de vous. Oh ! il y a deux canards arlequin sur le lac. Là-bas, près de la rive opposée...

Il jeta un coup d'œil rapide ; il l'avait déjà compris, elle revenait à la nature quand elle voulait changer de sujet.

— Je vais rester ici toute la semaine, lui dit-il. Mon numéro personnel est enregistré au chalet. Si vous n'avez pas pris votre décision avant mon départ, vous pourrez me recontacter plus tard. Je reviendrai.

— Je vais y réfléchir. Maintenant, taisez-vous. L'un des grands avantages, ici, c'est le silence.

Elle sortit un biscuit pour Chico d'une boîte en fer-blanc. Satisfait des progrès accomplis, Noah plongea sa cuillère dans sa bouillie. Il s'apprêtait à demander s'il y en avait encore quand un cri lui fit jeter son bol en l'air et bondir sur ses pieds.

— Restez ici ! ordonna-t-il à Olivia. Ne bougez pas.

Elle le contempla pendant cinq secondes, bouche bée, puis se leva rapidement en le voyant prêt à se précipiter en direction du bruit.

— Stop ! Attendez !

Elle se demandait si elle allait tenter de le plaquer au sol ou simplement se lancer à sa poursuite ; elle réussit à le saisir par la manche, la tira d'un coup sec, puis le ceintura ou presque alors que Chico se jetait sur elle, espérant une mêlée générale.

— Quelqu'un a des ennuis ! dit Noah.

Le cri fendit l'air à nouveau et il la repoussa en arrière.

— Je veux que vous restiez ici jusqu'à ce que je...

— C'est une marmotte ! déclara-t-elle, réprimant un rire. Sans doute une marmotte d'Olympic...

— Quoi ?

Elle parvint à retrouver son sérieux.

— Connue aussi sous le nom de marmotte des Rocheuses, cochon siffleur ou siffleur. Même si son cri d'alarme n'est pas un sifflement comme les nôtres. Ce n'est pas une demoiselle en détresse, mais une... Là !

De la main qu'elle gardait cramponnée à sa manche, elle le tira de côté. Elles étaient deux, leurs corps lourds au poil brun-gris se dandinant vers un tertre de rochers. L'une se dressa sur ses pattes arrière, huma l'air, puis contempla le chien et les deux humains d'un œil réprobateur.

— Elles sortent juste d'hibernation. Généralement, elles entrent en léthargie en septembre et ne refont pas surface avant mai. Leur tanière doit être toute proche. Ce cri est leur premier système d'avertissement et de défense, car elles sont plus lentes que n'importe lequel de leurs prédateurs.

— Super.

— Vous avez été vraiment brave, lui glissa-t-elle avec un sourire ironique. Je me sentais tout à fait protégée contre les terribles marmottes baladeuses.

— Mademoiselle Je-sais-tout...

Il lui tapota le menton de son poing, puis l'y laissa ; elle avait le regard profond, doré et plein d'humour, les lèvres rondes et douces. La couleur lui rosissait les joues, le vent ébouriffait ses cheveux.

Il vit le regard d'Olivia changer et sa conscience perdre pied, comme des années plus tôt ; il l'entendit ou crut l'entendre respirer longuement et fortement, tandis que les doigts de Noah lui effleuraient le menton.

Il ne calcula pas son geste, il le fit, simplement. À l'instant où sa bouche se posa sur celle d'Olivia, quelque chose dans son esprit cria *erreur !* Mais sa main avait déjà glissé dans les cheveux de la jeune fille, ses dents mordillaient sa lèvre inférieure, pleine et sensuelle, comme pour en ranimer la saveur. Elle tressaillit, une fois, comme si ce contact l'avait choquée, puis se figea ; dans cette immobilité, il ressentait le plus faible des frémissements, et les lèvres d'Olivia se réchauffant sous les siennes. Il l'attira contre lui, approfondissant le baiser, malgré la voix qui lui soufflait de ne pas s'engager dans ce chemin de nouveau.

Olivia avait eu l'intention de l'arrêter à l'instant même où elle avait vu l'idée apparaître dans les yeux de Noah, où elle avait senti le flux, en réponse, dans ses propres veines ; mais il la paralysait. La ruée de sensations explosant en elle l'enivrait, lui donnant juste envie d'aller plus loin ; sa main s'agrippait toujours à la manche de Noah, le sang affluait dans son cerveau pour l'étourdir.

Ils avaient déjà pris cette voie-là ensemble. Exactement cette même voie.

Le vent rugissait à travers les arbres pour se précipiter sur eux, et pourtant elle ne pouvait pas bouger ; ni s'approcher de lui ni s'en éloigner. Ni s'accrocher à lui ni le repousser. Cette sensation de vulnérabilité la terrifiait.

— Olivia...

Il lui effleurait le visage des mains, fasciné par ses contours et la texture de sa peau. Tous deux avaient changé, et pourtant elle avait la même saveur, la forme de sa bouche était restée identique, le désir entre eux exactement semblable.

Quand il se recula lentement, par un irrépressible besoin de voir son visage, il murmura de nouveau, il murmura seulement :

— Olivia...

Mais elle s'éloignait à présent, inquiète et sur la défensive.

— Ça ne va pas recommencer. Non.

— Liv, dit-il d'une voix calme et sérieuse. C'est déjà fait.

Non, pensa-t-elle. Sûrement pas.

— C'était machinal. Juste un réflexe machinal.

Elle tourna les talons et repartit à grandes enjambées vers

la couverture, pour commencer à tout jeter de nouveau dans son sac.

Machinal ? Noah ne trouvait rien de machinal dans ce qui lui avait balayé tout l'intérieur du cerveau. Il ne parvenait pas encore à remettre ses pensées en ordre, mais il réussit néanmoins à s'approcher d'elle, à la faire se retourner.

— Écoutez...

— Bas les pattes ! grogna-t-elle en le repoussant d'un seul coup. Vous croyez que je ne sais pas ce que vous faites ? Si vous n'arrivez pas à me convaincre avec votre charme et votre prétendue logique, vous y ajoutez un peu de stimulant physique. Exactement comme avant.

— Oh ! non. Je vous interdis de dire ça !

Avec une force qu'elle avait sous-estimée, Noah la maintint en place, l'empêchant de le bousculer et de s'en aller. Ses yeux lançaient des éclairs, plus forts et virils que ne le laissait présager sa belle allure nonchalante.

— C'est un peu facile de présenter les choses ainsi ! Vous savez parfaitement que je n'ai pas marché pendant ces quatre putains d'heures juste pour vous peloter... Si j'avais voulu me jeter sur vous, je l'aurais fait dans n'importe quelle chambre douillette au lieu d'attraper des ampoules !

— Vous vous *êtes* jeté sur moi, corrigea-t-elle sur un ton glacial.

— Je ne l'avais pas prévu, c'est arrivé, voilà tout ! Et je vous signale que vous ne m'avez pas repoussé... Si vous voulez vous mettre en rogne, très bien, mais au moins que ce soit pour les vraies raisons !

Ils se regardaient avec colère, tandis que Chico gémissait et se cognait dans leurs jambes.

— Bien, fit Olivia, choisissant de se retrancher derrière sa dignité. Je serai donc en rogne parce que vous avez tiré avantage d'une faiblesse momentanée.

— Il n'y a pas la moindre faiblesse dans tout votre corps, murmura-t-il, tout en la lâchant. Combien de temps allez-vous me faire payer une erreur commise il y a six ans ? De combien de façons voulez-vous que je m'excuse ?

— Je ne veux pas d'excuses, je veux l'oublier.

— Pourtant vous n'y êtes pas arrivée, et moi non plus. Voulez-vous savoir combien de fois j'ai pensé à vous ?

— Non, répondit-elle précipitamment. Non, je n'y tiens pas. Si nous voulons avoir des rapports normaux, Noah, fondons-les sur ce que nous sommes aujourd'hui, non sur ce que nous étions avant.

— C'est la méthode MacBride ? Si vous n'arrivez pas à l'assumer, enterrez-le ?

Il regretta aussitôt ses paroles, non pas seulement parce qu'elles étaient déplacées, mais à cause du flamboiement de surprise et de tristesse qu'il vit dans les yeux de la jeune femme.

— Pardonnez-moi, Liv. Je suis désolé...

Il tendit la main vers elle, jurant dans sa barbe tandis qu'elle s'éloignait d'un mouvement brusque.

— Je suis désolé, répéta-t-il en détachant ses mots. Je n'aurais pas dû dire ça... Mais vous n'êtes pas la seule à avoir été blessée, vous savez ! Vous m'avez littéralement brisé en deux, ce jour-là. Alors, vous avez peut-être raison, peut-être vaut-il mieux laisser tout cela de côté. Et commencer dès maintenant.

Ils rangèrent leurs affaires en silence, en veillant soigneusement à ne pas se toucher. Quand ils furent de retour dans la forêt, elle redevint un guide impersonnel, indiquant les plantes intéressantes, identifiant la faune et tuant dans l'œuf toute conversation personnelle. Elle avait installé la bulle de plastique au-dessus d'elle, jugea Noah ; elle se trouvait à l'intérieur à présent, intouchable. Dans un sens, cela simplifierait les choses. Il ne voulait plus la toucher, il ne s'y risquerait même pas, pour sa propre survie mentale.

Il passa les deux dernières heures de marche à rêver qu'il brûlait ses chaussures et lavait avec une boisson bien raide le goût persistant d'Olivia que sa bouche avait conservé.

20

Quand le chalet fut en vue, le plan de Noah était simple. Il irait droit au bar acheter une, non, deux bouteilles de bière, et il les emporterait toutes les deux dans sa chambre, où il les boirait sous une douche chaude longue d'au moins une heure.

Si, après ça, il n'était pas redevenu un être humain, il n'aurait plus qu'à commander un quartier de viande crue et le dévorer à même l'os.

Le ciel tournait au gris nacré, traversé de vives stries de couleur du côté de l'ouest, mais il n'était pas d'humeur à l'apprécier.

Dieu merci, il n'avait fait que l'embrasser ; ce n'était pas comme s'il lui avait arraché ses vêtements et l'avait traînée sur le sol, la bave aux lèvres. Il s'attarda quelques instants, rêveusement, sur cette dernière image, puis fronça les sourcils et poussa la porte du chalet.

Il s'était tourné vers Olivia, prêt à faire un commentaire caustique et poli sur ses talents de guide, quand la réceptionniste se précipita dans sa direction.

— Monsieur Brady ? Votre mère a téléphoné, elle a dit que c'était urgent.

Son sang se glaça en lui, puis l'instant d'après bouillonna jusqu'à la nausée.

— Ma mère ?

— Oui. Une heure après votre départ ce matin, et de

320

nouveau à trois heures. Elle a demandé que vous la contactiez chez elle dès votre retour.

Noah eut devant les yeux l'image affreuse, et singulièrement réaliste, des flics sonnant à la porte ; toutes les familles de policiers savent ce que cela signifie, quand vous ouvrez la porte et qu'ils sont là, livides. Mais non, son père était maintenant à la retraite, c'était donc hors de question.

— Je...

— Vous pouvez appeler d'ici...

Olivia le prit gentiment par le bras et lui parla avec calme. L'inquiétude qu'elle lisait sur son visage était communicative, mais sa propre main resta ferme tandis qu'elle lui faisait contourner le comptoir, pour le conduire dans un bureau sur l'arrière.

— Je vais vous laisser..., commença-t-elle, par discrétion, mais il lui saisit la main.

Il la retint, sans un mot, tout en composant le numéro, et des dizaines d'éventualités défilaient dans sa tête, plus terribles les unes que les autres. La sonnerie retentit une fois, deux fois, sa paume était moite sur le combiné, puis la voix de sa mère, hors d'haleine :

— Oui ?

— Maman ?

— Oh ! Noah, Dieu merci...

— C'est papa ?

Il vécut un million d'enfers pendant la fraction de seconde qu'elle mit à répondre.

— Non, chéri, ce n'est pas Frank. Ton père va bien. C'est Mike...

— Mike ? répéta-t-il, et ses doigts se resserrèrent sur ceux d'Olivia. Qu'est-ce qui lui est arrivé ?

— Noah, il... il est à l'hôpital, dans le coma. Nous ne savons pas à quel degré exactement. Ils lui font des examens sans arrêt, ils essaient tout ce qu'ils peuvent...

— Que s'est-il passé ? Un accident de voiture ?

— Non, non, quelqu'un l'a blessé. Quelqu'un l'a frappé plusieurs fois, par-derrière, d'après les médecins. Il était chez toi la nuit dernière.

— Chez moi ? bredouilla Noah, comme s'il refusait d'y croire. Et c'est arrivé la nuit dernière ?

— Oui. Je l'ai appris tôt ce matin. Ton père est à l'hôpital en ce moment, et moi j'en reviens. Il est aux soins intensifs.

— Je serai là dès que possible. Je vais prendre le premier avion.

— L'un de nous deux sera à l'hôpital. Maggie et Jim..., dit-elle, et sa voix se brisa en évoquant les parents de Mike. On ne peut pas les laisser seuls là-bas.

— J'irai directement. Maman, je... J'y vais, conclut-il avant de raccrocher.

Il resta quelques instants à contempler le téléphone, puis se tourna vers Olivia.

— Mon ami Mike, balbutia-t-il. Il a été attaqué, il est dans le coma.

— Allez préparer vos affaires. Je vais appeler l'aéroport pour vous réserver une place.

— Hein ?

Olivia sentit fondre toutes ses défenses et toutes ses préventions ; devant son visage défait, ses yeux hagards, il n'y avait place pour aucun autre sentiment que la pitié.

— Pour gagner du temps, Noah. Prenez juste ce dont vous avez besoin, je vous emmènerai à l'aéroport.

— Oui... Bon Dieu, oui, dit-il d'un ton brusque en se ressaisissant. Trouvez-moi n'importe quelle place dans n'importe quel avion, le premier qui puisse m'emmener à Los Angeles. En stand-by s'il n'y a rien d'autre. Je serai prêt dans cinq minutes.

En effet, il réapparut à la porte du bureau avant qu'elle ait terminé la réservation. Il n'avait même pas songé à se changer, remarqua-t-elle, il n'avait pris que son sac à dos et son ordinateur portable.

— Vous avez une place, lui annonça-t-elle. Un terrain privé à quarante minutes d'ici, des amis de mes grands-parents. L'avion décollera dès votre arrivée.

Elle saisit un trousseau de clés sur un tableau à la sortie du bureau, quitta le chalet et courut vers une Jeep sur le parking latéral, grimpa sur le siège du conducteur, tandis que Noah jetait son bagage à l'arrière.

— Merci...

— Ce n'est rien. Ne vous inquiétez pas pour vos autres affaires ni pour votre voiture, nous nous en occuperons. Je suis désolée pour votre ami.

Elle conduisait vite et bien, les mains fermement posées sur le volant, le regard fixé droit devant elle. Noah se cala contre l'appuie-tête et raconta, comme pour lui-même :

— Je le connais depuis toujours, depuis l'école primaire. Ils avaient emménagé dans le quartier. Il était déjà gros et c'était un parfait crétin. On gagnait à tous les coups quand on se battait avec lui. J'ai failli le faire, moi aussi, mais je n'ai pas pu, parce qu'il était si simplet, le pauvre... Il l'est toujours, d'ailleurs. C'est la crème des hommes, le plus loyal, sans une once de malice. Sacré vieux salaud ! jura-t-il en écrasant le tableau de bord de son poing. Il est dans le coma, dans un putain de coma...

Elle avait envie de s'arrêter, juste une minute, et de le prendre contre elle pour le réconforter ; elle n'avait jamais ressenti ce désir en dehors de la famille. Alors elle serra encore plus le volant et appuya sur l'accélérateur.

— C'est ma faute, murmura Noah.

— C'est ridicule de dire une chose pareille.

Elle s'efforçait de rester nette et concrète ; la logique était plus efficace que les embrassades.

— Vous n'étiez même pas là.

— Je n'ai pas pris les choses assez au sérieux, je ne l'ai pas prise, *elle*, assez au sérieux. J'ai envoyé Mike là-bas, arroser ces foutues plantes, et pourtant je savais qu'elle était cinglée.

— De qui parlez-vous ?

— Une fille avec laquelle je suis sorti quelque temps. Ce n'était pas sérieux de mon côté, j'aurais dû le comprendre plus tôt, mais je me suis laissé... dériver. Pourquoi pas, après tout ? Des rapports agréables avec une fille superbe, qui avait de la classe... Quand c'est devenu trop compliqué, j'ai rompu, mais alors c'est devenu intenable. Il y a eu des disputes, puis elle est venue tout saccager chez moi un jour où j'étais absent.

— Tout saccager chez vous ?

— Un moment inoubliable. J'ai dû ramasser les débris à la pelle.

— C'est horrible ! Pourquoi ne l'avez-vous pas fait arrêter ?

— Je n'ai rien pu prouver. Tout le monde savait que c'était elle, c'est tout à fait son style, mais je n'avais guère de moyen d'agir. Elle m'a jeté quelques menaces de plus au visage, a fait une nouvelle scène... Ensuite, j'ai pris l'avion, et j'ai demandé à Mike d'arroser mes fleurs pendant mon absence.

— Si c'est bien elle, cette horrible femme, qui a blessé votre ami, alors la faute lui en revient entièrement ! C'est elle la responsable, elle seule !

Noah ne répondit rien ; Olivia sentait le désarroi émaner de lui, comme des vagues parvenant jusqu'à elle, et elle ne pouvait le supporter.

— Après la mort de ma mère, dit-elle lentement, j'ai traversé moi aussi une période où je me faisais des reproches. J'avais couru, je m'étais cachée dans la penderie... Je n'avais rien fait pour l'aider.

— Bon sang, Liv, vous aviez quatre ans !

— Ça ne compte pas, Noah. Quand vous aimez quelqu'un et qu'il lui arrive quelque chose d'aussi terrible, l'âge ne compte pas. Après, j'ai connu une autre période où je lui faisais des reproches à elle. Pourquoi l'avait-elle laissé entrer dans la maison ? Elle avait laissé entrer le monstre, murmura-t-elle en frissonnant, et il l'avait emportée loin de moi. Elle m'avait abandonnée et je lui en voulais terriblement pour cela.

Il lui caressa doucement la joue ; elle tressaillit, puis laissa échapper un long soupir.

— Peut-être doit-on vivre toutes ces étapes avant de parvenir à la vérité. En réalité, Sam Tanner est le seul coupable dans l'histoire, pas moi, ni ma mère.

— Vous avez raison. Encore une chose que je vous dois.

— Le chalet aurait fait la même chose pour n'importe qui, dans de pareilles circonstances...

— Ce n'est pas de cela que je veux parler, murmura-t-il. Je vous dois beaucoup, Liv.

Il resta silencieux jusqu'à la fin du trajet.

Noah ressortit de l'ascenseur, à l'étage des soins intensifs, dans un état d'extrême nervosité. Pendant le vol, il avait d'abord imaginé Mike mort, avant de glisser vers des images fantaisistes de son ami sautant dans son lit et lançant des blagues idiotes. Quand le taxi l'avait déposé à l'hôpital, il était prêt à croire, ou presque, que tout cela était juste un rêve. Mais au spectacle de sa mère assise dans le couloir, serrant Maggie Elmo dans ses bras, l'angoisse et la culpabilité se nouèrent dans sa gorge.

— Oh ! Noah, dit Celia en se levant rapidement. Je suis si contente que tu sois là... Aucun changement, ajouta-t-elle dans un murmure.

— Il faut que je le voie. Je peux ?...

Il se dégagea des bras de sa mère et fit face à Maggie.

— Madame Elmo...

— Noah...

La mère de Mike lui tendit la main, les larmes aux yeux.

— Il voudra que tu sois là, il voudra te voir à son réveil. Il va se réveiller d'ici quelques minutes...

Noah s'accrocha à la confiance de Maggie aussi désespérément qu'elle.

— Nous avons établi des roulements pour entrer, lui expliqua Celia. Frank et Jim y sont en ce moment. Mais Maggie doit aller s'étendre un peu.

— Non, je...

— Vous aviez dit que vous iriez à l'arrivée de Noah.

Elle l'aida à se relever puis la conduisit le long du couloir, tout en jetant un regard silencieux à Noah. Celui-ci n'avait pas bougé quand Frank poussa la double porte sur la gauche ; il s'assit sans rien dire et posa le bras sur les épaules de son fils.

— Je ne sais pas quoi faire, lâcha Noah au bout d'un moment.

— Tu as fait quelque chose. Tu es là.

— Je vais trouver un moyen de lui faire payer ça.

— Ne te concentre pas là-dessus pour le moment.

— C'est elle, tu le *sais* !

— C'est très possible, oui. Ils l'interrogeront dès qu'ils l'auront trouvée. Mais on ne peut pas l'accuser sans preuve, Noah.

— Elle va le payer cher. Bon sang, je ne la laisserai pas s'en tirer comme ça.

— Nous verrons, lança Frank d'une voix ferme. En tout cas, je te dis une chose, en tant que père et en tant que flic : tiens-toi à l'écart, sinon tu ne feras que compliquer la situation. Laisse-la s'enferrer, et nous pourrons la mettre sous les verrous.

Si Mike meurt, songea Noah, il n'y aura pas de cachot assez profond pour elle.

Il resta à l'hôpital jusqu'à l'aube puis rentra chez ses parents, s'écroula sur son lit d'enfant et sombra dans l'oubli pendant quatre heures.

Quand il se fut douché, de vingt-quatre heures de sueur et

de fatigue, il se dirigea vers la cuisine. Sa mère était là, une vieille robe en éponge sur le dos, et elle cassait des œufs dans un bol. S'approchant d'elle, poussé par une bouffée d'amour, il l'entoura de ses bras.

— Qui êtes-vous et qu'avez-vous fait de ma mère ?

Elle rit silencieusement et leva la main pour lui caresser la joue.

— J'ai fait une entorse aux règles, ce matin. Vrais œufs et vrai café. Une autre longue journée nous attend.

— Oui.

Par-dessus sa tête, il contempla la cour à travers la fenêtre.

— Tu te souviens quand nous avons essayé de construire ce fort, là-derrière, avec Mike ? Nous avions ramassé des morceaux de bois et des clous rouillés. Bien sûr, il a marché sur un clou et on a dû lui faire une piqûre antitétanique.

— Il hurlait comme si on l'égorgeait. J'ai cru qu'il s'était coupé un bras. J'aime ce garçon, dit Celia dans un soupir, et sa voix s'étrangla. Et j'ai honte parce que ma première pensée, en apprenant la nouvelle, a été pour remercier Dieu que ce ne soit pas tombé sur toi. Oh ! la pauvre Maggie...

Elle retourna à son bol et se mit à battre rapidement les œufs.

— Nous devons penser positivement. Penser à la lumière blanche de la guérison, au bout du tunnel. J'ai lu un tas de livres là-dessus.

Il ne put s'empêcher de sourire.

— Je m'en doute, oui.

— Nous allons le sortir de là, j'en suis sûre.

Il aurait voulu en être sûr, lui aussi ; mais à chaque fois qu'il revoyait la petite chambre d'hôpital, Mike immobile et livide, la tête entourée de bandages et les yeux lourdement cernés, sa confiance vacillait.

Au début de l'après-midi, Noah arpentait le couloir des soins intensifs et sentait la rage monter en lui. Il ne pouvait

327

laisser Caryn s'en tirer ainsi. Elle avait voulu lui porter un grand coup, mais, bon Dieu, il allait le lui rendre. Il se retourna vers l'ascenseur et le gagna à grandes enjambées, une rage noire bouillonnant dans son cœur.

— Noah ?

— Quoi ?

Les poings serrés, il jeta un coup d'œil à la jeune femme. Elle portait une blouse de laboratoire sur sa chemise et son pantalon, et un stéthoscope dépassait de sa poche.

— Êtes-vous un des médecins de Mike Elmo ?

— Non, je...

— Je vous connais, non ? l'interrompit-il.

— Nous nous sommes rencontrés au club, vous et Mike, mon amie et moi. Je suis Dory.

— Je me souviens, oui, se remémorant la jolie brunette à l'accent du Sud qui l'avait défendu le soir où Caryn l'avait agressé dans la boîte. Vous êtes médecin ?

— Oui. Médecine d'urgence. C'est ma pause, et je venais voir comment allait Mike.

— Pas de changement, d'après eux.

— Je vais vérifier ça dans une minute. On dirait que vous avez besoin d'air, allez faire un tour.

— J'y allais, justement.

— Allez faire un tour, une promenade, insista-t-elle. D'ailleurs, je viens avec vous.

Elle avait déjà vu le meurtre briller dans les yeux d'un homme, et ce n'est pas le genre de regard qu'on oublie.

— La dernière fois que je l'ai examiné, dit-elle en appelant l'ascenseur, les fonctions vitales de Mike étaient stables. Ses tests sont bons. Il est dans un état critique, mais il est également jeune et fort.

— Ça fait un jour et demi de coma...

La porte s'ouvrit ; elle le poussa à l'intérieur de la cabine, puis l'y suivit.

— Parfois, le coma est juste un moyen pour le corps de

328

concentrer ses forces sur la guérison. Il est revenu une fois à lui, dans l'ambulance. Ça a été fugitif, mais je crois qu'il m'a reconnue, c'est un signe très positif.

— Vous étiez avec lui ?

Ils sortirent dans le hall et elle lui prit le bras pour le conduire vers la sortie.

— Nous avions rendez-vous chez vous. J'étais en retard pour cause de double tentative de suicide. Nous avons perdu l'un et sauvé l'autre... Le temps que j'arrive là-bas, il était presque dix heures.

Une fois dehors, elle leva son visage vers le soleil.

— Dieu qu'il fait bon... Là-bas, la porte était ouverte et Mike allongé sur le sol de la cuisine, le visage contre terre. Il y avait du verre partout, une bouteille de vin ; c'est sans doute avec ça qu'il a été blessé. Je me suis occupée de lui. J'avais ma trousse dans la voiture et j'ai fait ce que j'ai pu sur place. Une demi-heure plus tard, il était ici, aux urgences.

— Il va mourir ?

Elle ne répondit pas tout de suite, mais s'assit sur le bord du trottoir et attendit que Noah la rejoigne.

— Je ne sais pas. Médicalement, les chances sont égales, peut-être même un peu en sa faveur. Il n'y avait pas de fragments d'os dans le cerveau, c'est déjà énorme. Mais la médecine a ses limites, et la partie est maintenant entre les mains de Mike. Je suis à moitié folle d'inquiétude.

— Sérieux ?

— Oui, fit-elle en souriant. Il avait commencé avec Steph ce soir-là, et en fait... j'en éprouvais autant pour vous. Mais vous étiez trop distrait pour le remarquer, alors je suis restée dans mon coin à faire la tête. Mike et Steph ont entamé un petit flirt, mais ça n'a pas vraiment accroché, et j'étais désolée pour Mike car il se faisait du souci pour vous. Alors nous nous sommes mis à parler tous les deux et le grand déclic s'est produit. Nous avons commencé à sortir ensemble, puis à rentrer ensemble.

— C'était vous l'autre nuit, au téléphone ?

— Oui.

— Mike Elmo et le docteur Sexy, sourit Noah, qui se sentait ridiculement heureux pour eux. C'est génial, absolument génial ! décréta-t-il en lui plaquant un baiser sonore sur la joue.

— Selon lui, vous êtes capable de marcher sur l'eau. Je ne le dis pas pour vous rendre triste, s'empressa-t-elle d'ajouter en voyant les yeux de Noah s'assombrir. Je le dis parce que je pense que c'est un sacré brave type, et lui pense que vous êtes un sacré brave type, donc je pense qu'il a raison. À mon avis, vous étiez à bout de nerfs tout à l'heure dans le couloir, vous alliez essayer de trouver cette folle de Caryn et... j'allais dire de faire quelque chose que vous auriez regretté, mais je ne crois pas que vous l'auriez regretté. Cette chose n'aurait rien résolu, en tout cas, elle aurait juste servi à vous mettre dans le pétrin, un pétrin que Mike n'aurait pas aimé.

— C'est moi qu'elle voulait blesser. Elle n'en avait rien à faire de Mike.

— Noah, elle vous a blessé. Elle vous a blessé là où ça fait le plus mal. Remontons, maintenant. Il me reste quelques minutes et je veux le voir.

Noah hocha la tête, se remit sur ses pieds, puis lui tendit la main pour l'aider à se relever.

— J'ai de la chance de vous avoir rencontrée.

— Pourquoi ne pas m'offrir une bière tout à l'heure, après le service ? demanda-t-elle quand ils rentrèrent dans l'hôpital. Vous pourriez me raconter un tas d'histoires embarrassantes sur Mike.

— De quel genre d'ami j'aurais l'air ?

— Lui m'a raconté que vous n'aviez pas arrêté de faire l'andouille pendant votre dernier trimestre au lycée. Qu'il vous avait mis au défi de faire un tour du stade les fesses à l'air, qu'il avait filmé le tour en question et montré la cassette à la fête du diplôme. Il en a toujours une copie, d'ailleurs.

Vous n'étiez pas mal à dix-huit ans, commenta-t-elle alors qu'ils s'engageaient dans l'ascenseur.

— Je vois. Ce n'est rien, ça. J'en ai de bien meilleures à propos de Mike. À quelle heure se finit votre service ?

— Sept heures, si Dieu le veut.

— Le rendez-vous est pris.

Il sortit de l'ascenseur, d'humeur presque légère, puis aperçut Maggie en larmes dans les bras de sa mère. Il allait se ruer à l'intérieur du service quand Celia le bloqua au passage.

— Noah, attends ! Dites-lui, Maggie !

— Il a ouvert les yeux, Noah ! Il a ouvert les yeux, il m'a regardée et il a dit « Maman »...

— Restez ici, lui enjoignit Dory. Laissez-moi vérifier.

— Le médecin du service est déjà avec lui, expliqua Celia en attendant que la jeune femme ressorte. Frank et Jim sont en bas à la cafétéria, et j'allais y emmener Maggie pour qu'elle mange quelque chose elle aussi. Il s'est réveillé, Noah...

Quand Dory réapparut au bout de quelques minutes, un immense sourire illuminant son visage, Noah serra Maggie dans ses bras à lui rompre les côtes.

21

— Alors, cette doctoresse de ton cœur ?

Mike sourit, et il avait presque retrouvé toute sa malice d'autrefois.

— Pas mal roulée, non ?

— Non seulement bien roulée, mais futée, en plus. Je me demande ce qu'elle fait avec un type comme toi.

— Eh ! Elle m'aime. Que veux-tu que j'y fasse ?

Il se fatiguait vite et les maux de tête revenaient régulièrement, mais les progrès étaient grands depuis sa sortie du service de soins intensifs. Sa nouvelle chambre était pleine de fleurs, de cartes postales, de ballons ; les infirmières la surnommaient la salle des fêtes, ce qui plaisait beaucoup à Mike.

La veille, Noah lui avait apporté un ordinateur portable flambant neuf, plein à craquer de jeux. Il l'appelait thérapie ludique mais c'était en partie de la culpabilité envers Mike, en partie de la gratitude.

— Je crois que je suis accro à elle, tu sais, dit Mike.

— Tu as reçu un énorme coup sur la tête il y a dix jours, et bousillé une sacrée bouteille de vin au passage. Je me demande si ton cerveau n'est pas encore un peu brouillé.

— Ça n'a pas grand-chose à voir avec le cerveau.

— Il s'agit d'une affaire importante, tu sais. Tu n'as pas eu beaucoup le temps de la voir avant de te faire fracasser la tête, et tu es bloqué dans un lit d'hôpital depuis.

— J'aime ce lit d'hôpital, minauda Mike en tapotant affectueusement les draps blancs. Depuis la nuit dernière.

332

— La nuit dernière ? *Ici ?* Tu as fait l'amour avec elle ici ? C'était passionnant.

— Chut !... Crie-le sur les toits, tant que tu y es ! Elle est passée me voir à la fin de sa journée, raconta-t-il sans pouvoir dissimuler un sourire satisfait, et une chose en entraînant une autre... L'autre a été grandiose, soit dit en passant.

— Pourquoi diable est-ce que je compatis ? marmonna Noah. Tu as tout le bon côté...

— Je lui ai demandé de m'épouser.

— Hein ? Quoi ? Bon sang, Mike...

— Elle a répondu oui.

Le visage de Mike s'orna de son inimitable sourire de chiot, tandis que ses yeux chaviraient.

— Tu te rends compte, Noah ?

— Je crois que je vais avoir une attaque. Appelle l'infirmière, non, directement un médecin.

— Nous nous marierons au printemps prochain, elle veut le grand jeu. L'église, les fleurs, la robe blanche...

— Génial, Mike. Génial !

— Ils me laisseront sortir d'ici demain. Je veux lui acheter une bague tout de suite mais il faut que tu m'accompagnes, je n'y connais rien en bague de fiançailles.

— Tu crois que j'y connais quelque chose, moi ?

Noah regarda Mike d'un air amusé.

— Eh bien... Tu ne perds pas de temps, en tout cas.

— Alors tu me donnes un coup de main, pour la bague ?

— Bien sûr. On va lui en trouver une superbe. Bon sang, Mike ! Marié... Et à un médecin, en plus. Elle va pouvoir te recoudre chaque fois que tu te prendras les pieds dans le tapis. Elle sait combien tu es balourd, au moins ?

— Oui. C'est même ce qu'elle aime chez moi.

— Pff... Qui aurait imaginé ça ? Alors comme ça, tu ne viendras plus faire une descente dans mon frigo tous les deux jours et...

Il fronça les sourcils et laissa sa phrase en suspens.

333

— Je sais à quoi tu penses, avança Mike, pourtant ce n'était pas ta faute. Tu ne savais pas qu'elle était en train de péter les plombs.

— Si, je le savais.

— Dans ce cas-là, je le savais aussi. J'étais au club cette nuit-là et je l'ai vue, je l'ai entendue comme toi. J'aimerais bien pouvoir me rappeler, mais c'est le vide. Pas le moindre putain de truc après ce marathon au Mortal Kombat. J'ai mis une trempe à Pete Bester, et ensuite... je me suis réveillé et j'ai vu maman. Tout ce que je sais d'autre, c'est ce qu'on m'a raconté. Je l'ai peut-être vue. Si je pouvais dire que je l'ai vue, ils la boucleraient.

— Il faudrait la trouver d'abord. Elle s'est enfuie et aucun de ses amis ne sait où elle est, ou bien ils ne veulent pas le dire. Elle a fait sa valise, retiré de l'argent avec sa carte de crédit, et elle a filé.

— Ils ne peuvent pas la poursuivre pour ça, comme dans *Le Fugitif* ?

— Richard Kimble était innocent, affirma Noah en riant. Et elle non plus n'est inculpée de rien. Je suppose que, s'ils trouvent la moindre preuve, ils activeront les recherches, mais sinon... En tout cas, elle va sans doute nous laisser tranquilles un bon moment.

— C'est déjà ça. Donc, maintenant que j'ai ressuscité et que cette cinglée est loin, tu vas pouvoir retourner travailler.

— Qui dit que je n'ai pas travaillé ?

— Ta mère.

— Qu'y a-t-il *vraiment* entre ma mère et toi, Mike ?

— J'ai toujours eu dans la tête de l'épouser, mais j'avais peur que ton père me tire dessus. Dory sait qu'elle est seulement un deuxième choix, mais elle m'aime assez pour accepter la situation. Je m'égare, soupira-t-il. D'après elle, le livre tourne en roue libre, c'est tout.

— Je vais y arriver, gronda Noah. Il faut, un, que je retourne voir Jamie Melbourne, deux, que j'arrive à parler avec son mari, trois, que je harcèle encore ce secrétaire de Smith de mes fesses...

— Alors, fonce.

— J'attends ma voiture, avança-t-il, sachant que ce n'était qu'un prétexte. Le chalet me la fait reconduire, elle devrait être ici demain ou après-demain.

— Tu peux déjà rentrer chez toi, téléphoner, préparer tes interviews...

— Tu me fous dehors, c'est ça ?

— À quoi serviraient les amis, sinon ?

Que faisait-elle ? Au nom du ciel, qu'était-elle donc en train de faire ?

Assise dans la voiture, les doigts cramponnés sur le volant, Olivia respirait avec peine. Il fallait qu'elle inspire lentement, régulièrement, alors son cœur arrêterait de marteler dans la poitrine ; elle pourrait contrôler ses sursauts frénétiques, et ainsi repousser la panique. Elle se cala contre le dossier ; c'était venu trop vite et ça l'avait prise par surprise. Elle n'avait plus eu de vraie crise de panique depuis deux ans, pourtant.

Deux ans plus tôt, elle avait projeté de rendre visite à sa tante et à son oncle à Los Angeles, mais la crise l'avait terrassée dès son arrivée à l'aéroport. Sueurs froides, tremblements et surtout un terrible besoin de partir, juste partir loin de la foule. Elle avait fini par se ressaisir, mais n'avait jamais pu affronter l'avion ni la perspective d'un tel voyage, et la honte de cet échec l'avait plongée dans la dépression plusieurs semaines durant.

Cette fois, elle était arrivée jusqu'ici. À deux reprises, au cours du trajet, elle avait contenu l'assaut de l'angoisse ; oui, elle était sûre de la vaincre jusqu'au bout.

Elle l'avait vaincue. Elle était arrivée et maîtrisait ses nerfs.

Oui, elle avait eu raison de suivre son impulsion et de ramener elle-même la voiture de Noah. Malgré les problèmes que cette décision avait posés avec sa grand-mère, elle avait bien fait. En se concentrant sur la conduite, elle avait pu se rendre là où elle voulait, où elle n'avait jamais pu retourner depuis vingt ans.

La maison de Noah ne ressemblait pas du tout à l'image qu'elle s'en était faite. Elle était jolie, presque féminine par les tons doux du bois, les fleurs jaillissant vers le ciel ou retombant sur le sol en lourdes grappes. On devinait que le maître des lieux connaissait les fleurs et les aimait.

Elle se glissa hors du véhicule, soulagée de sentir ses jambes fermes, ou presque. Elle comptait aller droit à la porte, sonner et lui remettre les clés avec un sourire poli ; puis elle lui demanderait d'appeler un taxi et partirait aussi vite que possible chez sa tante. Mais elle ne put résister au charme de la verveine, à la couleur fraîche et vive des gerbéras, aux trompettes éclatantes des pétunias.

Il ne s'était pas enlisé dans le classique, remarqua-t-elle, et avait fort bien mis à profit le petit espace libre de chaque côté de l'allée, en s'efforçant de mêler les différentes espèces dans un enchevêtrement qui parût naturel ; c'était plein d'astuce et d'imagination. Mais il n'avait pas été, loin s'en fallait, aussi consciencieux avec le désherbage, et son cœur de jardinière la fit s'accroupir pour arracher les envahisseurs. Une minute plus tard, elle fredonnait, s'oubliant dans une de ses tâches favorites.

Noah était si content de voir sa voiture parquée à sa place habituelle qu'il sortit en coup de vent du taxi, sans rien remarquer d'autre.

— Bienvenue à la maison, bébé, murmura-t-il en passant une main sur l'aile arrière, et il exécutait presque une danse de joie quand il aperçut Olivia.

Ce fut d'abord l'étonnement qui domina — du moins, il supposa que ce spasme dans son estomac était bien de l'étonnement — puis l'enthousiasme ; elle était si jolie, à genoux devant ses fleurs, une casquette grise lui tombant sur les yeux... Il s'avança vers elle, puis enfonça les pouces dans ses poches pour s'empêcher de la prendre dans ses bras.

— Quelle surprise ! s'exclama-t-il, la faisant sursauter. Je ne m'attendais pas à vous voir désherber mes gueules-de-loup.

— Elles en avaient besoin.

Olivia se remit sur ses pieds, très embarrassée, et secoua la terre de ses mains.

— Si vous plantez des fleurs, il faut vous en occuper.

— Je n'ai pas eu beaucoup de temps ces derniers jours. Que faites-vous ici, Liv ?

— Je vous ai ramené votre voiture, comme nous vous l'avions promis.

— J'attendais plutôt un nommé Bob, ou Ted, derrière le volant. Cela dit, je ne m'en plains pas... Mais entrez.

— J'ai juste besoin que vous m'appeliez un taxi.

— Entrez, répéta-t-il, et il la précéda à la porte. Je peux au moins vous offrir un verre pour le désherbage.

La curiosité l'emportant, elle le suivit à l'intérieur. Mais elle l'entendit bientôt jurer et le vit revenir précipitamment composer un code dans un boîtier jouxtant la porte.

— Ça vient juste d'être installé et je l'oublie toujours, expliqua-t-il. Si je déclenche encore une fois l'alarme, mes voisins vont me lyncher. Voilà... Encore une victoire de l'homme sur la machine. Asseyez-vous.

— Je ne peux pas rester.

— Hum. Je vais juste nous chercher un verre de vin, pendant que vous réfléchissez à la raison qui vous empêche de vous asseoir un quart d'heure, après avoir descendu toute la côte ouest.

— Mon oncle et ma tante m'attendent.

— À la minute ? cria-t-il depuis la cuisine.

— Non, mais...

— Vous voulez quelques chips avec ? Je dois en avoir.

— Non, ça ira, merci...

Après tout, quel mal y aurait-il à accepter un verre de vin par courtoisie ? Elle trouva son salon peu meublé, simple et masculin mais pas désagréable, puis se rappela le saccage de sa maison ; cela expliquait pourquoi tout semblait neuf et frais sorti d'une salle d'exposition.

— J'ai été contente d'apprendre que votre ami allait mieux.

— Son état a été incertain les deux premiers jours, mais oui, il est en train d'aller mieux. En fait, il est même en train d'aller très bien. Il a eu le crâne fracturé, il est tombé amoureux et s'est fiancé, pas forcément dans cet ordre — le tout en l'espace de deux semaines.

— Excellent pour lui, sur deux des trois points en tout cas.

— Nous venons d'acheter une bague, ce matin.

— Nous ?

— Il avait besoin de conseils. Si nous buvions à la santé de Mike ?

Elle choqua le bord de son verre contre celui de Noah, puis but à petites gorgées.

— Pouilly-fuissé un soir de semaine, commenta-t-elle. Très classe.

— Vous vous y connaissez, je vois...

— Ce doit être le sang italien, du côté de ma grand-mère.

— Et est-ce que le côté MacBride vous a appris la Guinness ?

— Sans doute...

Être ici avec lui était un peu trop confortable. Cela sentait déjà les vieilles habitudes.

— Si vous téléphoniez à un...

— Allons sur la véranda.

Noah prit Olivia par la main et la tira vers la porte ; elle ne se débarrasserait pas de lui aussi facilement.

— Trop tôt pour le coucher de soleil, malheureusement. Vous allez devoir revenir. Ils peuvent être spectaculaires.

— J'ai déjà vu des couchers de soleil.

— Oui, mais pas d'ici.

La brise de l'océan enveloppa le visage de la jeune femme ; l'eau, d'un bleu d'azur, se brisait sur la grève puis se retirait pour l'attaque suivante. Ça sentait le sel, la chaleur et de lointains relents d'écran total.

— Pour une arrière-cour, ce n'est pas mal, je le reconnais.

— J'ai ressenti la même chose à propos de la vôtre, quand j'ai vu votre forêt. Vous ne voulez pas rester jouer dans mon arrière-cour, Liv ? demanda-t-il en s'adossant à la balustrade, les yeux dans les siens.

— Non, merci. Vous avez la main verte avec les fleurs.

Elle effleura du doigt les saponaires et les violettes qui se partageaient artistement l'espace dans un bac de pierre.

— J'ai appris dans la douleur et la compassion. Ma mère plantait toujours quelque chose puis le tuait. Dès qu'elle arrivait dans la pépinière, les plantes se mettaient à trembler et à pousser des cris. Un jour, j'ai entendu un coréopsis hurler : « Non, pas moi ! Prenez plutôt les chrysanthèmes ! » J'ai commencé à faire des cauchemars, où les plantes sacrifiées ressortaient de terre, sèches, flétries, vengeresses...

— Des zinnias zombies.

— Exactement, approuva-t-il, fasciné par la façon dont son visage s'animait quand elle riait. Des violettes vampires, des œillets tueurs et des gardénias diaboliques. C'était terrifiant.

Il posa nonchalamment la main sur son bras, en homme habitué à flirter ; elle le retira résolument, en femme qui ne l'était pas.

— Il faut vraiment que j'y aille. J'ai appelé oncle David de Santa Barbara et ils doivent m'attendre.

— Combien de temps restez-vous dans la région ?

— Quelques jours seulement.

— Dînez avec moi avant de repartir.

— Je vais être très occupée.

— Dînez avec moi, insista-t-il. J'aime vous voir. Donnez-moi une chance, Olivia.

Elle voyait d'avance la scène : le coucher de soleil explosant dans le ciel, la musique à la dérive, quelque chose de calme et de profond, de vibrant dans les basses. Et alors que le globe rougeoyant plongerait dans la mer, il l'embrasserait comme il l'avait déjà fait, lentement, irrésistiblement, et elle oublierait de se demander pourquoi, elle oublierait tous les pourquoi et les comment.

— Vous voulez votre histoire, mais je n'ai pas encore décidé si je vous la donnerais ou non.

— Je veux mon histoire, oui, mais elle se place à un niveau seulement de nos relations, répliqua-t-il avec colère. Je vous ai dit que j'aimais vous voir, parce que c'est vrai, et ce point se situe à un tout autre niveau.

Il bougea légèrement et elle se retrouva coincée entre lui et la balustrade.

— Je pense à vous depuis des années, Olivia. Vous auriez préféré le contraire, vous me l'avez bien fait comprendre, mais voilà, c'est comme ça.

— Ce que j'aurais préféré n'a pas d'importance.

Noah l'écrasait maintenant et, en plus de l'irritation, un brin d'excitation montait en lui.

— Nous sommes d'accord là-dessus. Vous savez à quoi j'ai pensé quand je suis rentré à la maison et que je vous ai vue ? À ça, dit-il en se penchant vers elle. À ça et rien d'autre.

Ce ne fut pas lent, cette fois-ci. Elle goûta la morsure de la colère lorsque la bouche de Noah s'écrasa sur la sienne, la poussée du désir palpitant dans son corps pressé contre le corps du jeune homme. C'était aussi primitif que le monde où elle vivait, aussi fondamental que la mer se fracassant sur la plage. Aussi vital que la quête d'un partenaire sexuel.

Elle comprenait la sauvagerie du désir et se jeta dans un baiser plus avide. Ses mains agrippèrent par poignées les épais cheveux de Noah, sa langue frappa violemment la sienne ; la chaleur brutale explosant dans ses veines lui assura qu'elle était vivante et pouvait prendre tout ce qu'elle voulait, tant qu'elle le voudrait.

Le sentiment de puissance submergea Noah, se nourrissant de la réaction instinctive d'Olivia. La saveur de la jeune femme se répandait comme une fureur dans tout son organisme, balayant toute autre pensée ; il voulait se gaver d'elle en gorgées gloutonnes, hâtives, jusqu'à ce que sa faim dévorante soit rassasiée. Mais plus il prenait, plus il en redemandait.

Il s'écarta d'elle juste assez pour voir son visage, sa chair enflammée et l'éclat perçant de son regard.

— Si vous voulez vraiment que je vous croie en colère, il va falloir cesser de coopérer.

La colère était sans doute le seul sentiment au monde qu'Olivia ne ressentait pas.

— Reculez-vous, Brady.

— Écoutez...

— Juste un instant, soupira-t-elle. Reculez juste un instant.

— D'accord, dit-il, et il s'exécuta à son corps défendant. C'est assez loin ?

— Parfait. Je ne vais pas prétendre que je ne m'attendais pas à ça ni même que je ne le recherchais pas, à un de ces niveaux dont vous parliez. J'ai une certaine attirance de base pour vous, je le reconnais. *A priori*, je n'ai pas l'intention de la suivre.

— Pourquoi ?

— Ce ne serait pas intelligent. Pourtant...

Elle reprit son verre posé sur la balustrade, ou peut-être était-ce celui de Noah, et but tout en l'observant.

— Si je décide d'être stupide, alors nous ferons l'amour. Je ne suis pas contre l'amour, et je présume que vous vous débrouillez très bien.

— Laissez-moi mettre ça au clair, coupa-t-il, interloqué.

Vous envisagez d'être stupide et de faire l'amour avec moi, c'est ça ?

— En effet.

Vraiment excellent, ce vin, songea-t-elle en reprenant une gorgée. Elle sentit Noah déstabilisé.

— N'était-ce pas ce que vous aviez en tête ?

— À ma manière un peu balourde, je dirais que si.

— Il n'y avait rien de balourd dans ce baiser, je vous assure.

Noah la contempla pensivement : avait-il vraiment cru qu'il la connaissait bien, qu'il l'avait percée à jour ?

— Pourquoi ai-je l'impression que je devrais... vous remercier ?

— Écoutez, Noah, dit-elle en riant, ne gâchons pas nos bons instincts reçus des animaux avec des impressions et des excuses de toutes sortes. Je ne m'adonne pas très souvent à l'amour parce que, eh bien, je suis occupée, et je suis difficile. Mais quand je le fais, je trouve cet acte naturel, parfois amusant, et on ne doit pas s'encombrer de tout un tas de mauvais prétextes. En d'autres termes, je l'aborde comme un homme.

— Oui. Bien...

— Si ce niveau-là, comme vous disiez, ne vous intéresse pas, sans rancune. Du reste, vous avez parlé d'un vœu de célibat, donc toute cette conversation est peut-être sans objet.

— Je n'appellerais pas vraiment ça un vœu, plutôt... une idée.

— Alors nous avons tous les deux un sujet de réflexion. Maintenant, je dois vraiment y aller.

— Je vous accompagne.

— Un taxi ira très bien.

— Non, je vous emmène. Conduire m'éclaircira les idées. Vous êtes fascinante, Olivia. Pas étonnant que je vous aie dans l'esprit depuis des années. Vos affaires sont restées dans la voiture, n'est-ce pas ?

— Oui.

— Alors, allons-y. Les clés ?

Elle les sortit de sa poche et les lui donna pendant qu'ils traversaient la maison. Une conversation, pensa-t-il en composant le code avant de verrouiller la porte ; une conversation anodine, son organisme n'en supporterait pas davantage s'il restait sur le terrain où ils venaient de s'aventurer.

— Pas de problèmes pour arriver jusqu'ici ?

— J'avais une carte. Je suis très douée pour lire les cartes. Et c'est une sacrée voiture, ajouta-t-elle en s'asseyant à la place du passager. Elle répond comme dans un rêve.

— Vous avez mis la gomme ?

— Peut-être, fit-elle avec un bref sourire, puis elle rit sous l'assaut du vent quand la voiture prit de la vitesse, capote baissée. Combien d'amendes pour excès de vitesse vous récoltez en moyenne par an ?

— Je suis fils de flic. J'ai un grand respect pour la loi.

— D'accord, alors à combien votre père a fixé votre limite autorisée pour l'année ?

— La famille ne comptabilise pas ces petits actes d'amour... Au fait, il serait content de vous voir. Ma mère aussi.

— Je ne sais pas quels projets ma tante a faits, si j'aurai du temps...

— Vous n'aimiez pas les mauvais prétextes, il me semble...

Elle chaussa ses lunettes de soleil, qu'elle avait laissées sur le tableau de bord.

— Très bien. En fait, je ne sais pas comment je supporterai de les voir. Je ne sais pas comment je supporterai d'être de retour ici, même pour peu de temps, c'est d'ailleurs pour le savoir que je suis revenue.

Elle se tut quelques instants puis reprit lentement :

— Savez-vous où est la maison de ma mère ? Où elle était ?

— Oui.

Il essayait de convaincre les nouveaux propriétaires de le laisser la visiter.

— Allons-y. J'ai envie d'y aller.

— Vous ne pourrez pas entrer, Liv.

— Je n'ai pas besoin d'entrer, je veux juste la voir.

L'affolement l'assiégeait telles une rumeur bruissant à ses oreilles, une caresse glacée sur sa peau, mais elle le tenait à distance. Les murs entourant la propriété étaient hauts, larges et d'un blanc immaculé ; malgré l'écran des arbres, Olivia apercevait la maison, blanche elle aussi sous les tuiles rouges du toit.

— Il y avait des jardins, se souvint-elle. Je ne sais pas combien au total. Des jardins merveilleusement raffinés. L'un d'entre eux était caché sous de grands arbres ; il avait un petit bassin avec des poissons rouges, des nénuphars et un pont le traversait, un pont blanc dont ma mère disait qu'il était pour les fées. Il y en avait un autre couvert de rosiers, des dizaines et des dizaines de rosiers. Quand je suis née, il en a acheté un blanc et l'a planté lui-même, je le revois encore en train de me le raconter. Quand il devait quitter la ville, et à chacun de ses retours, il déposait une rose blanche sur mon oreiller.

Elle ne pouvait pas dire « mon père », elle ne parvenait pas à formuler ces deux mots.

— La maison était si grande, un vrai palais de conte de fées... Des plafonds très hauts, des fenêtres immenses... Chaque pièce avait son propre caractère. Je dormais dans un lit à baldaquin. Aujourd'hui, je ne peux pas supporter d'avoir quelque chose au-dessus de la tête la nuit, et j'ai mis long-temps à comprendre pourquoi.

« Tous les soirs, quelqu'un me racontait une histoire, ma mère, lui, ou Rosa s'ils sortaient. Quand ils donnaient des fêtes, j'entendais depuis mon lit la musique et les gens qui riaient. Ma mère adorait voir du monde, elle recevait tout le temps des visites. Tante Jamie, oncle David ou son agent, que j'appelais oncle Lou... Il m'apportait un sucre d'orge à la menthe, un épais, à l'ancienne mode. Je me demande où il les trouvait.

Elle croisa les bras et se recroquevilla sur elle-même, comme si un froid soudain l'avait envahie.

— Lucas Manning venait beaucoup, lui aussi. Ce doit être vers cette époque que mon... qu'il est parti. Je me souviens de Lucas dans la maison, au bord de la piscine. Il faisait rire ma mère et était gentil avec moi à sa façon, distraitement. Les enfants sentent quand on s'occupe d'eux juste pour la galerie. J'aurais bien voulu l'aimer, parce qu'il amusait maman, mais je voulais qu'il cesse de venir : peut-être alors mon... peut-être qu'*il* reviendrait à la maison. Puis il est revenu à la maison, il est revenu et l'a tuée. Et moi je ne peux pas faire ça, je ne peux pas...

— Calmez-vous, dit Noah en la prenant dans ses bras, mais elle se raidit et serra les poings pour l'éloigner. Rien ne vous obligeait à venir ici, Olivia.

— Je me suis à la fois enfuie d'ici et précipitée vers ce lieu toute ma vie. Il est temps pour moi de décider d'une direction, et de m'y tenir.

Il avait envie de la porter jusqu'à la voiture et de l'emmener loin, mais il s'était déjà trouvé quelqu'un pour l'emmener pendant la plus grande partie de sa vie.

— Quand on s'enfuit, ça vous court après, Liv, et ça vous rattrape toujours.

Craignant qu'il n'ait raison, sentant déjà le monstre lui mordre les mollets, Olivia se retourna et repartit vers la voiture.

22

Le temps de parcourir le trajet jusqu'à la résidence des Melbourne, Olivia avait repris des couleurs. Noah eut l'impression qu'elle les avait forcées à revenir, tout comme elle avait chassé l'air triste et perdu de son visage.

— Magnifique ! s'exclama-t-elle quand la maison fut en vue. Nous en avons des photos et même des vidéos, mais elles n'en donnent qu'une petite idée.

— Encore une de ces vieilles bicoques pas chères, à retaper par un jeune couple...

Elle rit, puis se dressa sur son siège quand les chiens arrivèrent ventre à terre à leur rencontre.

— Les voilà ! Oh ! j'aurais voulu leur amener Chico...

— Pourquoi ne l'avez-vous pas fait ?

— Vous n'auriez pas apprécié les poils et la bave partout dans votre voiture de jeune premier. Et mon grand-père aurait été perdu sans lui.

Sitôt le véhicule stoppé, elle se rua au-dehors et se jeta presque sur les chiens. En la regardant, Noah doutait que la femme fragile, qui posait tout à l'heure des yeux bouleversés sur la maison de son enfance, eût jamais existé. Quand David Melbourne traversa le jardin dans leur direction, elle poussa un cri de plaisir et se précipita vers lui, pour sauter à moitié dans ses bras.

Il vieillissait bien, songea Noah, en le comparant mentalement avec les photos datant de l'époque du meurtre. Il n'avait pas pris de poids, et son visage avait découvert soit la fontaine

346

de jouvence, soit un excellent chirurgien esthétique. Ses rides étaient élégantes, tout comme les fils d'argent de ses cheveux. Il était simplement vêtu, d'un pantalon chamois et d'une chemise Henley couleur kiwi.

— Bienvenue, voyageuse. Laisse-moi te regarder... Toujours aussi jolie.

— Tu m'as manqué.

— Toi aussi.

Il l'embrassa puis, un bras protecteur passé autour des épaules de la jeune fille, se tourna vers Noah. Le refroidissement de son regard et de sa voix était subtil, mais indiscutable.

— C'est très gentil à vous de nous avoir livré notre jeune fille à domicile.

— C'était un plaisir...

— Oncle David, voici Noah Brady.

— J'avais compris, oui.

Noah ouvrit le coffre et en sortit une unique valise.

— C'est tout ce que tu as comme bagages ? s'enquit David.

— Je vais rester seulement deux jours, tu sais.

— Rends-moi service, donne à Jamie des tuyaux sur la façon de faire des bagages légers...

— Oh ! oncle David, tu en as autant qu'elle quand tu viens à la maison. Un vrai dandy...

Il sourit et prit la valise des mains de Noah.

— Jamie était coincée au téléphone, mais elle doit avoir fini maintenant. Si tu entrais, Livvy ? Rosa fait les cent pas dans l'entrée depuis une heure.

— Tu ne viens pas ?

— J'arrive.

— Entendu. Merci de m'avoir accompagnée, Brady.

— De rien, MacBride, dit Noah du même ton. On reste en contact.

— Vous me pardonnerez de ne pas vous prier d'entrer,

j'espère, commença David quand elle se fut éloignée. Cette réunion est une affaire de famille.

— Compris. Vous pouvez me dire ici ce que vous avez à me dire.

David hocha la tête.

— Vous êtes perspicace, Noah. C'est la raison pour laquelle vous êtes bon dans votre partie, j'imagine. Vous semblez avoir établi une certaine... relation avec Livvy ?

— Je dirais que nous commençons à nous comprendre. (Ou peut-être recommençons ? songea-t-il.) Cela vous pose un problème ?

— Je n'en sais rien, je ne vous connais pas.

— Monsieur Melbourne, j'avais l'impression que vous souteniez mon projet de livre...

— Je le soutenais, oui... À mon sens, assez de temps s'était écoulé, et un écrivain de votre calibre pouvait rendre justice à cette tragédie.

— Je vous en remercie... Qu'est-ce qui vous a fait changer d'avis ?

— Je n'avais pas deviné à quel point cela contrarierait Val, ma belle-mère. Je me sens en partie responsable, car je vous ai soutenu, et ce soutien a sûrement incité Jamie à collaborer avec vous, puis encouragé Livvy à le faire aussi. J'ai perdu ma propre mère quand j'étais très jeune, et Val est l'une des personnes importantes de ma vie. Je ne veux pas qu'elle souffre.

Protéger, une fois de plus. La famille était un puzzle, fait de pièces pour protéger et défendre.

— J'ai déjà donné ma parole à Liv que je ne rencontrerais pas sa grand-mère, et je ne lui demanderai pas de me parler.

— Elle ne pourra pas échapper au livre. Comprenez-moi bien, Noah. J'imagine que vous n'allez pas renoncer à votre travail sous prétexte que les vagues soulevées font de la peine à certaines personnes, mais je voudrais au moins que vous en soyez conscient. Et aussi de cela : un assassin ne craint pas le mensonge. Sam Tanner n'est pas fiable. Mon plus grand

348

regret est de savoir qu'il aura le temps de mourir hors de la prison et non dedans.

— Si vous avez peur qu'il me mente, si vos sentiments sur le livre et sur l'affaire sont aussi forts, ce serait une bonne chose de les enregistrer.

David rit et secoua la tête.

— Noah, personnellement, j'adorerais m'asseoir avec vous et vous livrer exactement mes impressions, ce dont je me souviens. Je vais faire de mon mieux pour réconforter ma belle-mère, puis, si je le peux, je vous parlerai. À présent, conclut-il en ramassant la valise, excusez-moi, mais c'est la première fois que Livvy nous rend visite et je ne veux pas manquer un instant avec elle.

Olivia trouvait la maison parfaite pour son oncle et sa tante, son élégance, ses tons pastel et ses plafonds hauts ; pourtant, elle préférait le style plein de coins, de recoins et de pièces baignées de couleurs de la maison de ses grands-parents.

Quand elle se traîna enfin jusqu'à son lit, elle était moulue par le trajet en voiture, les émotions de l'arrivée, le dîner raffiné préparé par sa tante et l'interminable conversation par laquelle ils avaient rattrapé leur retard. Pourtant, une dernière pensée la submergea avant de s'endormir : Noah sur la terrasse de sa jolie maison, tournant le dos à la mer.

Le lendemain, Olivia en vint très vite à la conclusion que si la Californie du Sud allait comme un gant à Jamie ce n'était pas une ville pour Livvy MacBride. Elle en était sûre à mi-chemin de l'expédition de shopping où l'avait embarquée sa tante, dès leur déjeuner dans un restaurant à la mode dont elle avait déjà oublié le nom.

Les portions étaient chiches, les serveurs prétentieux et les prix à couper le souffle.

— J'ai rendez-vous cet après-midi avec mon visagiste, commença Jamie, tout en jouant avec sa salade vert-des-préset-poivrons-sauvages. Marco est un génie et un événement mondain à lui tout seul. Nous pourrions également prévoir une manucure, et peut-être un traitement à la paraffine ?

— Tante Jamie...

Olivia préleva un morceau de ce que la carte présentait (et facturait) comme étant un sandwich club nouvelle cuisine — en réalité, deux morceaux de pain bis coupés en triangles et fourrés de légumes d'origine inconnue. Elle se demanda si quelqu'un mangeait de *vrais* aliments à Los Angeles.

— Tu es en train d'essayer de me transformer en fille...

— Non, j'essaie juste de te faire vivre une... eh bien, une journée de fille, oui. Tu aurais dû me laisser t'acheter cette petite robe noire.

— Cette petite robe noire valait mille dollars et ne tiendrait pas une randonnée entière !

— Toute femme qui se respecte a besoin d'au moins une robe noire de vamp. Nous allons y retourner, et aussi voir ces sandales de lézard, les Prada. Tu mets l'ensemble sur ce merveilleux corps, ma chérie, et les hommes sauteront par la fenêtre sur ton passage.

Olivia secoua la tête et rit.

— Je ne veux surtout pas être responsable de ça... Je n'ai pas besoin de robe, ni de chaussures, ni de cette espèce d'entrepôt plein d'autres choses où tu as essayé de me faire entrer.

— Comment pouvons-nous être parentes, toutes les deux... ?

— La génétique est une science encore balbutiante, tu sais.

— Oh ! je suis si contente de te voir, Livvy. Si contente que tu ne sois plus fâchée contre moi...

Visiblement émue soudain, Jamie prit la main de sa nièce.

— Je n'étais pas fâchée, répondit Olivia. Pas contre toi, pas vraiment. Je suis désolée que nous nous soyons disputées. J'étais en colère contre Noah ; c'était d'ailleurs tout aussi inutile. Il y a quelques années, quand tu es venue au chalet et que nous sommes allées nous promener le soir... tu avais été honnête avec moi et tu m'avais laissée l'être avec toi. Depuis, chaque fois que j'ai eu envie de parler de maman, tu m'as écoutée. Chaque fois que j'ai posé des questions, tu y as répondu.

— Jusqu'au jour où tu as cessé d'en poser...

— Je pensais devoir mettre ça de côté, je croyais le pouvoir. Mais quelqu'un de plus malin que je ne l'avais cru au départ m'a expliqué que quand on fuyait quelque chose ce quelque chose vous poursuivait et vous rattrapait toujours. Je suis prête à changer d'attitude, je crois.

— Ça ne va pas être facile.

— Non, sûrement. Mais je vais encore être honnête avec toi. Je veux entendre *sa* version de cette nuit-là. Je veux entendre l'histoire de Sam Tanner.

— Moi aussi. Nous l'aimions, elle, alors comment pourrions-nous refuser de l'écouter, lui ?

— Je vais sans doute reprendre contact avec Noah avant de repartir.

— C'est un homme charmant. Et très séduisant, en plus.

— J'ai remarqué, oui. J'ai presque décidé de coucher avec lui.

Le petit bruit émis alors par les lèvres de Jamie tenait à la fois du bredouillis et du gloussement.

— Bien. Bien..., répondit-elle, le premier moment de surprise passé. Écoute, pourquoi nous ne filerions pas de ce boui-boui ? On passerait prendre une pizza et tu pourrais me donner des détails sur cette fort intéressante déclaration...

— Génial ! opina Olivia, et elle repoussa son assiette avec soulagement. Je meurs de faim.

Frank était assis dans la cuisine, savourant l'unique bière légère que sa femme lui permettait avant le dîner. Il avait tracé sur un carnet des croix, des lignes et des cercles, élaborant de nouvelles combinaisons de jeu pour l'équipe de basket-ball des jeunes du quartier. Il aurait apprécié quelques chips ou biscuits apéritifs pour accompagner sa bière, mais Celia était tombée sur sa réserve secrète quelques jours auparavant. Pourquoi diable était-elle allée regarder sur l'étagère supérieure du placard de son bureau, il n'arrivait toujours pas à le comprendre ; cependant, il n'avait pu lui poser la question, car il niait farouchement connaître l'existence du caillé et des chips aux oignons à cet endroit. Sans doute Noah les y avait-il laissés — c'était sa ligne de défense. En tout cas, il devait se contenter d'une poignée de bretzels sans sel.

Quand la sonnette tinta, il laissa sa bière et ses gribouillages sur la table. C'était peut-être un de ses joueurs, et il n'était pas de bon ton pour un entraîneur d'ouvrir la porte une bouteille à la main. Mais non, c'était une jeune femme grande et élancée, qu'il aurait pu employer sur le terrain. Un peu vieille pour son championnat de douze-seize ans, pensa-t-il ; puis les images se superposèrent dans son esprit et il la saisit par les deux mains.

— Liv, Livvy ! Ma parole, vous êtes une adulte !

— Je pensais que vous ne me reconnaîtriez pas, dit Olivia, visiblement soulagée. Moi, je vous aurais reconnu sans hésitation. Vous n'avez pas changé d'un pouce.

— On ne ment jamais à un flic, même retraité... Entrez, je vous en prie. Quel dommage que Celia ne soit pas là ! Mais elle avait une réunion... Asseyez-vous, s'empressa-t-il en s'affairant dans le salon, ramassant ici un journal, déplaçant là une chaise. Je peux vous servir quelque chose ?

— Non, merci. J'avais pensé appeler d'abord mais je ne l'ai pas fait, je suis venue directement...

Malgré la chaleur de l'accueil, il discernait sur le visage d'Olivia le combat qu'elle livrait pour garder son sang-froid.

— J'en suis très heureux, je vous assure. Vous aviez grandi, je le savais, mais en pensant à vous et même en lisant vos lettres, je voyais toujours une petite fille.

— Moi, je vois toujours un héros, répondit-elle en souriant.

— Qu'est-ce qui ne va pas, Livvy ?

— Beaucoup de choses...

— À cause du livre de Noah ?

— En partie à cause du livre, en partie à cause de lui. Je ne voulais pas l'aider au début, j'étais sûre de ne pas vouloir, mais aujourd'hui... Il le fera bien, je crois. Ce sera très douloureux pour moi de lui parler, mais j'y arriverai. À mon heure et à ma manière.

— Vous pouvez lui faire confiance. Je ne comprends pas son travail, mais je comprends Noah.

Elle releva la tête avec surprise.

— Vous ne comprenez pas son travail ? Ce qu'il fait est pourtant remarquable...

C'était au tour de Frank d'être troublé. Il s'assit sur le bras du canapé, en la regardant.

— Je suis étonné de votre réaction, en tant que fille d'une femme assassinée.

— Et aussi en tant que fille du meurtrier de cette femme... C'est à ce titre que j'ai envie de mieux comprendre ce crime, et pas seulement de l'oublier, de m'en détourner. J'ai lu le premier livre de Noah à sa parution. Je ne m'attendais pas à l'apprécier, je pensais même le détester. En fait, je ne sais toujours pas si je l'ai apprécié ou non, mais j'ai au moins saisi son procédé. Il prend les crimes les plus épouvantables, les plus abominables, les plus impardonnables, et il les conserve... tels quels.

Elle fit un geste de la main, agacée de sa maladroite tentative d'explication.

— Quand vous entendez parler d'un meurtre aux nouvelles ou que vous lisez un article à ce sujet dans le journal, vous vous dites : « Oh ! quelle horreur », puis vous passez à autre chose. Noah, lui, l'humanise et le rend réel, d'une façon si frappante que vous ne pouvez pas simplement passer à

353

autre chose. Il réduit tous les protagonistes de ce meurtre à leurs émotions les plus vraies et les plus primitives.

C'était d'ailleurs ce qui l'effrayait le plus dans la perspective de ce livre : Noah allait littéralement la mettre à nu.

— Ainsi il leur rend justice, comme il rend justice à tout ce qui a été accompli. À tout ce que son père accomplissait jour après jour, année après année, conclut-elle en souriant. Vous incarnez pour lui le bon et le fort.

Exactement comme son propre père incarnait pour elle le mauvais et le faible.

— Livvy... En vous écoutant, je me dis que je devrais considérer mieux et de plus près le travail de Noah.

— J'appréhende de lui reparler, mais il ne doit pas le savoir. Nous devrons traiter sur un pied d'égalité, lui et moi. Disons, pas tout à fait d'égalité, corrigea-t-elle, amusée. Je rentre à la maison demain, donc il devra traiter sur *mon* territoire. À ce propos, j'aurais beaucoup aimé vous inviter deux semaines cet été au chalet, avec Mme Brady. Nous avons fait des tas d'améliorations et j'adorerais aussi que vous voyiez mon centre et je... Oh ! je suis désolée.

Elle serra les lèvres, comme si elle redoutait de laisser échapper la vérité, puis marcha jusqu'à la fenêtre et regarda dehors, à travers les fins voilages.

— Livvy, qu'est-ce que...

— Il sort dans quelques semaines, murmura-t-elle d'une voix sourde. Je pensais, oh ! je ne sais pas pourquoi, je pensais que si vous étiez là, juste les premiers jours... ce serait différent. Je ne voulais pas vous en parler mais voilà, le moment approche, seulement quelques semaines et je...

Une moue amère sur le visage de Frank la fit s'interrompre.

— Quoi ?

— C'est au sujet de sa sortie, Liv. On m'a appelé ce matin justement. J'ai gardé quelques relations et, quand il y a du nouveau au sujet de Tanner, on me tient au courant. À cause de sa santé, des prisons surpeuplées, de son temps presque accompli et de sa bonne conduite, ils...

— Ils le laissent sortir plus tôt ? Quand ?

Elle fixait sur lui des yeux immenses, et il pensa à l'enfant qui le contemplait depuis sa cachette. Mais cette fois, il ne pouvait rien faire pour adoucir le coup.

— Il est dehors depuis deux semaines, lâcha-t-il.

Le téléphone fit voler en éclats la concentration de Noah. Il jura et ignora la deuxième sonnerie, les yeux rivés sur la dernière ligne du texte, tentant désespérément de retrouver le rythme de la phrase. À la troisième, il saisit son portable, le serra de toutes ses forces comme pour étrangler son correspondant, puis appuya sur la touche.

— Oui, que voulez-vous ?

— Juste dire au revoir. Salut.

— Attendez, Liv, ne raccrochez pas ! Vous ne répondez pas à mes appels pendant deux jours, ensuite vous me cueillez juste au mauvais moment...

— J'ai été occupée, comme vous l'êtes vous aussi, de toute évidence. Donc...

— D'accord. C'était grossier, je suis désolé. Je suis un âne et j'enfile tout de suite mon bonnet. Vous avez eu mes messages, au fait ? Mes dix mille messages, faillit-il ajouter.

— Oui, mais je n'ai pas eu le temps d'y répondre et je n'ai qu'une minute devant moi. Ils appellent pour l'embarquement.

— L'embarquement ? Vous êtes à l'aéroport ? Vous repartez déjà ?

— Oui, j'ai changé mes plans.

Son père était sorti de prison. Était-il déjà à Los Angeles ? Était-ce là qu'il viendrait en premier ? Elle s'efforça de prendre une voix naturelle.

— Je dois rentrer et j'ai tenu à vous en informer. Si vous

voulez toujours parler de votre livre avec moi, vous pouvez me joindre au chalet, ou plutôt au centre.

— Rentrez demain matin... Une nuit de plus, ça change quoi ? Il faut que je vous voie, Olivia.

— Appelez-moi, nous mettrons au point un planning pour les entretiens.

— Il n'y a pas que le livre, vous le savez bien ! Changez de vol, je vous en prie...

Il sauvegarda rapidement ses données puis referma son ordinateur.

— Je viens vous chercher.

— Je ne resterai pas ici, assena-t-elle, catégorique. Je retourne à la maison.

Là où elle était en sécurité, là où elle pourrait souffler.

— Si vous voulez faire ces entretiens avec moi, il faudra que vous veniez au chalet. Je dois y aller, maintenant, l'embarquement se termine. Au revoir...

— Il n'y a pas que ces sacrés entretiens ! insista-t-il, mais elle avait déjà coupé la communication.

Noah brandit le téléphone en l'air, prit son élan pour le projeter contre le mur, avant de retenir son bras et de le reposer en douceur sur le bureau.

Olivia ne se détendit pas avant que l'avion ait décollé, qu'elle ait pu basculer son siège en arrière et fermer les yeux. Los Angeles s'éloignait sous elle, hors d'atteinte et bientôt hors de vue. Il n'y avait plus rien là-bas pour elle, désormais. La maison qui était jadis son palais personnel était protégée par des grilles de fer, et des étrangers l'occupaient. Les traces du meurtre en étaient effacées depuis longtemps.

Le monstre était libre.

C'était un fait sans importance ; elle ne lui permettrait pas d'en avoir. Ils avaient ouvert sa cellule, lui avaient donné des vêtements et remis l'argent gagné pendant ses années de prison ; cependant, il était mort pour elle, mort depuis très longtemps. Et elle espérait bien être morte pour lui de la même façon, elle espérait qu'il ne pensait plus jamais à elle. Ou alors, s'il le faisait, que chacune de ces pensées le torturait.

Elle détourna sa tête du hublot et s'obligea à dormir.

Le sommeil ne vint pas facilement pour tout le monde. Il était plein de bruits, de frayeurs et d'images sanglantes.

Livvy. Son nom glissait comme un sanglot dans un cœur désespéré. Le cœur de l'homme qui l'aimait autant qu'au jour de sa naissance, et qui avait aussi peur d'elle que la nuit où le sang avait coulé.

Elle serait sacrifiée uniquement s'il n'y avait pas d'autre solution.

Et la perdre serait une blessure à jamais béante.

23

— Dehors ? Que veux-tu dire par : Il est dehors ?

— Il est sorti il y a deux semaines. Son avocat a déposé une demande de libération anticipée pour raison de santé, et ils ont accepté.

Frank s'installa sur une chaise longue sous la véranda. Son fils avait profité d'une journée couverte, donc d'une plage calme, pour travailler dehors.

— Salaud ! Il devait le savoir la dernière fois que je suis allé le voir, et il ne me l'a pas dit. J'ai eu le secrétaire de Smith cet après-midi, toujours pour essayer d'obtenir un rendez-vous, mais il ne m'en a pas parlé non plus. Où est-ce qu'il a bien pu aller ?

— Je n'en sais rien. En fait, j'espérais que tu pourrais me l'apprendre. J'aimerais bien garder un œil sur Tanner, en souvenir du passé, dit Frank en songeant au choc qu'avait eu Olivia quand il lui avait communiqué la nouvelle.

— Il n'a pas pris la peine de me donner sa putain de nouvelle adresse. Le livre est mort sans lui, grommela Noah en baissant les yeux vers l'amas de papiers au sol, ancrés avec des bouteilles, un grand coquillage, tout ce qui lui était tombé sous la main. Sans lui et sans Liv, tout s'arrête. Libération anticipée, c'est ça ? Même pas sur parole, comme ça il n'a pas besoin de se présenter aux contrôles...

— Il a purgé sa peine. L'État de Californie le considère comme réhabilité.

— Et toi ?

358

— Qui me pose la question ? Mon fils ou l'écrivain ?

— Laisse tomber, répondit Noah, le visage fermé.

— Je n'ai pas dit que je ne voulais pas répondre. J'étais seulement curieux de le savoir.

— Tu es le seul à séparer ce que je suis et ce que je fais. Pour moi, les deux vont ensemble.

Frank se tut quelques instants, songeant aux paroles d'Olivia, puis reprit lentement.

— J'ai toujours été fier de ce que tu es *et* de ce que tu fais. Mais... peut-être vais-je avoir plus d'égard pour ton travail. D'accord ?

— Mille fois d'accord, oui.

— Tout d'abord, je vais faire cette... interview, ou je ne sais pas comment tu veux l'appeler. Quand tu en auras le temps.

— J'ai le temps maintenant, lâcha Noah, en tâchant de ne pas laisser transparaître son excitation. Et toi ?

— Maintenant ? Eh bien, je...

Frank ne s'y était pas préparé et cherchait une excuse, mais Noah savait ne pas lâcher un poisson quand il était ferré. Après tout, pourquoi pas ? songea Frank avec fatalisme.

— Laisse-moi juste prendre une cassette neuve.

Il fut bientôt de retour avec deux cannettes de Coca et une cassette, qu'il étiqueta puis glissa dans l'appareil.

— Ce n'est pas aussi difficile, tu verras. Tu n'as qu'à me raconter l'affaire exactement comme tu le faisais autrefois. D'ailleurs tu m'en as déjà beaucoup parlé, et j'accumule des notes sur le sujet depuis longtemps. Je sais que Tanner a téléphoné lui-même à police secours, j'ai gardé une transcription de son appel.

Soucieux de précision, il dénicha le bon dossier parmi ses papiers épars.

— Il a appelé à minuit quarante-huit. *Elle est morte. Mon Dieu, Julie. Elle est morte. Du sang, il y en a partout. Je ne peux pas arrêter le sang. Que quelqu'un m'aide. Il y en a plus long,* dit-il en reposant le papier, mais l'essentiel est là. Le type de police secours lui posait des questions et il obtenait toujours la même réponse, mais il a réussi à lui faire donner l'adresse.

— Les gars en uniforme y sont allés en premier, continua Frank, la procédure normale. Ce sont eux qui répondent sur police secours. Le portail et la porte de la maison étaient ouverts. Ils sont entrés et ont trouvé le corps, avec Tanner, dans le salon. Ils ont installé un périmètre de sécurité, déclaré l'homicide et demandé des inspecteurs. Tracy Harmon et moi avons pris l'appel.

Noah avait l'impression d'entrer à nouveau dans la maison cette nuit-là, avec son père. Il sentait la brise tiède qui faisait frémir les feuilles des palmiers, bruissait dans les jardins argentés par le clair de lune. La maison était toute blanche, ses fenêtres embrasées d'or par l'éclat des lumières.

Des voitures de patrouille stationnaient devant la façade. L'une d'entre elles, ses phares bleus et rouges clignotant, éclaboussait de violentes couleurs les marches du perron, les visages des hommes et les vitres du fourgon de police. Des flots de lumière sortaient des portes grandes ouvertes ; un jeune policier, l'uniforme de l'école encore tout frais sur les épaules, vomissait dans les lauriers-roses.

À l'intérieur de la maison, les feux de l'énorme lustre ruisselaient sur le sol d'un blanc virginal. Les sombres traces de sang s'étalaient dans toutes les directions, à travers le vestibule, le long du vaste hall, sur les escaliers de chêne ciré qui s'envolaient majestueusement vers la gauche ; l'odeur en restait âcre et l'aspect poisseux.

Frank était habitué à la mort et à sa violence, à son gâchis ; mais le premier regard qu'il posa sur Julie MacBride lui brisa le cœur. Vingt ans plus tard, il se rappelait exactement la sensation — le choc d'abord, puis l'horreur, enfin la fureur, qu'il avait dû verrouiller en lui.

Au premier coup d'œil, la lutte semblait avoir été violente :

le verre brisé, les meubles renversés, les grandes éclabous-sures de sang. Cependant, à y regarder de plus près, on trouvait d'autres indices plus précis, ceux que les morts laissent toujours. Ses ongles n'étaient pas cassés, encore impeccables, les blessures sur ses mains et ses bras superficielles. Il s'était jeté sur elle par-derrière. Frank en avait eu confirmation plus tard, à travers les conclusions du médecin, mais, accroupi à côté du corps, il avait imaginé la scène ainsi dans sa tête.

Le premier coup était entré profondément dans son dos, juste sous l'omoplate. Elle avait probablement crié, trébuché, tenté de se retourner ; la surprise s'était mêlée à la douleur. Avait-elle vu son visage, compris ce qui se passait ? Puis il s'était à nouveau jeté sur elle ; avait-elle levé le bras pour tenter de parer le coup ? *Je t'en supplie, non ! Mon Dieu, non !*

Elle avait voulu s'échapper, renversant les lampes, marchant sur du verre brisé qui tailladait ses pieds nus ; elle était tombée au sol, avait rampé, pleuré. Il l'avait frappée et refrappée avec les ciseaux, même une fois immobile, même une fois morte.

Deux policiers en uniforme surveillaient Sam dans la pièce voisine. Tout comme le premier regard porté sur Julie, cette image-là allait se graver dans l'esprit de Frank : il était pâle et beau, il fumait par bouffées rapides, son bras se levant et s'abaissant mécaniquement quand il portait la cigarette à ses lèvres, aspirait la fumée, la rejetait, l'aspirait encore. Ses yeux étaient mornes et vitreux, sous l'effet du choc et de la drogue. Il était couvert du sang de sa femme.

— Quelqu'un l'a tuée, quelqu'un a tué Julie ! ne cessait-il de répéter.

— Dites-moi ce qui est arrivé, monsieur Tanner.

— Elle est morte. Julie est morte. Je n'ai pas pu l'arrêter...

— Pas pu arrêter quoi ?

— Le sang, répondit Sam, puis il regarda ses mains et se mit à pleurer.

À un certain moment, au cours de ce premier interrogatoire incohérent, Frank se rappela qu'il y avait un enfant dans la maison. Et partit à sa recherche.

Dans son bureau, Noah tapait ses notes, d'après l'entretien avec son père. Mettre les faits par écrit était une étape importante. La sonnerie du téléphone le fit sursauter, et il se rendit compte alors qu'il était plongé dans son travail depuis plusieurs heures. Les premiers rayons du couchant teintaient déjà le ciel à travers la fenêtre. Noah frotta ses yeux endoloris et décrocha.

— Oui ?

— Sam Tanner à l'appareil.

Instinctivement, Noah saisit un crayon.

— Où êtes-vous ?

— En train de regarder le soleil se coucher sur l'océan.

— Vous ne m'aviez pas dit qu'ils vous laissaient sortir plus tôt, Sam.

— Non.

— Êtes-vous à San Francisco ?

— Je suis déjà resté trop longtemps à San Francisco. Il y fait froid et humide ; je voulais rentrer chez moi.

Le pouls de Noah s'accéléra.

— Vous êtes à Los Angeles ?

— J'ai trouvé une chambre du côté de Sunset Boulevard. Ce n'est plus ce que c'était, Brady.

— Donnez-moi votre adresse.

— Je n'y suis pas en ce moment. En fait, je suis en bas de votre rue. Devant un endroit qui sert des tacos et de la bière et joue de la salsa.

— J'arrive.

Sam était vêtu d'un pantalon de treillis et d'une chemise de coton à manches courtes, tous deux portant encore les plis du neuf. Il était assis à l'une des petites tables métalliques garnissant la terrasse du Mexicain et contemplait fixement l'océan. Même si l'établissement n'était guère florissant, plusieurs autres tables étaient occupées. De très jeunes gens aux visages poupins mangeaient des tapas et sirotaient de la bière, qu'ils étaient à peine assez vieux pour avoir le droit de commander. Par contraste, Sam paraissait âgé, pâle et, de façon inexplicable, plus ingénu et naïf qu'eux.

Noah commanda d'autres tacos et deux bières.

— Alors, quelle est votre impression ?

Avant de répondre, Sam regarda, d'un air ébahi, un skater dévaler la rue.

— J'ai passé quelques jours à San Francisco, le temps de retrouver mes marques, puis j'ai pris un bus jusqu'ici. Une partie de moi attendait qu'on m'arrête, qu'on me ramène en prison, qu'on m'explique que tout ça était une erreur. Une autre partie espérait qu'on allait me reconnaître, que quelqu'un se mettrait à crier : « Regardez, c'est Sam Tanner ! » et me courrait après pour avoir un autographe. J'ai l'impression de deux vies qui se croisent, et mon esprit n'arrête pas de sauter de l'une à l'autre.

— Vous avez envie qu'on vous reconnaisse ?

— J'étais un acteur important, une vedette, et une vedette a besoin de l'attention des autres. Pas seulement pour flatter son ego, mais pour nourrir l'enfant qui demeure en elle. Si l'on n'était pas resté quelque part un enfant, comment pourrait-on être un bon acteur ? Au bout d'un certain temps en taule, j'ai dû mettre ça de côté, quand j'ai compris que les appels ne marcheraient pas, que la cage ne s'ouvrirait pas. J'ai dû mettre tout ça de côté pour pouvoir survivre. Puis je suis sorti et c'est revenu en masse — et autant je désirais que quelqu'un me regarde, me *voie* et se souvienne, autant ça me flanquait la trouille. La peur de monter sur scène, quoi... Un sentiment oublié depuis bien longtemps.

Noah ne dit pas un mot pendant que la serveuse déposait leurs assiettes et les boissons sur la table. Ensuite, il se pencha en avant.

— C'était risqué de venir à Los Angeles : on vous reconnaîtra tôt ou tard.

— Où irais-je ailleurs ? La ville a changé. Je me suis perdu deux fois. On voit partout de nouveaux visages, dans la rue comme sur les panneaux d'affichage. Les gens se baladent au volant d'énormes Jeep, et c'est interdit de fumer à peu près partout.

Noah ne put s'empêcher de rire.

— Tout de même, la nourriture est un peu meilleure que celle de Saint-Quentin.

— J'avais oublié l'existence d'endroits comme celui-ci, dit Sam en prenant un taco et en l'étudiant sous toutes les coutures. En fait, j'avais oublié ça avant même d'aller en taule. Si ce n'était pas ce qu'il y avait de mieux, ça ne m'intéressait pas. Un endroit où l'on n'allait pas me voir, m'admirer, me jalouser — quel intérêt ?

Il mordit dans le taco, ignorant les petits morceaux de tomate, de sauce et de salade qui tombaient dans son assiette. Pendant quelques instants, il mastiqua en silence, d'un air concentré, souvenir sans doute des repas de la prison.

— J'étais un vrai con, alors, reprit-il au bout d'un moment.

— Je peux citer cette phrase ?

— C'est pour ça qu'on est là, non ? J'avais tout — le succès, la gloire, le pouvoir, la santé. J'avais la plus belle femme du monde et elle m'aimait. Mais je pensais que c'était normal, comme un dû, aussi je ne l'appréciais pas à sa juste valeur. Alors je l'ai perdue. J'ai tout perdu.

Noah but une gorgée de sa bière, sans quitter des yeux le visage de Sam.

— Avez-vous tué votre femme ?

D'abord, il ne répondit pas, contemplant les derniers rayons du soleil sur la mer.

— Oui, finit-il par dire, et son regard revint sur Noah. Vous pensiez quoi ? Que j'allais nier ? Pourquoi ? J'ai pris vingt ans pour cet acte. Certains diront que ce n'est pas assez et ils ont peut-être raison.

— Pourquoi l'avez-vous tuée ?

— Parce que je ne pouvais pas être celui qu'elle voulait que je sois. Maintenant, demandez-moi si j'ai ramassé les ciseaux cette nuit-là et si je les lui ai plantés dans son dos, si je lui ai tranché la gorge avec.

— L'avez-vous fait ?

— Je ne sais pas, murmura Sam pensivement, et son regard retourna à l'océan. Je ne sais tout simplement pas. Je m'en souviens de deux façons différentes et toutes deux ont l'air absolument réelles. J'ai pensé à un moment que ça n'avait plus d'importance, puis ils m'ont dit que j'allais mourir. Maintenant j'ai besoin de savoir, et vous allez réfléchir sur la véracité des deux versions.

— Laquelle allez-vous me raconter ?

— Aucune. Pas encore. Il me faut d'abord l'argent. J'ai ouvert un compte dans cette banque, dit-il en sortant un morceau de papier de sa poche. Voici mon numéro de compte. Ils font le transfert, ce sera le meilleur moyen.

— J'irai demain, assura Noah en empochant le papier.

— Alors, nous parlerons demain.

Le lendemain matin, Noah appela Olivia, et la trouva à son bureau du centre. Encore humide de sa douche après son jogging sur la plage, il commençait juste à regonfler son organisme avec du café. Le son de la voix d'Olivia, vive et méthodique, un peu rauque comme toujours, le fit sourire.

— Hello, miss MacBride. Je vous ai manqué ?

— Pas particulièrement, non.

— Je n'en crois pas un mot. Vous avez reconnu trop facilement ma voix.

— Comment ne la reconnaîtrais-je pas ? soupira-t-elle. Vous parlez plus que trois personnes réunies.

— Et vous, vous ne parlez pas assez, mais j'ai gardé votre

voix dans la tête. J'ai rêvé de vous la nuit dernière. Tout était doux, les couleurs tendres, les gestes lents... Nous faisions l'amour au bord de la rivière, l'herbe était fraîche, pleine de fleurs sauvages... Je me suis réveillé avec votre goût dans la bouche.

— Fort intéressant, oui, fit-elle d'un ton détaché, après quelques secondes de silence.

— Il y a quelqu'un dans votre bureau ? murmura Noah.

— Provisoirement, en effet. Merci, Curtis, je vais m'en occuper. La berge de cette rivière est un endroit public, je vous le rappelle, reprit-elle après une nouvelle pause.

Il rit si fort qu'il dut s'asseoir sur un tabouret.

— Je suis en train de devenir complètement fou de vous, Liv. Avez-vous aimé les fleurs ?

— Elles sont très belles et tout à fait inutiles.

— Pas du tout, elles vous font penser à moi. Je veux que vous me gardiez constamment à l'esprit, ainsi nous pourrons reprendre le cours des choses à mon arrivée.

— Vous prévoyez de faire le voyage quand ?

— Dans une ou deux semaines, plus tôt si je peux.

— Le chalet est réservé longtemps à l'avance à cette époque de l'année.

— Je trouverai une idée. Liv, j'ai quelque chose à vous dire. J'ai vu Tanner, j'ai parlé avec lui. Il est ici, à Los Angeles.

— ...

— J'ai pensé que cela vous soulagerait de savoir où il se trouve.

— Sûrement. Il faut que j'y aille, maintenant.

— Liv, vous pouvez me dire ce que vous ressentez ! Pas pour le livre mais parce que je m'intéresse à vous...

— Je ne sais pas ce que je ressens. Je sais seulement qu'il peut bien être où il veut et faire ce qu'il veut, ma vie ne va pas changer pour ça. Rien ni personne ne la fera changer.

— Tous les changements ne sont pas mauvais, Olivia. Je

366

vous préviendrai de mon arrivée. En attendant, continuez de penser à moi.

— Et vous, continuez à rêver, murmura-t-elle en raccrochant, puis elle effleura du doigt les pétales d'une marguerite resplendissante.

Elle n'avait pu résister au plaisir de les garder dans son bureau ; de là, elle pouvait les voir depuis sa table de travail. Noah s'était bien débrouillé. Toutes les fleurs étaient des variétés poussant dans son propre jardin : elle penserait donc à lui en les regardant. Au vrai, elle aurait pensé à lui de toute façon ; et elle avait menti en prétendant qu'il ne lui manquait pas.

Elle était retournée à son clavier, commençant à noter ses idées pour le programme d'automne, notamment son nouveau projet de sorties pédagogiques à destination des écoles primaires, quand on frappa un coup à la porte. Elle répondit d'un grognement.

— Ça voulait dire entrez ou allez au diable ? demanda Rob, en agitant le paquet qu'il tenait à la main.

— Entrez pour toi et allez au diable pour tous les autres. Je suis en train de mettre au point quelques programmes d'automne. Qu'est-ce qu'il y a là-dedans ?

— Je ne sais pas. Ça vient d'arriver au chalet et ça ressemble à un colis exprès de Los Angeles, pour toi.

— Pour moi ?

— Il vient sans doute du même jeune homme qui t'a envoyé les fleurs. À mon avis, il a un goût très sûr au sujet des femmes.

— Tu le dis en toute objectivité, évidemment.

— Évidemment. Comment va ma petite-fille ? dit Rob en s'asseyant sur le coin du bureau.

— Tout va bien, ne te fais pas de souci pour moi.

— J'ai le droit de m'en faire, ça fait partie de mon cahier des charges.

Elle était si tendue, si pâle, à son retour de Californie...

— Peu importe qu'il soit sorti de prison, Livvy. J'en ai accepté l'idée et j'espère que tu m'imiteras.

— J'y travaille...

— Ce jeune homme..., commença-t-il, tendant la main en direction des fleurs. Il t'a apporté des souvenirs terribles auxquels il te demande de faire face. Mais il a quelque chose de franc dans le regard, quelque chose qui inspire la confiance.

— Grand-père... Je suis assez grande pour en décider moi-même.

— Tu resteras toujours ma petite-fille... Tu n'ouvres pas ton paquet ?

— Non, ça servirait juste à l'encourager. Il est en train de me faire du charme, expliqua-t-elle en souriant, ou au moins d'essayer.

— Ça alors...

— Il a prévu de revenir bientôt, je déciderai à ce moment-là si je suis sous le charme ou non. Maintenant, va travailler, et laisse-moi en faire autant.

Une fois parvenu à la porte, Rob s'arrêta un instant, la main sur la poignée.

— Parfois, je me demande si nous ne t'avons pas gardée trop enfermée, Livvy. Mais je crois qu'en fait tu as grandi à ta propre manière, à ta propre idée. Ta mère serait fière de toi si elle te voyait aujourd'hui.

Seule dans son bureau, Olivia resta songeuse. Elle espérait qu'il avait raison, que sa mère serait fière d'elle, ne la jugerait pas comme une femme trop distante, trop dure ou craintive pour s'ouvrir à quiconque en dehors de la famille.

La radieuse Julie, la merveilleuse Julie demanderait-elle à sa fille : « Où sont tes amis ? Les garçons désirés, les hommes aimés ? Où sont les gens que tu as côtoyés, intégrés à ta vie ? » Que pourrait-elle répondre ? Il n'y en a pas. Pas un seul... Puis elle jeta un coup d'œil au paquet sur le bureau et pensa : Noah. Il essayait depuis si longtemps de l'atteindre ; n'était-il pas temps qu'elle le laisse faire ?

Elle tira son couteau suisse de sa poche, déplia la petite lame pour couper la ficelle, fit une pause pour se laisser envahir par le plaisir et l'impatience. Elle pensa à lui tandis qu'elle soulevait le couvercle, plongea les mains dans les billes de polystyrène et les renversa sur le bureau pour sortir le contenu du paquet. Du verre ou de la porcelaine, une figurine... Elle se demanda s'il avait vraiment trouvé une marmotte, riait déjà à cette idée en dégageant la statuette — puis le rire mourut dans sa gorge, cependant qu'une panique glaciale s'infiltrait dans sa poitrine. Sa respiration se fit sifflante et un cri d'alarme résonna dans sa tête ; elle laissa tomber la figurine comme si c'était un serpent vivant, prêt à mordre.

La Fée bleue la contemplait, debout au sommet de sa boîte à musique.

24

— Je ne voulais pas rester seul, jamais. Je le ressentais comme une punition, comme un échec. Julie s'en trouvait bien, elle, souvent même elle préférait la solitude. Elle n'avait pas besoin des projecteurs comme j'en avais besoin, moi.

Sam tenait la tasse de café offerte par Noah et plissait les yeux à cause du soleil.

— *Avais* besoin ou ai besoin ?

— J'ai appris, depuis, les avantages de la solitude. Julie les a toujours sus, elle. Quand nous nous sommes séparés et que j'ai acheté cette maison à Malibu, la perspective d'y vivre seul m'apparut presque aussi terrifiante que celle de vivre sans elle. Je ne me rappelle pas grand-chose de la maison de Malibu, mais elle devait être assez semblable à celle-ci.

Il se retourna vers les parois de bois aux tons clairs, les larges fenêtres et les brassées de fleurs dans leurs bacs de pierre, puis revint à l'océan.

— La vue non plus ne devait pas être très différente. Vous aimez être seul ici ?

— Mon travail demande une bonne part de solitude.

Sam se contenta d'acquiescer, puis se tut.

Noah avait-il eu raison de faire les entretiens chez lui ? Après réflexion, cela lui avait paru la solution la plus pratique. Ils jouissaient de toute l'intimité et de toute la tranquillité voulues ; de plus, en s'installant sur la véranda, ils étaient au grand air comme le désirait Sam. Il n'avait pu trouver aucun argument s'y opposant — d'autant que Sam connaissait déjà son adresse.

Noah patienta pendant que Sam allumait une cigarette, puis dit :

— Parlez-moi de la nuit du 28 août.

— Je n'avais pas envie d'être seul. Je ne travaillais pas, je venais de virer mon agent et j'étais en rogne contre Julie. Pour qui se prenait-elle pour me chasser de chez moi, alors que c'était elle qui déconnait ? J'avais envie de compagnie, de sympathie et j'ai appelé Lydia. Comme elle détestait Julie, elle me dirait ce que j'avais envie d'entendre, je le savais. Nous allions boire et faire l'amour, comme au bon vieux temps, ça servirait de leçon à Julie.

« Lydia n'était pas chez elle. Sa femme de chambre m'a informé de son absence pour la soirée et ça m'a mis en rogne contre elle aussi. On ne pouvait donc compter sur personne, personne n'était là quand on en avait besoin. Je me suis fait une ligne pour me remonter le moral, puis j'ai pris ma voiture et je me suis dirigé vers Los Angeles.

« Je ne sais plus dans combien de boîtes j'ai traîné. C'est ressorti pendant le procès, des tas de gens m'avaient vu à des endroits différents cette nuit-là et ont affirmé que j'avais l'air de chercher la bagarre. Comment pouvaient-ils savoir ce que je recherchais ? Moi-même je ne le savais pas.

— Les témoins ont déclaré que vous cherchiez Lucas Manning, que vous vous êtes battu avec les videurs d'une des boîtes et que vous avez envoyé valser un plateau de boissons dans une autre.

— Ça doit être vrai, opina Sam avec un geste désinvolte. Mes souvenirs sont assez confus. Des lumières brillantes, des couleurs vives, des visages, des corps... Je me suis refait une ligne dans la voiture, peut-être deux avant d'arriver chez nous, j'avais bu aussi ; toute cette énergie et cette fureur bouillaient en moi et je pensais uniquement à Julie. On allait régler ça, bon sang, une fois pour toutes.

Il ferma les yeux, se pencha en arrière contre le dossier de sa chaise et poursuivit d'une voix sourde :

— Je me souviens des arbres défilant sur le fond du ciel, des phares des autres voitures tels des soleils brûlants sur mes yeux. Je pouvais entendre mes propres battements de cœur résonner dans ma tête. C'est là que les deux versions de l'histoire se séparent.

Il rouvrit ses yeux, bleus, intenses, et les plongea dans ceux de Noah.

— La porte est fermée mais je sais qu'il est là avec elle, le fils de chienne. Quand elle répond à l'Interphone, je lui demande d'ouvrir la porte, j'ai besoin de lui parler. Je fais très attention à garder mon calme parce qu'elle ne me laissera pas entrer si elle comprend que je suis défoncé. Elle me dit qu'il est tard mais j'insiste et je finis par la convaincre ; elle cède et m'ouvre la porte. J'entre en voiture jusque devant le perron. Le clair de lune est si brillant qu'il me fait mal aux yeux, et elle est là devant la porte, la lumière l'éclaire par-derrière. Elle porte la chemise de nuit de soie blanche que je lui ai offerte pour notre dernier anniversaire de mariage. Ses cheveux tombent sur les épaules et ses pieds sont nus. Elle est si belle et froide, son visage est froid comme quelque chose de gravé dans du marbre... Elle me demande de faire vite car elle est fatiguée, puis elle va dans le salon.

« Il y a un verre de vin sur la table et des magazines, et les ciseaux. Leurs longues lames d'argent sont posées sur le dessus de son verre. Elle les soulève pour prendre son vin. Elle sait maintenant que je suis défoncé, alors elle est furieuse.

« — Pourquoi est-ce que tu t'infliges ça ? elle me demande. Pourquoi est-ce que tu *nous* infliges ça, à Livvy et à moi ?

« Je réponds que c'est sa faute : elle laisse Manning la peloter, elle fait passer sa carrière avant notre couple. C'est un vieux sujet de dispute entre nous, mais cette fois il prend une tournure différente. Elle me rétorque qu'elle en a fini avec moi, nous deux, c'est sans espoir, je dois sortir de sa vie. Je la rends malade, je la dégoûte... »

Il restait acteur malgré lui, modulant ses phrases, laissant planer des silences étudiés.

— Elle me dit qu'elle n'a jamais été aussi heureuse que depuis le jour où elle m'a fichu dehors, qu'elle n'a pas l'intention de s'encombrer toute sa vie d'un raté avec des problèmes de drogue. Manning n'est pas seulement un meilleur acteur que moi, il est aussi meilleur amant. Et, oui, j'avais raison depuis le début, elle était fatiguée de nier. Il lui donne tout ce que, moi, je ne peux pas lui donner.

« Elle me tourne le dos comme si je n'étais rien, que je n'existais pas ! poursuivit-il, élevant la voix. Comme si toute notre vie ensemble n'était rien ! Ses mots montent jusqu'à mon visage comme une fumée rouge, me brûlent, me piquent les yeux... Les ciseaux sont maintenant dans ma main, et j'ai envie de planter leurs longues lames d'argent dans son dos, de les enfoncer profondément dans son dos... Puis elle crie, le verre tombe de sa main et se brise en mille morceaux, le sang coule et on dirait du vin rouge, si lourd, si épais... Elle se lève et semble trébucher mais je la vois mal à travers la fumée de ses mots, la fumée de sa voix comme si elle avait voulu me balayer de sa vie, je ne la vois pas mais je continue à la frapper avec les ciseaux... À présent le sang est chaud sur mes mains, sur mon visage, puis nous sommes couchés sur le sol, elle rampe, on dirait que les ciseaux font partie de ma main et je ne peux pas les arrêter de frapper, non, je ne peux pas... »

Ses poings étaient si serrés, sur ses genoux, qu'ils en avaient blanchi aux jointures.

— Puis je vois Livvy debout dans l'embrasure de la porte ; elle me regarde avec les mêmes yeux que sa mère, conclut-il dans un souffle.

Sa main tremblait quand il reprit son café ; il le but à

longues gorgées, comme un homme assoiffé au sortir du désert.

— Voilà. C'est une des façons dont je me rappelle la scène. Vous ne pourriez pas me donner quelque chose de frais à boire, un peu d'eau ?

— Bien sûr...

Noah éteignit l'enregistreur et se leva. Une fois dans la cuisine, il s'appuya quelques secondes contre le comptoir, chaviré. Il avait lu les rapports de police, étudié les actes du procès et savait donc à quoi s'attendre ; mais l'art avec lequel Sam avait raconté la scène lui avait noué l'estomac. Ça, et la pensée d'Olivia rampant hors de son lit d'enfant pour prendre pied dans un cauchemar. Combien de fois l'avait-elle revécu depuis, par l'imagination ?

Il remplit deux verres d'eau minérale, ajouta des glaçons, puis rassembla ses forces pour retourner sur la véranda.

— Je sais ce que vous vous demandez, lui dit Sam. Comment vous pouvez rester assis ici avec moi, respirer le même air que moi.

— Non, assura Noah en lui tendant son verre avant de se rasseoir. Ça fait partie de mon travail. Je me demandais comment vous pouviez vivre avec vous-même. Ce que vous voyez quand vous vous regardez dans la glace le matin.

— Ils m'ont mis en cellule spéciale pendant deux ans : prévention de suicide. Ils avaient raison. Pourtant, au bout d'un moment, on apprend à aller d'un jour vers le lendemain. J'aimais Julie et cet amour était la meilleure part de ma vie ; pourtant il n'avait pas suffi à faire de moi un homme.

— Et vingt années de prison l'ont fait ?

— Vingt années de prison m'ont fait regretter ce que j'avais détruit. Le cancer m'a fait désirer ce qui me restait encore.

— Que vous reste-t-il, Sam ?

— La vérité, et la volonté de la connaître. Je me souviens de cette nuit-là d'une autre façon, aussi. Elle commence de

374

la même manière, l'alcool, la voiture, la drogue nourrissant la rage intérieure. Mais, ensuite, la porte est ouverte quand j'arrive et ça me fout en rogne. Bon Dieu, à quoi pense-t-elle ? Nous allons avoir une petite conversation là-dessus. Si Manning est là... et je sais parfaitement qu'il est là. Je l'imagine en train de s'envoyer en l'air avec ma femme et je le tue de mes mains pendant qu'elle regarde. La lumière du hall se répand dehors et ça m'énerve vraiment. J'entre, cherchant la bagarre, et je commence à monter l'escalier, sûr de les surprendre au lit. Alors j'entends la musique provenant du salon. Ils doivent être en train de baiser dans le salon, avec la musique, la porte ouverte et ma fille qui dort là-haut. Alors je...

Il s'arrêta pour prendre une longue gorgée d'eau, puis reposa le verre.

— Il y a du sang partout ; au début, je ne comprends même pas ce que c'est, tellement il y en a. Il y a aussi du verre brisé, la lampe que nous avions achetée pendant notre voyage de noces est fracassée sur le sol. Ma tête bourdonne à cause de la cocaïne et de la vodka, mais je pense, merde, il y a eu un cambriolage. Puis je la vois. Bon Dieu, je la vois allongée sur le sol...

Sa voix trembla et se brisa, mais il continua à articuler tout aussi distinctement.

— Je m'agenouille à côté d'elle, je prononce son nom, j'essaie de la soulever. Du sang, il y a du sang partout sur elle. Je sais qu'elle est morte mais je lui dis de se réveiller, elle doit se réveiller... Je retire les ciseaux de son dos, car ainsi ils ne pourront plus lui faire de mal. Et il y a Livvy, qui me regarde...

Sam se pencha pour prendre une cigarette, frotta une allumette, et la flamme trembla comme s'il y avait du vent.

— La police n'a pas avalé cette version-là, ni le jury, et au bout d'un moment j'ai arrêté de la gober moi-même.

— Je ne suis pas là pour gober quoi que ce soit, Sam.

— Non.

Il hocha la tête mais son regard était rusé, un regard de taulard.

— Pourtant vous y réfléchirez, n'est-ce pas ?

— Selon Manning, lui et Julie n'ont jamais eu de liaison. Non qu'il n'ait essayé, il a été franc à ce sujet. Il avait le béguin pour elle, ils passaient beaucoup de temps ensemble, mais elle le considérait comme un ami.

Noah se trouvait avec son père devant la maison des jeunes, pendant qu'un groupe de gamins improvisaient une partie sur le terrain de basket nouvellement goudronné.

— Oui, c'est aussi ce qu'il nous a dit pendant l'enquête.

— Et tu l'as cru ?

Frank soupira en voyant l'un de ses garçons rater une passe.

— Il avait l'air sincère, et la déclaration de la gouvernante étayait ses dires. D'après elle, aucun homme n'avait jamais passé la nuit à la maison, sauf celui avec qui sa maîtresse était mariée. Elle était farouchement dévouée à Julie et aurait pu la couvrir, mais nous n'avons jamais pu l'ébranler sur ce point-là. Les seuls indices en faveur de la thèse inverse étaient la conviction de Tanner et les commérages habituels. Mais telle que se présentait l'affaire, peu importait, au fond : Tanner croyait à une liaison, donc pour lui elle était réelle et faisait partie du mobile.

— Tu ne trouves pas bizarre que Manning et Lydia Loring aient fini par devenir amants, même si ça a duré seulement quelques mois ?

— C'est ça, Hollywood, mon vieux.

— Juste à titre d'hypothèse, si Tanner n'avait pas été KO debout, de quel autre côté tu aurais cherché ?

— Il était KO debout et nous cherchions encore. Nous avons interrogé Manning, Lydia, la gouvernante, l'agent de Julie, la famille... Particulièrement les Melbourne, puisqu'ils travaillaient tous les deux pour Julie. Nous avons beaucoup cherché du côté de Jamie Melbourne, qui héritait d'une somme considérable à la mort de sa sœur. Nous avons vérifié le courrier des fans de Julie, repéré les dingues et fait des investigations sur eux, pour le cas où un maniaque aurait réussi à s'introduire dans la maison. Tanner, lui, était sur place. L'arme du crime portait ses empreintes, il avait un mobile, les moyens et l'opportunité d'agir. Et sa propre fille l'a vu.

Frank réfléchit.

— À vrai dire, cette affaire m'a posé des problèmes pendant les tout premiers jours. Elle ne tenait pas assez debout, à mon sens.

— Pourquoi ?

— La façon dont Tanner se conduisait, dont il mélangeait deux nuits différentes, ou faisait semblant de les mélanger, deux disputes différentes avec Julie... Ça ne collait pas, au début. Ensuite il a fait appel à un avocat, il a changé d'attitude, et j'ai compris qu'il s'était joué de moi jusque-là. Ne le laisse pas se jouer de toi, Noah.

— Non, mais je... Écoute-moi jusqu'au bout. Il y a quelques jours, il m'a donné deux versions de cette nuit-là. La première s'accorde presque parfaitement avec tes conclusions. Il est dans le rôle quand il la raconte, il pourrait être en train de rejouer une scène de meurtre dans un film. Puis il me donne l'autre version, comment il est arrivé et l'a trouvée morte. Ses mains tremblent, il devient pâle, sa voix vacille.

— À laquelle crois-tu ?

— Aux deux.

Frank hocha la tête.

— Mais il t'a dit en dernier la version qui l'innocente. Pour te laisser sur cette impression-là.

— Oui, j'y ai pensé.

— Il continue peut-être lui-même à souhaiter que la

seconde version soit la vraie. Et tu ne dois jamais oublier cet autre point crucial : il est acteur et sait comment se vendre.

— Je ne l'oublie pas, murmura Noah, songeur.

Noah décida de faire un détour pour passer voir sa mère. Il prévoyait de se rendre dans l'État de Washington le lendemain. Cette fois, il irait en avion et louerait une voiture ; il ne voulait pas perdre de temps sur la route.

Celia était installée sur la petite véranda latérale, à parcourir le courrier en buvant un grand verre de tisane aux herbes. Elle lui tendit sa joue pour un baiser, puis agita un tract sous son nez.

— Tu as vu ça ? Ils menacent de couper les fonds destinés à la sauvegarde des éléphants de mer.

— Non, j'ai dû louper celui-là.

— C'est une honte ! Le Congrès se vote une augmentation, dépense des millions de nos dollars pour des études sur la façon de lancer d'autres études, mais ils vont laisser s'éteindre une nouvelle espèce animale !

— Tu devrais aller leur secouer les puces, maman.

Elle mit la lettre de côté en maugréant et en ouvrit une autre.

— Ton père est au centre de jeunes.

— Je le sais, j'en arrive. Je suis venu te voir avant de partir demain pour l'État de Washington.

— Contente de ta visite. Tu restes dîner ? On m'a donné une nouvelle recette pour les fonds d'artichauts, j'ai envie de l'essayer.

— C'est très tentant, mais j'ai des bagages à faire.

— Menteur..., dit-elle en riant. Combien de temps est-ce que tu seras parti ?

— Ça dépend.

— Le livre te pose des problèmes ?

— Un peu, oui. Rien d'important.

— Quoi, alors ?

— J'ai un petit blocage, au niveau personnel. Avec Olivia MacBride.

— Vraiment ? s'étonna Celia avec un grand sourire. Est-ce que ce n'est pas merveilleux ?

— Je ne sais pas si c'est merveilleux ni pourquoi ça te rend aussi heureuse. Tu ne l'as pas vue depuis son enfance.

— J'ai lu ses lettres à ton père et elle m'a l'air d'une jeune femme intelligente, sensible et loin de tes fréquentations habituelles, en particulier de cette créature, Caryn. Elle n'a toujours pas réapparu, à propos ?

— Non. Laissons-la croupir dans le trou qu'elle a dû creuser elle-même.

— Je te connais, Noah. Quand tu veux quelque chose, tu persévères jusqu'à l'obtenir.

Elle lui sourit puis retourna à son courrier.

— En fait, j'ai l'impression d'avoir poursuivi Olivia Mac-Bride pendant la plus grande partie de ma vie. Entre-temps... Maman ? Qu'est-ce qu'il y a ?

Elle était devenue mortellement pâle et il se leva d'un bond, craignant un malaise.

— Noah, oh ! mon Dieu, Noah...

Il tenta de lui retirer des mains le papier qu'elle brandissait vers lui, sans comprendre qu'elle essayait justement de le lui montrer.

— Doucement. Ne bouge pas, reprends ton souffle, je vais appeler le médecin...

— Pour l'amour du ciel, regarde !

Comme elle agitait frénétiquement la feuille, il finit par y baisser les yeux et vit. La photocopie était mauvaise mais il reconnut le travail du photographe de la police montrant le corps de Julie MacBride sur les lieux du crime. Il avait une copie de cette photo dans ses propres dossiers et, bien qu'il l'eût regardée un nombre incalculable de fois, le noir et blanc si cru le choqua comme si c'était la première. Il s'aperçut alors que ce n'était pas une photocopie mais une image passée au scanner ; les lettres en caractères gras, au-dessous, sortaient d'un ordinateur elles aussi.

ÇA PEUT ARRIVER ENCORE

ÇA PEUT VOUS ARRIVER À VOUS

La colère l'envahit, froide et contenue, tandis qu'il contemplait les yeux horrifiés de sa mère.

— Tanner ! murmura-t-il. Bon Dieu, qu'est-ce qu'il trafique ? Il me raconte ses salades et pendant ce temps...

Il attendit le retour précipité de son père, mais aucun argument ne put le faire rester jusqu'à l'arrivée de la police.

Le fils de chienne s'était parfaitement joué de lui et l'avait presque mis dans sa poche ; maintenant, voilà qu'il menaçait sa famille. Vengeance, pensa Noah, en claquant la portière de sa voiture et en descendant Sunset Boulevard à grandes enjambées, vengeance contre le flic responsable de son incarcération. Attirer le fils, lui faire miroiter un récit, prendre l'argent, puis terroriser la femme.

Noah poussa la porte d'entrée de l'immeuble, jeta un coup d'œil à l'ascenseur et préféra l'escalier. L'ex-vedette avait bien dégringolé pour échouer ici, songea-t-il. La peinture était écaillée, les marches crasseuses et des relents de cuisine flottaient dans l'air.

Pourtant, il n'était pas tombé aussi bas qu'il le méritait.

Ce salaud aimait prendre des femmes comme victimes, songea Noah en cognant du poing à la porte du deuxième étage, des femmes et des petites filles ; on allait voir comment il se comportait en face d'un homme.

Il cogna une nouvelle fois et, faute de réponse, envisagea sérieusement d'enfoncer la porte à coups de pied ; sa rage froide s'était transformée en une furieuse colère.

— Si vous cherchez le vieux, il s'est cassé..., dit une voix derrière lui.

Il se retourna et vit la femme. La pute, corrigea-t-il.

— Cassé où ?

— Eh ! j'ai pas l'œil sur les voisins, mon chou. T'es flic ?

— Non, je suis en affaires avec lui.

— Tu ressembles pas mal à un flic, décida-t-elle après l'avoir examiné de haut en bas. Contrôle de la liberté sur parole ?

— Qu'est-ce qui vous fait penser ça ?

— Merde, tu crois que je peux pas repérer un taulard ? Même qu'il a dû faire une longue peine. Il a tué quelqu'un ?

— Je veux juste lui parler.

— Eh bien, il est pas là !

Quand elle remuait, des effluves de parfum bon marché et de sexe fané parvenaient jusqu'à Noah.

— Il a fait son petit paquetage et il est parti hier.

Olivia travailla dans son bureau longtemps après la fermeture du centre, ce soir-là. La paperasse avait la mauvaise habitude de lui tomber dessus à la fin du printemps et pendant l'été, alors qu'elle préférait de beaucoup emmener des groupes sur les sentiers, faire des conférences ou conduire des excursions de plusieurs jours dans l'arrière-pays.

Elle se surprit à regarder une fois encore le téléphone et à grommeler des injures. C'était fort humiliant de devoir admettre qu'elle travaillait tard *aussi* dans l'espoir que Noah l'appellerait. Il ne l'avait pas fait depuis deux jours, se souvint-elle. Il n'y était pas obligé, certes, et du reste elle aurait très bien pu l'appeler elle-même — mais alors elle aurait eu l'air d'avoir attendu cet appel...

Elle se comportait comme une lycéenne ayant un béguin — ou du moins elle le pensait, car elle n'avait jamais eu de béguin de lycéenne. Apparemment, elle était plus sensée à seize ans qu'aujourd'hui.

Aujourd'hui, elle rêvassait devant les fleurs envoyées par Noah et se rappelait le son de sa voix quand il avait prononcé son nom, après l'avoir embrassée. La douceur des mains de Noah sur son visage, le frémissement de surprise et de plaisir dans sa poitrine. Il était le seul homme auquel elle avait jamais pensé de loin, hors de sa présence ; d'ordinaire, elle les oubliait dès qu'ils avaient tourné le coin de la rue.

Jusqu'alors, elle n'avait eu envie que de liaisons superficielles, et encore, il n'y en avait pas eu beaucoup.

Elle était là, analysant ses sentiments (au départ, elle ne voulait en éprouver aucun), puis elle tourna les yeux vers le petit placard où elle avait enfoui la boîte à musique, dans son emballage. Pourquoi la lui avait-il envoyée ? Était-ce une offre de paix ou une menace ? Elle ne voulait pas de la première et refusait de se laisser intimider par la seconde.

Pourtant, elle n'avait pas eu le courage de la jeter.

La sonnerie du téléphone la fit tressaillir, puis rouler des yeux mécontents. C'était sûrement Noah ; qui d'autre appellerait aussi tard ? Elle s'empêcha de sauter sur le téléphone, le laissa délibérément sonner trois longues fois, tout en reprenant calmement sa respiration.

Quand elle décrocha, sa voix était froide et brusque.

— River's End, centre d'étude de la nature...

Elle entendit la musique, comme un souffle lointain, et se demanda si c'était une mise en scène de Noah pour un appel romantique ; elle commença à rire, ouvrit la bouche pour faire un commentaire caustique, puis se retrouva brusquement incapable de dire un mot.

Elle avait reconnu *La Belle au bois dormant* de Tchaïkovski. Les notes qui s'élevaient, limpides et déchirantes, la ramenaient à une chaude nuit d'été et à l'âcre odeur du sang. Sa main serra le récepteur tandis que la panique envahissait son cœur et son esprit.

— Qu'est-ce que vous voulez ? Je sais qui vous êtes, je sais ce que vous êtes !

Le monstre était libre.

— Je n'ai pas peur de vous !

C'était un mensonge ; des vagues de terreur, chaudes et poisseuses, lui soulevaient le ventre jusqu'à l'écœurement.

382

Elle avait envie de ramper sous le bureau, de se rouler en boule. Se cacher, juste se cacher.

— Ne vous approchez pas de moi ! Surtout, n'approchez pas !

Elle raccrocha violemment le récepteur et se mit à courir, la panique l'asphyxiant presque ; elle ouvrit brutalement la porte mais sa main glissa sur la poignée, lui arrachant un gémissement. Le centre devant elle était sombre et silencieux ; elle eut un mouvement de recul, quand le téléphone sonna de nouveau dans son dos. Son propre cri la fit chanceler, mais elle se raffermit et ne songea plus qu'à courir pour échapper au monstre, tapi derrière le téléphone. Mais alors qu'elle allait s'enfuir du bureau, la porte s'ouvrit en grand et une silhouette s'encadra dans l'embrasure, la silhouette d'un homme.

La vue d'Olivia devint soudain grise et floue ; elle entendit à peine une voix prononcer son nom. Des mains se saisirent de ses bras, elle tituba, puis glissa dans le noir.

— Hé ! Revenez à vous !

Sa tête ballottait de droite à gauche ; elle sentit des petites tapes sur son visage, la caresse de lèvres sur les siennes. Il lui fallut un moment pour comprendre qu'elle était allongée sur le sol, bercée comme un bébé sur les genoux de Noah.

— Arrêtez de me flanquer des claques, imbécile !

— Oui, c'est mieux, bravo ! s'exclama-t-il, avant de lui donner un vigoureux baiser. C'est la première fois qu'une femme s'évanouit à mes pieds, pourtant je ne peux pas dire que j'aime ça, en fait.

— Je ne me suis pas évanouie.

— Vous l'avez rudement bien imité, alors. Je suis désolé de vous avoir effrayée en arrivant comme ça, mais j'avais vu de la lumière dans votre bureau.

— Laissez-moi me relever.

— Une minute encore. Je ne suis pas sûr que mes jambes à moi sont prêtes à se relever. Sinon, comment ça va ?

Elle avait envie de rire et de pleurer à la fois.

— Oh ! parfaitement, merci. Et vous ?

Il la tenait toujours dans ses bras et la déplaça un peu, pour pouvoir lui sourire bien en face. L'allure d'Olivia, ses yeux d'ambre et sa peau claire firent vibrer quelque chose en lui.

— Vous m'avez vraiment manqué. C'est étrange. Vous savez combien de temps nous avons passé ensemble au total ?

— Non.

— Pas assez, murmura-t-il, et sa bouche se baissa à nouveau vers celle de la jeune femme.

Cette fois, les lèvres d'Olivia étaient douces et ne se défendirent pas ; au contraire, elle leva les bras pour l'enlacer. Il la serra contre lui, doucement mais fermement, jusqu'à ce que plus rien n'existât que la réunion de leurs lèvres.

— Liv..., chuchota-t-il, en suivant le contour de sa joue à coups de petits baisers, puis en remontant vers la tempe. Il faut que je ferme la porte.

— Hmmm ?...

— La porte. Je ne peux pas faire l'amour avec vous la porte ouverte...

À mesure qu'il lui caressait la poitrine, elle se cambrait davantage vers lui ; pour finir, elle lui mordit la lèvre inférieure, tout en tâchant de fermer elle-même la porte du pied. Alors le téléphone sonna et elle repoussa violemment Noah, lui griffant le bras au passage.

— Ce n'est que le téléphone, bon sang !

— C'est lui ! Laissez-moi, c'est lui !

Il ne demanda même pas qui : elle utilisait ce ton-là uniquement à propos de son père.

— Comment le savez-vous ?

— Il a appelé avant, juste avant ! répondit-elle, les yeux paniqués.

— Qu'est-ce qu'il a dit ?

— Rien, rien...

384

Elle s'était recroquevillée sur le sol, pressant les mains sur ses oreilles.

— Tout ira bien. Ne bougez pas.

Il se releva et se dirigea vers le téléphone d'un pas furieux, mais la sonnerie cessa au moment où il atteignait le récepteur.

— C'était lui...

Elle avait réussi à se lever, à aller jusqu'à la porte, mais elle tremblait.

— Il n'a rien dit, juste mis de la musique, expliqua-t-elle. La musique qui passait sur la chaîne stéréo de ma mère la nuit où il l'a tuée. Il veut me faire savoir qu'il n'a pas oublié...

25

Noah avait réussi à réserver une chambre, seulement elle n'était libre que pour une nuit ; le chalet était complet tout le reste du mois. Il y avait encore deux emplacements de camping disponibles, mais l'idée de camper ne soulevait pas le moindre enthousiasme en lui.

Pourtant, il allait devoir en réserver un et s'acheter un peu d'équipement s'il avait l'intention de rester. Et il avait l'intention de rester.

Son projet initial avait été de louer une chambre confortable, dans un hôtel situé à une distance raisonnable ; il pourrait y travailler à son aise et séduire Olivia dans les règles. Mais après les événements de la veille au soir, il ne voulait pas s'installer trop loin d'elle.

Encore faudrait-il qu'elle accepte sa présence et sa protection ; pour cela, il devrait se montrer plus obstiné qu'elle. La veille encore, après le sinistre coup de téléphone, elle s'était confiée à lui et sa peur était bien réelle. Mais quand ils avaient quitté le centre, elle s'était de nouveau endurcie, au point de se mettre en colère quand il avait tenu à la raccompagner. Elle connaissait le chemin, n'avait aucun besoin d'un garde du corps, et de toute façon lui-même se perdrait sur le trajet du retour. Il attribuait sa réaction à une fierté particulièrement mal placée, la honte de montrer un mouvement de faiblesse ; mais c'était aussi, sans doute, sa façon de colmater les trous de sa carapace.

Il n'avait jamais encore traîné une femme jusqu'à sa

voiture. Jamais lutté vraiment contre une femme, dans un match qui n'ait pas eu le sexe pour enjeu. Et il n'avait jamais été aussi près d'avoir le dessous, songea-t-il en frottant ses côtes encore endolories. Néanmoins, il avait réussi à la ramener chez elle, et même à bloquer assez longtemps son dernier assaut pour ponctuer sa victoire d'un baiser fort agréable. Du moins, fort agréable jusqu'à ce qu'elle le morde.

Ma parole, il était fou d'elle. Et bien décidé à s'occuper de Sam Tanner, pour la sécurité et la tranquillité d'esprit d'Olivia.

Il décrocha le téléphone et appela son père.

— Comment va maman ?

— Bien. Je l'ai emmenée travailler en voiture aujourd'hui et lui ai fait promettre de n'aller seule nulle part. Je l'emmènerai et j'irai la rechercher jusqu'à ce que... on verra.

— Pas de nouvelles de Tanner ?

— Non. Il a retiré deux mille dollars en espèces de son compte bancaire. Il avait loué sa chambre à la semaine et payée d'avance. Nous... ou plutôt la police aimerait bien lui poser des questions à propos de la photo, mais ils ne pourront pas grand-chose contre lui de toute façon. J'ai passé quelques coups de fil, deux copains à moi ont vérifié les aéroports et les gares pour chercher des réservations à son nom, mais rien.

— On doit le retrouver. Engage un détective, le meilleur. Je paierai.

— Noah...

— C'est mon problème, j'en ai les moyens. Tu pourras me laisser des messages au chalet. Il va falloir que je joue au campeur pendant quelque temps, et je n'aurai peut-être pas toujours mon téléphone portable sur moi, donc je ne serai pas toujours joignable. Mais j'irai voir à la réception aussi souvent que possible.

— Noah, s'il a décidé de nous rendre la monnaie de notre pièce, tu es une cible pour lui. Il va mourir, il n'a rien à perdre.

— J'ai grandi avec un flic, je sais comment faire face. Prends soin de maman. Moi, je...

Comme il ne poursuivait pas sa phrase, son père dit au bout d'un moment :

— Fais attention à toi, Noah.

— Toi aussi.

Quand Noah eut raccroché, il laissa la phrase restée en suspens se formuler jusqu'au bout dans son esprit : « Moi, je prendrai soin d'Olivia. » Elle avait la force d'une évidence. Puis il partit à sa recherche, espérant qu'elle se serait calmée.

Olivia ne s'était pas calmée ; elle avait dressé sa colère comme un rempart contre la panique qu'elle éprouvait chaque fois que son téléphone sonnait, et elle l'entretenait méthodiquement. Observant Noah pénétrer dans son bureau, elle se mit lentement sur ses pieds, le regard froid. Puis, comme dans un duel, elle dégaina la première :

— Quittez cette pièce, et le domaine des MacBride par la même occasion. Si vous n'avez pas réglé votre note et n'êtes pas parti dans les dix minutes, j'appelle les flics.

— Vos accusations ne tiendront pas, répliqua-t-il avec bonne humeur, histoire d'accroître encore sa fureur. C'est moi qui ai des bleus. Pas de juron, ajouta-t-il rapidement en refermant la porte derrière lui, il y a des enfants en bas âge. J'ai un marché pour vous.

— Un marché ? ricana-t-elle, puis elle fit un bond en arrière quand le téléphone sonna.

Noah décrocha l'appareil avant qu'elle ait pu faire un seul geste.

— River's End, centre d'étude de la nature, bureau de miss MacBride. Ici Raoul, son secrétaire personnel. Je suis navré, mais elle est en réunion. Voulez-vous...

— Idiot ! lui souffla-t-elle, avant de lui arracher le téléphone des mains. Ici Olivia MacBride.

Pendant l'appel, Noah s'absorba dans la contemplation

388

d'une jolie violette du Cap en pleine floraison. Quand elle eut raccroché, il déclara :

— J'ai pensé prendre mes distances pendant quelques jours avec la civilisation et la technologie. Me mettre à l'essai. L'homme face à la nature, vous savez...

Le feu qui nourrissait tout à l'heure le regard d'Olivia l'avait quitté, le laissant désormais vide et froid.

— Vous savez, lui dit-il doucement, quittant son ton badin, vous baisseriez dans mon estime si rien ne vous faisait jamais peur. Je penserais alors que vous êtes stupide.

Comment pouvait-il voir et comprendre tant de choses, songea-t-elle, sous ses dehors désinvoltes ?

— Je n'ai rien d'une pauvre jouvencelle en détresse. Je peux très bien veiller sur moi-même toute seule.

— Tant mieux, car je voudrais que vous veilliez aussi sur moi dans les jours qui viennent. J'ai envie de faire du camping et de la randonnée dans l'arrière-pays.

— Allez vous faire voir.

— Trois jours. Vous et moi. Prenons un peu de recul pour nous consacrer à ce que nous savons faire le mieux tous les deux. Je vous pose des questions, puisque vous avez accepté l'idée de ces entretiens ; et vous me montrez vos endroits préférés, je voudrais les voir avec les mêmes yeux que vous.

— Pour le plus grand bien de votre livre.

— Non, pour moi, pour être seul avec vous.

Elle sentait sa mauvaise humeur fondre mais avança malgré tout :

— J'ai repensé à ce niveau-là de nos relations et je ne suis pas intéressée.

— Mais si, vous l'êtes... Vous êtes furieuse contre moi car j'ai été le plus fort la nuit dernière. Vraiment, il n'y avait pas de quoi... Oh ! à mon avis, je ne suis pas le seul à avoir des bleus, fit-il en avisant une légère trace juste au-dessus du poignet d'Olivia. Je suis désolé...

— Très bien, coupa-t-elle sèchement. Je suis furieuse

parce que vous m'avez vue quand j'étais au plus mal, au plus bas, et que je vous ai laissé me voir dans cet état. Je suis furieuse parce que vous ne me laisserez pas seule, et je suis furieuse parce que j'aime être avec vous, même si vous m'exaspérez.

— Alors vous risquez de le rester un moment : je n'irai nulle part tant que nous n'aurons pas réfléchi à tout cela. Allons jouer un peu dans la forêt, Livvy.

— J'ai du travail.

— Je suis un client payant. En outre, dans notre marché, vous pouvez me donner la liste de tout ce dont j'ai besoin, et j'irai l'acheter à la boutique du chalet. Entre les honoraires du guide et l'équipement, c'est une histoire de deux mille dollars, facilement. Déléguez votre travail ici, Liv. Vous savez que vous le pouvez.

— Vous avez aussi besoin d'un laissez-passer pour aller dans l'arrière-pays.

— Pfff... Qu'est-ce qu'ils ne vont pas inventer encore ?

— D'ici vingt-quatre heures, vous pleurerez après votre ordinateur portable.

— Vous pariez ?

— Cent dollars.

— Tenu, conclut-il en lui serrant la main.

Il ne s'était pas attendu qu'elle lui envoie une liste détaillant jusqu'au nombre de paires de chaussettes et de sous-vêtements dont il aurait besoin pour leur excursion. Il avait l'impression d'avoir de nouveau douze ans, et que sa mère lui préparait sa valise.

Il se procura le matériel, dont un nouveau sac à dos, Olivia lui ayant fait remarquer que le sien était trop petit et troué de partout. Et même s'il savait qu'elles allaient peser lourd, il acheta deux bouteilles de vin, et les emballa dans des chaussettes. Camper était une chose, retourner à l'état sauvage en était une autre.

Il allait promener au moins quinze kilos sur son dos, estima Noah une fois son sac prêt. Quinze kilos qui, au bout de dix kilomètres, pèseraient comme cinquante.

Non sans regret, il enferma son téléphone et son ordinateur portables dans le coffre de sa voiture de location.

— À bientôt, mes petits, murmura-t-il.

— Je vais gagner mes cent dollars avant même le départ, on dirait.

— Ce n'était pas une plainte, mais un adieu affectueux.

Noah se retourna pour examiner Olivia : elle portait un jean décoloré, un tee-shirt River's End et un blouson léger noué à la taille. Des chaussures solides, avec un nombre impressionnant de griffes sur le cuir. Son sac semblait ne rien peser sur ses épaules, et son sourire satisfait lui allait bien.

— Toujours partant ?

— Mieux que ça, impatient.

Elle ajusta la casquette qui lui abritait les yeux, puis secoua le pouce.

— Allons-y.

Il trouva la forêt plus agréable, mais non moins primitive, sans la pluie sous laquelle ils avaient marché la fois précédente. De minces rayons de soleil se frayaient un chemin à travers les trouées des feuillages, caressant les jeunes feuilles des érables et les fragiles repousses des fougères. L'air était à la fois riche et frais.

Elle attendait qu'il parle, lui pose des questions ou tombe dans un de ces monologues superficiels où il était expert ; mais il lui offrit le silence, tandis que ses oreilles s'habituaient aux mille appels et bruissements composant la musique de la forêt, et elle en fut soulagée.

Ils traversèrent un paisible petit ruisseau, contournèrent un épais lit de fougères, puis commencèrent à grimper le sentier escarpé qui les conduirait dans l'arrière-pays. Les érables circinés s'épaississaient au bord du chemin, jusqu'à gêner leur progression ; Olivia, qui marchait devant, les contournait quand c'était possible, ou passait au travers. Une fois, elle rattrapa *in extremis* une branche qui allait fouetter Noah en plein visage.

— Merci...

— Je pensais que vous aviez perdu votre voix.

— Vous vouliez du silence, non ?

— Je fais seulement la sourde oreille quand vous parlez trop, c'est tout. Oh ! regardez...

Elle s'arrêta brusquement et s'accroupit, pour lui montrer du doigt de légères empreintes sur le chemin.

— Est-ce que ce sont...

— Des traces d'ours. Très fraîches, en plus.

— Comment le savez-vous ? Ils disent toujours ça dans les films. « Les traces sont fraîches, ouaip. L'est passé par là y a pas plus d'une heure. Il portait un chapeau noir, il mangeait une banane et il sifflait *Sweet Rosie from Pike*. »

— Tous les ours que je connais sifflent des airs de films, repartit-elle en riant.

— Bravo, Liv, vous avez plaisanté.

Il se baissa vivement pour lui plaquer un baiser sonore sur la joue ; elle lui jeta un regard mauvais avant de se relever.

— Pas d'embrassades en chemin, grogna-t-elle en se remettant en route.

— Je n'ai pas lu ça dans mon guide du campeur...

Il aurait voulu lui prendre la main, mais le sentier se rétrécit et elle le renvoya derrière. Néanmoins, songea-t-il, elle avait davantage souri depuis dix minutes que d'ordinaire en une journée entière. Passer quelque temps ensemble dans son univers adoré ne pouvait que les rapprocher l'un de l'autre.

— Vous avez des fesses géniales, Liv, vues d'ici.

Cette fois, elle ne prit pas la peine de retenir l'érable cir-ciné et sourit en entendant son claquement, suivi d'un juron étouffé. Elle but une lampée à sa gourde sans s'arrêter de marcher. Elle avait sélectionné ce sentier, qui contournait le canyon, parce que les randonneurs le choisissaient rarement ;

ses longs lacets menant à un terrain escarpé en décourageaient beaucoup. Mais c'était l'un des plus beaux à ses yeux, et elle aimait la solitude.

Ils traversèrent la forêt luxuriante sous d'épais feuillages, montèrent au sommet d'une crête puis en redescendirent, longèrent une falaise d'où la vue plongeait sur la rivière argentée. La faune était abondante et variée, du majestueux élan au raton laveur qui descendait dans l'eau en se dandinant.

Ils parvinrent devant un large ruisseau, enjambé par un pont de rondins. Le flot coulait, clair et rapide, entre des rives parsemées de digitales aux clochettes mauves et d'ancolies ornées de trompettes roses. Le paysage devant eux prenait des allures grandioses, depuis le vert profond, humide et froid des bords de la rivière jusqu'à la forêt monumentale, où la lumière tombait en rais et en flaques d'or, comme en la nef d'une cathédrale. Les arbres séculaires poussaient droits comme des soldats, hauts comme des géants ; leurs sommets bruissaient telle une houle dans le vent, qui ne parvenait jamais au sol. Là-haut, entre leurs cimes, Noah apercevait les ailes sombres d'un aigle se détachant sur l'azur radieux du ciel.

De nouveaux panoramas s'offrirent à eux tandis qu'ils cheminaient le long d'une crête : le long V des vallées à leurs pieds, les flancs boisés des collines environnantes. Au pont suivant, la rivière était semée de rapides et de rochers à fleur d'eau, tandis qu'une cascade dégringolait à grand fracas le long de la falaise.

— Là ! Là-bas ! s'exclama Olivia en tendant la main, puis elle chercha ses jumelles. Il est en train de pêcher !

Noah plissa les yeux, suivit la direction de sa main et vit une forme sombre perchée sur un îlot de roche, au milieu de la rivière bouillonnante.

— Est-ce que... Bon Dieu, c'est un ours ?

Il saisit les jumelles qu'Olivia lui tendait et tâtonna pour retrouver l'îlot ; l'ours jaillit soudain dans son champ de

393

vision, le faisant sursauter. Il se pencha par-dessus le parapet du pont rustique et examina l'animal avec autant d'attention que celui-ci scrutait l'eau à ses pieds. Tout à coup, rapide comme l'éclair, une énorme patte noire balaya le ruisseau dans une grande gerbe de gouttelettes, puis ressortit en tenant un poisson qui frétillait, argenté dans les rayons du soleil.

— Bon sang, vous avez vu ça ? Il l'a sorti de l'eau du premier coup !

Elle n'avait pas vu car elle avait regardé Noah, la surprise et l'enthousiasme peints sur son visage, la fascination authentique, non feinte. Il secoua la tête tandis que l'ours dévorait son en-cas.

— Très bon pêcheur, mais très mauvaises manières à table.

Il abaissa les jumelles et les rendait à Olivia, quand il la surprit les yeux fixés sur lui.

— Quelque chose ne va pas ?

— Non, rien, fit-elle en se reprenant. Nous ferions mieux d'y aller, si nous voulons installer le camp avant la nuit.

— Vous pensez à un endroit ?

— Oui. Vous allez adorer, j'en suis sûre. Nous devons suivre la rivière, encore une heure environ.

— Encore une heure, répéta-t-il, en hissant son sac sur les épaules. Vous m'emmenez au Canada, c'est ça ?

— Vous vouliez l'arrière-pays, lui rappela-t-elle. Vous allez l'avoir...

Elle avait raison sur un point, jugea Noah quand ils atteignirent le site : il adora. Ils étaient environnés d'arbres géants et la rivière cascadait sur les rochers ; la lumière était dorée, la brise sentait la fraîcheur et les pins.

— Je vais remonter le courant pour capturer notre dîner, annonça-t-elle en sortant de son sac une canne démontable.

— Génial.

— Avec un peu de veine, nous mangerons comme les ours ce soir. Sinon, nous avons des sachets d'aliments déshydratés.

— Bonne chance, Liv.

— Vous pouvez installer la tente pendant que je vais à la pêche ?

— Bien sûr. Vous vous occupez de la nourriture et moi je prépare le nid. J'adore le renversement des rôles.

— Amusant. Si vous avez envie de vous promener, restez en vue de la rivière et vérifiez votre boussole. Si vous vous perdez...

— Je ne vais pas me perdre, je ne suis pas stupide.

— Si vous vous perdez, répéta-t-elle, asseyez-vous et attendez que je vous retrouve.

Il eut l'air si vexé qu'elle lui caressa la joue.

— Vous avez été parfait jusqu'à présent, pour un citadin.

Il la regarda s'éloigner en se promettant de faire encore mieux.

26

La tente n'était pas livrée avec les instructions de montage, fâcheux oubli aux yeux de Noah. D'après ses estimations, l'installation du camp lui prit trois fois plus de temps et d'énergie qu'il n'en aurait fallu à Olivia. Mais il décida de garder cette information pour lui.

Elle était partie depuis plus d'une heure au moment où il put raisonnablement penser que la tente tiendrait droite. En supposant qu'elle n'aurait pas autant de chance que l'ours à la pêche, il passa en revue leurs autres possibilités de dîner : sachets de fruits secs, soupe déshydratée, œufs en poudre... Pas un festin, certes, mais ils ne mourraient pas de faim.

N'ayant plus rien de prévu sur sa liste de tâches, ni nul désir de jouer les explorateurs après sa journée de marche, il s'installa pour écrire. Il se concentra sur Olivia, ce qu'elle avait fait de sa vie, les objectifs qu'elle s'était fixés — et aussi ce qu'elle avait accompli, d'après lui, ou avait été empêchée d'accomplir. Ses racines, son enfance l'avaient fait se développer dans certaines directions et freinée dans d'autres. Aurait-elle été plus ouverte, plus sociable si sa mère avait vécu ? Moins solitaire si elle avait grandi comme l'enfant choyée d'une star de Hollywood ? Combien d'hommes seraient entrés et sortis de sa vie ? Y pensait-elle jamais ?

Tout à sa méditation, il reposa son carnet de notes sur ses genoux et contempla le paysage. Le ruisseau murmurait à ses pieds, les branches des arbres frémissaient dans la brise, et leurs deux musiques se mêlaient en la plus paisible des symphonies ; de temps à autre, elle était rehaussée par les cris des oiseaux qui nichaient dans les alentours. Un élan solitaire, couronné de bois majestueux, sortit silencieusement de la futaie et s'approcha de l'eau pour y boire. Il aurait aimé savoir le dessiner, mais dut se contenter d'en graver le souvenir dans son esprit, tandis que l'élan s'enfonçait à nouveau, calmement, sous les ombres profondes des sapins.

Elle serait revenue ici, estima-t-il. Peut-être n'en aurait-elle pas fait l'unique centre de sa vie, mais cet endroit l'aurait toujours attirée. Elle aurait toujours eu besoin de ses bruits et de ses parfums. À nouveau, le cri d'un aigle lui fit lever les yeux ; elle aussi prenait parfois son vol, songea-t-il. Mais se rendait-elle compte que, chaque fois, elle retournait ensuite s'enfermer dans le noir, dans la penderie de sa chambre d'enfant ?

Il mit par écrit ses impressions et ses pensées, écouta la vie vibrant autour de lui. Puis, quand son esprit partit à la dérive, il s'allongea et glissa dans un rêve.

Olivia revint avec trois superbes truites. Elle avait attrapé les deux premières en moins d'une heure, mais, connaissant l'appétit de Noah, avait attendu qu'une troisième morde à l'hameçon. Elle avait aussi trouvé un joli buisson d'airelles : son chapeau en était plein, et leur goût sucré parfumait agréablement sa langue quand elle arriva au campement.

Elle sourit en le voyant dormir près du ruisseau : elle l'avait poussé à fond, et il avait tenu le coup. Un regard circulaire sur l'installation lui prouva qu'il s'était bien tiré d'affaire, ici aussi. Elle attacha sa ligne à la berge et plongea les poissons dans l'eau courante pour les garder frais, puis s'assit à côté de lui et contempla l'eau.

Il sentit sa présence et la fit entrer dans son rêve ; il s'y voyait marcher dans la douce lumière verte de la forêt. Puis il remua, tendit la main pour la toucher, pour s'emparer d'elle. Elle se recula, dans un réflexe de refus, mais sa protestation s'interrompit à mi-chemin lorsqu'il ouvrit les yeux, ses yeux si verts, si directs. Son souffle s'arrêta devant ce qu'elle devina en eux, la façon dont ils restèrent ancrés aux siens quand il s'assit et prit son visage dans les mains, le tenant comme s'il avait le *droit* de le tenir.

— Attendez, je ne...

Noah secoua juste la tête pour la faire taire et, les yeux toujours dans les siens, il l'attira plus près, et leurs lèvres se rencontrèrent. Leur goût était sensuel et chaud comme une invitation.

Olivia tremblait, peut-être en signe de refus ou de peur, mais il n'accepterait ni l'un ni l'autre : cette fois, elle prendrait ce qu'il avait à lui donner. Les mains de Noah glissèrent le long du visage de la jeune femme, passèrent à travers ses cheveux, descendirent jusqu'à ses épaules ; tandis que ses baisers devenaient plus violents, il la renversa sur le sol et la recouvrit de son corps. La panique l'envahit, luttant avec le désir de prendre possession d'elle. Olivia repoussa Noah aux épaules, tout en arc-boutant son ventre contre le sien.

— Je ne peux pas vous donner ce dont vous avez envie ! gémit-elle. Je n'ai pas ça en moi...

Les lèvres de Noah effleuraient les siennes, les taquinant, les goûtant.

— Laissez-moi juste vous caresser..., souffla-t-il.

Il lui frôla les côtes de la main, sentit sa poitrine se soulever quand ses doigts se refermèrent sur ses seins. Sa bouche glissa le long de sa joue puis vers son cou, vers la zone douce et vulnérable où son pouls battait si fort. Il dit son nom, juste son nom, et elle fut perdue. Elle enfonça les ongles dans ses épaules, plongea les doigts dans la masse de ses cheveux pour l'attirer plus près d'elle, ramener sa bouche contre la sienne.

Elle connut le désir à l'état pur alors que leurs deux bouches luttaient, puis le plaisir sauvage quand il remonta brusquement son tee-shirt, le retira et s'empara avidement de sa chair à nu. Il était fort et possessif, le torse moulé contre celui d'Olivia poussant contre elle comme le sol rocailleux poussait sous son dos, et les battements primordiaux du sang dans ses veines. Pour la première fois de sa vie, alors que le corps d'un homme s'écrasait contre le sien, elle se rendit. À lui, à elle. Quelque chose en elle devint soyeux, son esprit se vida merveilleusement, puis se remplit de lui.

Il sentit le changement, et pas seulement dans le don de son corps ; l'abandon arriva, doux, tendre, inattendu.

Les mains de Noah se faisaient plus lentes, calmaient ses frissons, et en même temps invitaient à aller plus loin. Avec une sorte d'attention sérieuse et nonchalante à la fois, qui faisait tourner la tête d'Olivia, il commença un long et voluptueux voyage sur son corps. Le plaisir faisait frissonner sa peau, la réchauffait, la ranimait ; elle se sentait monter en rythme quand les mains de Noah la soulevaient, la berçaient. Les lèvres entrouvertes, dans un murmure enivré, elle lui enleva sa chemise et se délecta du glissement soyeux de leurs deux peaux, de sa musculature souple et vigoureuse sous ses caresses, du battement réconfortant de son cœur près du sien.

— Plus... Prends plus...

Comme en rêve, elle s'entendit elle-même s'offrir ; elle s'arqua, mince et souple comme un rameau d'osier, douce comme l'eau de la rivière. La ligne charmante de sa gorge attirait les lèvres de Noah, la courbe de ses seins le fascinait, leur saveur l'enivrait. Il sentit le désir jaillir dans son ventre.

Il y avait toujours plus, à goûter et à prendre. Plus la peau d'Olivia frémissait, plus la bouche de Noah se faisait pressante. Chaque demande avait sa réponse, gémissement, mouvement, murmure.

Il dégrafa son jean et, quand il lui effleura le ventre avec sa langue, son tressaillement lui fit l'effet d'une décharge électrique ; il tira violemment le jean par-dessus ses hanches et, tandis qu'elle se cabrait, s'empara d'elle à pleine bouche. L'air parut soudain trop épais à Olivia, le sang vrombissait à ses oreilles. De la bouche, des dents, de la langue, il la conduisit vers des sommets inconnus d'elle. Elle prononça son nom en haletant, luttant contre une excitation mêlée de panique qui menaçait de l'engloutir tout entière. Puis ses mains s'agrippèrent solidement à celles de Noah et la chaleur jaillit dans son ventre, humectant sa peau de rosée, lui brûlant les entrailles, jusqu'à ce que la douleur et le plaisir se confondent. Elle manqua de souffle, chercha à se libérer au moment même où ses hanches s'arquaient plus que jamais. Enfin, tout s'émietta en elle, se brisa en mille morceaux, la laissant molle et sans défense.

Son cri de délivrance vibra à travers le corps de Noah, les mains d'Olivia se relâchèrent dans les siennes. Tout ce qu'il avait jamais voulu dans la vie se réduisait à elle, à cet endroit, à ce moment. Il contempla fixement son visage alors qu'il la conduisait vers le plaisir, encore et encore.

Elle avait les yeux grands ouverts, élargis par la surprise, aveuglés par le plaisir ; ses lèvres tremblaient à chaque respiration. Les rayons du soleil léchaient sa peau tandis qu'elle ruisselait dans la main de Noah.

Le sang rugissant dans ses veines, les muscles tremblant sous sa peau, il vint s'allonger sur elle.

— Olivia, ordonna-t-il d'une voix rauque, regarde-moi quand je te prends, regarde-moi quand nous nous prenons...

Puis il s'immergea profondément dans son ventre, s'unit à elle. Il prolongea cette union jusqu'aux limites du possible, et quand sa vision se voila sur les bords il tint encore bon. C'était *la* femme et c'était *le* moment, il en était sûr ; s'accrochant un instant de plus à cette évidence, il posa son front sur le sien.

— C'est toi, réussit-il à dire. Ça a toujours été toi.

Puis il prit sa bouche, dans un baiser aussi violent que la chute soudaine de son corps.

Olivia ne pouvait plus bouger. Pas seulement parce que Noah la clouait au sol de tout le poids d'un homme satisfait, mais parce que son propre corps était faible, son organisme encore ébranlé par cet assaut sensoriel. Et parce que son esprit, même si elle luttait pour l'éclaircir, restait ébloui, sans défense.

C'était juste du sexe, songea-t-elle, et elle chercha à s'en convaincre ; pourtant, cela avait été bien au-delà de toutes ses expériences passées. Et sous le plaisir fascinant se faisait jour une inquiétude croissante.

Elle avait toujours considéré le sexe comme une soupape de sécurité commode, une fonction humaine nécessaire se doublant souvent d'un exercice agréable ; elle y restait maîtresse d'elle-même et de ses actes. Avec Noah, elle avait vite compris qu'elle n'avait aucune chance de le rester. Il l'avait balayée, emportée ; elle avait perdu le contrôle non seulement de son corps, mais aussi de sa volonté. En outre, elle lui avait offert une part d'elle-même dont elle ignorait l'existence, une part dont elle aurait préféré qu'elle n'existât pas. Et qu'elle voulait maintenant faire disparaître, enfermer de nouveau.

Mais quand elle commença à remuer, à le pousser de côté, il la souleva simplement dans ses bras, la fit rouler sur lui et l'y maintint, couchée de tout son long sur lui. Elle avait envie de poser la tête sur son cœur, de fermer les yeux et de rester dans cette position sa vie entière.

Même si cela lui inspirait une peur mortelle.

— La nuit va bientôt tomber. Il faut que j'allume un feu, pour le dîner.

— Nous avons le temps, dit-il en lui caressant les cheveux.

À nouveau, elle tâcha de se dégager, mais il la ramena vers lui. Elle était furieuse de sous-estimer sans cesse la force et la détermination de Noah, furieuse aussi de sentir sa propre colère renaître à la première occasion, telle une étincelle entre eux toujours prête à se rallumer.

— Écoute, mon vieux, sauf si tu tiens à mourir de froid et de faim, nous avons besoin de bois.

401

— J'irai dans une minute.

Il renversa à nouveau leurs positions puis scruta son visage.

— Tu veux t'en aller, Liv, mais je ne te laisserai pas partir, pas encore. Je sais ce que tu as en tête : tout cela n'était qu'une agréable partie de sexe dans la forêt, sans rapport avec ce que nous vivons ensemble depuis des années. Tu ne peux pas prétendre ça, non, tu ne peux pas.

— Laisse-moi me relever, Noah.

— Voilà, poursuivit-il, et sa voix se durcit. À présent, tu te promets que cela n'arrivera plus, que tu ne ressentiras plus ce que tu viens de ressentir avec moi. Tu as tort.

— Arrête de me dire ce que je pense et ce que je ressens !

— Je te dis ce que je vois ! C'est juste là, dans tes yeux ! Tu as du mal à mentir avec tes yeux... Alors, regarde-moi !

Il souleva ses hanches et se glissa à nouveau en elle.

— Regarde-moi et dis-moi ce que tu penses maintenant, ce que tu ressens !

— Non, gémit-elle, mais il s'enfonça dur et profond, faisant monter le plaisir en elle. Oh ! non, sanglota-t-elle, les bras et les jambes enroulés autour de lui.

Enivré par le triomphe et la colère, il la prit avec une fureur sauvage, jusqu'à se libérer en elle ; puis, alors qu'elle frémissait encore, il roula sur le côté, s'habilla sans rien dire, puis partit ramasser du bois.

Pour se venger, elle l'ignora et s'absorba dans la préparation du feu, qu'elle installa par sécurité à plusieurs mètres de l'endroit où ils dormaient. Ensuite, elle suspendit la nourriture en hauteur, puis rassembla ses ustensiles et entreprit de nettoyer les poissons. Quand elle l'entendit approcher, elle ricana et releva vers lui un visage d'une maussaderie étudiée.

— Qu'est-ce que tu veux ?

Évitant sagement l'affrontement, il lui tendit un verre de vin.

— Je l'avais mis à rafraîchir dans la rivière. Partante pour un petit verre ?

— Je dois d'abord cuire ce poisson.

— J'ai une idée. Puisque tu l'as attrapé et nettoyé, deux tâches pour lesquelles je n'ai aucune expérience, je vais le faire cuire.

— Tu n'es pas dans ta douillette petite cuisine, et je ne tiens pas à ce qu'on gaspille ma pêche.

— Un défi, je vois, fit-il en s'emparant de la poêle. Alors assieds-toi, bois ton vin et admire le maître.

— Si tu les gâches, je n'en attraperai pas d'autres.

— Fais-moi confiance, tu ne seras pas déçue.

— Toi, tu ne risques pas la déception, en tout cas, si tu décides de tout toi-même.

— C'est vrai, mais tu ne sais pas par quoi je suis passé, Liv, dit-il en affectant un ton grave, tandis qu'il versait un filet d'huile dans la poêle. J'ai dû apprendre à faire la cuisine comme une sorte d'autodéfense. Ma mère considère qu'on peut vivre en ne mangeant que du tofu. Tu n'imagines pas ce que c'est, de se retrouver face à un plat de tofu après une dure journée d'école. En pleine croissance.

Elle ne put s'empêcher de sourire, malgré elle. Il avait trouvé le sac d'épices et en recouvrait les poissons d'un geste sûr. Sans y penser, elle sirota le vin, un léger blanc d'Italie, et le trouva parfait.

— Je ne te comprends pas, lâcha-t-elle enfin.

— C'est déjà un progrès. Ces derniers temps, tu étais sûre de me comprendre et tu te trompais sur toute la ligne.

Satisfait de son saupoudrage, il déposa les poissons dans l'huile bouillante, où ils se mirent aussitôt à grésiller.

— Il y a une demi-heure, tu m'en voulais, avança-t-elle.

— Là, tu as raison.

— Et maintenant tu me sers du vin, nous discutons comme s'il ne s'était rien passé.

— Pas comme s'il ne s'était rien passé, non. Pour moi, tout s'est passé au contraire. J'attends juste que tu t'en rendes compte à ton tour.

Olivia ne répondit rien et ils restèrent un moment silencieux, à regarder les poissons frétiller, puis il lança :

— Puis-je vous suggérer d'attraper les assiettes, chère associée ? Nos petits amis sont presque prêts.

— Noah ?

— Hmm ?

Il leva les yeux, un air tendre sur le visage, et le cœur d'Olivia faillit fondre.

— Rien.

Plus tard, quand le repas fut terminé, la sombre forêt bruissant autour d'eux, elle eut besoin de ses bras pour chasser les mauvais rêves et ses frayeurs. Il était là pour la serrer contre lui, la bercer sur un rythme facile.

Elle s'endormit enfin, lovée contre sa poitrine, la main posée sur son cœur, la tête au creux de son épaule. Noah restait éveillé, contemplant le clair de lune sur la paroi de la tente, écoutant l'appel d'un coyote, le ululement d'un hibou et le cri bref de sa proie.

Comment avait-il pu jamais cesser de l'aimer, un seul instant, une seule seconde ?

Le monstre

Scrutant profondément cette obscurité,
longtemps je suis resté là, songeur, incrédule,
inquiet, rêvant des rêves qu'aucun mortel
n'avait jamais osé rêver avant moi.

Edgar Allan POE

27

Faible et moulu de partout, Noah s'éveilla au chant des oiseaux. Il s'assit, sauta dans son jean et songeait au petit déjeuner quand, à travers l'odeur vive de terre et de pins, il perçut l'arôme merveilleusement civilisé du café, et remercia mentalement Olivia.

Elle avait allumé le feu de camp matinal et maintenu le pot de café bien au chaud. Il se brûla les doigts sur l'anse, jura, puis prit une longue gorgée qui lui éclaircit l'esprit et lui ranima le corps.

La brume montait de la surface de l'eau, pour s'enrouler en rubans d'or et d'argent dans les rayons du soleil. Une harde de cerfs buvait paresseusement dans un coude de la rivière, sous les arbres. En tournant les yeux vers l'amont, il aperçut Olivia sur la berge, les cheveux brillants de rosée ; elle le regardait avec des yeux aussi fauves que ceux d'un chat et tout aussi méfiants. Elle avait l'air d'appartenir à l'endroit lui-même, à la nature sauvage, dans cette lumière scintillante et surnaturelle.

Elle s'approcha et ils s'embrassèrent longuement, passionnément, puis il demanda :

— Où allons-nous aujourd'hui ?

— Tu ne voulais pas commencer l'entretien ?

— L'un n'empêche pas l'autre. Quel est le sentier que tu aimes prendre à partir d'ici ?

— Il y a une jolie piste qui mène dans les montagnes. Des vues merveilleuses et quelques belles prairies alpines.

Elle prépara les œufs en poudre et ils engloutirent le pot de café. Olivia proposa de garder le camp au même endroit et d'accomplir une randonnée d'une journée ; quand elle lui en eut expliqué les grandes lignes, il l'approuva chaudement.

Après avoir fini de déjeuner et mis de l'ordre dans le petit campement, ils partirent. Des sacs allégés sur le dos, ils entamèrent la montée, sur un sentier accidenté conduisant à des crêtes plus accidentées encore. La forêt se dressait sur leur gauche, la vallée s'abaissait sur leur droite et la rivière serpentait tout au fond. Ils marchaient dans l'air vif et frais, des aigles pour seuls compagnons ; on n'apercevait nulle trace humaine aux alentours.

Elle l'attendait patiemment lorsqu'il s'arrêtait pour prendre des photos, et il s'arrêtait souvent ; elle répondait à ses questions — il en posait plus qu'elle ne l'aurait pensé — en termes clairs et simples. Et elle l'observait, amusée, quand il faisait une halte pour contempler le ciel, les arbres et les sommets des montagnes.

— Comment s'arrêter de regarder ? Si on construisait notre maison ici, on passerait nos journées à ne rien faire.

— C'est un terrain public...

Il prit sa main et entremêla leurs doigts.

— Imagine un peu... Nous sommes les deux derniers humains au monde et nous avons débarqué ici. Nous pouvons y passer notre vie entière, sans cesser de nous émerveiller.

Bleu, blanc, vert, argent : le monde semblait fait de ces quatre couleurs, juste rehaussées de touches supplémentaires ici ou là. Seuls comptaient les cimes, les arbres, les vallées, la rivière, et la chaleur de leurs deux mains liées.

Elle dégagea la sienne au bout d'un moment et désigna une nouvelle direction.

— Par là. Je crois que tu vas aimer.

Le sentier longeait la lisière de la forêt sur une pente raide, surplombant des éboulis où les fleurs se frayaient un chemin à travers les fissures des rochers, enracinées dans on ne savait quelle maigre terre. Noah entendit un bruit sourd puis sourit comme un gamin lorsque, au détour d'une paroi, ils tombèrent sur une falaise coupée net par une chute d'eau mugissante. Plus d'une fois, il dut résister à l'envie de s'arrêter et d'arracher par brassées les exubérantes fleurs sauvages.

Ses muscles commençaient à le brûler, ses pieds à mendier du repos ; il allait céder à leurs appels quand Olivia sauta sur un tertre de rochers, puis se retourna pour lui tendre la main. Le souffle un peu court, il la saisit et se hissa à son côté.

— Oh ! Superbe...

Oubliant ses douleurs, ses peines et sa fatigue, il se rassasia de la vue. C'était un océan de fleurs, des rivières multicolores coulant dans le vert des feuillages, s'échouant au bas d'un piton rocheux qui s'élançait vers le bleu du ciel telle la tour d'un château. Aux points les plus élevés du paysage, des plaques de neige brillaient à travers les arbres et les rochers, rendant les fleurs encore plus miraculeuses à ses yeux. Des papillons dansaient, blancs, jaunes et bleus, flirtant avec les pétales ou se posant délicatement dessus.

— Stupéfiant ! Incroyable ! Nous mettrons la maison ici, c'est décidé.

Olivia rit de son enthousiasme.

— Qu'est-ce que c'est, des lupins ?

— Tu as l'œil. Des lupins latifoliés, ceux que préfère le papillon bleu commun de l'Ouest. Là, des marguerites des montagnes y sont mélangées, et ces fleurs-ci, les blanches avec un cœur jaune, ce sont des érythrones, ou lis d'avalanche.

— Et il y a aussi des mille-feuilles, dit-il en désignant les feuilles en forme de fougères et les grappes de fleurs blanches. Arrêtons-nous, Liv. C'est un bon endroit et un bon moment.

Il s'assit sur un rocher, retira son sac de ses épaules et

l'ouvrit pour en sortir son magnétophone ; en le voyant, elle se crispa.

— Je ne saurai jamais faire ça.

— Moi, je sais. Pour commencer, si tu t'asseyais ?

— Je n'ai pas besoin de m'asseoir.

Pourtant, elle retira son sac et déboucha sa bouteille d'eau.

— Parle-moi un peu de ta mère...

Elle garda le silence quelques secondes, puis répondit d'une voix sourde :

— J'avais quatre ans quand elle est morte. Tu as dû en apprendre beaucoup plus sur elle par d'autres sources.

— Quand tu te souviens d'elle, tu penses à quoi d'abord ?

— À son parfum, affirma-t-elle après un instant de réflexion. Elle le conservait dans un des flacons de son coffret de toilette. Je croyais qu'ils étaient magiques, ces flacons. Il y en avait un bleu cobalt, avec une bande d'argent tout autour. Son parfum était unique, chaud, légèrement sucré, avec une touche de jasmin.

« Elle était si belle, poursuivit-elle d'une voix changée, lointaine. J'ai vu maintenant tous ses films, plusieurs fois, mais elle était tellement plus belle que ce qu'ils pouvaient capter d'elle... Elle se déplaçait comme une danseuse, comme si la pesanteur était une chose qu'elle tolérait par commodité. C'était une brillante actrice, mais aussi une mère merveilleuse, patiente, drôle, attentive. Avec elle, j'étais sûre d'être le centre du monde. Tu comprends ça ?

— Oui. J'ai eu de la chance dans ce domaine, moi aussi.

Finalement, elle s'assit à côté de lui.

— Je l'adorais. Je voulais devenir exactement comme elle. Je me regardais dans la glace et j'imaginais comment je grandirais pour être exactement semblable à elle.

— Tu lui ressembles beaucoup.

— Non. Je ne suis pas belle de la même façon, je ne veux pas l'être. Et je ne serai jamais jugée sur ma beauté comme

410

elle l'était, trop souvent. C'est ça qui l'a tuée. Dans ce conte de fées-là, la Bête a tué la Belle.

— Parce qu'elle était belle ?

— Oui, parce qu'elle était désirable. Les autres hommes avaient envie d'elle et *il* ne pouvait pas le supporter. Il ne pouvait plus supporter tout ce qui l'avait attiré vers elle au début, son visage, son corps, ses manières... Si cela l'avait séduit, cela devait séduire aussi les autres hommes, mais il n'y aurait pas d'autres hommes. Le seul moyen de la garder pour lui, c'était de la détruire. Même si elle l'aimait, elle ne l'aimerait jamais assez pour le guérir de cette obsession.

— L'aimait-elle ?

— Elle pleurait à cause de lui. Elle croyait que je ne le savais pas, mais je le savais. Je l'ai entendue, avec tante Jamie, un soir où j'étais censée être au lit. Ce même été, quand les nuits tombaient tard et que je n'arrivais pas à dormir. Elles étaient dans la chambre de maman et de là où je me cachais, près de la porte, je les voyais dans la glace. Ma mère pleurait, assise sur le lit, et tante Jamie la serrait dans ses bras.

Et, spontanément, elle les fit revivre toutes les deux.

— *Que vais-je faire ? Jamie, que vais-je faire sans lui ?*

— *Tout ira bien, Julie. Tu vas y arriver.*

— *Ça fait si mal... Je ne veux pas le perdre, perdre tout ce que nous avons vécu ensemble, mais je ne sais pas comment le garder.*

— *Tu ne peux pas continuer comme ces derniers mois, Julie, tu le sais. Il te fait du mal, pas seulement à ton cœur, mais à toi. Et moi, je ne peux pas rester assise sans rien faire quand je vois tes bleus.*

— *Il ne voulait pas, j'en suis sûre. C'est la drogue la responsable. Je ne comprends pas pourquoi il a recommencé. Je ne sais pas ce qu'il y trouve de plus qu'avec moi.*

— *Écoutez-moi ça ! dit Jamie avec colère. Tu es en train*

411

de te le reprocher, en plus ? Qu'il trouve son ego dans la cocaïne, l'alcool et les médicaments ?

— Non, mais si je pouvais comprendre ce qui lui manque, ce qu'il recherche en vain... Nous étions si heureux, Jamie, murmura Julie en fermant les yeux. Tu sais combien nous étions heureux. Nous étions tout l'un pour l'autre, et à la naissance de Livvy, c'était comme... comme un cercle parfait. Pourquoi n'ai-je rien vu, quand ce cercle a commencé à se fissurer ? La brèche était déjà immense au moment où j'ai compris. Je veux revenir en arrière, je veux que mon mari revienne... Jamie, je... je veux un autre enfant.

— Oh ! mon Dieu, oh ! Julie... Tu ne te rends pas compte de l'erreur que ce serait, maintenant, juste maintenant ?

— Peut-être, oui, mais ce serait peut-être la bonne réponse, aussi... Je lui en ai parlé ce soir. Rosa nous avait préparé un merveilleux dîner, des chandelles, de la musique, du champagne. Je lui ai avoué que j'avais envie d'un autre enfant et il était si heureux, au début, il ressemblait tellement au Sam d'avant... Nous avons ri et nous nous sommes embrassés et nous avons commencé à penser à des prénoms, comme nous l'avions fait pour Livvy. Puis, tout d'un coup, poursuivit-elle en retenant ses larmes, il est devenu froid, buté et il a dit... il a dit, oh ! comment saurait-il de qui était l'enfant ? Comment saurait-il si je ne portais pas déjà le bâtard de Lucas ?

— Ce salaud a osé te dire une chose pareille ?

— Je l'ai frappé. Je n'ai pas réfléchi, je l'ai juste frappé et lui ai crié de sortir, de ficher le camp. Il l'a fait. Il a regardé à travers moi, comme si je n'étais pas là, et il est parti. Je ne sais plus quoi faire.

Elle se couvrit le visage des mains et pleura.

— Je ne sais plus quoi faire...

Quand Olivia se tut, Noah ne dit rien ; elle l'avait ramené lui aussi dans l'intimité de cette pièce, dans cette scène de tristesse et de désespoir. Puis, lentement, elle reprit :

— Je suis retournée dans ma chambre et je me suis dit que maman répétait ; après tout, elle le faisait souvent. Je me suis dit qu'il s'agissait d'un film, qu'elle parlait d'un personnage et non pas de mon père, et je me suis endormie. Puis, plus tard cette nuit-là, je me suis réveillée et il était dans ma chambre. Il avait remonté ma boîte à musique et j'étais si heureuse, je lui ai demandé de me raconter une histoire...

« Il était drogué, mais je ne le savais pas encore. Il était en colère, je l'ai seulement compris quand il s'est mis à crier et qu'il a cassé ma boîte à musique. J'ai su qu'il n'était pas dans son état normal quand maman est arrivée en courant et qu'il l'a frappée. Alors je me suis cachée dans la penderie, pendant qu'elle se battait avec lui et réussissait à le pousser hors de la pièce. Après quoi elle a appelé la police sur mon petit téléphone, puis elle est venue s'asseoir à côté de moi et m'a réconfortée. Cette nuit-là, elle a décidé de demander le divorce.

« Quelques semaines plus tard, il est revenu et l'a tuée. »

Noah arrêta son magnétophone, descendit du rocher où il était assis et marcha vers elle, mais elle eut un réflexe de recul.

— Non, je ne veux pas être soutenue ni consolée.

— Écoute-moi, Liv. Je ne veux ni te soutenir ni te consoler, je veux seulement que tu saches combien je suis amoureux de toi.

— Ne le sois pas. Je ne pourrai pas te donner ce que tu recherches.

— C'est toi que je recherche, et je t'ai trouvée. La prochaine étape, chuchota-t-il, tandis que ses lèvres se posaient sur celles d'Olivia, c'est d'arriver à comprendre ce que *toi* tu ressens, ce que toi tu recherches.

Ce qu'elle recherchait, elle ne le savait pas encore ; mais ce qu'elle ressentait, c'était une vague de chaleur et de désir, profonde et presque douloureuse, battant en elle au rythme de son cœur. Elle l'éprouva tout au long du chemin de retour au campement, puis encore pendant le repas du soir, au bord de la rivière argentée, enfin quand ils se retrouvèrent sous la tente et que leurs deux corps se mêlèrent à nouveau, dans la nuit tiède et parfumée.

28

Noah était si insouciant, si gai, qu'il était presque impossible de ne pas lui répondre sur le même ton. Quelle importance si avec le matin s'était levé un petit crachin qui sans nul doute les tremperait en moins d'une heure sur le chemin du retour ? Il se réveilla heureux, écouta le tambourinement des gouttes et décida que c'était un signe du ciel : ils devaient rester sous la tente et faire l'amour comme des fous. Il avait roulé sur Olivia et déjà engagé les hostilités, elle ne put donc opposer aucun argument logique à ce projet ; et, pour la première fois de sa vie, elle rit pendant l'amour. Puis, au moment où elle se persuadait qu'elle ne devait pas mesurer ses sentiments à l'aune de leur bonne entente sexuelle, il lui ordonna de rester couchée : il allait s'occuper du café.

Olivia se pelotonna dans le chaud cocon de la tente, et dans le bien-être d'après l'amour. Jamais, depuis l'enfance, elle ne s'était laissé dorloter ; elle s'était toujours convaincue que le fait de ne pas décider par soi-même, de ne pas veiller personnellement à tous les détails, équivalait à remettre sa vie entre les mains d'autrui. Comme sa mère l'avait fait, et peut-être même comme son père l'avait fait. Aussi, songea-t-elle en fermant les yeux, sentant l'ancien malaise menacer une fois de plus, comment pouvait-elle prendre le risque d'ouvrir cette dernière porte intérieure — même si elle l'avait déjà plus qu'entrebâillée ?

Mais Noah revint alors dans la tente, deux tasses fumantes dans les mains ; ses cheveux blondis par le soleil étaient mouillés de gouttelettes, il avait les pieds nus et son jean, enfilé à la va-vite, n'était pas boutonné ; une vague d'amour la submergea tout entière. Il lui tendit un café et s'assit près d'elle.

— J'ai vu une musaraigne. Je ne sais pas si c'était une errante ou une sombre, mais je suis presque sûr que c'était une musaraigne.

— On rencontre plus souvent l'errante en plaine, s'enten-dit-elle commenter. À cette altitude, c'était sans doute une sombre.

— En tout cas, elle ressemblait surtout à une souris et elle fouillait partout. Pour son petit déjeuner, je suppose.

— Elles passent leur temps à manger, dépassant rarement trois heures sans prendre un repas. On dirait tout à fait certains citadins de ma connaissance.

— Je n'ai même pas parlé de petit déjeuner. J'y ai pensé, mais je n'en ai pas parlé. Le temps s'améliore, estima-t-il après avoir avalé une gorgée de café. Une heure au maximum et le ciel va s'éclaircir. Si j'ai raison, tu prépares le petit déjeuner au soleil, si je me trompe, je le fais sous la pluie.

— D'accord.

— Prenons tout de suite rendez-vous pour quand nous serons rentrés.

— Pardon ?

— Un rendez-vous, tu sais... Dîner au restaurant, voir un film, nous embrasser dans ma voiture de location...

— Je pensais que tu retournais bientôt à Los Angeles.

— Je peux travailler n'importe où. Et tu es ici.

Tout paraissait si simple pour lui...

— Je persiste à essayer de faire un pas en arrière, mur-mura-t-elle, et toi tu persistes à avancer.

— Où est le problème ?

Elle prit une inspiration, rassembla ses forces.

— Je t'apprécie beaucoup et ça n'est pas facile pour moi. Je ne suis pas douée pour ça.

416

Il se pencha en avant, posa les lèvres sur son front et dit :
— Entraîne-toi.

Pendant qu'Olivia et Noah paressaient à l'intérieur de leur tente, dans la forêt ruisselante de pluie, Sam Tanner regardait le jour se lever par la fenêtre du bungalow qu'il avait loué à proximité du chalet.

Il n'avait jamais compris l'attirance de Julie pour cette région froide, pluvieuse, solitaire et touffue. Elle était faite pour la lumière, l'éclat des flashes et des projecteurs, les lustres brillant de mille feux, la blancheur des plages exotiques... Pourtant, quelque lien invisible la ramenait toujours ici. Il avait fait de son mieux pour briser ce lien, trouvant des excuses afin de ne pas l'accompagner, jonglant avec leurs obligations dans le but de l'empêcher d'y aller seule. Ils n'avaient fait le voyage que deux fois au total après la naissance d'Olivia. Au fond, il n'acceptait pas que pour elle quelqu'un ou quelque chose comptât davantage que lui.

Il saisit son mini-Dictaphone récemment acheté et lui confia ses pensées. Il comptait parler encore avec Noah, mais n'était pas sûr du temps qui lui restait. Les maux de tête revenaient avec une régularité terrifiante, lui traversaient le crâne tel un train de marchandises ; il soupçonnait les médecins de s'être montrés optimistes, et les cassettes étaient sa sauvegarde. Quoi qu'il arrive, le livre aboutirait.

Il disposait de tout ce dont il avait besoin : il avait rempli sa kitchenette de provisions et possédait suffisamment de piles et de cassettes pour continuer son récit jusqu'à ce qu'il puisse joindre à nouveau Noah.

Où diable était-il ? se demanda Sam avec colère. Le temps passait et il avait besoin de ce lien. Il ne voulait pas être seul.

Le mal de tête commença à palpiter au centre de son crâne ; il déboucha précipitamment ses flacons, pour en faire tomber une poignée de pilules. Il fallait tuer la douleur dans l'œuf, sinon il ne pourrait ni penser ni agir. Et il avait encore tant à faire...

Olivia. Il lui restait une dette à régler.

Il reposa les flacons sur la table, à côté du long couteau à la lame brillante et du .38 Smith & Wesson.

Noah avait eu raison pour la pluie, et il s'en était réjoui ; mais il se réjouit davantage encore en retrouvant la plaine, après quelques heures de marche. Il pouvait commencer à rêver d'une douche chaude, d'une pièce tranquille et de plusieurs heures seul avec son téléphone et son ordinateur.

— Tu as déjà perdu deux paris, rappela-t-il à Olivia. La pluie a cessé, et je n'ai jamais pleuré après mon ordinateur ni mon portable.

— Si, tu l'as fait, dans ta tête.

— Peut-être, mais ça ne compte pas. Paie. Ou plutôt non, je remets la somme en jeu. On sera quittes si tu me trouves une pièce où je pourrai travailler quelques heures.

— Je peux te proposer quelque chose.

— Et aussi un endroit où me doucher et me changer ? Je suis sur la liste pour une chambre au chalet, s'il y a des annulations, mais en attendant je suis relégué au camping avec douches communes. Et comme je suis un garçon très timide...

Enchanté par son ricanement, il lui prit la main.

— Sauf avec toi, d'accord. Tu pourras te doucher en même temps. Nous prenons les économies d'énergie très au sérieux dans la famille.

— Nous pouvons faire un saut à la maison, dit-elle après avoir consulté sa montre. Ma grand-mère doit être sortie pour un moment avec un groupe d'enfants, ensuite elle va généralement au marché. Tu as une heure, Brady, pour être lavé, essuyé et reparti. Je ne veux pas la contrarier.

— Pas de problème, mais il faudra bien qu'elle finisse par me rencontrer. Au mariage, de toute façon.

— Ha, ha...

— On peut faire encore un autre pari. Je te parie qu'elle tombera sous mon charme en moins d'une heure.

— Pas question.

— Tu as peur car tu sais qu'elle prendra mon parti et te dira quelle folle tu es de ne pas te jeter à mes pieds.

— Voyez-vous ça...

— C'est tout vu, chérie.

Ce furent d'abord des reflets de couleur à travers les arbres, des taches de rouge, de jaune et de bleu piquetant la lumière verte de la forêt, puis des flaques de soleil qui se réverbéraient sur les vitres des fenêtres. Quand ils pénétrèrent dans la clairière, Noah s'arrêta net et attira Olivia contre lui.

Le soir où il l'avait raccompagnée chez elle, il faisait sombre, et il n'avait vu qu'une ombre dans la nuit ; aujourd'hui, la maison lui paraissait sortie d'un conte de fées avec ses toits de guingois, ses vieilles pierres, ses lourds madriers de bois et les fleurs multicolores tapissant le sol à ses pieds. Deux fauteuils à bascule trônaient sur la véranda, des pots regorgeaient de fleurs plus luxuriantes encore, et les vastes fenêtres s'ouvraient largement sur la forêt environnante.

— Superbe...

— C'est la maison des MacBride depuis des générations.

— Pas étonnant.

— Quoi, pas étonnant ?

— Que ce soit chez toi. C'est exactement ce qui te convient — ici, et pas la maison de Beverly Hills. Elle n'aurait pas été vraiment *ta* maison.

— Je ne le saurai jamais.

— Mais si, tu le sais, affirma-t-il en la dévisageant.

À un autre, elle aurait répondu en haussant les épaules ; avec un autre, elle n'aurait même pas abordé le sujet.

— Oui, je le sais. Mais toi, comment le sais-tu ?

— Tu es en moi depuis vingt ans.

419

— Ça n'a pas de sens.

— Ça n'a pas besoin d'en avoir. Mais le fait est que si je me projette vingt ans en arrière tu es déjà là.

Noah posa les mains sur les épaules de la jeune femme et l'attira lentement vers lui.

— Non, pas maintenant, murmura-t-elle — entendant alors un bruit de moteur dans l'allée, elle tressaillit. Quelqu'un vient...

— Dis-moi que tu m'aimes.

— Je... Oh ! non, c'est la Jeep, c'est ma grand-mère...

La voiture abordait déjà le tournant ; trop tard pour lui demander de partir, songea Olivia — même si la lueur dans ses yeux disait assez qu'il n'était pas homme à se glisser furtivement sous les arbres. Elle rassembla ses forces.

— Reste là...

— Je viens avec toi, répliqua-t-il en lui prenant fermement la main.

Val resta figée sur son siège, les doigts crispés sur le volant, observant les jeunes gens marcher vers la Jeep ; elle vit la détresse peinte sur le visage d'Olivia, mais s'en détourna.

— Alors, tu es revenue, dit-elle sans regarder sa petite-fille.

— Juste à l'instant... Je pensais que tu étais avec un groupe d'enfants.

— Janine les a pris en charge, répondit Val d'une voix sourde. Tu pensais entrer en douce et repartir avant mon retour, c'est ça ?

Olivia cligna des yeux, incapable de répondre, tandis que Noah s'interposait.

— J'ai demandé à Olivia si je pouvais prendre une douche et me changer, puisque le chalet est complet. Je suis Noah Brady, madame MacBride.

— Je sais parfaitement qui vous êtes, rétorqua-t-elle sèchement. Livvy est ici chez elle. Si elle vous a dit que vous pouviez prendre une douche, je n'ai rien à ajouter, mais je n'ai rien à vous dire non plus. Laissez-moi passer, j'ai des provisions à ranger.

Elle redémarra et, sans un regard pour eux, roula jusqu'à l'arrière de la maison.

— J'ai trahi ma promesse envers elle, murmura Olivia.

— Non, ce n'est pas vrai, répondit Noah en se lançant à la poursuite de la Jeep.

— Où vas-tu ?

— Aider ta grand-mère à transporter ses sacs ! cria-t-il.

Mais elle courut pour le rattraper et le tira par le bras.

— Pour l'amour du ciel, va-t'en ! Tu ne vois pas combien je l'ai blessée ?

— Si, et je vois aussi combien *elle* te blesse, fit-il en durcissant sa voix et en écartant la main d'Olivia. Je ne vais pas reculer, Liv. Il faudra vous y faire toutes les deux.

Il gagna l'arrière de la maison à grands pas et, avant que Val ait pu protester, sortit d'autorité deux sacs de la Jeep.

— Je les rentre, lança-t-il en se dirigeant vers la véranda, puis il disparut à l'intérieur de la cuisine.

— Je suis désolée, grand-mère..., dit Olivia en se précipitant vers Val. Je n'aurais pas dû, je vais lui demander de partir...

— Tu as déjà fait ton choix, grommela Val en s'écartant d'un mouvement raide, et elle tendit la main vers un autre paquet.

— Je n'avais pas bien réfléchi, je suis désolée, répéta Olivia, sentant monter la crise de nerfs. Je vais lui demander de partir...

— Non, tu ne le feras pas, coupa une voix derrière elle.

Sur le perron, Noah luttait pour contenir sa colère ; il marcha jusqu'à la camionnette et saisit les deux derniers sacs.

— Si vous voulez vous en prendre à quelqu'un, madame MacBride, je suis là.

— Noah, veux-tu bien simplement *t'en aller* ?

— Et te laisser ici, pour que tu te sentes coupable et

malheureuse ? Ça me paraît une très mauvaise idée. Je suis navré que nous ne soyons pas d'accord au sujet du livre, continua-t-il en se tournant vers Val, je suis navré que ma présence vous contrarie. Mais le fait est là : je suis en train d'écrire ce livre et je vais faire partie de la vie d'Olivia. J'espère que nous arriverons à nous accorder sur ces deux points, vous et moi, car elle vous aime. Elle vous aime assez, elle vous est assez reconnaissante de ce que vous avez fait pour elle, pour vous choisir si elle devait faire un choix entre *votre* tranquillité d'esprit et *son* bonheur.

— Ce n'est pas juste..., commença Olivia, mais Val la coupa d'une main levée.

La blessure s'était peut-être rouverte dans son cœur, elle était peut-être de nouveau à vif, mais ses yeux restaient clairs et son regard tranchant. Elle aurait voulu détester le visage de Noah, le juger froid, dur et cruel, y déceler l'égoïsme et l'intérêt, peut-être revêtus d'une fine couche de vernis ; à la place, elle y voyait la colère, car elle-même avait été dure envers Olivia, elle y voyait la force qu'elle avait déjà lue sur le visage du père de Noah.

— On ne parlera pas du livre dans cette maison, finit-elle par décréter d'une voix froide, mais ni Olivia ni Noah ne se trompèrent sur le sens réel de ces paroles.

— Entendu, acquiesça-t-il.

— Il y a des choses périssables dans ces sacs, ajouta Val en s'éloignant, il faut les ranger.

— Donne-les-moi, proposa Olivia en tendant la main, mais Noah l'ignora et gagna de nouveau la cuisine à la suite de Val ; aussi ne lui resta-t-il pas d'autre choix que de retirer son sac à dos, le déposer sur la véranda et pénétrer dans la maison derrière eux.

Sa grand-mère, déjà en train de défaire les paquets, tourna les yeux vers la porte à son entrée ; toute la tension qu'elle lut amassée dans les yeux d'Olivia acheva de lui faire ravaler sa méfiance et sa colère.

— Vous feriez aussi bien de retirer votre sac de vos épaules, dit-elle à Noah. Vous devez en avoir assez de le porter, non ?

— Si je l'admettais, Olivia me sourirait d'un petit air suffisant. Elle veut me faire passer pour un écervelé de citadin, incapable de reconnaître l'est de l'ouest.

— Tu en *es* incapable, murmura Olivia.

— Est-ce que vous en êtes un ? demanda Val. Un écervelé de citadin ?

Eût-elle été aveugle, elle aurait vu l'affection rayonner dans le regard qu'ils échangèrent.

— Non, m'dame, pas du tout. Le fait est que je suis tombé amoureux, pas seulement de Liv — même si ça nous est tombé dessus à tous les deux comme un vrai choc —, mais aussi de l'État de Washington, au moins de cette partie de l'État. J'ai déjà choisi des endroits où nous pourrons construire notre maison. Mais Liv prétend que nous aurons des problèmes car c'est un parc national.

— Il raconte n'importe quoi..., commença Olivia, mais Val l'interrompit.

— Passer quelques jours au chalet ou à faire du camping, ce n'est pas comme vivre ici.

— Je ne le pense pas non plus. Mais je suis très accommodant pour certaines choses, et c'est l'endroit où elle est heureuse. C'est une maison faite pour elle. Au premier regard, j'ai songé qu'elle voudrait se marier dans la clairière, entre les fleurs et la forêt. Ça lui irait bien, non ?

— Oh ! arrête ! s'écria Olivia, tout ça ne...

— Je ne m'adresse pas à toi, coupa suavement Noah, et il sourit à Val. Elle est folle de moi, elle a juste un petit problème d'adaptation.

Val esquissa un sourire ; son cœur avait été brisé, mais l'air d'exaspération amusée sur le visage de sa petite-fille n'était pas loin de le recoller.

— Vous êtes un jeune homme intelligent, n'est-ce pas ?

— J'aime à le croire.

Elle soupira, tout en repliant soigneusement le dernier sac de papier brun.

— Allez chercher le reste de vos affaires. Vous pouvez vous installer dans la chambre d'amis.

— Merci. Je laisse mon sac ici en attendant.

Il se retourna, saisit par le menton une Olivia hésitant encore entre le sourire et la colère, l'embrassa passionnément et partit en promettant :

— Je ne serai pas long.

— Pourquoi lui as-tu proposé ça ? dit Olivia à sa grand-mère quand il fut sorti. Il serait très bien au camp, et tu te sentiras mal à l'aise s'il s'installe ici...

Val alla ranger les sacs vides dans le placard à balais puis demanda :

— Tu l'aimes ?

— En fait, je...

— Est-ce que tu l'aimes, Livvy ?

Olivia put seulement acquiescer, sans un mot.

— Et si je t'affirmais que je ne veux pas de lui ici ? Que je n'aurai jamais la paix si tu le laisses entrer dans ta vie ?

— Bien, je..., balbutia Olivia, désemparée. Je vais lui dire de...

— Il avait raison, murmura Val. Tu te détournerais de lui, et de tes sentiments, si tu pensais que tel est mon souhait. Je voulais le considérer comme un égoïste, en fait c'est moi l'égoïste.

— Non, jamais !

— Je t'ai gardée pour moi, Livvy. Autant pour ton bien que pour le mien, au début, puis... avec le temps, surtout pour le mien. J'ai perdu ma Julie, et je me suis promis que rien ne t'arriverait jamais, à toi.

— Tu as pris soin de moi...

— Oui, j'ai pris soin de toi. Mais en ne te laissant jamais aller nulle part.

— Ne sois pas triste, grand-mère, je t'en prie...

— Je dois apprendre à affronter la vie et l'avenir. Ton grand-père a essayé de m'en parler, et chaque fois je me fermais. Je savais qu'il avait raison, au fond, mais je ne voulais pas l'écouter, et il a fallu un étranger pour changer cela. J'ai compris une chose en tout cas : je veux que tu sois heureuse et pas seulement en sécurité. Être en sécurité n'est pas suffisant pour vivre.

Elle prit une inspiration et dit d'une voix raffermie :

— C'est mieux si ton jeune homme reste ici. Comme ça, sourit-elle, j'aurai un œil sur lui et je verrai s'il est assez bien pour toi. Si je trouve que non, je demanderai à ton grand-père de le réformer.

— D'après lui, il peut te charmer en moins d'une heure.

— On verra. Il me faut plus qu'un joli visage pour ça, et je me ferai mon propre avis. En attendant, je vais voir si la chambre d'amis est en ordre.

— Je monte mon sac et je m'en occupe.

Olivia s'engagea dans l'escalier, puis s'arrêta après avoir gravi quelques marches.

— Grand-mère... Je t'aime beaucoup, tu sais.

— Je le sais, oui. Nous parlerons davantage à l'avenir, Livvy. Il y a très longtemps que nous n'avons pas parlé.

Le pas d'Olivia était léger alors qu'elle traversait le palier de l'étage. Elle était amoureuse et ce n'était pas un drame ; la brèche ouverte depuis ces derniers temps entre elle et sa grand-mère se refermait. L'avenir était un ciel immense, débordant de possibilités. Puis elle ouvrit la porte de sa chambre et sa joie nouvelle disparut ; là, sur l'oreiller de son lit, baignant dans un rayon de soleil, reposait une unique rose blanche.

29

Olivia ne pouvait plus respirer ; sa tête carillonnait, des cloches s'affolaient dans son crâne, tintaient le long de sa colonne vertébrale, résonnaient dans ses jambes flageolantes ; elle s'effondra sur les mains et les genoux, aspirant l'air comme une femme en train de se noyer.

Dans la penderie, dans le noir.

Elle lutta contre la panique qui lui transperçait la poitrine à coups de pic à glace ; après avoir posé la main sur sa chemise puis baissé les yeux, elle fut surprise de ne pas la retrouver couverte de sang.

Le monstre était ici.

Dans la maison, il était entré dans la maison... Cette pensée lui hurlant aux oreilles, elle sauta sur ses pieds mais trébucha sur le sac qu'elle avait laissé tomber ; le choc l'envoya de tout son long sur le lit, à quelques centimètres de la tige de cette rose blanche si parfaite.

Elle se recula comme si c'était un serpent venimeux prêt à la frapper ; mais elle parvint pourtant, les yeux agrandis par la peur, à retenir le cri oppressant sa gorge. Dans la maison, songea-t-elle de nouveau ; il était entré dans la maison. Et sa grand-mère qui était seule, en bas, dans la cuisine... D'une main tremblante, elle atteignit le couteau à sa ceinture et le dégaina si vite que la lame siffla contre le cuir ; puis elle gagna sans bruit la porte.

Elle n'était plus une enfant sans défense, elle protégerait les siens.

Non, il ne devait plus être dans la maison ; elle tentait de se raisonner, de réfléchir de façon logique, mais la peur ne la quittait pas. Elle sortit dans le couloir, en gardant le dos plaqué contre le mur ; ses oreilles étaient à l'affût du moindre son et elle serrait le manche du couteau dans sa main. Elle passa ainsi d'une pièce à l'autre, prudemment, silencieusement, comme si elle suivait une biche ; elle fouillait chacune à la recherche d'un signe, d'une odeur, d'un changement dans l'atmosphère. Ses genoux tremblaient quand elle atteignit la porte du grenier.

Se cachait-il juste là où les souvenirs étaient sous clé ? Avait-il pu deviner que quelque chose de sa mère était conservé là-haut, au bout de cet escalier étroit ? Elle l'aurait presque souhaité, tandis que ses doigts tremblaient sur la poignée ; elle lèverait son couteau et l'enfoncerait dans sa chair, comme il avait autrefois enfoncé les ciseaux dans celle de sa mère, et tout serait fini. Mais sa main reposait sur la poignée, inerte, et son front se pressait contre le bois de la porte, sans qu'elle pût se décider à l'ouvrir.

Au son d'une voiture tournant le coin de l'allée, elle poussa à fond le verrou extérieur, sous la poignée, et courut à la fenêtre malgré ses jambes qui flageolaient. Son premier mouvement d'inquiétude, quand elle ne reconnut pas la voiture, fit place au soulagement en voyant Noah en sortir ; puis ses mains se crispèrent sur l'appui de la fenêtre alors qu'elle scrutait les ombres du sous-bois. Était-il dehors ? La regardait-il en ce moment même ?

Elle se retourna vivement, prête à descendre quatre à quatre, pour laisser toute la peur s'exhaler d'elle et la confier à Noah, puis elle songea à sa grand-mère ; non, elle ne pouvait pas l'effrayer ainsi. Elle devait rester maîtresse d'elle-même. Elle remit le couteau dans son étui, mais ne referma pas la courroie de sécurité. Entendant le pas de Noah sur les marches, elle s'approcha de l'escalier.

— Ta grand-mère commence à s'habituer à moi, lui

annonça-t-il d'une voix triomphante. Elle m'a demandé si j'aimais les côtes de porc.

— Bravo ! dit-elle, parvenant presque à prendre un ton enjoué. Voici la chambre d'amis.

Il la suivit dans la pièce et déposa ses sacs sur le lit.

— Merci. C'est nettement plus attirant qu'une tente de camping. Et devine qui est ici ?

— Ici ?

Au son défait de la voix d'Olivia, il fronça les sourcils.

— Qu'est-ce qu'il y a, Liv ?

— Qui est ici ? balbutia-t-elle en se laissant tomber sur le bord du lit.

— Mes parents, lâcha-t-il sans la quitter du regard.

— Frank ? Frank est ici ? s'exclama Olivia, les yeux soudain pleins d'espoir.

— Au chalet, oui. Ils avaient réservé une chambre il y a un moment. Mais je veux que tu me dises ce qui ne va pas.

— Je vais le faire, oui. Frank est ici..., répéta-t-elle. Quand j'étais à Los Angeles, je suis allée le voir et je lui ai demandé s'il voulait bien venir. Il est venu...

— Tu comptes pour lui, tu sais. Tu as toujours compté.

— Je sais. C'est comme un cercle qui continue à tourner. Nous tournons tous sans pouvoir nous arrêter, jusqu'à ce que tout soit fini. Il était dans la maison, Noah.

— Qui ?

Elle se redressa et ses yeux étaient calmes, même si ses joues restaient pâles.

— Mon père. Il est venu ici, dans cette maison.

— Comment le sais-tu ?

— Il y a une rose sur mon lit, une rose blanche. Il tient à me faire savoir qu'il est revenu.

Le seul changement visible fut une dureté nouvelle dans les yeux de Noah, un éclat froid dans le vert de l'iris.

— Reste ici.

428

— J'ai déjà vérifié toute la maison, sauf le grenier. Je n'ai pas pu y monter, parce que...

— Encore heureux que tu n'aies pas pu y monter ! Tu vas rester ici, ou descendre retrouver ta grand-mère.

— Non, tu ne comprends pas. Je n'ai pas pu y monter parce que je *voulais* qu'il y soit. Je voulais y aller et le tuer, tuer mon père... C'est affreux, Noah, je me voyais le frappant avec le couteau, je voyais son sang me couler sur les mains. Je *voulais* cela. Qu'est-ce que ça fait de moi, tu te rends compte ?

— Un être humain ! lança-t-il, et les mots claquèrent dans sa bouche.

— Non. Ça aurait fait de moi la même chose que ce qu'il est, lui.

— Tu n'es pas montée là-haut, donc ?

— Non. J'ai verrouillé la porte de l'extérieur.

— Ferme celle-ci de l'intérieur et attends-moi.

— N'y va pas.

— Il n'est pas ici, mais tu te sentiras mieux si je m'en assure. Ferme la porte, répéta-t-il, et attends-moi.

À regret, elle fit ce qu'il lui avait dit : se cacher, comme elle s'était déjà cachée auparavant.

À son retour quelques minutes plus tard, elle lui ouvrit la porte et le regarda, les yeux vides.

— Il n'y a personne ici et je n'ai vu aucun indice de son passage. Mais il faut quand même le dire à tes grands-parents.

— Cela va effrayer ma grand-mère...

— Elle doit le savoir. Vois si tu peux trouver ton grand-père, appelle le chalet. Moi, j'appelle mes parents. Tu te sentiras mieux si tu as ton flic sous la main...

— Quand je t'ai vu descendre de voiture tout à l'heure, murmura-t-elle, je savais que je pourrais m'appuyer sur toi. Mais en plus, ajouta-t-elle tandis qu'il lui effleurait tendrement la joue, j'en avais envie, au lieu de me barricader une fois de plus en moi-même.

Il avait pris un tel risque, un risque insensé, et pourtant il ne le regrettait pas. Avec quelle facilité il aurait pu se faire surprendre... Que se serait-il passé, alors ?

Il n'était pas encore prêt à affronter cela, pas tout à fait prêt. Il s'assit et éleva le verre de bourbon jusqu'à ses lèvres, d'une main qui tremblait encore ; mais pas de peur, d'excitation plutôt, de vie.

Pendant vingt ans, il n'avait eu d'autre choix que suivre les règles, faire ce qu'on attendait de lui, jouer le jeu. Il n'aurait jamais pu imaginer la sensation d'en être libéré. C'était une peur et un soulagement à la fois.

Elle comprendrait la signification de la rose ; elle n'avait pu oublier ce qu'elle symbolisait.

Papa est à la maison.

Il but une nouvelle lampée de whisky. Il éprouvait un tel sentiment de pouvoir, après tant d'années d'impuissance... Il n'avait pas été loin d'être pris. Quel timing incroyable... À peine quittait-il la maison par la porte de derrière — n'était-ce pas merveilleux, ces gens faisant confiance au destin au point de laisser toutes leurs portes ouvertes ? — qu'il les avait vus sortir de sous les arbres. Livvy, sa petite Livvy et le fils du flic. Il y avait assez d'ironie là-dedans pour n'importe quel bon script. Le cycle, le cercle, les caprices du destin avaient mis en relation la fille de la femme qu'il aimait jadis avec le fils du flic ayant enquêté sur son assassinat.

Julie, sa Julie, sa belle Julie...

Au départ, il avait seulement voulu impressionner Livvy, lui faire repenser à cette nuit sanglante d'autrefois, l'obliger à se rappeler ce qu'elle avait vu et ce qu'elle avait fui. Comment aurait-il prévu la suite ? il la trouvait en compagnie d'un autre homme, et il voyait Julie à travers elle. Julie pressant son corps long et mince contre le corps d'un autre ?

430

Comment aurait-il prévu qu'il se souviendrait, dans une sorte de cauchemar, de ce que signifiait détruire tout ce qu'on aime ? Et qu'il aurait si désespérément envie de recommencer ?

Et quand ce serait fait... (Il ramassa le couteau et l'approcha de la lumière de la lampe) ... alors tout serait fini, le cercle serait enfin bouclé. Il ne resterait rien de la femme qui l'avait chassé de sa vie.

— Vous allez devoir prendre quelques précautions de base.

Frank était assis dans le salon des MacBride et son sang ronronnait dans les veines ; retour au boulot, songeait-il. Pour finir celui qu'il n'avait jamais jugé tout à fait terminé.

— Pendant combien de temps ? demanda Olivia.

C'était sa grand-mère qui l'inquiétait le plus, mais Val semblait tenir le coup ; elle était assise, les épaules droites, le regard ferme et la bouche dure.

— Aussi longtemps que ce sera nécessaire. Évitez de sortir seuls, restez en groupe le plus possible. Et habituez-vous à donner un tour de clé en partant...

Olivia avait eu le temps de s'accoutumer à la situation, aussi hocha-t-elle la tête.

— On ne peut vraiment rien faire, n'est-ce pas ?

Il se souvenait de la petite fille cachée dans la penderie, et de la façon dont il l'avait retrouvée. C'était une femme à présent et, cette fois, il ne pouvait pas la prendre dans ses bras afin de la mettre en sécurité.

— Pour être honnête, Livvy, il n'a rien fait jusqu'ici qui nous permettrait de le poursuivre.

— Rôder ! lança Noah. S'introduire dans une propriété privée !

— Il faudrait d'abord le prouver... Même si nous y arrivions, la police pourrait l'ennuyer, guère plus. Un appel téléphonique sans menace précise, un cadeau, une fleur déposée dans une maison dont la porte était ouverte... Il peut soutenir qu'il voulait seulement reprendre contact avec sa fille, qu'il n'a pas vue depuis vingt ans. Il n'y a pas de loi contre ça.

— Mais c'est un meurtrier ! intervint Rob.

— Qui a purgé sa peine. Le fait est...

Frank observa leurs visages l'un après l'autre.

— Il voulait peut-être *seulement* reprendre contact.

— Alors, pourquoi ne m'a-t-il pas parlé, au téléphone ? objecta Olivia.

— Je l'ignore. Je ne peux pas entrer dans son cerveau, je ne l'ai jamais pu. C'est même pour cette raison précise que je n'ai jamais oublié cette affaire.

Tu es tout ce qui lui reste de Julie, pensa Frank. Et c'est aussi ton témoignage qui l'a fait mettre sous les verrous. Du reste, Olivia savait bien tout cela, il le voyait dans ses yeux.

— S'il vous contacte de nouveau, lui dit-il, faites-le-moi savoir immédiatement. S'il va plus loin, nous pourrons peut-être trouver un motif contre lui. Mais souvenez-vous d'une chose, Livvy : il est sur votre territoire et il est seul. Pas vous.

Olivia en parut quelque peu réconfortée.

— Oh ! je suis contente que vous soyez là, lança-t-elle. Tous les deux, ajouta-t-elle en souriant à Celia.

— Nous le sommes tous, intervint Val. Vous resterez dîner avec nous, j'espère...

— Vous avez tant de choses en tête..., commença Celia.

— Cela nous ferait vraiment plaisir.

— Dans ce cas, je pourrais au moins vous donner un coup de main. Je n'ai pas encore eu l'occasion de vous dire combien j'aimais votre maison...

Une fois qu'elles furent parties, bras dessus bras dessous, Rob se tourna vers Frank.

— Je ne vous ai même pas offert un verre. Qu'est-ce que vous buvez ?

— Un café, volontiers.

Il buvait toujours du café quand il travaillait ; mais Olivia s'approcha de Rob et glissa son bras sous le sien.

— Nous avons un délicieux fumé blanc. Noah adore le bon vin... Si vous vous installiez confortablement pendant que nous en ouvrons une bouteille ?

— Ça me paraît une excellente idée, tout compte fait, approuva Frank. Mais permettez-moi de me dérouiller un peu les jambes avant. Noah, tu viens faire un tour avec moi ?

Noah aurait voulu refuser, garder Olivia à portée de vue ; mais c'était plus un ordre qu'une demande, et son père avait sûrement ses raisons.

— Entendu. On va jeter un coup d'œil sur le jardin de Mme MacBride, pour que tu prennes conscience de tes insuffisances. À tout de suite, dit-il à Olivia, en déposant un baiser sur ses lèvres.

Dès qu'ils furent dehors, le regard de Frank se fit scrutateur.

— Je me trompe, ou il n'y a pas que le livre entre Livvy et toi ?

— Je l'aime. Je vais l'épouser.

Frank faillit trébucher, et il eut de la peine à reprendre son équilibre.

— La prochaine fois, mon fils, rappelle-toi mon âge et conseille-moi d'abord de m'asseoir.

Noah était prêt à l'affrontement, s'il devait y en avoir un.

— Ça te pose un problème ?

— Non, mais... toi, ça t'en pose un, on dirait.

Noah hocha la tête et reconnut d'une voix sourde :

— C'est moi qui ai amené tout ça sur elle.

— Non, ce n'est pas toi.

Frank attira son fils loin de la maison, ainsi leurs voix ne porteraient pas à travers les fenêtres ouvertes.

— Si Tanner voulait la joindre, il aurait trouvé un moyen de toute façon. Ce n'est pas toi qui l'as amené ici, Noah.

— C'est ce putain de livre...

— Il le voyait peut-être comme un outil, il voulait peut-être retrouver les projecteurs... Ou seulement raconter son histoire, comme il te l'a dit. Je n'ai jamais été capable de le comprendre. Toutefois, écoute-moi : si tu ne gardes pas la tête claire, tu n'y arriveras jamais non plus. Et tu ne l'aideras pas, elle.

— Ma tête est claire, assez pour savoir que, si je le trouve avant les flics, je ferai davantage que lui parler. Il la terrorise et il a impliqué maman dans l'affaire aussi. Quant à moi, il m'a utilisé tel un pion dans son jeu.

Noah arpentait nerveusement le jardin, où la lumière déclinante s'allongeait, douce et soyeuse, sur le tapis de fleurs.

— Bon sang, je me suis assis avec lui, reprit-il, je l'ai regardé dans les yeux, je l'ai écouté ! Je suis censé savoir comment les gens fonctionnent, sentir s'ils me font marcher... Lui, je commençais à croire à son innocence !

— Moi aussi, à un moment. Pourquoi l'as-tu cru ?

— Il l'aimait. Même si c'était un fouteur de merde, il l'aimait, et il l'aime encore. Ça se voit quand il parle d'elle. Elle comptait vraiment pour lui, et maintenant je sais ce que ça veut dire. Quand on a ça en soi, est-ce qu'on peut vraiment l'oublier et tuer la femme aimée ?

Il secoua la tête et poursuivit avant que Frank puisse parler :

— Je sais, ça arrive tout le temps, oui. La drogue, l'alcool, l'obsession, la jalousie... Pourtant, une partie de moi y a cru, avait envie d'y croire.

— Tu aimes Olivia, et il est son père... Je voulais te dire encore autre chose, Noah. Ils ont retrouvé Caryn.

— Qui ? demanda Noah, et l'espace d'un instant, le nom ne signifia rien pour lui. Oh ! ça n'a plus d'importance...

— Si, peut-être. On l'a retrouvée à New York, installée avec un photographe rencontré dans une fête. Un photographe riche.

— Tant mieux pour elle. J'espère qu'elle va rester là-bas. Tout un continent entre nous devrait suffire. Est-ce qu'ils l'ont arrêtée ? questionna-t-il en pensant à Mike.

— Elle a été interrogée et a nié. D'une façon plutôt véhémente, paraît-il.

— C'est bien son genre.

— Elle a un alibi pour la nuit où Mike a été blessé. La fête en question. Des dizaines de personnes l'y ont vue, et c'était dans les collines.

— Elle s'est glissée dehors et est revenue ensuite...

— Il ne semble pas, non. L'alibi a l'air de tenir. Nous avons l'heure de l'attaque, dans une fourchette de trente minutes, entre le moment où Mike est allé à la maison et celui où Dory l'a trouvé. Pendant cette demi-heure, Caryn dansait avec son photographe, devant vingt témoins.

— Alors, tu veux dire... Tanner ? Oh ! bon Dieu... Il savait où j'habite, dit Noah lentement. Il était déjà dehors et il savait où me trouver. Le fumier... Mais quel intérêt ?

— Tu lui avais laissé voir une partie de ton travail ?

— Non, bien sûr que non.

— C'est peut-être aussi simple que ça. Il voulait voir où tu allais. Être en tête d'affiche était important pour lui, et ça l'est sans doute encore. Tu devais avoir des noms, des adresses dans tes dossiers. Des notes, des cassettes...

— Une vengeance ? Pour retrouver les gens ayant témoigné contre lui ?

— Je ne sais pas. Mais il est mourant, Noah, qu'est-ce qu'il a à perdre ?

Il n'avait rien à perdre, alors il s'assit et sirota son verre en regardant la nuit tomber. Les médicaments avaient endormi la douleur, et à présent l'alcool faisait danser les médicaments. Comme avec la drogue, au bon vieux temps.

Ça lui donnait envie de rire.

N'était-ce pas drôle, comme le temps avait marché au

435

ralenti pendant vingt ans, pour s'accélérer depuis qu'il était libre ?

Mais libre de quoi ? De mourir du cancer ?

Sam prit le pistolet et l'examina. Non, il ne laisserait pas le cancer le tuer. Tout ce qu'il lui fallait, c'était du cran. À titre d'expérience, il retourna le pistolet, jeta un regard à l'intérieur du canon, puis le glissa entre ses lèvres.

Ça irait vite, songea-t-il, et ses doigts jouaient avec la détente. Tout serait fini avant qu'il ait le temps de souffrir.

Il pouvait le faire, oui, mais pas encore. Car d'abord, il y avait Livvy.

30

Le lendemain, il ne pleuvait pas, mais la pluie arriverait avant la tombée de la nuit ; Olivia la sentait dans l'air, tout en guidant son groupe entre les arbres. Elle les avait comptés au départ, quinze, et s'était réjouie de voir Celia parmi eux. Elle avait ainsi pu convaincre Noah de travailler quelques heures au calme dans sa chambre — puisqu'elle n'était pas seule, qu'elle avait une présence amie à son côté.

Elle leur parlait de la reproduction, des cycles biologiques, de l'équilibre écologique de la forêt humide. Ce qui se prenait, ce qui se donnait, et la mort qui nourrissait la vie. C'étaient toujours les arbres qui attiraient d'abord l'attention des visiteurs, à cause de leur taille. Comme à son habitude, Olivia leur laissa le temps de regarder, d'admirer et de prendre des photos, pendant qu'elle leur parlait de l'importance et de la fonction de la voûte supérieure des feuillages.

Ses exposés n'étaient jamais stéréotypés ; elle excellait à jauger l'allure et le rythme de son groupe, et à adapter ses propos en conséquence. Elle leur apprenait à identifier les arbres selon le dessin de l'écorce et la couleur des cônes, à comprendre leur rôle dans le cycle végétal — même quand ils tombaient et ouvraient une trouée dans la futaie par où les rayons du soleil viendraient baigner les plantes annuelles au sol, puis se décomposaient et nourrissaient les champignons, les lichens, les jeunes repousses d'arbres futurs.

Plus ils s'enfonçaient dans la forêt, plus la lumière se raréfiait autour d'eux, glauque et verdâtre, et plus les conversations se faisaient rares elles aussi ; Olivia s'en amusait toujours. Comme s'ils pénétraient dans une église. Tout en poursuivant son exposé, elle épiait les visages des randonneurs pour voir qui l'écoutait vraiment, qui n'était venu que contraint par ses parents ou son conjoint. Elle cherchait toujours des images propres à retenir leur attention, afin qu'ils emportent quelque chose de son monde avant de ressortir au grand jour.

Un homme au sein du groupe capta son regard. Il était grand et large d'épaules ; un coup de soleil récent sur sa figure révélait qu'il n'était pas habitué à s'y exposer ou ne s'était pas méfié. Il portait une casquette, une chemise à manches longues et un jean visiblement neuf ; malgré la lumière tamisée, il avait gardé ses lunettes noires. Les verres en étaient trop sombres pour qu'Olivia pût voir ses yeux, mais elle les sentait posés sur elle, et il l'écoutait. Elle lui sourit, en réponse à cette marque d'attention ; ce sourire le fit tressaillir, mais avec retard, alors qu'elle regardait déjà ailleurs.

Un photographe acharné s'était accroupi près d'une souche nourricière et mitraillait un champignon en gros plan. Olivia en profita pour leur décrire le pleurote, puis leur montra non loin un cercle d'élégants champignons au chapeau blanc.

— On les appelle les anges de la mort. Ils sont rares ici, mais ils sont mortels.

— Ils sont si beaux..., commenta quelqu'un.

— Oui... La beauté est souvent mortelle.

Son regard fut de nouveau attiré par l'homme aux lunettes de soleil ; il s'était approché, immobile et silencieux, comme s'il attendait quelque chose, tandis que la plupart des autres discutaient et recherchaient de nouveaux champignons.

— Pour ceux d'entre vous qui font des randonnées non accompagnées ou qui campent dans cette zone, soyez très prudents. La nature est belle et séduisante, mais elle a ses propres défenses. Quand vous voyez des traces de dents d'animal dans un champignon ou dans des baies, ne croyez pas que ça les rend sûrs pour autant. Il est toujours plus sage de vous contenter de les regarder.

Elle éprouvait une sensation d'oppression, signe avant-coureur d'une crise de panique. Stupide, se raisonna-t-elle : elle était parfaitement en sécurité, il n'y avait autour d'elle qu'une poignée de touristes et la forêt, si familière.

L'homme s'était encore rapproché, et elle put voir un léger reflet de sueur sur son visage qui la mit mal à l'aise.

— La fraîcheur humide... (Pourquoi diable transpire-t-il ? se demanda-t-elle.) La fraîcheur humide, reprit-elle, fournit l'environnement idéal pour la croissance de la forêt d'Olympic, croissance exubérante, comme vous pouvez l'observer. Cette forêt supporte le plus grand poids au monde de matière vivante à l'hectare. Beaucoup de lichens, de mousses et de lianes qui nous entourent vivent en s'accrochant à une autre plante, dans la voûte des feuillages, sur des troncs d'arbres vivants ou dans le cadavre d'un arbre mort.

L'image du corps de sa mère morte surgit dans son esprit.

— Même si la plupart des plantes présentes ici poussent également ailleurs, beaucoup d'entre elles n'atteignent leur véritable perfection qu'à cet endroit. Sur ce flanc ouest des monts Olympic, dans les vallées de Ho, de Quinault et de Queets, on trouve le mélange idéal de saturation de l'air, de températures douces et de relief favorable afin que se développe une forêt humide parfaitement tempérée.

La routine de l'exposé la tranquillisait, les questions et commentaires de son auditoire lui occupaient l'esprit. L'appel d'un aigle leur fit lever les yeux à tous ; malgré l'épaisse voûte des feuillages leur barrant le ciel, Olivia en profita pour évoquer certains des oiseaux et des mammifères de la forêt.

L'homme aux lunettes noires buta contre elle et se rattrapa à son bras ; elle tressaillit et s'apprêtait à le repousser, quand elle vit qu'il avait trébuché dans les branches d'un érable circiné.

— Je suis désolé. Je ne voulais pas vous faire mal...

Sa voix était basse, à peine un murmure, mais il gardait la main sur son bras.

— Vous ne m'avez pas fait mal. L'érable circiné fait trébucher les randonneurs depuis des siècles. Vous vous sentez bien ? Vous avez l'air fatigué...

— Je suis... Vous êtes si... Vous faites si bien votre travail. Je suis content d'être venu.

— Merci. Nous essayons de satisfaire les visiteurs. Est-ce que je vous connais ?

— Non. Non, vous ne me connaissez pas...

— Vous ressemblez à quelqu'un, mais je n'arrive pas bien à... Avez-vous...

— Oh ! miss MacBride, pouvez-vous nous dire ce qu'est ceci, s'il vous plaît ?

— Oui, bien sûr. Excusez-moi un instant.

Olivia s'esquiva en direction d'un trio de femmes, accroupies autour d'une grande plaque de lichen rouge sombre.

— On l'appelle communément le lichen chien. Vous pouvez voir — avec un effort d'imagination — des sortes de dents de chiens alignées.

La pression était revenue, tel un étau autour de sa poitrine, et elle se surprit à se frotter le bras là où les doigts de l'homme s'étaient posés. Elle le connaissait, se répéta-t-elle. Il y avait quelque chose en lui... Elle se retourna pour le regarder encore, mais il était parti.

Le cœur battant, elle compta les têtes : quinze. Il y avait quinze inscrits et elle avait quinze personnes. Pourtant, il avait bel et bien été là, demeurant au bord du groupe au début, s'y immisçant plus tard. Elle s'approcha de Celia.

— Vous êtes merveilleuse, lui dit celle-ci avec un sourire rayonnant. J'aimerais m'installer ici, avec le lichen chien, les

440

anges de la mort et les fougères réglisses. Je n'arrive pas à croire que vous savez tout ça.

— Parfois, j'oublie que les gens attendent surtout de s'amuser, et je deviens trop technique.

— Il me semble que tout le monde s'est bien amusé.

— Je l'espère. Avez-vous remarqué un homme grand, bien bâti ? Les cheveux gris courts, des lunettes de soleil ? Dans les soixante-cinq ans, je dirais...

— Je n'ai pas beaucoup prêté attention aux gens, j'étais trop occupée. Vous avez perdu quelqu'un ?

— Non, je... Il devait être en train de se promener de son côté, et il s'est joint à nous pendant un moment. Ce n'est rien.

Pourtant, elle se frotta de nouveau le bras au même endroit.

À son retour au centre, Olivia fut satisfaite de constater que plusieurs membres du groupe avaient été suffisamment intéressés pour se rendre à la librairie. Une bonne randonnée guidée pouvait engendrer d'appréciables ventes de livres.

— Si je vous invitais à déjeuner ? lui demanda Celia.

— Merci, mais j'ai vraiment du travail. Je vais être enchaînée à mon bureau un bon moment, puis j'ai une conférence à l'intérieur, une autre randonnée guidée et encore une conférence.

— À quelle heure, la première ?

— Trois heures.

— J'y serai.

— À ce rythme-là, je vais devoir vous offrir un poste...

Celia rit puis dit en guise de commentaire :

— Ce doit être énervant d'avoir tout le temps des gens qui rôdent autour de vous...

— Oui, répondit Olivia, puis elle se mordit les lèvres. Je suis désolée, je ne voulais pas dire...

— Je détesterais ça moi aussi, la coupa Celia, et elle surprit

Olivia en lui plaquant un baiser sur la joue. Nous nous entendrons très bien, Liv, je vous le promets. À tout à l'heure.

Réconfortée, Olivia traversa le centre jusqu'au coin snack ; là, elle prit un Coca et un paquet de raisins secs, pour se remonter avant d'attaquer sa paperasse. Elle gagna son bureau avec moult détours, serpentant à travers chaque zone du centre ; puis elle comprit qu'elle était en train de chercher l'homme au coup de soleil et s'ordonna de cesser d'être idiote. Elle retira sa casquette, la coinça dans sa poche arrière et porta son en-cas à son bureau, consultant sa montre pour organiser son emploi du temps.

Arrivée à deux pas de sa table, elle resta figée sur place devant la rose blanche déposée en travers du sous-main. La cannette de Coca lui glissa des mains et atterrit à ses pieds avec un bruit mat.

Son visage avait changé ; vingt ans de prison l'avaient transformé. Elle aurait pu s'en douter, mais elle ne s'était pas préparée à le voir. Le souffle court, elle se frotta une fois encore le bras.

— Papa... Oh ! mon Dieu.

Il avait été si près d'elle, il l'avait touchée. Il avait posé sa main sur elle, elle l'avait regardé et ne l'avait pas reconnu.

Il y avait bien des années, alors qu'une glace de sécurité se dressait entre eux, Jamie lui avait dit qu'Olivia ne le reconnaîtrait jamais.

C'était sa fille, et elle avait eu pour lui le sourire distrait d'un étranger à un autre étranger.

Assis sur un banc, dans l'ombre épaisse, il avala des pilules en s'aidant de sa bouteille d'eau, essuya de son mouchoir la sueur moite qui lui coulait sur le visage.

Elle le reconnaîtrait, se promit-il. Avant qu'un nouveau jour se lève, elle le regarderait et le reconnaîtrait. Puis tout serait fini.

31

Noah était irrité de ne pas pouvoir joindre Lucas Manning. Pas libre, pas en ville, introuvable. Il voulait pourtant une interview supplémentaire, et vite.

Puis il y avait le problème de Tanner.

Oh ! ils se parleraient encore, songeait Noah, en se relevant de devant son ordinateur pour marcher jusqu'à la fenêtre. Il avait beaucoup à dire à Sam Tanner. Peut-être ce salaud considérait-il le livre comme un instrument, ou même comme une arme, mais il ne serait ni l'un ni l'autre. À sa publication, il serait l'expression de la vérité. Et aussi, si du moins lui-même avait un quelconque talent, une étape finale dans la vie d'Olivia. La fin de toute la partie terrible de cette vie, et le début de leur nouvelle existence ensemble.

Elle devait avoir terminé sa randonnée guidée, songea-t-il, et lui-même pouvait s'accorder une pause dans son travail. Qu'est-ce qui l'empêchait de faire un saut jusqu'au centre ? Elle l'accuserait peut-être de trop vouloir veiller sur elle, mais elle allait devoir s'y faire, car il avait l'intention de passer l'essentiel des soixante prochaines années à veiller sur elle.

Il arrêta son ordinateur et descendit à travers la maison vide. Les MacBride étaient au chalet et sa mère les avait sans doute invités à déjeuner. Il s'assura avant de partir que les portes étaient bien fermées et secoua la tête, en bon fils de flic, devant la piètre qualité des verrous. N'importe quel individu un tant soit peu décidé entrerait sans difficulté.

Et il avait appris à ses dépens ce que cela signifiait.

Pris d'une impulsion, il fit un détour par le jardin et, tout en jetant un regard coupable par-dessus son épaule, cueillit une poignée de fleurs pour Olivia. Elles l'amuseraient, même si elle faisait mine d'être furieuse qu'il les ait volées à son grand-père.

Il se redressa rapidement en entendant le bruit d'une voiture et se rappela qu'il n'avait pas pensé à accrocher son couteau à la ceinture. Le soleil vacillant se refléta d'abord sur les vitres et les chromes, puis il reconnut Jamie Melbourne au volant. Le temps pour lui d'arriver à la voiture, elle avait ouvert sa portière et sauté au-dehors.

— Ils vont bien ? Tout le monde va bien ?

— Tout le monde va parfaitement bien.

Elle s'adossa à l'aile du véhicule, visiblement soulagée, et se passa une main dans les cheveux. Elle n'était pas aussi tirée à quatre épingles que d'habitude, remarqua Noah : son maquillage était sommaire, ses yeux cernés, son pantalon et son chemisier froissés par le voyage.

— J'ai passé le trajet, dans l'avion et dans la voiture, à imaginer toutes sortes de choses. Ma mère m'a appelée hier soir et m'a raconté qu'il était entré dans la maison.

— Il semblerait, oui.

— Je n'ai pas pu arriver plus tôt. Elle ne voulait pas que je vienne mais je devais le faire, je devais être ici.

— Personne ne l'a vu, du moins pas d'après mes dernières informations. Liv est au centre et vos parents au chalet avec les miens.

— Bien... Je ne suis pas quelqu'un d'hystérique, soupira-t-elle. Je pense rester maîtresse de moi en général, mais j'ai bien failli ne plus l'être la nuit dernière. David était à Chicago et j'ai essayé de le joindre pendant des heures, ou du moins c'est ce qu'il m'a semblé, avant de penser à son téléphone portable.

— Miracle de la technique, sourit Noah, pour tenter de détendre l'atmosphère.

444

— J'en ai pensé beaucoup de bien la nuit dernière, oui. Rien ne m'avait jamais semblé aussi bon qu'entendre sa voix. Il a annulé tous ses rendez-vous et il arrive. Nous avons tous besoin d'être ensemble jusqu'à... Jusqu'à quoi, Noah? demanda-t-elle d'un air anxieux.

— Tout cela prendra bientôt fin, lui assura-t-il.

— En attendant, je ferais mieux de rentrer mon sac et de prendre un bon verre bien raide.

— Je vous le po... ?.

— Non, c'est juste un petit sac de voyage. Dieu sait ce que j'ai pu y jeter en catastrophe ce matin. J'ai sans doute une robe de cocktail et des chaussures de randonnée...

— Je venais juste de fermer, dit Noah, en ressortant de sa poche la vieille clé que Rob avait dénichée pour lui.

— À mon avis, ils n'ont pas fait ça plus d'une demi-douzaine de fois depuis ma naissance. Comment est-ce que ma mère tient le coup?

— Elle est plus solide que vous ne le pensez, peut-être plus qu'elle ne le croyait elle-même.

— J'espère que vous avez raison, murmura Jamie en ouvrant le coffre de la voiture, d'où elle sortit un fourre-tout. Bon, j'ai à peu près six mille coups de téléphone à donner pour finir de changer mon programme.

Elle passa la sangle du sac sur son épaule, puis jeta un coup d'œil aux fleurs dans la main de Noah.

— Vous alliez voir votre copine.

— C'était le plan, oui.

— J'approuve ce plan. Vous êtes ce qu'il lui faut, je crois. Vous avez les épaules assez larges, n'est-ce pas, Noah Brady?

— Elle n'aura jamais à s'inquiéter tant que je serai là. Jamais non plus à se demander si je l'aime vraiment.

— C'est bien. Je sais exactement à quel point ça compte. C'est drôle, Julie voulait cela — non, elle voulait plus encore — et c'est moi qui l'ai trouvé. Je suis contente que sa fille aussi.

445

Noah attendit que Jamie soit à l'intérieur de la maison, la porte verrouillée derrière elle ; puis, tous ses sens en alerte, il s'enfonça sous les arbres pour gagner le centre.

Dissimulé dans l'ombre, il guettait, tournant et retournant l'arme dans ses mains. Et versant des larmes amères.

Olivia était parfaitement calme et décidée à le demeurer. Pendant dix minutes après avoir vu la rose, elle était restée assise sur le sol en tremblant, mais n'avait pas couru ; elle avait réprimé la panique, puis s'était remise sur ses pieds.

Aussi tranquillement que possible, elle demanda aux membres du personnel s'ils n'avaient remarqué personne entrant dans son bureau. Chaque fois, la réponse fut non ; chaque fois, elle poursuivit en décrivant son père tel qu'elle l'avait vu le matin. Quand elle les eut tous interrogés, elle sortit et se dirigea vers le chalet.

— Hé !

Elle tressaillit, puis soupira de soulagement en voyant Noah traverser le parking dans sa direction. Normale, se promit-elle, elle resterait normale.

— Mon grand-père va te scalper pour avoir cueilli ses précieux lis.

— Non, il comprendra que j'étais emporté par l'amour.

— Tu es idiot, mais merci quand même...

Devinant la tension sous son sourire, il dit :

— Tu as besoin d'une pause. Pourquoi ne demandes-tu pas à quelqu'un de te remplacer ?

— J'ai besoin de travailler, c'est important pour moi. J'étais sur le point d'aller chercher Frank.

Elle jeta un regard autour d'eux : des gens entraient et sortaient du chalet, du centre, de la forêt.

— Asseyons-nous un instant.

Elle lui fit contourner le flanc de la maison et le conduisit jusqu'à un banc, dans l'ombre épaisse — là même où son père était assis un court instant auparavant.

— Il y avait une autre rose blanche, lâcha-t-elle. Sur ma table, dans mon bureau.

Il garda quelques instants le silence puis gronda, avec une colère contenue :

— Rentre à l'intérieur du chalet. Je m'en occupe.

— Non, attends. J'ai questionné l'équipe, ils n'ont vu personne s'introduire dans mon bureau. Mais deux d'entre eux ont remarqué quelqu'un ce matin, quand je réunissais mon groupe dehors. Un homme grand, des cheveux gris courts, avec des lunettes noires et un coup de soleil. Je l'ai remarqué moi aussi pendant la randonnée, il s'était glissé parmi les autres. Il m'a parlé, il m'a touché le bras, mais je ne l'ai pas reconnu sur le moment. Il a changé, il a l'air vieux, bien plus vieux qu'en réalité. Mais une partie de moi avait deviné, pourtant. Et quand j'ai vu la rose, son visage était juste là, devant moi. Mon père.

— Qu'est-ce qu'il t'a dit, Liv ?

— Rien d'important. Juste que je faisais bien mon travail et qu'il était content d'être venu. Amusant, non ? Je ne l'ai pas vu depuis vingt ans et il me fait des compliments sur mon travail. Je me suis toujours demandé quel effet ça me ferait de le revoir, mais c'était différent de ce que j'avais pu imaginer. Il ne ressemble pas à un monstre, Noah. Il a l'air malade et fatigué. Comment a-t-il pu faire tout cela et avoir juste l'air fatigué ?

— Je ne suis pas sûr qu'il connaisse lui-même la réponse...

Noah perçut un mouvement, une tache de couleur au bord de son champ de vision, tourna la tête et vit Sam Tanner sortir de la forêt ; il bondit sur ses pieds et empoigna Olivia par le bras pour la faire se relever.

— Va au chalet, trouve mon père. Et reste là-bas.

Elle le vit elle aussi, juste au moment où il les apercevait lui-même, s'arrêtant net à l'autre bout du parking. Le père

447

et la fille s'observèrent dans le silence balayé par le vent, comme ils s'étaient jadis observés par-dessus un corps ensanglanté, puis il se retourna et gagna rapidement le couvert des arbres.

— Va trouver mon père, répéta Noah, et il détacha d'un geste rapide l'étui du couteau de la ceinture d'Olivia. Dis-lui ce qui est arrivé et reste là-bas. Tu m'entends, Liv ? insista-t-il. Tu restes à l'intérieur, avec ma mère. Appelle ta tante chez vous et dis-lui de ne pas bouger, de garder les portes bien fermées.

— Qui ? Tante Jamie ?

— Elle est arrivée là-bas au moment où je partais. Vas-y, maintenant.

Elle secoua la tête pour émerger du brouillard, puis regarda avec une sourde horreur Noah accrocher son couteau à sa propre ceinture.

— Tu ne vas pas lui courir après...

Il lui lança un regard impérieux, puis la poussa dans la direction du chalet.

— Rentre, maintenant.

— Tu ne le trouveras pas ! cria-t-elle, s'accrochant au bras de Noah tandis qu'il s'éloignait à grands pas. Tu ne sais pas de quoi il est capable si tu le trouves !

— Lui non plus ne sait pas de quoi je suis capable ! L'amour n'est pas tout, Liv, tu dois aussi me faire confiance ! Va prévenir ton flic et finissons-en avec cette histoire...

Bien forcée, Olivia le regarda courir et se fondre sous les arbres.

Noah devait se fier à ses sens, à son ouïe, à l'affût du moindre bruissement de broussailles. Sur la gauche ? Sur la droite ? Droit devant, plutôt. À mesure qu'il s'enfonçait sous les arbres, la lumière se faisait plus verte et crépusculaire, l'obligeant à écarquiller les yeux à la recherche du moindre mouvement, le subtil balancement d'une branche basse, le frémissement d'une plante grimpante enchevêtrée.

Il était plus jeune et plus rapide que Sam, mais la forêt dissimulait et la proie et le chasseur.

Il progressait toujours, gardant sa respiration lente et régulière, de façon que le bruit n'en perturbe pas ses oreilles aux aguets. Ses pieds foulaient en silence le tapis de mousse ; au-dessus de sa tête, il percevait un lointain grondement de tonnerre. Un orage couvait.

— Inutile de courir, Tanner, cria-t-il en refermant la main sur le manche du couteau d'Olivia — il ne s'était jamais demandé s'il serait capable ou non de l'utiliser. Les jeux sont faits. Vous ne l'aurez pas, vous ne la toucherez pas.

Sa propre voix lui revint en écho, froide et calme ; seuls lui répondirent le cri strident d'un oiseau, le souffle du vent dans les branches les plus hautes. D'instinct, il prit la direction de la maison, au sein de l'épaisse et luxuriante forêt ; il dépassa une blanche traînée de champignons porteurs de mort, contourna un océan de fougères aux frondes largement épanouies. La pluie commençait à siffler, là-haut, à travers la voûte des feuillages, à ruisseler jusqu'au sol toujours assoiffé d'eau.

— C'est votre propre fille ! À quoi ça vous avancera de lui faire du mal ? Quel est l'intérêt ?

— Aucun.

Sam sortit de derrière le fût d'un sapin. Dans sa main tremblante, le pistolet brillait d'un sombre éclat.

— Il n'y a jamais eu d'intérêt, jamais de raison. Je croyais que vous le saviez.

Olivia ouvrit en trombe la porte du hall et se précipita à l'intérieur, puis elle scruta désespérément la pièce. Les clients flânaient, ou se reposaient dans les fauteuils et les canapés, et la rumeur de leurs conversations bourdonnait à ses oreilles.

Elle ne savait pas où chercher Frank : dans la salle à

manger, la bibliothèque, son propre appartement, l'une ou l'autre des terrasses ? Le chalet était une ruche, faite de confortables alvéoles où les clients pouvaient musarder à leur guise. Mais le temps pressait : Noah était déjà dans la forêt.

Elle pivota sur les talons et courut jusqu'à la réception.

— Marc...

Contournant le comptoir, elle fit signe au jeune employé de la suivre dans un des bureaux à l'arrière.

— Mes grands-parents, vous les avez vus ?

— Il y a une heure ou à peu près, oui. Ils sont passés avec des gens. Il y a un problème ?

— Écoutez-moi bien, c'est très important, lui dit-elle en s'efforçant de garder son calme. Il faut que vous trouviez Frank Brady, qui est client ici, aussi vite que possible. Vous lui direz... Vous m'écoutez bien ?

— Oui, oui, s'empressa-t-il de répondre. Frank Brady.

— Dites-lui que Sam Tanner est entré dans la forêt, du côté est, vers le sentier Lowland. Vous avez retenu ?

— Sam Tanner, vers le sentier Lowland.

— Noah le poursuit, dites-lui bien ça. Et demandez à quelqu'un de l'équipe d'appeler chez moi. Ma tante est là-bas et elle doit rester à l'intérieur de la maison ! Qu'elle reste à l'intérieur et attende de mes nouvelles, c'est vital ! Et personne ne doit aller dans la forêt jusqu'à nouvel ordre... Faites une annonce. Débrouillez-vous pour garder les clients à l'intérieur ou à proximité du chalet, par tous les moyens...

— À l'intérieur du chalet ? Mais pourquoi ?

— Faites ce que je vous dis, c'est tout ! Tout de suite !

Elle le repoussa dans le hall et chercha désespérément quelque chose dans le bureau autour d'elle, quelque chose pour se défendre, n'importe quoi, une arme... Elle balaya la table de la main, ouvrit les tiroirs l'un après l'autre ; soudain elle vit les ciseaux, leurs longues lames métalliques, et se saisit d'eux. Était-ce la justice qui se manifestait ? Ou bien juste un signe du destin ? Elle glissa les lames sous sa ceinture, attacha les ciseaux par leurs anneaux et se précipita dehors.

Traversant la clairière en coup de vent, elle pénétra dans la forêt au moment où la pluie commençait à tomber.

L'esprit de Noah était clair et tranchant : il ignorait la menace du pistolet, concentré tout entier sur l'homme en face de lui. Il avait conscience du danger, mais dépassait cette conscience, ne pensant qu'au destin, à la donne distribuée vingt ans plus tôt, qui se trouvait soudain abattue au grand jour.

— À quoi ça sert, Sam ? Toutes ces années gâchées et maintenant juste ça, vous et moi debout sous la pluie ?

— Vous êtes une prime pour moi, un bonus. Je ne savais même pas si je vous reverrais. J'ai préparé des cassettes pour vous, pour le livre.

— Vous cherchez encore à être la vedette, c'est ça ? Mais je ne vous ferai pas ce plaisir. Vous croyez vraiment que je vais vous laisser filer d'ici pour lui faire du mal ? Vous ne la toucherez jamais.

— Je l'ai déjà fait, dit Sam en levant sa main libre et en agitant les doigts. J'étais si près d'elle, je pouvais la sentir... Juste du savon, pas une once de parfum. Elle est devenue si belle... Elle a un visage plus énergique que celui de Julie, pas aussi ravissant, mais plus énergique. Elle me regardait, bien en face, et ne me reconnaissait pas. Mais pourquoi est-ce qu'elle m'aurait reconnu ? Depuis vingt ans, je suis aussi mort pour elle que sa mère.

— Alors vous avez combiné toute cette histoire pour ça ? Pour vivre de nouveau dans son esprit ? Vous m'avez lancé dans ce livre pour préparer votre retour, avec l'idée de l'agresser à votre sortie...

— Je voulais juste qu'elle se souvienne de moi ! Bon sang, je suis son père et je voulais qu'elle se souvienne de moi ! J'ai le droit, non ? Au moins ce droit-là...

Il porta la main à sa tempe, où la douleur recommençait à le tarauder.

— Vous avez perdu tous vos droits sur elle. Vous ne faites plus partie de sa vie.

— Peut-être, mais elle fait partie de la mienne ! J'ai passé près d'un tiers de ma vie à attendre de pouvoir le lui dire...

— Et de la terrifier, car elle sait ce que vous êtes, elle a vu quel genre d'homme vous étiez. C'était une fillette innocente, et ça ne vous a pas suffi de lui voler cette innocence ? Vous lui avez envoyé la boîte à musique pour lui rappeler votre présence. Et les coups de téléphone, et les roses blanches...

— Les roses, répéta Sam avec un sourire rêveur. J'avais l'habitude de mettre une rose blanche sur son oreiller. Ma petite princesse...

Il porta de nouveau la main à sa tempe et repoussa sa casquette sur le côté pour pouvoir mieux la masser.

— Ces fichues pilules sont bien moins efficaces qu'avant, ricana-t-il. Avec celles dont je me souviens, on n'avait jamais mal nulle part. Vous avez dit boîte à musique, ajouta-t-il en fronçant les sourcils. Quelle boîte à musique ?

— La Fée bleue. Vous l'aviez cassée le soir où vous avez frappé votre femme dans la chambre d'Olivia.

— Je ne me rappelle pas, j'étais défoncé à mort. La Fée bleue ? répéta-t-il, et ses yeux s'éclairèrent. Oui, bien sûr... Je l'ai fait tomber de sa commode, je me souviens. Elle pleurait et j'ai promis d'en acheter une autre, mais je ne l'ai jamais fait.

— Vous lui en avez envoyé une il y a quelques jours.

— Hein ? Non, j'avais oublié. J'aurais dû respecter ma promesse, pourtant, et je n'aurais pas dû la faire pleurer. C'était une si gentille petite fille, et elle m'aimait...

Malgré toute la rage froide qu'éprouvait Noah, la pitié commençait à pointer.

— Vous êtes malade et fatigué. Posez ce pistolet, je vous raccompagnerai.

— Me raccompagner vers quoi ? Encore des médecins, encore des médicaments ? Je suis déjà mort, Brady, je suis mort depuis des années. Je voulais juste la revoir, une seule fois, et une seule fois je voulais qu'elle me voie. Elle est tout ce qui me reste.

— Posez ce pistolet.

L'air perplexe, Sam baissa les yeux vers l'arme serrée dans la main, puis se mit à rire.

— Vous pensiez que c'était pour vous ? Non, c'est pour moi, mais je n'ai pas eu le cran de m'en servir. J'ai été trouillard toute ma putain de vie. Et vous savez ce que j'ai compris, Brady, en mettant le canon dans ma bouche ? Quand j'avais le doigt sur la détente, incapable d'appuyer ? Que je n'ai pas tué Julie, affirma-t-il d'une voix claire et ferme. Je n'en aurais jamais eu le cran.

— Si nous allions en parler ?...

Alors que Noah s'avançait, tendant la main vers le pistolet, un bruit soudain se fit entendre dans les broussailles derrière lui ; il se retourna vivement, mais trop tard. Un choc fulgurant lui déchira l'épaule, et un grand cri résonna à ses oreilles. Alors que la force de l'attaque le projetait contre Sam et les faisait rouler tous deux à terre, emmêlés l'un à l'autre, il vit le visage écumant et convulsé de David Melbourne penché vers lui. Instinctivement, il roula sur le côté ; puis, une douleur atroce transperçant son épaule, il parvint néanmoins à lever les mains et à saisir le poignet de David, le poignet de la main qui tenait le couteau. Les deux hommes luttèrent de longues secondes ; Noah gémissait sous l'effort, sentant décliner les forces de son bras blessé, et le poignet de David lui glisser lentement entre les doigts. Mais il restait plus vigoureux que son adversaire et réussit enfin à lui faire lâcher prise : le couteau lui échappa des mains et tomba à quelques centimètres du visage de Noah, la lame s'enfonçant dans la mousse amollie par la pluie. Alors Noah, se redressant, repoussa David sur le côté puis roula vers le pistolet, resté sur le sol depuis leur chute ; mais au moment même où il le saisissait, David parvint à s'enfuir sous les arbres, après avoir ramassé le couteau.

— Lui ! répétait Sam, hébété. Lui ! Ça alors...

Il tentait de se remettre sur ses pieds, du sang barbouillant son visage, qu'il avait entaillé sur une souche en tombant, les yeux vitreux à cause de la douleur lui rongeant le cerveau.

— Je n'avais jamais pensé à lui... J'ai pensé à une douzaine d'autres hommes, alors qu'elle ne les aurait jamais regardés et que c'était juste un effet de mon délire, mais à lui, non, jamais à lui !

Il s'était rapproché de Noah et tentait de panser sa blessure avec un mouchoir.

— Il aurait dû attendre que je meure, au lieu d'essayer de me tuer...

Grimaçant contre la douleur, Noah saisit Sam par le col de sa chemise.

— Pas vous ! C'est Olivia qu'il veut maintenant, Olivia !

— Non ! s'exclama Sam, et l'effroi se peignit dans ses yeux. Non, pas Livvy ! Il faut le trouver, l'arrêter !

— Il a l'air de s'enfoncer dans la forêt, mais il peut faire un détour et se diriger vers la maison. Prenez ça pour le cas où il reviendrait, dit Noah en détachant de sa ceinture l'étui d'Olivia, je garde le pistolet. Ils vous recherchent et je n'aimerais pas que mon père vous voie avec un pistolet dans la main. Il dégaine vite.

— Frank est ici ?

— Oui. Melbourne n'ira pas loin de toute façon. Je vais essayer de suivre sa piste.

— Ne le laissez pas faire de mal à Livvy...

Noah défit le cran du pistolet et fonça dans le sous-bois.

Olivia aurait voulu se ruer entre les arbres, courir parmi les ombres mouvantes, hurler le nom de Noah... Il lui fallait mobiliser chaque once de maîtrise d'elle-même pour avancer lentement, à l'affût des signes et des traces.

C'était un exercice dans lequel elle excellait, mais bien des gens s'étaient croisés à cette lisière de la forêt, laissant tant d'empreintes... Le sol était maintenant gorgé d'eau, et elle perdrait même ces empreintes-là si elle ne décidait pas rapidement d'une voie.

Il était parti en courant, se souvint-elle, et elle examina la longueur des foulées ; Noah avait de longues jambes. Elle choisit et se dirigea plein sud, dans la semi-pénombre.

La pluie tombait dru à travers l'enchevêtrement de lianes et de plantes grimpantes ; l'air en semblait épaissi, et gorgé d'une forte odeur de pourrissement. Des petites bêtes couraient de toutes parts, en pleine débandade, des bruissements parcouraient les broussailles détrempées ; tandis que le vent fraîchissait à la cime des arbres, un fin brouillard s'élevait du sol et s'enroulait autour des chevilles d'Olivia.

Elle accélérait le pas, tâchant de devancer sa peur ; chaque ombre, chaque silhouette constituait une menace. Des fougères ruisselantes lui frôlaient les jambes ; elle perdit sa piste, rebroussa chemin, en aurait pleuré de colère et de déception. La petite crispation de la panique s'éveillait subrepticement dans sa poitrine. Elle se pencha vers le sol, l'œil aux aguets, soupira avec un indicible soulagement quand elle retrouva enfin les traces.

Puis elle entendit le cri, et la peur plongea dans son cœur une lame assassine.

Oubliant toute logique et toute prudence, elle se mit à courir comme si sa vie en dépendait ; ses pieds glissaient sur le sol en décomposition, des champignons visqueux éclataient sous ses chaussures, des branches mortes semblaient jetées à chaque pas en travers de sa route. Elle tomba brutalement sur les genoux, paumes en avant, déchirant le tapis spongieux de la mousse, se releva hors d'haleine, en s'aidant de l'écorce rugueuse d'un tsuga, s'enfonça de nouveau dans les lianes et les plantes grimpantes, qui semblaient vouloir la happer au passage. L'eau plaquait ses cheveux sur son visage, ruisselait jusque sous ses paupières ; elle cligna des yeux pour s'en débarrasser, et vit alors le sang.

Il était imprégné dans le sol, déjà délavé par la pluie ; tremblante, elle se laissa tomber sur les genoux, toucha la tache du bout des doigts et les observa, rouges et humides.

— Non ! Pas encore une fois, pas encore une fois !

Elle se balançait sur place, recroquevillée, pleurant sous la pluie qui tambourinait ; la peur hurlait à l'intérieur de son crâne, explosait dans tout son corps telle une tempête furieuse et glaciale.

— Noah ! hurla-t-elle.

Elle écouta mourir l'écho de son cri puis se remit sur ses pieds, passa ses doigts barbouillés sur son visage, hurla de nouveau ; enfin, elle repartit en courant, hors d'elle, possédée du désir de le retrouver.

Noah avait perdu la piste de David, mais avait presque l'impression qu'il pourrait le poursuivre à l'odeur. Le pistolet était désormais une présence familière dans sa main, comme s'il avait toujours été là ; pas un instant il ne douta qu'il saurait s'en servir. Il faisait partie de lui, de même qu'il avait intégré toute la dimension primitive du nouvel univers où il évoluait : la vie, la mort et la froide volonté de survivre.

Vingt ans durant, David Melbourne avait dissimulé sa personnalité et son crime. Il avait laissé un autre croupir en prison à sa place, joué le mari dévoué à la sœur de sa victime, l'oncle bienveillant envers la fille de cette même victime.

Il avait verrouillé un meurtrier sanguinaire au fond de lui-même pendant qu'il prospérait, qu'il prenait la pose. Et, quand la clé avait commencé à tourner dans la porte de la cellule de Sam Tanner, il avait à nouveau libéré ce meurtrier en lui.

Le saccage de la villa et l'attaque contre Mike : tentatives pour arrêter le livre, pensait Noah tout en accélérant le pas, entre les arbres dégoulinant de pluie. Pour éloigner la culpabilité et la crainte de la révélation, qui avaient dû le hanter tout au long de ces vingt années. De nouveau, David s'était acharné sur Sam, il s'était arrangé pour que les soupçons se portent sur un homme innocent.

Mais, désormais, il pourchassait Olivia : par peur qu'elle ne l'ait vu cette nuit-là, qu'elle ne se souvienne d'un petit détail enfoui toutes ces années dans un recoin de son esprit. Un détail qui collerait avec le récit de Sam, le récit qui innocentait Sam.

C'était logique, la froide logique d'un homme capable de tuer la sœur de sa femme puis de vivre en famille vingt ans durant comme si de rien n'était.

Il avait cru éloigner la justice, mais l'aiguille de la balance était revenue vers lui avec la perspective du livre, d'un nouveau regard en profondeur jeté sur l'affaire, des entretiens où Noah pressait Olivia de parler de la terrible nuit, cette nuit que sa famille avait voulu ensevelir dans la même tombe que Julie.

Mais Olivia ne pouvait pas parler, pas penser, elle pouvait à peine se souvenir de cette nuit-là.

Puis Noah l'entendit hurler son nom entre les arbres.

32

Le monstre était revenu. Il empestait le sang. Il répandait la terreur.

Elle n'avait pas d'autre choix que courir, mais dans sa direction cette fois.

La forêt luxuriante où jadis elle avait trouvé refuge, et qui avait toujours constitué un havre pour elle, s'était transformée en décor de cauchemar. Dans leur formidable majesté, les arbres ne rendaient plus hommage à la vigueur de la nature : ils dressaient une cage vivante destinée à la prendre au piège, tandis que lui s'y dissimulait. Le tapis luisant de mousse n'était plus qu'un poisseux marécage qui semblait vouloir la happer par les semelles. Elle fendait les fougères, arrachant sur son passage leurs grandes feuilles dentelées et détrempées ; son pied ripa sur un tronc en décomposition, saccageant la timide vie qui tâchait d'y renaître.

Des ombres vertes semblaient glisser devant elle, à côté d'elle, derrière elle, et murmurer son nom.

Livvy, mon amour... Écoute, je vais te raconter une histoire...

Elle suffoquait, au bord des larmes, sous l'effet de l'angoisse et de la douleur. Le sang tachant encore le bout de ses doigts s'était figé, froid comme de la glace.

La pluie ne cessait de tomber, martelant les feuillages balayés par la tempête, ruisselant le long des troncs, dans les interstices de leur écorce couverte de lichen ; pour finir, elle allait imbiber le sol assoiffé d'eau, jusqu'à ce que le monde entier parût gorgé, saturé — et peut-être désormais affamé d'autre chose.

Elle ne savait plus si elle était le chasseur ou la proie, elle n'avait plus qu'une idée en tête, resurgie de quelque instinct archaïque : survivre, c'était courir et encore courir.

Elle le trouverait, ou bien lui la trouverait ; alors, d'une manière ou d'une autre, le drame connaîtrait son dénouement. Mais elle ne finirait pas en lâche. S'il existait quelque lueur d'espoir en ce monde, elle retrouverait l'homme qu'elle aimait. Vivant.

Recourbant les doigts, elle frotta le sang contre sa paume, le sang de l'homme de sa vie ; ce lui fut comme un talisman, un heureux présage.

Le brouillard s'accrochait à ses chevilles, elle le déchirait en lambeaux à chacune de ses enjambées ; son cœur cognait sauvagement contre ses côtes, sur ses tempes, à l'extrémité de ses phalanges.

Un terrible craquement retentit au-dessus de sa tête, comme un bruit de tonnerre, et elle fit un bond de côté : une branche vaincue par l'eau, le vent et les années s'écrasa au sol, juste à côté d'elle. Une petite mort signifiant la promesse d'une vie nouvelle.

Elle serra dans sa main la seule arme qu'elle possédait et sut qu'elle tuerait pour survivre.

Alors, dans la profonde lumière verte du sous-bois, peuplée d'ombres obscures et fuyantes, elle vit se dessiner le monstre tel qu'il apparaissait dans ses cauchemars.

Couvert de sang, il la contemplait.

La rage déferla en elle, une rage de haine et de peur mêlées, qui lui procura un amer sentiment de puissance.

— Où est Noah ? Qu'est-ce que tu lui as fait ?

Sam, à genoux sur le sol, pressait de la main le côté de son visage par où le sang continuait de couler ; la douleur dans son crâne était si intense désormais qu'elle le fouaillait jusqu'aux os, jusque dans les entrailles.

— Livvy, murmura-t-il, sur un ton suppliant, cours...

— Toute ma vie, j'ai couru pour te fuir. Où est Noah ? répéta-t-elle. Je te tuerai si tu m'as encore pris quelqu'un que j'aime, je te le jure !

— Ce n'est pas moi, ni à l'époque ni maintenant...

Sa vision chavira ; elle lui parut osciller en face de lui, grande et mince, le regardant avec les yeux de sa mère.

— Il est tout près d'ici ! Pour l'amour du ciel, va-t'en !

Ils entendirent en même temps le grand bruit déchirer les fourrés ; Olivia se retourna, le cœur plein d'espoir, tandis que celui de Sam cognait de terreur.

— Ne t'approche pas d'elle ! hurla-t-il.

Il réussit à se remettre sur ses pieds, à force de volonté, puis tenta de faire passer Olivia derrière lui mais ne put que s'effondrer dans ses bras.

— Tu aurais dû mourir en prison... Rien de tout ça ne serait arrivé si tu étais mort.

Le visage de David ruisselait de pluie, de même que le couteau ensanglanté dans sa main.

— Oncle David !

Toute au choc de le voir ainsi, les yeux exorbités, les vêtements maculés de boue et de sang, Olivia voulut faire un pas en avant. Mais Sam, avec une force tirée de son désespoir, parvint à la retenir plaquée contre lui.

— Il l'a tuée ! Écoute-moi, Livvy, c'est lui qui l'a tuée ! Il la voulait et ne pouvait pas l'avoir... Ne t'approche pas de lui !

— Éloigne-toi de lui, Livvy, semblait lui répondre en écho David, d'une voix insinuante et rauque. Viens avec moi...

— Cours ! hurla Sam. Cours comme tu l'as fait cette nuit-là et trouve un endroit pour te cacher. Retrouve Noah !

— Ne l'écoute pas, reprit David, et son sourire, mélange d'égarement et de fourberie, glaça le sang d'Olivia. Tu as bien vu ce qu'il lui a fait cette nuit-là... Il n'était pas assez bien pour elle, il n'était pas l'homme qu'il lui fallait ! Alors que moi j'ai toujours été là pour toi, n'est-ce pas ?

— Elle n'a jamais voulu de toi ! Elle n'a jamais aimé personne d'autre que moi...

La voix de Sam faiblissait et il devait lutter pour rester conscient. Sur le visage de David, la parodie de sourire s'était transformée en une grimace menaçante.

— Ferme-la ! Ç'aurait dû être moi... Elle aurait dû être à moi si tu ne t'étais pas mis en travers de notre chemin !

— Oh ! Dieu... Oh ! mon Dieu... Toi, c'était toi ! balbutia Olivia en contemplant David, bouche bée.

— Elle aurait dû m'écouter ! Je l'aimais, je l'ai toujours aimée ! Elle était si belle, si parfaite... Je l'aurais traitée comme un ange tandis que lui, qu'est-ce qu'il a fait ? Il l'a rabaissée, il l'a rendue malheureuse, il ne pensait qu'à lui...

— Tu as raison, murmura Sam, je ne l'ai pas bien traitée. Va-t'en, cours ! répéta-t-il d'une voix rauque à Olivia, mais elle secoua la tête et raffermit son bras autour de lui.

— Moi, je lui aurais tout donné...

Des larmes coulaient à présent dans les yeux de David, et il laissa retomber la main qui tenait le couteau.

— Elle n'aurait jamais été malheureuse avec moi. J'ai dû me contenter de Jamie, et je lui ai donné ce que j'aurais donné à Julie... mais pourquoi aurais-je continué à accepter la situation si Julie devait divorcer d'avec toi ? Si elle te voyait enfin tel que tu étais ? Elle serait venue vivre avec moi alors...

Sam respira à fond, se redressa et pria pour trouver la force de faire un pas loin de sa fille, afin qu'elle le lâche et se sauve.

— Tu es allé à la maison ce soir-là, n'est-ce pas ?

— Tu imagines quel courage il m'a fallu pour aller vers elle, lui offrir mon cœur ? Elle m'a fait entrer et m'a souri. Elle triait ses coupures de journaux en buvant un verre de vin et la musique jouait son morceau préféré de Tchaïkovski. Elle m'a dit qu'elle était contente d'avoir de la compagnie.

— Elle avait confiance en toi...

461

— Je lui ai tout dit, tu comprends ? Que je l'aimais depuis toujours, que j'avais envie d'elle, que j'allais quitter Jamie et que nous pourrions vivre ensemble. Mais elle m'a regardé comme si j'étais fou, elle m'a repoussé quand j'ai essayé de la prendre dans mes bras ! Elle m'a ordonné de partir et alors nous oublierions tout ce que je venais de lui dire — nous l'oublierions, tu te rends compte !

— Elle aimait mon père..., murmura Olivia.

— Elle avait tort de l'aimer ! J'ai essayé de le lui faire comprendre, de lui ouvrir les yeux... Je voulais seulement la prendre dans mes bras mais elle s'est débattue, et j'ai arraché sa robe sans le vouloir. Ensuite elle s'est attaquée à moi, elle m'a crié de sortir de la maison... Elle a dit qu'elle raconterait tout à Jamie, que j'étais un minable — un minable ! Qu'elle ne me reverrait jamais, ne me reparlerait jamais... Je ne pouvais plus écouter, c'était trop affreux... Après ça, elle m'a tourné le dos, s'est détournée de moi comme si je n'étais rien, comme si je n'existais pas... et les ciseaux étaient là, dans ma main... puis les ciseaux l'ont frappée, oh ! mais elle n'aurait pas dû me repousser, elle n'aurait pas dû me tourner le dos... A-t-elle crié ? murmura-t-il d'une voix égarée. Je ne suis pas sûr. Je ne sais plus. Je me rappelle le sang, juste le sang...

Ses yeux se fixèrent sur Olivia, révélant quelque chose de rusé et d'implorant à la fois.

— C'était un accident, non ? Un moment de folie, une terrible erreur... Mais est-ce que je pouvais effacer ça ? Non, je ne pouvais plus l'effacer, je ne pouvais plus le changer...

Olivia s'ordonna de rester calme. Son père était au plus mal. Elle ne doutait pas de pouvoir semer son oncle dans la forêt, mais qu'adviendrait-il alors de Sam ? Et elle, aurait-elle le cœur de s'enfuir et de se cacher, une fois encore ? Non, elle resterait, elle tiendrait bon. Et prierait pour qu'il leur arrive vite de l'aide.

— Dire que tu me soutenais quand je la pleurais...

— Moi aussi, je pleurais !

David était fou de rage qu'elle ne comprenne pas. Exactement comme sa mère autrefois.

— Si elle m'avait écouté, rien de tout ça ne serait arrivé. Pourquoi aurais-je dû payer, moi ? C'est *lui* qui faisait du mal à Julie, *lui* qui méritait de payer ! Moi, je devais me protéger, protéger ma vie, mon foyer, mon métier...

— Comment es-tu sorti de la maison et rentré chez toi ? s'enquit Olivia pour gagner du temps — elle tendait désespérément l'oreille, mais n'entendait que la pluie frappant les feuillages. Tante Jamie aurait dû voir le sang sur tes vêtements...

— Je les ai enlevés, j'en ai fait un paquet, puis j'ai nettoyé le sang sur mes mains dans la piscine. Il y avait toujours des vêtements de rechange au vestiaire, personne ne le remarquerait. Je me suis débarrassé des miens plus tard, dans une benne à ordures. Ensuite je suis revenu dans la maison, pensant que ça n'était peut-être qu'un rêve — mais non, ça n'en était pas un. Puis j'ai cru percevoir le bruit de tes pas là-haut, mais je n'en étais pas sûr.

— Je m'étais réveillée en entendant maman crier.

— Oui, je l'ai appris plus tard... Je devais rentrer vite à la maison, pour le cas où Jamie se réveillerait et constaterait mon absence. C'est seulement quand ils t'ont amenée chez nous que je me suis demandé si tu m'avais vu. Pendant vingt ans, je me suis posé la question...

— Non, je ne t'avais pas vu. Je n'ai jamais su.

— Ça aurait dû rester ainsi ! Tout le monde avait enterré l'histoire et refermé soigneusement la porte dessus, jusqu'à ce foutu livre ! Mais comment être sûr que tu n'avais pas entendu ma voix, ou regardé par la fenêtre et vu ma voiture, et que tu n'allais pas t'en souvenir d'un seul coup... Ça ruinait ma vie, tu comprends ? Et j'avais tout fait pour qu'elle tienne debout quand même, pour rattraper l'erreur commise cette nuit-là. Alors, ce livre, j'ai voulu l'empêcher par tous les moyens...

— Tu as laissé mon père en prison pendant vingt ans...

— Mais j'étais en prison moi aussi ! Tu ne comprends pas ça ! J'étais prisonnier de cette nuit-là, de la peur de tes éventuels souvenirs, prisonnier de Julie qui m'avait repoussé... Et je savais que tu serais comme elle, que, le moment venu, tu le choisirais, lui...

Il lui lança un regard effrayant, de lâcheté et de frustration mêlées, puis dit d'une voix précipitée :

— Tu aurais dû être à nous, à Julie et à moi. Tu aurais dû être à nous mais c'est trop tard maintenant, je dois me protéger. Je dois en finir...

Et il se précipita vers elle, le couteau brandi dans sa direction.

Tout était comme dans un rêve — la pénombre, les arbres, le vent, la pluie. Peut-être Noah courrait-il sans jamais la trouver, jusqu'à ce que son cœur éclate dans sa poitrine. Chaque bruissement le lançait dans une nouvelle direction, chaque cri d'oiseau était la voix d'Olivia. Elle était quelque part dans le vaste dédale de la forêt, mais hors de sa portée.

Il s'arrêta et s'adossa au tronc d'un tsuga, afin que s'apaise le tumulte de son esprit. L'air était si épais, il avait l'impression d'avaler un liquide dense à chaque inspiration. Son épaule était en feu, le mouchoir noué autour de sa blessure avait viré au rouge depuis longtemps.

Il resta immobile quelques secondes et tendit l'oreille : était-ce un murmure humain ou simplement le bruit de la pluie ? Le son semblait venir d'une dizaine de directions à la fois, puis s'absorber en une masse compacte. La seule boussole qui lui restait maintenant, c'était son instinct : en se fiant à lui, il prit vers l'ouest.

Cette fois, quand elle cria, il était tout près.

Réunissant ses maigres forces déclinantes, Sam repoussa Olivia loin de lui et se jeta au-devant de David. Quand le couteau s'enfonça dans son ventre, le faisant vaciller sur ses jambes, il eut l'impression de tomber dans un abîme de désespoir — l'abîme autour duquel il tournait depuis vingt ans. Olivia se précipita pour essayer de le rattraper, puis tout se passa très vite : son père qui lui glissait des mains, un bruit de course sur le sol imbibé d'eau, la piqûre d'un couteau sur sa gorge...

— Laissez-la partir !

Noah se campa sur ses pieds, pointant le pistolet à la façon des policiers ; la peur s'était insinuée dans ses veines et les chauffait à blanc.

— Je vais la tuer, vous le savez ! Lâchez le pistolet, sans quoi je lui tranche la gorge...

— Alors qu'elle vous sert de bouclier ? Je ne pense pas que vous le ferez, non.

Oh ! Liv, mon amour, ne bouge pas... Il lut le choc et la frayeur dans le regard de la jeune femme, vit le léger filet rouge coulant le long de sa gorge.

— Éloignez-vous d'elle, Melbourne ! Reculez-vous !

— Laissez tomber le pistolet ! cria David, et du plat de la lame il força Olivia à relever la tête. Elle est morte, vous m'entendez ! Elle est morte si vous ne m'obéissez pas tout de suite !

— Il me tuera de toute façon, Noah..., balbutia Olivia.

— Ferme-la ! Ferme-la, bon sang !

David l'entailla plus profondément et elle vit les mains de Noah se crisper, puis commencer à s'abaisser.

— Ne faites pas ça, dit Noah d'une voix rauque. Ne lui faites pas de mal.

— Jetez le pistolet par terre !

Dans les yeux de Noah, Olivia lut sa décision.

— Il me tuera quoi que tu fasses ! s'écria-t-elle avec une énergie désespérée, puis il te tuera aussi !

Ses doigts se refermèrent sur les anneaux de métal froid des ciseaux, à sa ceinture ; elle les tira d'un mouvement rapide, puis les plongea en un éclair dans la cuisse de David. Il hurla de douleur et, sous l'effet de la surprise, relâcha son étreinte l'espace d'une seconde ; elle en profita pour se dégager, arrachant en même temps de sa cuisse les ciseaux ensanglantés. Puis elle les brandit à nouveau alors que David bondissait vers elle.

La balle claqua et Olivia vit, presque aussitôt, la brillante fleur de sang éclore sur la poitrine de David, le choc étonné dans ses yeux tandis qu'il tombait vers elle comme une masse. Mais elle ne recula pas et, plus tard, elle ne devait jamais se demander si elle aurait eu ou non le temps de reculer. La pointe des ciseaux pénétra silencieusement dans l'abdomen de David ; son poids entraîna Olivia, mais Noah fut là pour prévenir sa chute. Puis, une fois qu'il l'eut emmenée à l'écart, laissant David agoniser au sol, ses bras, pourtant si solides, se mirent à trembler convulsivement.

— Tu vas bien, répéta-t-il plusieurs fois, comme pour s'en convaincre. Tu ne crains plus rien. Oh ! mon amour, il t'a blessée, gémit-il, et ses doigts caressaient tendrement sa gorge. Oh ! Liv...

Enfin, elle était à nouveau serrée contre lui, blottie en lui. La tête d'Olivia était devenue légère, comme flottant loin au-dessus de ses épaules.

— J'ai pensé qu'il t'avait peut-être tué, murmura-t-elle. J'ai vu le sang par terre et j'ai pensé... Oh ! non ! s'écria-t-elle brusquement. Papa !

En larmes, elle courut s'agenouiller à côté de Sam.

— Oh non, non ! Pas ça, je t'en prie ! Oh ! je suis désolée, tellement désolée...

Elle n'avait rien d'autre que ses mains pour tenter d'endiguer l'hémorragie.

— Ne pleure pas, Livvy, murmura Sam, et il tendit la main vers son visage. Ne regrette rien. Mon temps est écoulé de toute façon, mais j'avais besoin de te revoir. C'était la seule chose qui me restait à faire. Tu as les yeux de ta mère, sourit-il, tu les as toujours eus. Je l'ai tellement déçue...

— Non, je t'en prie, non ! Noah, aide-moi...

— Si j'avais été ce que j'aurais dû être, ce qu'elle croyait que j'étais, elle serait toujours en vie...

— Chut... Ne parle pas. Il faut que nous arrêtions le saignement. Ils vont nous retrouver bientôt et nous t'emmènerons à l'hôpital.

Tant bien que mal, avec les bouts de la chemise déchirée de Noah, elle tentait de panser sa blessure.

— Ne regrette rien, Liv. Je préfère mourir en héros, ricana-t-il, puis son rire se termina en une toux déchirante. Il me reste assez de mon vieux moi pour apprécier la beauté de la scène. Ce salaud est mort ?

— Tout ce qu'il y a de mort, dit Noah.

— Dieu soit loué.

Sam saisit la main d'Olivia et sa voix se fit plus légère, comme si la douleur s'éloignait maintenant de lui.

— Livvy, écoute-moi... Quand je te cherchais cette nuit-là, quand tu m'as vu, je n'allais pas te faire de mal, tu sais.

— Je le sais, oui... Oh ! ne me laisse pas alors que je viens de te retrouver, je t'en prie...

— Je suis désolé, Livvy. Je voulais que tu me voies une fois, juste une fois, que tu saches qui je suis. À la fin, je t'ai protégée, ça compense peut-être toutes ces années où je ne l'ai pas fait.

Sa vue se brouilla, et ils comprirent que ses forces déclinaient rapidement.

— Écrivez le livre, Brady. Dites la vérité.

— Vous pouvez y compter.

— Et prenez soin de ma petite fille. Donne-moi un baiser d'adieu, Livvy, mon amour.

Les larmes se pressant dans sa gorge, Olivia posa les lèvres sur sa joue, puis sentit la main de Sam devenir inerte.

Noah s'assit à son côté, pendant qu'elle berçait longuement le corps de son père et pleurait sous la pluie.

Elle dormit longtemps, grâce au sédatif que Noah lui avait fait avaler ; quand elle se réveilla, l'esprit confus à cause des pilules, du choc et du chagrin, il était midi. Elle entendit le chant des oiseaux, sentit le soleil lui caresser le visage ; en ouvrant les yeux, elle vit Noah assis sur le lit près d'elle.

— Tu es resté là toute la nuit ? Tu n'as pas dormi ?

— Un peu, si.

— Tout ce qui est arrivé est inscrit dans ma tête, murmura-t-elle, mais comme enveloppé dans du coton.

— Laissons-le ainsi pour l'instant.

Il était si beau, malgré ses yeux cernés et sa barbe de deux jours...

— Comment va ton épaule ?

— Je pourrais dire que ce n'est rien, mais pourquoi mentir ? Ça me fait un mal de chien.

Il se pencha pour l'embrasser, puis elle s'assit dans son lit et l'embrassa à son tour.

— Pourquoi est-ce que tu ne dormirais pas encore, Liv ?

— Non, j'ai besoin de sortir, de marcher. On va faire un tour dans la forêt ?

Quand elle se fut habillée, elle demanda :

— Et ma famille ?

— Ils dorment. Tes grands-parents sont restés debout avec Jamie presque jusqu'à l'aube.

— Tes parents ?

— Ils sont dans la chambre d'amis.

— Des moments difficiles nous attendent encore. Mais j'ai besoin de cette promenade avec toi avant tout.

Ils empruntèrent l'escalier de derrière, sortirent par la porte de la cuisine.

— Ton père..., dit-elle après un moment. Quand ils nous

ont retrouvés, je ne sais pas s'il était horrifié ou fier de toi pour ce que tu as fait. Les deux à la fois, je pense.

— Il m'a appris à manier les armes, à les respecter. Il espérait sans doute que je n'aurais jamais à m'en servir...

— Je ne sais plus où j'en suis, Noah. Pendant si longtemps, j'ai cru que mon père était un assassin, et la pire sorte d'assassin... Je l'ai perdu à l'âge de quatre ans, puis je viens de le retrouver d'une façon qui change tout, et je ne pourrai jamais lui dire que tout a changé...

— Il l'a su.

— Oui. Heureusement, je peux me raccrocher à cette idée... Et je ne me suis pas enfuie ni cachée, cette fois, je ne l'ai pas abandonné. Je peux supporter tout le reste, car je sais que je ne me suis pas enfuie.

Elle lui prit la main tandis qu'ils pénétraient sous le couvert des arbres.

— Tu lui as offert exactement ce qu'il voulait à la fin de sa vie, Liv : tu l'as regardé et tu l'as reconnu. C'était la dernière chose dont il avait besoin, il me l'avait dit.

Elle hocha longuement la tête, comme pour assimiler cette idée.

— Toute ma vie j'ai aimé mon oncle, comme une figure du père disparu. Je l'ai admiré, je lui ai fait confiance... Mais il n'était pas ce que je croyais, et mon père non plus n'était pas ce que je croyais. Oh ! Noah, comment tante Jamie va-t-elle tenir le coup ? Comment va-t-elle pouvoir vivre avec ça ?

— Elle vous a, toi et ta famille. Elle y arrivera.

— J'espère qu'elle va rester ici, au moins le temps de surmonter le choc...

— Tu devrais le lui dire toi-même.

Ils marchèrent quelque temps en silence dans la forêt, puis elle soupira.

— J'ai eu peur un moment de ne plus pouvoir revenir ici,

mais je peux. C'est si beau, si plein de vie. Et il n'y a pas de monstre...

— Il n'y en aura plus jamais.

— J'aime tant cet endroit...

Il l'avait abrité, lui avait redonné le goût de vivre. Pourtant, elle allait devoir choisir : vivre dans le passé ou se tourner vers l'avenir.

Elle lâcha la main de Noah et s'écarta de quelques pas.

— Mais il y a un autre endroit aussi, le long de la côte. Une autre très belle et très vieille forêt, avec vue sur le Pacifique se jetant contre les falaises... C'est là que nous devrions construire la maison, murmura-t-elle gravement.

Il la regarda, ébahi ; un flot d'émotions tumultueuses jaillit en lui, puis se transforma en un océan de joie tendre et paisible.

— Combien de chambres ?

— Cinq.

— Tope là. Pierre ou bois ?

— Les deux.

Les yeux d'Olivia brillaient tandis qu'il acquiesçait et s'approchait d'elle.

— Quand ?

— Dès que tu m'auras demandé de t'épouser. Tu as oublié de le faire jusqu'à présent, je te le signale.

— Je savais bien que j'oubliais quelque chose...

Il l'attira dans le cercle de ses bras, effleura ses lèvres, approfondit le baiser.

— Cela fait si longtemps que je t'attends, chuchota-t-il. Ne me fais pas attendre plus longtemps. Épouse-moi.

— Oui. Dans la clairière, entre les fleurs et la forêt. Et bientôt, très bientôt. Je t'aime, Noah. Je veux commencer une nouvelle vie avec toi. Maintenant. Nous avons attendu assez longtemps, tous les deux.

Achevé d'imprimir par Gráficas Estella
en Juillet 2000
pour le compte de France Loisirs

Cet ouvrage a été imprimé
sur du papier sans bois et sans acide
de la papeterie Clariana, S.A.
par Gráficas Estella
et relié par la Nouvelle Reliure Industrielle (Auxerre)

Nº Éditeur: 33846
Dépot Légal: Juillet 2000

Imprimé en Espagne